Elisa M. Baker ·
King's Garden · Käfig aus Glas

Roman

Ein Jahr ist seit den Ereignissen vergangen, die Rick und Matt aus ihrem alten Leben gerissen haben. Matt ist inzwischen verlobt und Rick arbeitet tagsüber als Leiter eines Modegeschäftes. Doch alte Gewohnheiten legt man nicht so schnell ab und Rick muss feststellen, dass er seiner Vergangenheit nicht entkommen kann.

Als das bekannte Model Vaun Carter in Ricks Laden auftaucht, ahnt er noch nicht, dass dieser ganz eigene Pläne für ihn hat. Doch es ist nicht der gutaussehende Schönling, der Ricks Interesse weckt, sondern dessen Halbbruder Luca, der nach langer Abwesenheit zurückgekehrt ist.

Ein mörderisches Spiel beginnt, als alte Bekannte danach trachten, offene Rechnungen zu begleichen ...

Elisa M. Baker verfasste schon früh eigene Geschichten. Die Autorin lebt und arbeitet in der Nähe von Bamberg an romantischen und spannenden Liebesromanen. Mit »Das Leuchten der Hoffnung« und »Das Funkeln des Glücks« wagte sie sich erstmals in das Genre der Gayromance. Derzeit arbeitet sie an weiteren Romanen.

Elisa M. Baker
King's Garden
Käfig aus Glas

Roman

© 2019
Herstellung und Verlag: BoD – Books on Demand, Norderstedt.
ISBN: 9783748194200

Copyright by ©2019 Elisa M. Baker
Coverdesign: by ©by Bianca Holzmann Cover Up - Buchcoverdesign
unter Verwendung der Bilder von ©Shutterstock
https://www.cover-up-books.de/

Elisa M. Baker
c/o Papyrus Autoren-Club
R.O.M. Logicware GmbH
Pettenkoferstr. 16-18
10247 Berlin
1. Auflage   Februar 2019

Facebook: https://www.facebook.com/ElisaM.Baker.de

Elisa M. Baker

King's Garden
Käfig aus Glas

Roman

Für B.
- für alles.

1

»Herzlich willkommen im King's Palace, darf ich Ihnen helfen?« Die Stimme klang widerlich gut gelaunt und der Typ, dem sie gehörte, verursachte ihm einen Augentinitus. Das langweilige braune Haar hatte er streng zurückgegelt und er besaß die unnatürliche Bräune von jemandem, der seine Freizeit zu oft in der Horizontalen unter einer Sonnenbank verbrachte. Das Gesicht war passabel, aber nichts Besonderes. Beinahe etwas zu weich für einen Mann. Er schätzte ihn auf Anfang dreißig. Am Ringfinger schimmerte es silbrig. Modeschmuck. Nicht sein Stil.

Er wandte sich wortlos und mit einem spöttischen Lächeln ab und ließ den perplex blinzelnden Verkäufer einfach stehen. Sein Interesse galt sowieso seinem Halbbruder Vaun, der gerade bei den Auslagen mit den Krawatten stand. Wieso er ein Faible dafür hatte, war ihm schleierhaft. Unbequem waren die Dinger und brauchen tat sie doch sowieso niemand. »Lass und wieder abhauen. Der Laden ist ätzend.« Er hoffte, dass Vaun es ähnlich sehen würde, aber dafür war sein Blick zu gebannt, als er Farben und Muster verglich.

»Pflaume oder Aubergine?«, wollte Vaun abgelenkt wissen, wobei er zwei Stoffmuster nebeneinander hielt. Nicht einmal mit viel gutem Willen konnte Luca irgendeinen Unterschied zwischen den fruchtig klingenden Farbtönen ausmachen. Er schmälerte die Augen missbilligend und presste die Lippen zusammen.

»Das ist beides hässliches Violett, wenn du mich fragst. Können wir dann abhauen? Ich hab noch was anderes vor als mir tuntige Krawattenfarbtöne anzugucken.« Er erwiderte den Blick aus grauen Augen, die seinen so ähnlich waren, mit der gleichen Intensität, die sein Halbbruder an den Tag legte. Ein Muskel an seinem Kiefer begann zu zucken, als er sah, wie sich Vaun anspannte. Oh ja, Familientreffen waren doch immer ganz besonders harmonisch. Sie waren schon seit drei Tagen damit zugange, sich anzukeifen, und es war nur eine Frage der Zeit, bis es knallen musste. So wie immer. Sie hatten sich acht Jahre nicht gesehen, doch die Spannung zwischen ihnen war noch die gleiche.

»Das für die verfickte Beerdigung, also hilf mir verdammt nochmal, du eingebildeter Wi-« Vaun zischte es, ehe er sich unterbrach, als sich eine andere Stimme einmischte.

»Kann ich helfen, die Herren?«

Luca wandte den Blick überrascht von Vaun ab, der gerade zu einer seiner unzähligen Schimpftiraden angesetzt hatte und musste den Blick zunächst fast auf Brusthöhe absenken. Er sah sich Augen in der Farbe von dunkler Schokolade gegenüber und in dem künstlichen Licht des Ladens machte er hellere Sprenkel darin aus. Fast wie Karamell. Schwarzes Haar fiel auf schmale Schultern und umrahmte ein markantes Gesicht mit fein geschwungenen Brauen, die sich unter seinen Blicken fragend hoben. Volle, weiche Lippen, um die ein amüsiertes Lächeln spielte. Es war ein Gesicht, das fast ebenso gut zu einer Frau gepasst hätte. Die weiche Linie von schön geformten Wangenknochen und ein beinahe zarter Kiefer zeichneten ein perfektes Bild. Ein Gesicht, das auch gut auf das Cover eines Modemagazins gepasst hätte. Im Grunde passte es eher in Vauns Beuteschema.

Er blinzelte, als ihm auffiel, dass er den Kerl anstarrte, der ihm kaum bis zum Schlüsselbein reichte. Schmal gebaut, mit schlanken Gliedmaßen, die in geschmackvollen schwarzen Klamotten steckten. Hemd und Hose, dazu mehrere Lederarmbänder an den Handgelenken, die mit unterschiedlichem Kleinkram geziert waren. Charms in Form kleiner Totenköpfe, Rosen, Pentagramme und dergleichen. Es schien nicht zu der schicken Aufmachung zu passen, die gleichzeitig lässig war. Oder der blutroten Krawatte, die er sich umgebunden hatte und die gut aussah zu all dem Schwarz. Er trug, im Gegensatz zu den Verkäufern hier, gar kein Namensschild.

Luca schnaubte. Der Kerl war schmächtig und gar nicht sein Typ. »Nein. Wir wollten gerade gehen.«

Vaun ließ ein abfälliges Murren hören und boxte ihn in die hinteren Rippen, was Luca ein Zischen entkommen ließ. Er konnte spüren, dass sein Halbbruder innerlich vor Wut schon brodelte und genau genommen waren sie ja beide auch nur hier wegen der Beerdigung und nicht, weil sie sich so vermissten. Für Vaun war es hingegen weniger ein Trauerfall, sondern eine Gelegenheit sein Modebewusstsein aller Welt zu zeigen.

Er war von ihnen beiden der Ältere, wenn auch einen Kopf kleiner als Luca. Sie hatten beide die sturmgrauen Augen ihres Vaters geerbt, die je nach Gemütslage heller oder dunkler wirken konnten. Auch den Körperbau hatten sie von ihm geerbt; breitschultrig, mit großen, kräftigen Händen, langen Beinen und insgesamt recht ansehnlich. Sie hatten beide den Drang, das Beste aus sich zu machen, was ihr Aussehen betraf. Wohingegen Vaun dabei jedoch eine Karriere als Model eingeschlagen hatte. Für Männermode. Und er, Luca, war nur ein ...

»Tut mir wirklich leid! Mein Bruder ist ein unmöglicher Umgang und hat seine Manieren wohl zuhause vergessen. Genau wie seine Umgangsformen und seine gute Laune.« Vaun

10

lächelte dem Schwarzhaarigen zu, auf dessen Miene sich ein Hauch Skepsis bemerkbar machte. Er sagte nichts, verschränkte nur locker die Arme vor der schmalen Brust und legte den Kopf schief. Die Lippen hatten sich zu einem halben Lächeln geformt, was der Mimik etwas Weiches gab.

Luca schnaubte und ignorierte das Pochen in seinen hinteren Rippen, als er einen Schritt zur Seite tat, weg von der Faust seines Halbbruders, der sich soeben die eigene Krawatte etwas zurechtrückte. Innerlich verdrehte Luca die Augen. Die Art, wie Vaun ein Lächeln aufsetzte, wie er sich positionierte und vermeintlich lässig eine Hand in die Tasche seiner Hose schob, die andere ausstreckte; es war perfekt einstudiert und ein Vorspiel für einen Flirt. In der Hinsicht waren sie so unterschiedlich wie Tag und Nacht. Er bevorzugte es ein wenig... direkter. Trotzdem war es amüsant, seinen Halbbruder zu beobachten. Wie er die schmale Hand des Anderen ergriff und der Daumen beiläufig über dessen Haut strich, zu sehen, wie dessen Brauen sich leicht zusammenzogen oder wie sich Vaun anschließend durch das kurze, dunkelbraune Haar fuhr und dabei die Muskeln anspannte, um zu zeigen, was er hatte. Zugegeben, in seinem eng sitzenden Hemd war das vielleicht auch eine Tour, die bei manchen zog.

»Ich bin übrigens Vaun.«

Allerdings schien der schmächtige Typ wenig beeindruckt, der die Hand wieder zurückzog. »Rick, freut mich. Und keine Ursache. Wir finden für jeden Geschmack etwas, da bin ich sicher. Darf ich meine Hilfe anbieten, etwas Passendes zu finden?« Er warf einen Blick dabei von Vaun zu Luca und schickte mit einer beiläufigen Geste den noch wartenden Verkäufer fort. Luca konnte fühlen, wie diese dunklen Augen ihn einzuschätzen versuchten und auch den Widerwillen, den dies mit sich brachte. Er wusste, was der Kerl dachte, auch ohne, dass er den Mund aufmachte.

Im Gegensatz zu seinem schneidigen Halbbruder mit den

attraktiven Zügen und den schön geformten Wangenknochen, dem markant geschwungenen Kiefer und den elegant geformten Brauen sah sein Gesicht eher aus, als hätte es nur ein mäßig begabter Künstler geformt. Das honigfarbene Haar, das irgendetwas zwischen Blond und Braun war, trug er an den Seiten kurz geschoren, oben ein wenig länger. Durch die rechte Braue zog sich eine hässliche Narbe, die sie spaltete und die ein gutes Stück gen Schläfe reichte. Auch waren seine Brauen nicht akkurat geformt wie die seines Bruders. Sie waren eher widerspenstig und kräftig, was die als kalt geltenden grauen Augen nur noch mehr betonte, die meist sowieso unter einem Stirnrunzeln hervor starrten. Er hatte eine krumme Nase, die ihm schon unzählige Male gebrochen worden war und die seinem Gesicht den Charme eines Kneipenschlägers verlieh. Dazu kam der Bart, der ganz sicher mehr als drei Tage alt war und der meistens irgendwie vor sich hin wucherte. Er stutzte ihn höchstens mal. Rasieren kam nicht infrage. Insgesamt war sein Gesicht eher kantig, fast grobschlächtig und in der Hinsicht sah er seinem Alten wohl ähnlicher, als Vaun es tat, der viel von seiner Mutter hatte. Seine Attraktivität hatte ein Ex-Lover mal als ‚kriegerisch' betitelt. Kein Gentleman, geschniegelt und gestriegelt, im teuren Maßanzug, sondern definitiv erheblich ursprünglicher. Im Gegensatz zu Vaun hatte er auch nicht die Schönheit seiner Muskeln im Sinn, sondern den Zweck, den sie erfüllen mussten. Er trainierte nicht aus Eitelkeit, sondern mit der Verbissenheit von jemandem, der nicht anders konnte und wollte. Dampfablassen hieß die Devise und wie er so den Blick aus den braunen Augen erwiderte, deren Farbe irgendwo zwischen Karamell und Schokolade zu balancieren schien, spürte er den Widerstand in sich aufkeimen. Er brauchte keine Beurteilung, keine maßgeschneiderten Anzüge und schon gar keine Krawatten. Er war gewissermaßen nur notgedrungen wieder in der Stadt und schon jetzt konnte er es nicht erwarten, wieder zu verschwinden.

»Nein. Wir gehen.« Es klang sogar in seinen Ohren viel mürrischer, als er beabsichtigt hatte, und im Weggehen warf er Vaun einen langen Blick zu, der nur seufzte und sich bei dem schmächtigen Kerl, der anscheinend der Filialleiter war, entschuldigte. Er redete irgendetwas davon, dass er wiederkommen würde. Ohne seinen mies gelaunten Bruder. Sollte er doch. Luca murrte, als er sich auf den Ausgang zubewegte. Der Laden war recht geschmackvoll eingerichtet, wie er zugeben musste. Und eigentlich gab es keinen triftigen Grund, sich so abweisend zu benehmen. Aber irgendetwas störte ihn an dem Kerl einfach und er wollte weg sein, ehe es Ärger gab.

Denn den gab es immer, wenn ihm etwas nicht passte und es war manchmal schwer, sich zurückzuhalten. Leuten auf den Kopf zuzusagen, dass sie ihn nervten oder was sie ihn alles konnten, brachte ihm selten Sympathiepunkte ein. Andererseits hielt er nicht viel davon, falsche Höflichkeit vorzuspielen. Er brachte die Dinge auf den Punkt, und damit eckte er an, und zwar ständig. Auch seine Meinung zu diesem Familientreffen war nicht auf allgemeine Gegenliebe gestoßen. Gut, er hätte vielleicht einfach die Schnauze halten sollen, seine Meinung für sich behalten, aber so war das mit Fäusten und Worten eben. Manchmal waren sie schneller raus, als man eigentlich wollte.

Dabei bestand seine ,Familie' im Grunde nur aus Vaun. Den Rest kannte er so gut wie gar nicht, was mit der komplizierten Familiengeschichte zusammenhing. Er war im Grunde ziemlich außen vor, denn Vaun war nur sein Halbbruder. Seine Mutter war lange tot und sein Erzeuger war ein Fremder für ihn gewesen. Von Anfang bis Ende. Die einzige Familie, die er je wirklich als diese bezeichnet hätte, war ... alles andere als erpicht darauf, ihn wiederzusehen.

Vergangenheit war etwas, das er am liebsten hinter sich ließ. Ein paar tausend Kilometer weit, am besten ein ganzes Leben zurück.

Luca atmete die kühle Luft ein, als er durch die Glastür nach draußen trat. Es roch nach Abgasen, nach fernem Frost und den Gullys in der Nähe. Die Gerüche von den unterschiedlichen Geschäften an dieser Straße mischten sich hinein; ein Restaurant ein paar Schritte die Straße runter, dahinter eine kleine Bäckerei, eine Goldschmiede daneben, ein Schuhmacher, der tatsächlich noch Handwerkskunst anbot. Hochwertige Geschäfte, insgesamt. Ein guter Platz für diesen Laden, der sich ‚King's Palace' nannte und der eigentlich nicht zuviel versprach. Aber er hatte mit Mode wenig am Hut. Er brauchte nichts als seine alten Jeans, die derben Boots aus braunem Leder, und ein schlichtes Shirt oder Hemd. Oder seinen grauen Lieblingspulli, der schon Löcher hatte.

Dass Vaun ihn in einen Maßanzug gepresst hatte, kam einem Wunder gleich, und er selbst war der, der sich darüber am meisten wunderte. Es war kein schlechtes Gefühl, diesen schwarzen Stoff zu tragen, auch wenn es ungewohnt war. Krawatten verweigerte er ja sowieso, und wenn sein Halbbruder sich auf den Kopf stellte. Aus der Hosentasche angelte er sein Silberetui, in dem er die Kippen aufbewahrte. Ein Laster, von dem er nicht loskam. Und genau genommen wollte er es auch nicht. Er steckte sich die Selbstgedrehte zwischen die Lippen und suchte nach seinem Feuerzeug, während das Etui zuschnappte und er es zurück in die Tasche schob.

»Du bist noch genau das gleiche Arschloch wie damals, oder?« Vaun schnappte Luca die noch unangezündete Kippe aus dem Mundwinkel. Er erntete einen bösen Blick dafür, doch sein Halbbruder sagte nichts. Er starrte ihn nur an und sah dabei zu, wie Vaun die Kippe zerbrach und wegschnippte. »Der Kerl ist der Filialleiter gewesen. Ziemlich niedlich, wenn du mich fragst, und er wollte nur nett sein und seinen verdammten Job machen.«

Luca sah dabei zu, wie sein Rauchwerk zerstört wurde. Der

Wind wehte es über das Straßenpflaster und trieb die Kippe, aus der der Tabak rieselte, kullernd vor sich her. »Er hätte mir nett einen blasen können«, erwiderte er mürrisch.

Vaun schnaubte und verdrehte die Augen. »Seit wann stehst du auf die höherklassigen Typen, mh?«

»Gar nicht. Ich wollte nur auch mal gequirlte Scheiße reden, so wie du.« Luca murrte es und ein Muskel an seinem Auge begann zu zucken.

Vaun lachte und schüttelte den Kopf, während er zum Auto deutete, das in der Nähe geparkt war. »Du gehst zum Lachen auch nur in den Keller, oder? Er war süß. Vielleicht ein wenig exzentrisch, was die Klamottenwahl betrifft, aber nicht hässlich. Ich würde ihn jedenfalls nicht von der Bettkante stoßen.«

»Dann tu dir keinen Zwang an«, gab Luca genervt von sich, als sie endlich das Auto erreichten. Er war erst ein paar Tage in der Stadt und schon hatte er das Bedürfnis, seinen Halbbruder zu erwürgen. Es war immer das Gleiche. Er wartete darauf, dass dieser endlich seinen Lexus entriegeln würde. Eine Protzkarre, die er genau so wenig abkonnte, wie ihren Fahrer. Vor allem nicht in diesem scheußlichen ‚Brilliant Orange'. Die Farbe sah aus wie aus einer schwärenden Wunde gepresster Eiter. Der Gedanke, dass sein Bruder einen rollenden Pickel durch die Gegend fuhr, war zwar erheiternd, aber nicht, wenn er der Beifahrer sein musste.

»Tue ich auch nicht. Ich habe ihn auf die Party für heute Abend eingeladen.«

Luca starrte seinen Halbbruder mürrisch an, als das leise Klicken ertönte und der fahrbare Eiterbrocken blinkend anzeigte, dass er entriegelt war. Nicht einmal das Geräusch sagte ihm dabei zu. Es klang schwächelnd.

»Guck nicht so, Luc. Es ist eine Party, oder? Und du hast doch sowieso kein Interesse an ihm, also entspann dich.«

Vaun stieg auf der Fahrerseite ein und für eine Sekunde spielte Luca mit dem Gedanken, einfach zu Fuß zu gehen. Egal wohin. Nur weg aus dieser verrückten Stadt. Er war schon an vielen Orten gewesen. Kleinen Kaffs, großen Metropolen, mittleren Städten. Aber nirgendwo hatte er sich bislang so völlig fehl am Platze gefühlt, wie hier.

Und das lag nicht zuletzt daran, dass er nur wegen seiner Familie überhaupt hier war. Verdammte offizielle Anlässe. Verfluchte Verpflichtungen. Er öffnete mit einem Murren die Tür und stieg ein. Innen roch es nach ‚Piña colada‘, dem Duftstecker geschuldet, der den Lüftungsschlitz blockierte und die Form eines Cocktailglases besaß. Sein Blick schwenkte zu Vaun, der ihn mit einem charmanten Lächeln ansah, gewohnt professionell und mit dem vertrauten Hauch Spott in den Augen, die seinen so ähnlich waren. Er hatte sich schon immer für etwas Besseres gehalten. Überlegen. An Lucas Kiefer begann ein Muskel zu zucken. Er verspannte sich und plötzlich gefiel ihm das Gefühl des Anzuges auf seiner Haut nicht mehr. Der teure, maßgeschneiderte Stoff kam ihm wie ein Gefängnis vor. Oder wie eine Maske. Und für beides hatte er wenig übrig.

»Du brauchst mal den Kopf frei, Luc«, durchbrach Vaun die lastende Stille, in der sie sich angestarrt hatten wie zwei Hunde, die nur darauf warteten, von der Leine gelassen zu werden, um aufeinander loszugehen. »Die Party bringt dich sicher auf andere Gedanken. Ich habe ein paar hübsche Kerle eingeplant und ehe du dich versiehst, ist schon der Tag der Beerdigung da und du kannst dich wieder in das Rattenloch verpissen, aus dem du gekrochen kamst.« Vaun lenkte den Blick fort und warf den dröhnenden Motor an. Er gab Luca nicht die Zeit, um etwas zu antworten, denn er ließ das Auto vorschnellen wie eine aggressive Raubkatze, bog ohne zu blinken auf die Straße ein und beschleunigte, was sie beide in die Sitze zurück presste.

»Du bist ein dummes Arschloch.« Luca presste es zwischen den Zähnen hervor und erntete einen amüsierten Seitenblick von seinem Halbbruder dafür, der ihn mitleidig ansah.

»Dankeschön. Das war seit Weihnachten vor acht Jahren das

Netteste, was du je zu mir gesagt hast.«

Luca brummte nur übellaunig und versuchte, das Adrenalin zu bezähmen, das durch seine Adern pumpte wie wild. Er hasste schnelle Autos, Flugzeuge, Achterbahnen, den ganzen Scheiß, auf den andere so standen. Vor allem, wenn es so eine gottverdammt hässliche Angeberkarre war. Vor allem, wenn sie von seinem Bruder gesteuert wurde, der damit umging, wie mit einem störrischen Pferd. Feingefühl? Fehlanzeige. Er riss das Lenkrad unnötig ruckartig herum, anstatt sanft in die Kurven zu lenken, als müsste er der Maschine beweisen, dass er der Boss war. Ziemlich lächerlich, wenn es nach Luca ging. Er versuchte, sich halbwegs zu entspannen, denn glücklicherweise waren sie in der Stadt und da konnte sein bescheuerter Bastard von Halbbruder nicht durchziehen, wie er es wohl würde, wenn er freie Strecke vor sich hatte. Sein Blick ging aus dem Fenster, während Vaun irgendeinen Mist von seiner Arbeit erzählte. Von einem Job, den er bekommen- und einem, den er nicht bekommen hatte, weil die Bauchmuskeln eines Konkurrenten noch definierter waren als seine. Luca interessierte sich nicht besonders dafür, aber Vauns Stimme taugte zumindest zu einer Art Hintergrundgeräusch, während er sich umsah.

Im Grunde wirkte diese Großstadt wie alle anderen; Wolkenkratzer mit verglasten Außenseiten, die das Sonnenlicht zurückwarfen und die sich schier endlos in den Himmel schraubten, grau und eintönig. Einkaufsmeilen mit verschiedensten Geschäften von überzogen teuer bis billig, Gullys, die in der Kälte dampften, riesige Kreuzungen und an jeder Ecke dieselben Fastfoodbuden und Imbisse wie überall. Gebäudekomplexe, die über gläserne Tunnel miteinander verbunden waren, und in denen die Angestellten hin und her eilten wie Ameisen in einem Ameisenbau, immer das Telefon am Ohr. Auch auf der Straße das gleiche Bild; umhereilende Menschen, immer auf der Hatz von einem Termin zum nächsten, immer erreichbar, immer mobil. Er starrte nachdenklich nach draußen, während sie durch die Stadt schossen und der Himmel über ihnen aufriss. Klares Blau zwischen trägen, weißen Wolken und grauen Fetzen, Sonnenschein. Er ließ den elektrischen Fensterheber seine Arbeit tun und die Scheibe surrend herunter, was Vaun einen empörten Aufschrei entlockte. »Hey! Es wird verdammt nochmal kalt, Idiot!«

Er hatte ausnahmsweise recht. Es war kalt. Eisige Luft schlug ihm entgegen, getränkt von dem Geruch von Autoabgasen, dem Atem der Stadt, der aus dem Odeur von Kanalisationsgerüchen, grauem Stein, Glas, Teer und Menschen bestand, die irgendwo hin wollten. Und in all das mischte sich die frische Brise des Meeres, das irgendwo hinter dieser Barrikade aus Wolkenkratzern, schicken und weniger schicken Wohnhäusern, Industriegebieten, Gärten und Mauern liegen musste. Irgendwo da draußen roch es nach Freiheit.

»Mach das verfickte Fenster zu!« Vaun keifte es dicht an seinem Ohr, während er wütend auf den Schalter für den elektrischen Fensterheber einhämmerte. »Ich kann mir nicht leisten, krank zu werden.«

Luca warf ihm nur einen spöttischen Blick zu, ein schiefes Grinsen auf den Lippen. »Findest du nicht, dass es dafür etwas spät ist?«

»Bastard.«

»Penner.« Luca wandte den Blick von der verschlossenen Miene seines Halbbruders ab und ließ ihn über das Straßenbild schweifen. Er dachte an Weihnachten vor acht Jahren. An eine der beschissensten Nächte seines Lebens, an den Streit, den all das verursacht hatte.

Und an Augen in der Farbe von dunklem Karamell.

2

Die Karte war ein schlechter Witz.

Luca befühlte das handgeschöpfte, vermutlich schweineteure Papier, in das schwarze Rosen und Ornamente geprägt worden waren. Der Innenteil dieses aufklappbaren Machwerks bestand aus burgunderfarbenem, blütenzartem Pergament und die Schrift hatte einen hellen Goldton.

Es sah aus wie die gehässige Einladung der dreizehnten Fee zu Dornröschens Entjungferungsfeier mit anschließender Selbstgeißelungseinlage und einem abschließenden Auftritt irgendeiner Indieband.

»Gothic-Nuttenflyer...«, murrte er angefressen, als er die wenigen Zeilen gelesen hatte, die zu Vauns Party einluden.

Geschmackvolle Garderobe erbeten.

Begleitungen bitte im Voraus ankündigen!

Glücklicherweise hatte er niemanden, den er zu diesem Akt hätte einladen können, denn er kannte in der Stadt keinen mehr. Oder zumindest waren die Meisten, die ihn kannten, nicht scharf drauf, gemeinsam irgendwelche abgefahrenen Partys zu besuchen.

Ganz genau genommen wären die Meisten mit einer finsteren Seitengasse und ohne Zeugen zufrieden.

Baseballschläger sind mitzubringen!

Aus der geschmackvollen Garderobe, die Vaun ihm aufgezwungen hatte, war er schon rausgeschält, kaum dass die Tür seines Hotelzimmers hinter ihm zugefallen war. Abgetragene Jeans und ein ausgeleiertes Shirt waren ihm eindeutig lieber als der teure Anzug. Darin fühlte er sich zumindest wie er selbst und nicht, als spielte er eine Rolle in einem Theaterstück mit lächerlich niedrigem Budget.

Luca warf die Einladung achtlos auf den geschmackvollen Glastisch seines Hotelzimmers. Eingerichtet in Farben, die man vorrangig in der Antarktis findet und die an in Wasser treibende Gletscher erinnerten, fühlte er sich alles andere als wohl. Ein Werk moderner Kunst hing an der kalkweißen Wand. Darauf zu sehen zwei verschwommene Farbkleckse. Das Bild trug den Titel ‚ziehende Vögel' und Luca konnte nur denken, dass der Künstler mindestens einen Vogel zuviel hatte.

Vaun hatte ihn vor ein paar Stunden hier abgesetzt und dabei so hämisch gegrinst, dass Luca das Bedürfnis überkam, ihm an Ort und Stelle die Visage zu verschönern.

»Ich seh dich dann später, und sei pünktlich, ja? Vergiss nicht, dass es eine gehobene Veranstaltung wird, also zieh dir was von deinen neuen Klamotten an.«

Er hatte ihm den Mittelfinger gezeigt, ehe er den Aufzug zu seinem Zimmer nahm. Der Drecksack hatte für ihn natürlich auch noch eine der höchsten Etagen gebucht, als er ihn hierher eingeladen hatte.

Er war nicht schwindelfrei und litt unter Höhenangst. Nur ein weiterer Beweis Vauns nicht enden wollender Bruderliebe für ihn. Luca trat einen widerstrebenden Schritt an das Wohnzimmerfenster heran, das einen Panoramablick über die Stadt bot. Zwischen den Wolkenkratzern und den Bürokomplexen, den Einkaufsmeilen und den teuren Schickimickiläden, den Seitenstraßen mit den Restaurants und Imbissbuden und den noblen und extravaganten Wohnstraßen konnte er das Meer sehen. Von hier und bei diesem Wetter sah es beinahe ein bisschen trostlos aus. Als hätte man ihm die Farbe entzogen und sie durch ein schwächelndes Grau ersetzt.

Wirklich entspannt fühlte er sich nicht, und so zog er die meiste Zeit auch die Vorhänge zu. Sicher ist eben sicher. Ein bisschen nach dem Motto Was ich nicht sehe, ist auch nicht da, was natürlich Schwachsinn ist. Es war immer noch der siebzehnte Stock. Den achtzehnten hatte Vaun vermutlich nur deshalb nicht bekommen, weil er von irgendeiner Hochzeitsgesellschaft eingenommen war, die dort eine Woche lang feierte. Eine. Ganze. Woche.

Luca seufzte und lenkte seinen Blick zu der Wanduhr, die in den gleichen kühlen Farben lautlos vor sich hin tickte. Bis zu dieser beknackten Feier hatte er noch genug Zeit, um sich etwas zu Essen zu bestellen. Andererseits bot das Hotelrestaurant Speisen an, für die er einen Übersetzer benötigte. Ausländische Spitzenküche mit komplizierten Formulierungen, die die Hälfte des Preises ausmachten. Die andere Hälfte ging für die Dekoration des Tellers drauf, auf dem sich essbare Kunst drapierte, die jedoch nicht satt machte.

Luca schnappte sich seine Jacke vom Sessel, der vom Farbton wohl zwischen blau und grau rangierte und scheußlich unbequem war, und machte sich auf den Weg. Irgendwo draußen musste man schließlich Nahrung auftreiben und er fühlte sich sowieso unruhig, seit Vaun ihn in diesen Modeladen mitgeschleppt hatte. Bewegung würde ihm guttun und die frische Luft, die schon die winterliche Kälte in sich trug, würde helfen, seinen Kopf zu klären.

Unten an der Rezeption warfen die beiden Damen ihm verstohlene Blicke zu, sodass er den Kragen der derben Lederjacke hochschlug, um das Tattoo zu verdecken, das sich vom Handgelenk des linken Armes bis hoch zum Halsansatz wand. Kundschaft wie ihn sah man hier wohl selten und er konnte es ihnen nicht verübeln, dass sie neugierig waren. Er bemerkte durchaus das verzückte, angetane Lächeln auf den perfekt geschminkten Gesichtern der beiden. Zu schade, dass er keine Lust auf Ärger hatte. Denn davon hatte er schon reichlich an den Hacken. Es war schon unangenehm genug, dass sein beknackter Bruder ihn in gerade diesem Hotel einquartiert hatte. Das teuerste und beste, das es in dieser Stadt gab. Aber auch mit einem beinahe legendären Ruf, wenn es um nicht ganz so legale Dinge ging, die sich hier abspielten. Ausschweifende Parties auf der Dachterrasse, Orgien in den Suiten des obersten Stocks ... Er wollte vor allem nicht an die verdammte Dachterrasse denken.

Das Hotel barg für ihn nicht gerade die besten Erinnerungen und was in gewissen Kreisen so über das Gebäude und den Besitzer geredet wurde, war schon ziemlich abenteuerlich. Momentan war er nur ein einfacher Gast auf der Durchreise, und wenn es nach ihm ging, würde er das auch bleiben. Bis er endlich wieder abhauen konnte. Er konnte es kaum erwarten. Ein paar Tage würde er es bestimmt aushalten, keine Dummheiten zu machen und keinen Ärger anzuziehen.

Die Stadt kam ihm fremd vor, schon als er die ersten Schritte aus seinem Hotel trat. Doch die eisige Luft versöhnte ihn schnell wieder damit, sich fehl am Platze zu fühlen. Er hatte eine grobe Richtung, und in die bewegte er sich mit schnellen, gezielten Schritten. Als er zuletzt hier war, war er fünfzehn gewesen. Es gab so viele Neubauten und Umgestaltungen, dass er Mühe hatte, sich zu orientieren. Wo früher noch der alte Stadtpark verlief, befanden sich nun Wohnhäuser für Reiche, die die Grünflächen stark eingegrenzt hatten. Es gab ein neues Mahnmal, einen neuen Brunnen. Der Rasen war mit einem Schild gespickt, das einen daran erinnerte, die Fäkalien seines Hundes andernorts abzuladen. Bürogebäude schraubten sich in den Himmel, eines größer als das nächste. Wo früher Gemischtwarenläden und kleine Händler das Straßenbild beherrschten, befanden sich jetzt exklusive Kanzleien und exorbitant teure Geschäfte für alles, was man zu brauchen glaubte; ein Hochzeitsausstatter, eine kleine Goldschmiede, ein Laden für Dekorationsartikel der höherwertigen Preisklasse. Es schien, dass Luxus der neue Standard war. Zumindest, wenn man sich die Klientel anschaute, die an ihm vorüberzog. Er kam sich so fehl am Platz vor wie ein Bauarbeiter auf einer Modenschau, so viel Gucci, Armani und Prada, wie an ihm vorbeilief. Er stach heraus, und das war nur allzu deutlich. Er sah es an den Blicken, die über seine abgewetzte Jeans wanderten, über die derbe Lederjacke, und nicht zuletzt über sein kantiges Gesicht, das nicht das hübscheste am Platz war. Mit der geschniegelten Eleganz, die hier an ihm vorbeiflanierte konnte er sich jedenfalls nicht messen. Sogar die Kerle schienen hier vom Schönheitswahn befallen zu sein. Anders konnte er sich die vielen akkuraten Augenbrauen und die perfekt in Szene gesetzten Bärte einfach nicht erklären. Nicht, dass er kein Freund von Schönheit war, aber wirklich wohl fühlte er sich damit nicht. Es war einfach nicht sein Ding. Vermutlich lag es auch an der Tatsache, dass sein Gesicht nicht besonders wohlgeformt war. Und wenn er ehrlich war, dann war ihm das auch ziemlich egal. Es gab nur eine einzige Sache, bei der er es genoss, im Mittelpunkt zu stehen, und dabei war das Aussehen so ziemlich das letzte, was zählte.

Er erkannte die kleine Seitenstraße wieder, die er gesucht hatte. Eine Menge neuer Häuser ragten ringsum auf, und die alte Kneipe an der Ecke war verschwunden, in der er sich das erste Mal so richtig abgeschossen hatte. Zusammen mit seinem ersten Arbeitgeber war das gewesen. Ewig her, und noch heute konnte er den Geruch von Whiskey nicht ab. Er erinnerte sich noch genau an den Abend und die vielen Shots, die er gekippt hatte. Logisch, dass er sie nicht bei sich behalten hatte, aber das war eben eine Lektion, die man lernen musste.

Statt Bier und Hochprozentigem war dort jetzt ein Hutmacher eingezogen, in dessen Schaufenster ein paar besonders ausgefallene Modelle zu bewundern waren. Direkt daneben, wo früher ein Geschäft für Haushaltswaren gewesen war, konnte man nun handgefertigte Pralinen und andere teure Süßigkeiten und Motivtorten erwerben. Im Suff hatte er dort einmal ein Set Steakmesser mitgehen lassen und war erstaunlicherweise nicht erwischt worden. Erst den Bullen ein paar Ecken weiter fiel der Jugendliche auf, der herum taumelte und merkwürdige Beute mit sich schleppte. Natürlich sackten sie ihn ein. Luca kam mit einer Verwarnung davon, musste sich beim Besitzer des Ladens entschuldigen und eine Woche dort den Boden wischen. Das waren noch Zeiten. Heutzutage verstanden die Bullen weniger Spaß.

Sein Blick musterte der Neugier wegen die Preise für die mehrstöckigen Torten im Schaufenster. Musterstücke, klar. Hübsch dekoriert und aufwendig, innen mit farbigen Schichten und mit Fondant und anderem Kram hergerichtet. Er bewunderte die Handwerkskunst, denn für ihn war das ehrliche Arbeit und gleichzeitig Kunst und beides schätzte er. So hatte es ihm sein Ziehvater jedenfalls beigebracht. Er schob den unangenehmen Gedanken, was sein Ersatz-Dad zu seinem derzeitigen Leben wohl sagen würde, schnell beiseite und widmete sich wieder den Torten. Dan hatte ihn bei sich unterkommen lassen, als Luca ein Zuhause gebraucht hatte. Bei ihm hatte er eine ordentliche Arbeit gelernt und der alte Mann mit dem wettergegerbten Gesicht war ihm für ein paar Jahre ein guter Freund und Vorbild gewesen. Es hatte gutgetan, mit jemandem zu tun zu haben, der nicht aus dieser Stadt kam, bodenständig und schlicht in seinen Ansichten war. Leider hatte Dan irgendwann beschlossen, zu seiner Jugendliebe zu ziehen. Fast eintausend Kilometer weit weg. Und damit verschwand er aus Lucas Leben und hinterließ ihm nichts als seinen Werkzeugkasten und ein muffiges Kissen.

Er japste regelrecht nach Luft, als er sah, was eine davon kosten sollte. Vermutlich ging dieser sündhaft teure Konditor mit dem Besitzer vom Brautmodengeschäft ein paar Häuser weiter ins Bett und sie machten einen Reibach mit den wohlhabenden Kunden. Luxus kam eben nie aus der Mode und wer Geld ohne Ende hatte, gab es für weltliche Freuden aus, egal wie exzentrisch.

Eine Torte, die allerdings so viel kostete, wie eine Monatsmiete in einem billigen Apartment war ziemlich weit weg von dem, was er sich je leisten könnte oder wollte. Nicht einmal, wenn ihm das verdammte Geld aus den Ohren kommen würde. Ein Stück Kuchen war ein Stück Kuchen – egal, wie hübsch die Sahne darauf auch geformt war.

Luca wandte sich ab und musterte die Straße, in der er früher oft gewesen war und die er jetzt kaum noch erkannte. Statt den Wäscheleinen im Viertel, die sich zwischen den Häuserschluchten spannten, sah er nun gepflegte Blumenkästen vor den Fenstern. Die Gehwege waren erneuert worden. Es gab wohl keinen Platz mehr für mit bunter Kreide spielende Kinder und ihre Familien und irgendwie war der Gedanke ziemlich traurig.

Dafür war wenigstens das alte Steakhaus noch da und er konnte es gar nicht erwarten, sich ein gutes halbes Kilo Rind einzuverleiben. Vaun hatte immerhin schon angedroht, dass es auf seiner bescheuerten Party ein Catering geben würde. Vermutlich irgendein Buffet oder winzige Häppchen, die nicht einmal die dürren Weiber sattmachen konnten, die sie auf silbernen Tabletts herumbalancierten. Er kannte Vaun gut genug, um zu wissen, dass sie beide gänzlich andere Vorstellungen von einer gelungenen Party hatten.

Angenehme Wärme schlug ihm entgegen, als er die Stufen herunterkam und die Tür aufzog. Es roch nach gegrilltem Fleisch, brutzelndem Gemüse und im Innenraum konnte er die angeregten Unterhaltungen der Gäste hören. Ein Stück Vertrautheit in einer Stadt, die ihm fremd geworden war. Das Klirren von Gläsern und das Geräusch von Besteck auf Tellern versetzte ihn zurück in eine Zeit, als alles noch einfacher schien.

Es war brechend voll und für einen Moment stand er nur da, nahm den Anblick in sich auf, der sich ihm bot. Die alten Holztische und die Stühle waren noch genau so, wie er sie in Erinnerung hatte. Dunkel vom Alter und blankgerieben von den unzähligen Leuten, die hier gesessen hatten. Die hölzerne Wandvertäfelung war noch immer mit den gleichen, alten Bildern geschmückt. Sogar der Leprechaun auf dem Tresen stand noch da und in diesem Moment ging ihm das Herz auf. Es war erst jetzt tatsächlich, als wäre er nach Hause gekommen.

»Hey, Schätzchen!« Eine vollbusige Kellnerin zwinkert ihm zu, während sie drei Teller zwischen den Tischen bugsierte und zwei volle Krüge Bier in der anderen Hand hielt. Sie kam ihm nicht bekannt vor, aber sie hatte einen wachen, klaren Blick. »Such dir einen freien Platz aus, ich komm' gleich zu dir!«

Luca lächelte schief und nickte dankend, ehe er sich an einen freien Platz an der Bar setzte. Die Hocker waren bequem, der Tresen sauber, und neben ihm tranken nur ein paar andere Kerle ihre Biere und unterhielten sich. Ein Fernseher, anscheinend neu, war an die gegenüberliegende Wand geschraubt worden und zeigte eine Nachrichtensendung, die sich alle paar Minuten wiederholte.

Er bemerkte die Blicke der Typen erst, als die Kellnerin zu ihm trat, um die Bestellung aufzunehmen. Sie waren zu dritt und es schien, dass irgendwas an Lucas Visage ihnen nicht passte. Konnte er ihnen nicht verübeln, aber er war nicht hier, um Dampf abzulassen. Er wusste, wie Kerle aussahen, wenn sie jemanden auf dem Kieker hatten und diese angetrunkenen Typen hatten anscheinend nur darauf gewartet, dass jemand wie er sich auf dem Silbertablett servierte.

Fuck.

• • •

Rick starrte auf sein Handy. Oder eher daran vorbei, denn eigentlich war ihm einer der kleinen Anhänger ins Auge gefallen, die an seinem Handgelenk an den Lederbändern baumelten. Er verdeckte mit dem Schmuck seine Narben, doch das machte sie nicht ungeschehen. Es war nur ein Kaschieren von Ereignissen, die er am liebsten vergessen wollte. Ein Kloß saß in seinem Hals und obwohl es schon ein halbes Leben her zu sein schien, fühlte er sich noch immer so abgewiesen und unvollständig wie damals.

Und er sehnte sich in diesem Moment nach einem guten Joint, um diesen ganzen Mist endlich zu vergessen.

Es war schließlich vorbei, oder? Galard und Ben saßen im Kittchen, wo sie hingehörten, und Matt war in Sicherheit. Nein, korrigierte er sich selbst, als er den kleinen Anhänger berührte, der aus Silber war. Er hatte die Form eines Hanfblattes und war ein Geschenk von Matt gewesen, an dem Tag, an dem sie Rick aus dem Krankenhaus entließen. Ein paar Tage, nachdem er versucht hatte, Schluss mit allem zu machen, weil Matt verschwunden war. Die Verzweiflung über sein Versagen war so übermächtig gewesen, dass er keinen Sinn mehr gesehen hatte. Er war sich so allein vorgekommen, und immerhin hatte er ja auch Mist gebaut, was Matt betraf. Und dann hatte er ihn doch gefunden.

Bei Alex. In seinen Armen.

Matt war nicht nur sicher, er gehörte jetzt quasi Alex. Rick schob den Gedanken beiseite und ließ die Hand sinken, die das Telefon hielt. Es war schon komisch, dass alle jemanden fanden, und er der Einzige war, der allein zurückblieb.

Es war dunkel in seiner Wohnung und der Gedanke, dass sie tatsächlich ihm gehörte, war noch immer fremd und unbegreiflich, obwohl er die Beweise ja jeden Tag vor sich sah.

Rechnungen, die er bezahlte und die in schöner Regelmäßigkeit bei ihm durch den Briefschlitz flatterten. Verdammt, wann war es so weit gekommen? Er bezahlte jetzt Sachen wie Miete und Strom und putzte und kochte sogar manchmal, wenn er daran dachte.

Oder wenn die verdammte Stille zu laut wurde.

In der Küche surrte der Kühlschrank eine nervenraubende und monotone Melodie und abgesehen vom Geräusch der Straße draußen, den vorbeifahrenden Autos und den quatschenden Passanten, die aus der Bar an der Ecke kamen, war es still. Es war, als konnte man die Leere förmlich greifen und Rick war nicht besonders gut damit. Er mochte die Stille nicht. Und auch die Flaschen Wein, Whiskey und Rum, die in seinem Kühlschrank lungerten und der schimmelige Käse, den er irgendwie nicht wegwerfen wollte, weil er das einzige Nahrungsmittel darin war, konnten nichts daran ändern.

Rick seufzte. Er hatte es mit Alkohol versucht, aber das war nicht das Gleiche, wie ein richtig netter Joint, der seine Gedanken in zähe Melasse verwandelte und ihn angenehm träge machte. Alkohol hatte nicht die gleiche Wirkung wie Gras und brachte nicht diese [1]LMAA-Einstellung in ihm hervor, die alles egalisierte, was ihn beschäftigte, wenn er nüchtern war. Er wurde von Wein nur rührselig und von Rum und Whiskey rattig, ehe er sich vollkotzte und alles davon war nicht besonders zielführend, wenn es um das Erträglichmachen seiner Situation ging. Außerdem bekam er Kopfschmerzen davon.

Die meiste Zeit, wenn er nicht gerade arbeitete, verbrachte er in den Clubs der Stadt oder bei Zufallsbekanntschaften oder bei Patty. Der alten Dame, die über ihm wohnte und die sich um gefühlte achthundert Katzen kümmerte. Jedes Mal, wenn er sie besuchte, hatte sie mindestens eine neue Katze und dafür war eine der alten verschwunden. Er wusste nicht, woher Patty die

---

[1] *Leck mich am Arsch

Katzen bekam, oder was sie mit den anderen machte, aber er fragte auch nicht.

Die einzige Katze, die ständig da war, war ein dunkelgrauer Kater mit giftgrünen Augen, der Rick nicht leiden konnte. Er hatte ihm schon mehrfach auf die Schuhe geschissen und starrte ihn feindselig an, wenn er Patty zum Tee besuchte. Die alte Schachtel trug durchgehend einen pinkfarbenen Bademantel und Lockenwickler und sah nicht mehr so gut. Aber für die Katzen tat sie so ziemlich alles (ob sie das wollten, oder nicht). Sie besaß gefühlte drei Dutzend Bürsten, Kämme und Striegel, Pflegehandschuhe, Entklettungssprays in rauen Mengen (obwohl es keinen einzigen Perser oder etwas in der Art gab, soweit er wusste) und die ganze Wohnung stand voll mit Kratzbäumen, Wurfhöhlen und Katzenklos. Sogar im Wohnzimmer. Der Teppich war derart mit Haaren übersät, dass man daraus ein paar neue Katzen hätte stricken können.

Aber Patty war einfach zauberhaft zu den Stubentigern und auch den Kindern, die in dem Haus lebten. In ihren Taschen fanden sich immer Katzenleckerlis und Bonbons (obwohl sie manchmal ein bisschen durcheinander kam, was die Verteilung anbelangte) und Rick hatte sie noch nicht einmal fluchen gehört. Die alte Dame war bestimmt schon achtzig, wenn nicht älter, und inzwischen mochte er sie recht gern. Ihr Mann, von dem sie unablässig redete, wenn sie nicht gerade die Kätzchen bezirzte, war vor ein paar Jahrzehnten an einem Herzinfarkt gestorben und so war sie allein und kinderlos geblieben. Ein neuer Partner kam gar nicht infrage, stattdessen begann sie, sich um Straßenkatzen zu kümmern. Und irgendwie nahm dieses Hobby wohl ein bisschen überhand, aber so war das eben mit Leidenschaften.

Ursprünglich hatte sich Rick nicht so sehr für Patty selbst interessiert wie für den Fakt, dass sie für ihre Miezen Katzenminze zog, die auf den Fensterbrettern und dem Balkon gedieh und von der er sich bediente, wenn die alte Schachtel nicht hinsah. Sie sah ja sowieso schlecht, und ein paar Blätter mehr oder weniger fielen ihr sowieso nicht auf. Es war nicht so gut wie richtiges Gras, machte nicht so high und verschaffte ihm nicht dieses angenehme Gefühl, völlig entspannt zu sein, aber es war besser als gar nichts und es hielt vor allem auch nicht so lange. Er sah es als ein Tauschgeschäft; er brachte der alten Dame ab und an die Einkäufe nach oben und nahm sich dafür Kekse und ein bisschen Grünzeug mit.

Eine Weile ging es ganz gut, aber seit dieser Brief kam ...

Rick starrte auf sein Handy, dessen Display in der Dunkelheit blau leuchtete. Matts Nummer war unter den Favoriten abgespeichert. Das war sie immer schon. Unnötig zu sagen, dass es sonst niemanden gab, den er hätte anrufen können. Er atmete leise aus und fuhr sich mit den Fingern durch das schulterlange Haar. Sein Magen war ein einziger Knoten und die Stille in seiner Wohnung belastete ihn. Der Hanfblattanhänger glitzerte im Licht der Straßenlaterne, als er sich erhob und das Gerät ausschaltete.

»Fick dich, Matt«, murmelte er leise, als er sich seine Jacke schnappte, die direkt neben ihm lag. Er schwang sich vom Sofa hoch und stapfte durch die Unordnung des Wohnzimmers in Richtung Flur, wo seine Stiefel noch so lagen, wie er sie vor kaum einer halben Stunde ausgezogen hatte. Er wollte sich nicht damit befassen, was in seinem Kopf vorging. Er wollte vor allem vergessen und am besten high werden. Und noch besser ging das sicher auf dieser Party, zu der die beiden Typen ihn eingeladen hatten.

Na ja, der eine hatte ihn eingeladen, der andere hatte ihn nur angestarrt. Auf diese spezielle Art, wie man jemanden eben ansah, den man vermutlich für Abschaum hielt. Aber Rick scherte das nicht weiter, er war es gewohnt, dass er herablassend behandelt wurde. Die Leute nahmen ihn nicht ernst, wenn sie in seinen Laden kamen und ihn sahen. Er pfiff drauf. Spätestens, wenn er begann über die Klamotten zu erzählen, die diese arroganten Wichser kaufen wollten, begann sich immer etwas in ihren Gesichtern zu verändern. Plötzlich waren sie ganz betreten und wurden höflich. Es war ihnen plötzlich peinlich, dass sie ihn wie einen debilen Praktikanten behandelt hatten und spätestens, wenn ihnen aufging, dass er der Geschäftsführer dieses Ladens war, konnten sie sich gar nicht genug bedanken.

Trotzdem arbeitete er wirklich gern dort. Seine Mitarbeiter waren nett, auch wenn viele ihn für einen Freak hielten und es Gerüchte gab, dass er Londrakes heimliche Geliebte war (wobei das natürlich Quatsch war. Erstens war er kein Weib und zweitens war Londrake so verknallt in Matt, dass er vermutlich an nichts anderes dachte), oder sich hochgeschlafen hatte, oder dass er den einflussreichen Mann erpresste, oder ... Die Möglichkeiten, die man sich hinter seinem Rücken ausdachte, waren endlos.

Manchmal spielte er tatsächlich mit dem Gedanken, ihnen die Wahrheit zu sagen. Andererseits machten Gerüchte das Leben ja erst interessant und außerdem belustigte ihn das ein oder andere Gerede doch ziemlich. Bislang war der Knaller gewesen, er sei Londrakes Sohn, aus einem Teenagerfehler entstanden. Allein, wenn man sich ihr Alter mal anschaute, war das völlig absurd, aber die Leute glaubten eben, was sie gern glauben wollten. Es war nicht unmöglich, aber eben ... na ja, sehr unwahrscheinlich. Aber wenn er ihnen die Wahrheit aufgetischt hätte, dann sähe die neben all den Spekulationen und Spinnereien vermutlich genauso absurd aus.

Rick, der Stricher, der seit seinem siebten Lebensjahr von seinem ehemaligen ‚Arbeitgeber' Ben wie ein Sklave gehalten wurde, der kiffte wie ein Weltmeister und kaum je wirklich im Hier und Jetzt weilte, war nun der Geschäftsführer eines edlen Bekleidungsgeschäftes, das ihm von einem der reichsten Geschäftsmänner der Stadt quasi geschenkt wurde (er arbeitete trotzdem für Londrake, aber der vertraute ihm komischerweise ohne großartig hinter ihm herzuschnüffeln. Außerdem lief der Laden nahezu von selbst und inzwischen hatte Londrake sogar eine Kette daraus gemacht und eine neue Kampagne angeleiert), nachdem er Matt und ihn selbst gerettet hatte und Ben nun samt Galard im Kittchen verrotteten.

Er würde diese Story auch nicht glauben, wenn er nicht selbst dabei gewesen wäre. Es war im Grunde ja die perfekte Geschichte. Aus der Gosse und vor einem Leben als Aschenputtel gerettet und über Nacht zur Prinzessin geworden. Ohne gläserne Schuhe, weil die vermutlich verteufelt unbequem waren. Nur dass Aschenputtel trotzdem noch kiffte, wann immer es die Gelegenheit bekam (was nicht oft war, da Londrake es auf der Arbeit verbot) und leider Matt zur Prinzessin wurde. Er schob den Gedanken weg, während er in die Stiefel schlüpfte und die Tür hinter sich zufallen ließ. Seine Schritte auf den Treppen hallten laut durch das Haus, aber es machte wohl nichts, denn irgendwo drang der Lärm einer spanischen Spieleshow durch die Tür. Es war ein angenehmes Haus. Die Wände hatten keinen Schimmel, die Türen hatten richtige Schlösser und es gab fließendes Wasser, dessen Temperatur man einstellen konnte, ohne der Willkür alter Leitungen ausgeliefert zu sein. Es gab sogar einen Hausmeister, der sich um Schäden kümmerte, wenn man welche hatte.

Also einen echten. Er sah zwar aus wie ein Profikiller, der den Job nur als Tarnung angenommen hatte, aber er machte seine Arbeit. Rick hatte ihn einmal kommenlassen müssen, als im Bad ein Rohr geplatzt war. Unnötig zu sagen, dass er sich danach um das spezielle Rohr des Mannes kümmern wollte, der jedoch verstört die Flucht ergriff. Tja, man konnte ja nicht immer gewinnen, aber dafür errötete der Typ jetzt jedes Mal, wenn er Rick sah. Das war irgendwie niedlich, denn für Rick selbst stellte das kein Problem dar. Seine eigene Grenze für Gefühle wie Scham existierte vielleicht, aber er konnte sich nicht mehr daran erinnern, wann er dieses Gefühl zuletzt gehabt hatte. So, wie er aufgewachsen war, musste es ziemlich lange her sein.

Es war kalt draußen.

Sein Atem dampfte in der Nachtluft und formte kleine Schwaden, die der Wind vor sich her trieb. Er mochte den Winter und die Kälte nicht und mit Schnee konnte er schon gar nichts anfangen. Beides war schlecht für's Geschäft auf der Straße und er hatte zu lange in diesem Bereich gearbeitet, um anders zu empfinden. Im Sommer saßen die Klamotten lockerer, man konnte es einfach irgendwo im Freien machen und eine schnelle Nummer schieben, ohne großen Aufwand. Aber sobald es zu kalt dafür wurde, blieben die Kunden entweder zuhause oder wollten es an dubiosen (und warmen) Orten machen.

Jetzt, da er kein Stricher mehr war, waren Überlegungen wie diese eigentlich unnötig, während er die beleuchteten Straßen entlang ging, auf dem Weg zu dieser Party. Aber immerhin ging es dabei auch um sein persönliches Vergnügen, und auch dies wurde durch den Wechsel der Jahreszeiten beschränkt. Letzte Woche war er in der Bude irgendeines Kerls aufgewacht. An einem Sonntag. Nachdem er am Freitagabend in einem Club offenbar einiges an Spaß gehabt hatte. Er hatte einen totalen Filmriss und konnte sich an kaum etwas erinnern.

Es gab nur Bruchstücke und eine Menge Verwirrung, und wenn er ehrlich war, wollte er sich auch nicht erinnern. Ihm tat immer noch alles weh davon, denn er meinte, sie wären zu dritt gewesen. Eigentlich eine feine Sache, wenn alle wussten, was sie taten, aber wie das Leben so spielte; er hatte wiedermal die Arschkarte gezogen. Das einzig beruhigende waren die gefüllten Kondome auf dem Boden gewesen. Er war also auch im Suff und zugedröhnt noch verantwortungsvoll genug gewesen, oder seine beiden Spielgefährten zumindest.

Irgendjemand hatte ihm jedenfalls definitiv irgendwas ins Getränk geschüttet, denn so breit war er sonst nicht. Nicht mehr, zumindest. Dabei wäre das gar nicht nötig gewesen. Er ging nicht wirklich zum Tanzen in die Clubs. Die waren nur eine Sammelstelle für schnelle und konsequenzlose Befriedigung. Eine Art Drive-In für Sex. Wie Fastfood. Nicht weiter der Aufregung wert. Und danach verzog man sich nach Hause, vorzugsweise alleine. Kein Kuscheln, kein Reden, kein »Erzähl mir was über dich« und vor allem: kein Frühstück oder der Austausch von Nummern. Jedenfalls nicht, um »mal einen Kaffee trinken zu gehen« oder irgendwas sonst in der Art von ernsterer Sache.

Rick fuhr sich durch die Haare und zog die dünne Jacke enger um sich. So wenig wie er die Stille in seiner eigenen Wohnung abkonnte, so wenig wollte er irgendeine Form von Nähe, die über den üblichen Kram von »wie willst du es machen?« hinaus ging. Vor ein paar Monaten war er ziemlich mit einem Kerl aneinandergeraten, der offenbar ein Auge auf ihn geworfen hatte. Die üblichen Fragen (Erzähl mir was über dich!) mündeten in Ricks tatsächlicher und wahrer Erklärung darüber, wer er war, was er bis vor einigen Monaten noch täglich gemacht hatte, und endeten in einem krassen Streit, weil der Typ ihm nicht glauben wollte. Und als er es dann tat, konnte Rick den Ekel in seinen Augen sehen. So als hätte er sich von einem heißen Aschenputtel plötzlich in eine Pestratte mit rot glühenden Augen, gelben Zähen und offenen Eiterbeulen verwandelt.

Rick mochte die Nächte in der Stadt. Sie waren wie die Dragqueens im Sin, einem Edelschuppen am Ostende der Stadt. Laut, glitzernd, bunt und verführerisch. Nichts schien unmöglich zu sein, alles ertrank in der Illusion, die die Nacht webte. Man sah Dinge, die man am Tag einfach nicht gutheißen oder schön finden würde (abgesehen von den Dragqueens, die sahen zu jeder Tageszeit umwerfend aus, selbst ungeschminkt!), und die Nacht ließ alles, was irgendwie hässlich war verschwinden, milderte die Wahrnehmung ab und kaschierte hier und da, wo es nötig war. Falten, Pickel, leere Geldbörsen, krumm gewachsene Nasen, schlechte Kleiderwahl, billigen Modeschmuck und furchtbare Tattoos. Der Müll auf den Straßen war plötzlich die Dekoration für die ganze Szenerie, die Gerüche das Parfüm der Nacht, und was die Schatten nicht verstecken konnten, wurde mit glitzernden Lichtern, Leuchtreklamen und bunten Drinks aufgewertet, bis es einfach nur noch großartig war. Die Nacht hatte die Fähigkeit, zu lügen, zu betrügen und zu blenden. Und er musste zugeben, dass er sich nur allzu gern blenden ließ. Es war ein Rausch, jede Nacht auszugehen, nicht zu wissen, wohin oder wen man treffen würde, was passieren konnte und was nicht. Nicht immer traf er kluge Entscheidungen, aber das war eben einfach so.

Er durchquerte eine Seitenstraße und wählte den Weg durch den Park. Abkürzungen brachten einen nicht immer schneller ans Ziel, in seinem Fall sogar niemals, aber er folgte hier immerhin auch dem Impuls, dass es Freitag war. Es war Freitagabend und er hatte einfach Lust, auf diese vermutlich bekloppte Party zu gehen. Und er würde sich ein bisschen was gönnen. Es war schließlich Wochenende und so konnte er das Gedanken-Karussell zum Schweigen bringen, das ihm Sachen zuflüsterte, die zu quälend waren, als dass er sie hören wollte.

Und vielleicht fand er auf der Party ja jemanden, der ihn wenigstens ein paar Stunden lang vergessen ließ. Jetzt allerdings musste er erstmal etwas anderes finden, und er wusste auch schon genau, wo er es bekommen würde. Immerhin war eine gute Party nüchtern nur halb so lustig.

•••

Vaun nippt an seinem Drink. Dabei ließ er den hübschen Kerl nicht aus den Augen, den er für das Catering engagiert hatte. Knackiger Hintern, soweit er das beurteilen konnte. In den weißen Hosen und der dunklen Weste mit dem locker sitzenden, weißen Hemd sah der Kleine aber auch verdammt hinreißend aus. Die Musik war laut und gut und in seinem Apartment mit der weitläufigen Dachterrasse tummelten sich um die dreißig Gäste. Aber die beiden, die er am sehnlichsten erwartet hatte, waren natürlich noch nicht da. Wobei er da nur bei seinem Bruder von einem ,natürlich' sprechen konnte. Den anderen, diesen schlanken Leckerbissen mit den dunklen Haaren und den Lederarmbändern kannte er nicht. Noch nicht, jedenfalls. Und er hatte durchaus vor, das zu ändern. Aber in der Zwischenzeit ....

Er stellte den Drink neben sich auf eines der Regale, auf denen vorrangig Bilder von ihm selbst standen. Gerahmt, selbstverständlich. Andenken aus Kampagnen an denen er mitgewirkt hatte, Schnappschüsse, Profilbilder und private Erinnerungen. Die peinlichen Fotos aus seiner Kindheit lagen wohlverwahrt in einer abgeschlossenen Kiste unter seinem Bett. Und da würden sie auch bleiben, wenn es nach ihm ging. Am besten für immer. Aber das war jetzt nicht wichtig. Er schob sich an ein paar hübschen Kolleginnen vorbei, die an ihren Cocktails nippten und ihm zulächelten, während sie ihre mageren Körper im Takt der Musik bewegten. Nur nicht zuviel, sonst könnten die Klebestreifen verrutschen, mit denen die Kleider fixiert waren, damit man keinen Blick auf die kaum vorhandenen Brüste bekam. Er kannte die Tricks der Models. Er selbst benutzte ja immerhin auch welche und trotzdem fand er die Welt der Mode noch immer faszinierend. Nicht, dass er das Geld so dringend gebraucht hätte, aber irgendetwas musste man schließlich mit seinem Leben anfangen. Die Erbschaft war so gut wie durch. Ein weiterer Grund, wieso er mit seinem Halbbruder reden wollte. Er gehörte immerhin zur Familie, egal ob es Vaun passte oder nicht, und ihm stand eben etwas davon zu. Der Gedanke allein war genug, um sein Blut in Wallung zu bringen. Der hübsche Kellner füllte eben am Buffet nach und beugte sich vor. Oh ja, wirklich ein bemerkenswert hübscher Hintern. Vaun blieb stehen, um den Anblick zu genießen. Es war unverhohlenes Starren, und das wusste er auch. Gelächter drang von der Dachterrasse zu ihm herüber. Vermutlich spielten irgendwelche Mädels aus seiner Agentur Verstecken zwischen den ganzen Pflanzkübeln und dem beleuchteten Swimmingpool. Platz gab es schließlich genug. Der Kleine mit dem hübschen Hintern drehte sich um, als er sich beobachtet fühlte und Röte schoss auf seine Wangen, als er ihm schüchtern zulächelte.

Bingo.

Vaun erwiderte das Lächeln und schrägte den Kopf, eine Braue leicht erhoben, die Hände locker in den Taschen seines maßgeschneiderten Anzugs vergraben, dessen Jackett offenstand, das Hemd an den obersten Knöpfen geöffnet. Er wusste, dass er verdammt gut aussah, und er wusste auch, wie er sich am besten in Szene setzte. Flirten war eine Inszenierung aus wohldosierten Botschaften, der richtigen Körperhaltung und dem richtigen Maß an Selbstbewusstsein. Abgestimmt auf das Objekt der Begierde, denn bei jedem Fang musste eine andere Taktik angewendet werden. Es war ein erhebendes Gefühl, wenn man Erfolg hatte. Und seine Quote war beachtlich. Der Kleine hier war wahnsinnig süß und unschuldig. Jedenfalls tat er so, aber die meisten waren es natürlich nicht. Auch das war oft nur eine Taktik und er hatte nichts dagegen, dieses Spielchen mitzuspielen.

»Ich glaube, in der Küche müsste noch eine Flasche Rotwein stehen.« Vaun trat einen Schritt näher auf den Burschen zu, der goldblondes Haar hatte, weiche Lippen und einen hellen Teint. Feingliedrige, schlanke Hände, und einen halben Kopf kleiner als er. Seine Krawatte saß nicht ganz akkurat und Vauns Finger strichen zart über den schwarzen Stoff, wobei er den Blick des Kellners suchte. »Vielleicht hast du ja Lust eine Pause zu machen, und wir stoßen auf diesen gelungenen Abend an?«

Er sah, wie sich die Pupillen erweiterten und wie die Zungenspitze über die Lippen strich. Es war ein wortloses Ja und daran, wie sich die Ohren des Kerls rot färbten, wusste er, dass er gewonnen hatte. Die heimlichen Blicke von ihm hatte er schon beim Aufbau des Buffets bemerkt und nun zahlte sich seine Geduld aus. Falls sein missratener Bruder anrücken würde, wäre er vielleicht längst mit der kleinen Sahneschnitte hier fertig. Vielleicht behielt er ihn aber auch noch eine Weile hier. Nur für den Fall, dass er Lust auf ein zweites Dessert hatte. Luca konnte sich bestimmt auch gut alleine beschäftigen. Er hatte allerdings dafür gesorgt, dass sein Halbbruder es nicht musste.

Er wurde schon erwartet.

»Natürlich, gern, Sir. Bitte, hier entlang.« Die Stimme des Burschen klang weich und lockend, mit einem Hauch Zittern darin. Vermutlich hatte er ,so etwas noch nie im Leben gemacht'. Zumindest war das der Spruch, den er schon unzählige Male gehört hatte und nur selten hatte er wirklich gestimmt. Vielleicht stimmte es ja bei ihm. Er war vielleicht neunzehn, höchstens zwanzig Jahre alt. Vielleicht gehörte er zu der seltenen Spezies der Unschuldigen, die tatsächlich unschuldig waren und es nicht nur vorspielten, um sich von jeglicher Schuld an allem, was folgen würde, zu befreien. Und jetzt schockierte ihn die eigene Kühnheit. Vaun schmunzelte und folgte dem Besitzer des knackigen Hinterns in die Küche. Natürlich war beiden klar, dass es diese spezielle Weinflasche nicht gab. Vaun hatte etwas viel Besseres im Sinn.

Das Geräusch der sich schließenden Tür dämpfte die

dröhnende Musik ab, die soeben einige der Gäste zum Tanzen brachte. Gelächter und Stimmengewirr traten in den Hintergrund und Vaun ließ den Blick an seinem Fang emporwandern; über die schlanken Beine, die in unverschämt engen Hosen steckten, über die dunkle Weste und das knittrige Hemd bis hoch zu dem verlockenden Hals, an dem ein sehr aufgeregter Puls pochte.

»Ich bin übrigens Neal.«

Vaun lächelte süffisant. »Und ich bin scharf auf dich. Freut mich.« Er zögerte nicht mehr, als er das süße, schiefe Lächeln auf den Lippen des Blonden sah, der sich rücklings gegen die Anrichte lehnte und ihn mit einem beinahe scheuen Augenaufschlag ansah. Mit zwei Schritten war er bei ihm und drängte sich gegen den schlanken Körper. Ihre Lippen hatten sich noch gar nicht gefunden, als er schon die fremden Finger in seinem Nacken spürte, und den verführerischen Druck, als sich Neals Unterleib gegen seinen eigenen presste und sich gierig an ihm rieb, um sie beide damit anzumachen.

Unschuldig war daran jedenfalls gar nichts. Umso besser.

Vaun würde ihn umbringen.

Keine Diskussion, kein brüderliches Nachsehen, einfach killen. Auf der Stelle. Luca wischte sich mit dem Handrücken über den Mund und die Nase, aus der es noch immer siffte. Das einzig Gute an der Sache war, dass er sich jetzt viel ruhiger fühlte. Entspannter, gewissermaßen. Auch wenn ihm die Knöchel weh taten und die Rippen. Die Schultern. Das ganze Gesicht. Die Hüften und eine Stelle am Schienbein, wo einer der Vollidioten ihn mit einem abgebrochenen Stuhlbein erwischt hatte. Gott, tat ihm das leid. Nicht wegen des Stuhls, sondern des verdammten Steaks wegen. Die arme Kuh war gestorben und er hatte sie nicht einmal essen können, um das zu würdigen. Verdammt aber auch. Luca klopfte seine Lederjacke nach der Zigarettenschachtel ab, denn das Silberetui lag bei seinen Sachen im Hotel. Eigentlich hatte er aufhören wollen, aber gerade ging es ihm am Arsch vorbei, ob seine Lunge schwarz wie seine Seele war oder nicht. Er brauchte das, um runterzukommen. Und außerdem schindete eine Kippe vor allem Zeit. Seit er wieder in dieser Stadt war, hatte ihn die Sucht erneut im Griff.

Er war mit der festen, vollkommen normalen Absicht in den Laden gekommen, einfach nur ein verdammtes Steak zu essen. Er hatte sogar die Fresse gehalten, nicht mit der Kellnerin geflirtet, keinen angemacht, niemanden beleidigt. Er hatte sich einfach nur an die Bar gesetzt.

Gut, er saß auf dem Stammplatz von einem Kerl, der gestorben war. Dem besten Kumpel der Schlägertruppe. Konnte er das wissen? Nein. Und anstatt, dass man auf den unglückseligen Kerl ein nettes Glas Bier kippte oder ein paar Kurze, gab es eine Keilerei. Luca seufzte, als er zwar die

Kippenschachtel fand, aber kein Feuer. Resigniert warf er die Schachtel in den nächsten Mülleimer.

Was war nur los mit dieser Stadt? Er wusste jedenfalls wieder, wieso er damals seine Sachen gepackt hatte und abgehauen war. Die Leute hier waren völlig übergeschnappt. Er zischte leise, als stechender Schmerz durch seine Rippen fuhr, als er sich streckte. Er hatte es vermeiden wollen, dass es so kam, aber wie das so war, mit den guten Absichten, es nützte nichts, wenn man allein damit stand.

Die Kellnerin hatte versucht, die drei zur Räson zu bringen, aber leider war sie damit gescheitert und irgendwie ergab es sich, dass sich plötzlich noch mehr Leute an den Hals sprangen. Es versetzte ihn ein bisschen zurück in alte Zeiten mit seinem Halbbruder, ehe er so ein angesagter Schnösel wurde. Er hätte sich ganz sicher nicht eingemischt, es sei denn, man hätte Streit mit ihm angefangen. Darin waren sie im Grunde gleich. Sie waren selten die, die anfingen. Aber sie waren gut darin, wenn es sein musste. Vaun war nicht so impulsiv, dachte Luca, als er sich in der Schaufensterscheibe eines Geschäfts für Tierbedarf betrachtete. Er sah ziemlich beschissen aus. Vaun würde ausflippen. Aber immerhin hatte er seinen Anzug nicht ruiniert, denn der lag sicher im Hotelzimmer. Nur war er außerdem gut zwei Stunden zu spät, und Vaun hasste Unpünktlichkeit. Eigentlich wollte er nicht auf der Party aufkreuzen, aber er hatte es seinem Bruder versprochen und so klemmte er sich murrend die letzte Kippe in den Mundwinkel. Zumindest würde es dort Alkohol geben, und allein das war schon ein Grund nach diesem missratenen Abend. Außerdem würde Morgen ein ziemlich beschissener Tag werden und vielleicht wäre da ein bisschen Restalkohol im Blut gar nicht so dramatisch.

Der Taxifahrer wollte erst nicht anhalten, also schwenkte er einen Batzen Scheine, um ihn zu überzeugen. So wie er aussah, hätte er sich auch nicht mitgenommen.

»Guten Abend«, versuchte er es höflich, als er sich auf die Rückbank fallenließ und die Adresse nannte. »Ist kalt draußen, was?« Er gewann den Mann nicht für eine Unterhaltung, der ihm im Rückspiegel eindeutig skeptische Blicke zuwarf, aber das störte ihn weniger. Luca ließ den Kopf gegen die Rückenlehne sinken und betrachtete die Straßen, die vorbeizogen. So viel hatte sich verändert. Aber es schien egal, wie rasant die Zivilisation auch voranschritt, die Menschen blieben im Grunde gleich.

Er hatte sich genau so wenig verändert, wie Vaun. Sie waren vielleicht erwachsen geworden, hatten ihr eigenes Ding gedreht, aber das veränderte den Kern der Sache nicht. Er war schon immer einer dieser Jungs, die Ärger magisch anzogen und Vaun war schon immer einer von denen gewesen, die gut darin waren, einen da herauszuboxen. Entweder mit Worten oder sprichwörtlich. Vaun war der Klügere. Weniger impulsiv, weniger geladen. Für Luca hatte sich schon früh ein Ventil für die angestaute Frustration gefunden, die sein Leben so mit sich brachte. Seine Mutter war alleinerziehend gewesen, mit einem Sohn, der ihr den Schlaf raubte. Damals wusste er noch nicht, wer sein Vater war. Er war kein Wunschkind gewesen, beileibe nicht, und seine Mutter hatte auch keinen Hehl daraus gemacht, ihm das vorzuhalten. Seine Existenz hatte ihr Leben ruiniert. Sie hatte Ziele gehabt, Wünsche und Träume. Und plötzlich war sie ungewollt schwanger. Und damit hatte es sich.

Aus halb zusammengekniffenen Augen musterte er die vorbeifliegenden Straßen mit ihren Häusern und Geschäften, den hell erleuchteten Schaufenstern und den Hauseingängen, den sauberen Vorgärten und den akkurat gestutzten Gärten mit den perfekten Beeten. Sie streiften das Vergnügungsviertel abseits der geschniegelten Wohngebiete und der weitläufigen Komplexe aus Wolkenkratzern, als der Fahrer eine Abkürzung nahm. Passanten kamen gerade aus den Bars und Clubs, den Edelschuppen und den Bordellen, oder sie waren auf dem Weg dorthin. Es war spät und es war Freitagabend. Luca seufzte leise. Am liebsten wäre er wieder umgedreht, um sich in irgendeinem Club selbst den Abend zu versüßen, aber so wie er gerade aussah, würde man ihn sowieso nirgendwo reinlassen. So wie er gerade aussah, würde er in egal welcher Bar nur die nächsten juckenden Fäuste anziehen, die sich an seinem Gesicht abreagieren wollten.

Außerdem hatte er es Vaun versprochen. Und auch, wenn der sauer sein würde, hatte er vor es zu halten.

»Da vorn links«, beschied er dem Fahrer, als er sich aufrichtete und ein annehmliches Trinkgeld abzählte. Er wollte nicht direkt vor das Haus vorfahren, in dem Vauns Apartment lag. Ein bisschen frische Luft würde ihm guttun und bei der Lage konnte er vermutlich sogar das Meer und den Strand sehen. Die Lichter der Stadt lagen wie ein eigenes, funkelndes Meer hinter ihnen und hier ging es, außerhalb der ganzen Vergnügungsviertel, deutlich ruhiger zu.

Es war schweinekalt hier draußen und die eisige Seeluft drang frisch und salzig in jede ungeschützte Lücke seiner Kleidung. Luca zog fröstelnd die Jacke enger um sich, als er dem abfahrenden Taxi noch einen Blick hinterherwarf. Der Fahrer schien froh, ihn los zu sein.

Die Nacht war finster und nur hier und dort waren die Straßen beleuchtet oder befanden sich eingeschaltete Lampen in den Gärten der umliegenden Häuser. Aber er konnte das Meeresrauschen hören und allein der Klang der See hatte etwas tröstliches an sich. Das Meer hatte er immer schon gemocht. Eines Tages wollte er auch direkt am Wasser wohnen. Er sparte schon seit einer halben Ewigkeit dafür, um ein Grundstück kaufen zu können. Doch bislang hatte er noch keins gefunden, das ihm gefiel. Und zum Teil war es schlichtweg noch zu teuer.

Bis zu Vauns Apartment waren es etwa zehn Minuten Fußweg, die er nicht eben zügig hinter sich brachte. Zwei offensichtlich volltrunkene und sehr leicht bekleidete Damen stolperten an ihm vorbei, lachend und sich aneinander festhaltend. Sie lallten so schwer, dass er sie nicht verstand, was sie nur noch mehr zum Lachen brachte. Er lächelte irritiert auf die verwirrenden Gesten, und die beiden Grazien zogen und schoben sich fort von ihm. Garantiert Vauns Gäste, die die Feier frühzeitig verließen. Die eine hatte einen Schuh verloren und die andere hatte sich irgendetwas auf das ziemlich kurze Kleid geschüttet. Kurz überlegte er, ob er ihnen ein Taxi rufen sollte. Aber dann dachte er sich, dass sie alt genug wären. Vielleicht. Bei den weiblichen Modellen in Vauns Agentur hatte er seine Probleme mit dem Einschätzen von Jahren, aber Vaun war nicht so blöd, Minderjährige auf so eine Veranstaltung zu lassen. Er wilderte sowieso nicht in der eigenen Branche, das zumindest hatte er Luca mal verraten. Wie glaubhaft das war? Nun ... Vaun war auch nur ein Mann und er glaubte keine Sekunde, dass er das Leben eines Heiligen lebte.

Er ging einen hübschen, sauberen Weg entlang und gerade an einer der hohen Hecken vorbei, die um die meisten Wohnhäuser hier standen, als ihm ein schwerer, süßer Duft um die Nase wehte. Eine relativ dichte Rauchwolke kräuselte sich nicht weit von ihm in den Nachthimmel und schwebte über den Gehweg. Luca kannte den Geruch nur zu gut. Er hatte früher gekifft, das erste Mal zusammen mit Vaun. Allerdings fragte er sich, wer in so einer Gegend wohl munter in der Öffentlichkeit einen Joint rauchen würde? Hatte sich einer von Vauns Gästen verirrt?

Er konnte das Haus von hier sehen, in dessen oberstem Stock sein Halbbruder gerade feierte. Sogar die Musik schwappte bis hierher, nur leise zwar, doch sie tat es. Gott, stand er immer noch auf diesen furchtbaren Elektroscheiß? Das Haus selbst war hübsch, aus hellem Stein gebaut und mit schlichter Eleganz verschönert. Da zu wohnen kostete einiges an Geld, das Luca definitiv nicht hatte. Direkter Zugang zum Strand mit einem Privatabschnitt für ungestörtes Baden, ein beheizter Pool auf der Dachterrasse und eine Sauna waren im Preis inbegriffen, soweit er sich recht entsann. Nicht übel dafür, dass sein Bruder die Hütte kaum je nutzte. Er arbeitete zuviel und zu hart und war ständig unterwegs.

Die Hecke raschelte, als Luca sich näherte und um die Ecke spähte. Honigfarbene Augen mit riesigen Pupillen sahen ihm aus einem schwarzen, etwas wirren Schopf entgegen. Deutlich überrascht, ehe der Kerl ihn anlächelte. Zwischen schlanken Fingern hielt er einen beachtlichen Joint und so, wie er da halb in der Hecke lag, war es sicher nicht der erste an diesem Abend.

Luca konnte sich das Lachen einfach nicht verbeißen. »Na, ein bisschen vom Weg abgekommen, was? Soll ich dir hochhelfen? Es ist ziemlich kalt.«

Rick legte den Kopf schief und betrachtete Luca eindringlich, ehe er sich einen neuen Zug gönnte, als müsste er über das Angebot erstmal nachdenken. »Neulich sahst du besser aus.« Es kam ein wenig schleppend von den Lippen des Heckenkiffers, während er Luca eingehend musterte. Träge wanderte der Blick über die Blutergüsse in seinem Gesicht und schließlich über die ganze Erscheinung.

Luca murrte leise, als er so angestarrt wurde, und das eine ganze Weile lang. Er klemmte sich die einsame Kippe in den Mundwinkel. »Ich helf dir hoch, und du gibst mir Feuer, wie wär das?« Über seinen Zustand redete er ganz sicher nicht mit dem Krawattenverkäufer. Dieser steckte in einer dünnen Jacke, einem schwarzen Hemd und schwarzen Hosen, dazu dunklen Boots, die fast etwas zu derb für ihn wirkten. Ricks Hand ergriff seine nur langsam, als er sie ihm hinhielt, doch wohnte der Bewegung kein Zögern inne. Sie war nur einfach träge. Die Charms an seinen Lederarmbändern klimperten leise, als Luca ihn zu sich zog. Obwohl es so kalt war, waren Ricks Hände warm. Feingliedrig und schlank, mit hübsch geformten Fingern. Er konnte den Blick auf sich spüren, als er den Bengel wieder auf die Füße gebracht hatte und der sich beinahe an ihn lehnte, so eng standen sie voreinander. Im ersten Impuls wollte Luca zurückweichen, doch so bekifft, wie der Kerl war, musste er sich wohl keine Sorgen darum machen, dass er plötzlich Streit anfangen wollte. Oder sonst irgendwas.

»Dann los.«

Es war nur ein Murmeln und Luca musste sich anstrengen, um zu verstehen, was der Schwarzhaarige sagte. »Was?«

Honigfarbene Augen blickten amüsiert zu ihm auf und für einen flüchtigen Moment konnte er das Parfüm wahrnehmen, das schwach an Rick haftete. Es roch angenehm unaufdringlich holzig und dunkel. Ein bisschen nach Sandelholz, vielleicht. Im Licht einer entfernten Straßenlaterne konnte er die Farbe seiner Augen nicht besonders gut erkennen und für einen Moment bedauerte er diesen Umstand, doch da neigte Rick schon den Kopf, den Joint zwischen den Lippen.

»Na, ficken. Deine Kippe?« Es klang deutlich belustigt und für einen Moment war Luca tatsächlich zu baff, um zu realisieren, was der Dunkelhaarige meinte. Er kam sich dämlich vor, doch er neigte sich der Geste entgegen und suchte den Blick in Ricks Augen, als sie an ihren Glimmstängeln zogen, um Lucas Zigarette zu entflammen. Er verharrte etwas länger als nötig, während der Schwarzschopf seinen Blick ungerührt erwiderte. Schließlich zog er sich jedoch zurück.

»Wir können es auch richtig machen, wenn du das lieber willst.« Rick strich sich eine Haarsträhne aus der Sicht und schrägte den Kopf neugierig, während eindeutige Blicke an Luca auf und abwanderten. Interessiert.

So viel Direktheit hatte Luca hingegen nicht erwartet und er sog mehr Rauch in seine Lunge, als er vertragen hätte. Er hielt ihn dort, ehe er den Kopf in den Nacken legte und ihn gen Himmel ausstieß. Es brannte in seinem Hals. »Ich komme zu spät zu Vauns Party«, wich er aus. »Danke für das Feuer.« Er fühlte sich einigermaßen überrumpelt und rieb sich mit einer Hand über das bärtige Kinn. Er hatte Blutergüsse im Gesicht, eine aufgeschlagene Lippe und ganz sicher noch Überreste der Schlägerei überall auf seinem Körper hübsch verteilt. Wie die ideale Bettgesellschaft sah er devinitiv nicht aus. Er wandte sich zum Gehen. Der Kleine verarschte ihn doch garantiert.

»Ach ja.« Es klang, als wäre Rick just in diesem Moment etwas eingefallen und Luca kam nicht umhin, einen Schulterblick zu ihm zurückzuwerfen.

»Ich auch.« Rick grinste ein wenig schief und zuckte lässig die Schultern. »Ich hab' nur eine Pause gemacht.«

»In einer Hecke.« Luca musterte ihn, doch er konnte seine Mundwinkel nicht davon abbringen, zu zucken.

Rick sog an seinem Joint und atmete den Rauch nach einem Moment aus. »Japp. Die war echt bequem. Und sogar windgeschützt.«

Es fehlte nur noch, dass der Knabe ihm vorschlug, dass er-

»Solltest du auch mal versuchen!« Rick gluckste leise, ehe er neben ihn trat und ihm einen schrägen Blick zuwarf. Der Wind trieb ihm die Haare in die Sicht und er schien zu frieren. In den dünnen Klamotten musste es kalt sein. Trotzdem ließ er sich nichts anmerken und Luca seufzte leise, als er sich auf das Haus zubewegte, den Krawattenverkäufer an seiner Seite, der ohne Hast seinen Glimmstängel aufrauchte.

»Nein, danke.« Er konnte es gar nicht erwarten, den Kleinen an Vaun abzutreten. Vielleicht konnte er ihn einfach irgendwo stehenlassen, in der Hoffnung er begann, mit dem Interieur zu reden. Luca hatte jedenfalls nicht vor, den ganzen Abend mit dem kleinen Kiffer abzuhängen. Egal wie niedlich er ihn auch irgendwie fand. Ein bisschen hilflos, und ungeschickt, ganz sicher. So ähnlich wie ein unbeholfener Welpe. Nur vermutlich nicht so unschuldig und harmlos.

»Hey. Wie heißt du nochmal?« Rick zupfte ihn am Ärmel seiner Lederjacke, als sie vor dem Hauseingang standen und Luca dabei war, die Klingel zu betätigen. Im Schein der Lampen, die den Eingang ausleuchteten, konnte er wieder das

Honiggold sehen. Er fragte sich, was da so lange dauerte. Es machte ihn nervös in diese geweiteten Pupillen zu sehen und für seinen Geschmack stand der Kerl etwas zu nah. Nicht, dass sie sich da hinten nicht eben ziemlich nah gekommen wären, aber ...-

»Luca«, brummte er so abweisend, wie er konnte. Was nicht besonders abweisend war. Er nahm den letzten Zug seiner Kippe und schnippte sie in das Rosenbeet zur Linken. »Wieso?«

Rick grinste schief. »Ich bin Rick«, stellte er sich dann vor. »Und nur so. Ich würde halt schon gern wissen, wie der Kerl heißt, mit dem ich es später mache. Ist höflicher.«

Luca entkam ein Schnauben und er schickte einen irritierten Blick nach rechts, wo sich Rick gerade an alle Klingelschilder lehnte und ihn dabei anlächelte. Oh Mist. Er hatte ein Grübchen. Oder war das nur ein Schatten?

»Hey, lass das! Da wohnen noch andere Leute!« Luca packte ihn reflexartig am Jackenkragen und zog ihn von den Klingelschildern weg und zu sich, damit er nicht taumelte. Ein komplettes Haus voller Leute, die in ihrer Nachtruhe gestört wurden und in Bademänteln herum wetterten, war jetzt echt das Letzte, das er brauchte. Vaun wäre auch so schon nicht gut drauf. Immerhin war er erheblich zu spät und Rick war bekifft bis über die Ohren. Nicht, dass das sein Problem wäre.

Die Augen des Dunkelhaarigen weiteten sich leicht und er gab ein undefinierbares Geräusch von sich. Eine schmale Hand legte sich auf Lucas Shirt, direkt an seine Brust. Nachdenklich legte Rick die Stirn in Falten, ehe er zu ihm aufsah, als sei er nicht sicher, wieso sie sich plötzlich so nahe waren. Die Lippen, die für Lucas Geschmack eine Spur zu verführerisch aussahen, hatte der Dunkelhaarige dabei leicht geöffnet. »Was hast du eigentlich gegen Pflaume?« Seine Stimme klang leise und verträumt, die Frage darin jedoch offensichtlich ernstgemeint. Wie der Kiffer gerade jetzt auf die Frage nach der richtigen Krawattenfarbe kam, war ihm schleierhaft.

In dem Moment ging der Summer und die Tür schwang auf und Luca war froh darüber, denn er stolperte und schob Rick an der Schulter etwas von sich. Sein Herz klopfte zu schnell, ohne dass er hätte sagen können, wieso.

Im Hausflur ging das Licht an und von oben drangen Stimmen und Gelächter zu ihnen herunter als jemand die Wohnungstür öffnete. Für einen Moment sahen sie sich nur schweigend an, ehe sich Rick schief lächelnd an ihm vorbeischob. Die Frage hatte er wohl schon wieder vergessen, und vielleicht hatte er nicht einmal wirklich mitbekommen, dass Luca ihn weggeschoben hatte. Oder vielleicht war es ihm auch einfach egal. »Kommst du?« Rick warf ihm einen Schulterblick aus dunklen Augen zu, ehe er die Stufen erklomm.

Für eine Sekunde erwog Luca, einfach zu verschwinden. Wieder nach draußen zu gehen, auf die Straße, und den Weg ins Hotel anzutreten. Aber er tat es nicht.

»Klar«, murmelte er nur, als er Rick nach oben folgte.

3

Luca wusste nicht, was er schlimmer fand; die furchtbare Lichtshow, die ihn an frühere Discobesuche erinnerte, oder die Gäste, die sich hier in erstaunlicher Zahl versammelt hatten.

Im Takt der Musik, die aus einer teuren Anlage wummerte, bewegten sich hier und da ein paar Damen in geschmackvollen und teils gewagten Abendkleidern und ein paar Kerle in Anzügen begutachteten die Frauen dabei fachmännisch, bewaffnet mit Drinks in Kristallgläsern. Es gab zusätzliche Tische, die in dem weitläufigen Apartment aufgebaut worden waren, und gemütliche Sitzecken, wo munter geplaudert und gelacht wurde. Insgesamt wirkte die Szenerie wie eine Schulabschlussparty, nur ein wenig gehobener und mit mehr illegalen Substanzen. Aus dem Augenwinkel sah er, wie sich eine Frau in einem engen roten Kleid gerade die Nase wischte und heftig blinzelte. Es mutete ein wenig surreal an, angesichts der Tatsache, dass um edle Garderobe gebeten worden war und er sich in frühere Tage zurückversetzt fühlte, als er noch mit seinem Halbbruder um die Häuser gezogen war. Es war lange her. Beinahe wie ein ganzes Leben. Zumindest fühlte es sich so an.

Er spürte die Blicke, die sich an ihm festsaugten und sah die Köpfe, die sich drehten, um mit dem Nachbarn zu tuscheln.

Augen wurden gerollt und obwohl die Musik es übertönte, konnte er das Zungenschnalzen förmlich hören. Vermutlich seiner nicht angemessenen Garderobe und seinem lädierten Gesicht geschuldet. Manche Dinge änderten sich eben nicht und in diesem Moment wünschte er sich, er hätte sich doch verpisst, als er noch die Gelegenheit hatte. Rick war irgendwo in der Menge verschwunden und Luca ärgerte sich ein bisschen darüber, dass es ihn kratzte.

Sein Gesicht schmerzte noch immer. Und in der Wärme hier oben spürte er das Pochen überdeutlich. Von rechts nahm er eindeutige Geräusche wahr, die von der geschlossenen Tür nur unzulänglich gedämpft wurden. Da er seinen Bruder nirgendwo entdecken konnte, befasste er sich mutmaßlich gerade intensiv mit einem der Gäste.

Großartig. Ein leises Schnauben entkam ihm, als er etwas mehr in das trat, was er für das Wohnzimmer hielt. Die Möbel waren teils neu angeordnet worden, um Platz zu schaffen. Eine ausladende, elegante Sofakombination wurde von ein paar Kerlen belagert, die Investmentbanker sein könnten. Es gab eine gut bestückte Hausbar in der Nähe, hinter der ein offensichtlich eigens engagierter Barkeeper Cocktails und Drinks mixte und er entdeckte ein Buffet mit allerlei kleinen Häppchen an einer Seite des Raumes. Nahezu unangetastet, wie es schien. Er sah auch kaum jemanden essen, dafür aber reichlich Alkohol konsumieren.

Insgesamt war es die Art von Party, auf der es sich nicht einmal lohnte die Jacke auszuziehen, weil er sowieso nicht vorhatte lange zu bleiben. Aber immerhin einen Höflichkeitsdrink sollte er schon nehmen. Und seinem verkorksten Bruder Hallo sagen, wenn der endlich auftauchen würde und dann könnte er endlich abhauen. Es war spät, er fühlte sich insgesamt beschissen und seine Laune hob sich bei der Aussicht auf den morgigen Tag auch nicht gerade.

Luca schob sich an zwei weiblichen Gästen in hautengen

Fummeln vorbei und an die Bar, was ihm wie die einzig vernünftige Aktion heute Abend vorkam.

Der Barkeeper, ein Kerl mit kurzen, dunklen Haaren und in einem schwarzen T-Shirt, grinste ihn schief an. Dabei blitzte ein Schmuckstein an einem Eckzahn auf. »Verlaufen oder Ehrengast?«, wollte er wissen, als er sich zu ihm herüber lehnte, um gegen die wummernde Musik anzukommen. In seinen Augen stand zumindest keine Abscheu, sondern bestenfalls Belustigung und Neugier.

Luca warf ihm einen langen Blick zu. Für dumme Witze war er jedenfalls nicht in Stimmung. »Weder noch. Pflichtprogramm«, antwortete er, ehe er auf das verstehende Nicken des Mannes ein »Bourbon, bitte«, nachschob. Er lehnte sich an den Tresen und ließ den Blick über die Gäste schweifen. Ein paar von ihnen tobten sich auf der freien Fläche aus, die zum Tanzen gedacht war, während ein lesbisches Pärchen im Hintergrund in der Nische zwischen Küche und Schlafzimmer einen ganz anderen Tanz wagte. Aus der Distanz konnte er zwar nichts Genaues erkennen, aber die Bewegungen ließen darauf schließen, dass sie definitiv Spaß miteinander hatten.

»Bitte sehr.« Der Barkeeper schob den Drink zu Luca herüber und wischte einmal mit einem sauberen Tuch über das Holz, ehe er sich vorbeugte. »Tut mir leid, wenn ich neugierig bin, aber was ist mit deinem hübschen Gesicht passiert?« Er schenkte ihm ein Lächeln und Luca war dankbar dafür, dass er sich mit seinem Glas beschäftigen konnte. Der goldbraune Inhalt rann wie flüssige Seide seine Kehle hinab und zog ein scharfes Brennen hinterher, das vom Aroma der Eichenfässer abgemildert wurde. Er mochte den Geschmack und schob das geleerte Glas wieder zu dem neugierigen Kerl zurück. Der Alkohol ging direkt ins Blut und ein angenehmes Kribbeln breitete sich in seinem Magen aus.

»Ein paar Kerle fanden es weniger ansehnlich«, erklärte er mit einem halben Lächeln. Der Barkeeper war offenbar interessiert, aber er war einfach nicht sein Typ. Die kurzen, schwarzen Haare hatte er mit viel Gel nach hinten gekämmt und in den Ohren steckten funkelnde Brillanten. Vermutlich unecht, und ein wenig zu groß. Ein schmales Armband links schmückte das Handgelenk. Er war eindeutig nicht Lucas Geschmack, auch wenn er ein niedliches Lächeln hatte.

»Kann ich gar nicht verstehen.« Der Barkeeper zwinkerte ihm zu. »Falls du nach der Party noch nichts vor hast? Ich kenne da ein nettes kleines Plätz-«

»Ah, hier bist du.« Rick kam von irgendwoher angeschossen, die Wangen gerötet, die Haare durcheinander, als wäre er eben einmal bei starkem Wind um das Haus gerannt. Er lehnte sich dicht neben Luca an den Tresen und blickte zwischen beiden hin und her, lächelnd und nichtsahnend. Irgendwo hatte er seine Jacke liegenlassen, denn er trug nur ein dünnes, dunkles Shirt, das schlabberig an ihm herunterhing und dessen Halsausschnitt ein wenig zu groß geraten war. Es rutschte ihm fast über eine Schulter. »Ich hab dich schon gesucht. Kriegt man hier was gutes zu trinken?« Er spähte interessiert zur Karte, die an der Bar aushing und musterte den Tresendiener nur flüchtig, der bei Ricks Auftritt zu Luca blickte und dabei aussah, als hätte ihm jemand in den Magen geboxt. Mit nur schlecht verborgenem Missfallen musterte er Rick, ehe er sich ein Lächeln aufzwang. »Alles, was du willst. Solange es flüssig und alkohollastig ist«, gab er zurück. Er nahm Lucas leeres Glas und füllte ihm nach, während Rick sich etwas aussuchte.

»Ich nehme, was er hat«, ließ er verlauten, als er auf Lucas Glas deutete und sich diesem mit einem breiten Lächeln zuwandte. »Ziemlich cool hier. Willst du deine Jacke nicht ausziehen?«

Rick zupfte an Lucas Ärmel, noch während dieser nach seinem Glas griff. Es entlockte Luca ein leises Murren und er schickte einen schiefen Seitenblick zu Rick, der aufgedreht und ein bisschen durch den Wind aussah. Ein paar Haarsträhnen fielen ihm ins Gesicht und für einen Moment zuckten Lucas Finger, ehe er sie fester um das Whiskyglas schloss. Fehlte noch, dass er an seinen Haaren rumzufummeln begann, als wären sie zusammen. »Wo ist deine überhaupt?«

Der Barkeeper zog es vor, zu schweigen, als er so tat, als hörte er nicht zu. Dabei tigerte er auffällig in ihrer Nähe herum und ließ sich Zeit damit, Rick einzuschenken. Als er ihm das Glas zuschob, ergriff es der Dunkelhaarige und leerte es in einem Zug. »Irgendwo da«, meinte Rick gleichgültig mit einem Deut über die Schulter, ohne hinzusehen. »Finde ich schon wieder.« Er verzog nur minimal das Gesicht, ehe er das Glas abstellte und auffordernd zu Luca sah.

»Was ist?« Der Blick irritierte ihn und er staunte nicht schlecht über Ricks Trinkgewohnheiten. Er hatte nicht einmal mit der Wimper gezuckt, und der Bourbon war ziemlich stark. Er setzte sein eigenes Glas an. Soweit kam es noch, dass der schmächtige Kerl ihn unter den Tresen trank. Der Alkohol rann scharf seinen Hals hinab und er bereute, nichts gegessen zu haben. Im Augenwinkel meinte er, den Barkeeper den Kopf schütteln zu sehen. Ein paar schon recht beschwipste Damen kamen kichernd herangestöckelt und verlangten nach Cocktails.

»Na ja, das ist eine Party, oder? Tanzen wir!« Ricks Hand ergriff Lucas, noch ehe er den Mund zu einem Protest aufklappen konnte. Ihm entkam ein leises Ächzen, als er hinter dem schlanken Kerl herstolperte und leise den Teppich verfluchte, der so tückische Falten hatte. Er war nicht der Typ, der tanzte. Jedenfalls nicht zu dieser Art von Musik. Na ja, eigentlich zu gar keiner Art. »Hör mal, ich glaube nicht, dass-«, setzte er an, doch Rick ließ ihm gar keine Zeit. Aus den Lautsprechern drang ein Song, der beatlastig war und dessen Text geradezu nach Sex schrie.

Rick ließ seine Hand los und die warmen Finger streiften dabei zart über seine Haut, hinterließen dabei das Echo eines

Kribbelns, das ihm direkt in das Blut zu schießen schien. Es war gerade hell genug, dass er den Ausdruck auf der Mimik des anderen sehen konnte, aber gleichzeitig dunkel genug, dass er hoffte, dass niemand ihn so genau sehen würde. Rick wiegte sich im Takt der Musik, und Luca musste zugeben, dass er das verdammt gut machte. Er tanzte ihn offensiv an, so dicht, dass er seine Körperwärme spürte. Der dezente Hauch eines Parfüms stieg ihm in die Nase und im Schein der flackernden Lichter konnte er sehen, dass Rick seinen Blick suchte, als er ihm eine Hand an die Brust legte. Er kam ihm so nahe, dass er die zarte Note Bourbon in seinem Atem wahrnehmen konnte, als der Schwarzhaarige den Kopf leicht neigte, die Lippen geöffnet. Die Finger an seiner Brust fächerten sich auf, strichen über den Brustmuskel und ein Stück tiefer, über Lucas Bauch, neckend, verspielt beinahe, und er sah das Lächeln aufblitzen, ehe Rick sich geschmeidig drehte. War das noch tanzen? Lucas Mund fühlte sich schlagartig trocken an, als Ricks Hüften zu kreisen begannen und er spüren konnte, wie dessen Kehrseite seinen Schritt streifte. Plötzlich war ihm ziemlich egal, wer ihnen zusah.

• • •

Rick hatte zuerst die Befürchtung gehabt, er würde abblitzen. Luca sah jedenfalls für einen Moment so aus, als würde er ihm eher eine klatschen als mitmachen. Der Schock auf seinem Gesicht war irgendwie süß gewesen, als er ihn mit sich gezogen hatte. Dabei wollte er einfach nur, dass Luca aus der Reichweite des Barkeepers kam. Er hatte gesehen, wie der ihn angesehen hatte und es hatte ihm nicht gefallen. Der Gedanke sickerte durch sein Hirn, träge nur, obwohl er seltsam abwegig schien. Er kannte den Typen gar nicht und ihm Grunde konnte ihm ja egal sein, ob er den Barkeeper vögeln wollte oder nicht. Der springende Punkt war nur, dass er lieber derjenige wäre, den Luca vögeln wollte. Noch war er bekifft genug, und er hatte vor, es auch zu bleiben, damit er den Abend genießen konnte. Außerdem rann der Bourbon durch seine Adern und sein Herz klopfte wie wild in seiner Brust. Er konnte sich nicht mehr daran erinnern, wann er das letzte Mal so entspannt war und es fühlte sich einfach gut an. Er hatte die anderen Gäste schon inspiziert und bei irgendeinem der Kerle, die er kurz zuvor angeflirtet hatte, lag seine Jacke herum. Ein paar waren durchaus ansehnlich gewesen. Es wäre kein Problem gewesen, kurz mit einem von ihnen zu verschwinden. Oder mit zweien. Aber keiner von den Anzugträgern mit ihren teuren Uhren und den kostspieligen Parfüms konnte mit diesem Exemplar hier mithalten. Sie waren kontrolliert, distanziert, oberflächlich. Luca hingegen war ihm schon im Laden aufgefallen. Ihm fehlte die einstudierte Eleganz, der gehobene Geschmack, was Kleidung betraf, und er war eindeutig aus einem anderen Holz geschnitzt als die Kerle, die Rick sonst so kannte. Seine Hände fühlten sich rau an, und er hatte Narben. Außerdem gefiel ihm der Bart und er fragte sich, was das für ein Tattoo sein mochte, das aus dem Halsausschnitt des Shirts hervorschaute. Er war anders und anders machte Rick einfach neugierig. Dass er neu in der Stadt war, machte ihn noch attraktiver. Und noch besser war: Er würde offenkundig nicht für immer bleiben. Er war nur auf der Durchreise, um irgendwelche Geschäfte zu erledigen. Das bedeutete, dass sie Spaß miteinander haben konnten, ohne dass es Konsequenzen oder Verpflichtungen nach sich zog.

Es war schlicht und ergreifend perfekt.

Rick schloss die Augen, als er sich umdrehte und Luca seine Rückansicht präsentierte. Er mochte den Song, der gerade gespielt wurde, und die Nähe zu Luca fühlte sich gut an, auch wenn es nicht so nah war, wie er sich gewünscht hätte. Heißer Atem strich über seine Halsseite und bescherte ihm Gänsehaut, als sein Tanzpartner den Kopf neigte. Raue Hände strichen ihm über die Seiten und Rick leckte sich unwillkürlich die Lippen, als er ihren Druck an seinen Hüften fühlte. Der Geruch der Lederjacke mischte sich mit dem Duft, der von Luca selbst ausging. Es war ein herbes Aroma, ein wenig krautig, ein wenig sinnlich, insgesamt eher dunkel und mit einer hintergründigen Frische. Es war unaufdringlich und damit nur umso begehrenswerter, denn es verleitete Rick zu der Frage, wie seine Haut wohl schmecken würde?

»So wie du tanzt, müsste das verboten sein.« Lucas Stimme klang dunkel an Ricks Ohren und eine Spur heiser. Ihm wurde heiß davon und er wünschte die anderen Gäste zum Teufel. Seine Hände legten sich auf die von Luca, dessen Lippen sein Ohr streiften und ihm die Knie weich machten. Er schob sie tiefer, führte sie unter das dunkle Shirt, das nur locker saß.

»Dann sollten wir es vielleicht irgendwo tun, wo uns keiner sieht.« Rick saugte die Unterlippe zwischen seine Zähne, als Lucas raue Finger über seine Haut streichelten, warm und sinnlich glitten sie über seine Hüften, touchierten den weichen Bauch und schoben sich höher. Ein süßes Prickeln spielte über seine Halsseite, als er die Lippen fühlte, die knapp darüber strichen, ohne ihn wirklich zu berühren. In seinen Lenden zog es bei der Vorstellung, ihn richtig zu spüren. Er fühlte die Hitze des Körpers hinter sich und erschauerte, als Luca eine Hand hoch zu seiner Brust führte. Die Fingerkuppen strichen nur ganz leicht über einen Nippel, doch Rick ging die Berührung durch und durch. Es war ein berauschendes Gefühl, und doch war es schmählich wenig.

Sein Kopf fühlte sich nicht mehr nur vom Gras benebelt und erst jetzt realisierte er, dass er einen Ständer hatte. Die Hände ließen von ihm ab, drehten ihn herum und ehe er wusste, was los war, spürte er sie auf seinem Hintern. Luca presste sich an ihn, die grauen Augen dunkel wie ein Sturmhimmel, als Rick aufschaute. Er keuchte leise auf, als er die kräftigen Finger durch seinen Hosenstoff spüren konnte. Sie umschlossen seine Rundung perfekt, kneteten sie leicht und sandten heiße Schauer sein Rückgrat hinab.

Er spürte die Hitze, die zwischen ihren Körpern tobte und so an Luca gepresst zu werden, machte ihn schwindelig. Das Lied war längst vorbei und ein anderes spielte. In Ricks Kopf fragte er sich, wie lange sie schon so dastanden. Seine Haut brannte von den gehauchten Berührungen und ihm war definitiv nach mehr davon. Luca hatte den Kopf leicht geneigt, und die Art, wie er Rick ansah, war intensiv. Es schien, als überlegte er ernsthaft, ob sie einfach abhauen sollten und Rick wurde unruhig, als er sah, wie der andere sich die Lippen leckte. Betont langsam. Sein Blick klebte förmlich an dem sinnlich geschwungenen Mund. Er schmiegte sich etwas mehr gegen Luca, die Hände an seiner Brust. Die Muskeln unter dem Stoff fühlten sich gut an und für einen Moment war er versucht, unter das Hemd zu schlüpfen, um seine Vermutung zu überprüfen, dass sie sich auch pur wahnsinnig gut anfühlten.

»Ah, wie schön, dass Ihr es geschafft habt.«

Vauns Stimme war für Rick nur Beiwerk, nur ein weiteres Geräusch in dem Ozean an Geräuschen, die um sie herum waren, doch es war Lucas Kopf, der sich drehte und dessen Blick er schließlich folgte. Mit leicht zusammengezogenen Brauen, denn es passte ihm gar nicht, dass sie unterbrochen wurden. Noch weniger gefiel ihm, dass Luca sich wieder löste. Rick lächelte matt und strich sich eine verirrte Haarsträhne aus dem Gesicht. »Tolle Party. Danke für die Einladung.« Er lächelte dem Mann zu, der ihn eingeladen hatte und der die Hände in den Hosentaschen vergrub.

Er wirkte irgendwie angespannt. Im Hintergrund erspähte er einen jungen Typen in weißen Klamotten und dunkler Weste, der ihn irgendwie missgünstig musterte, obwohl Rick keine Ahnung hatte, wieso. Sein Blick streifte zu Luca, der sich etwas mehr aufrichtete, als er Vaun in Augenschein nahm. Sogar zugedröhnt, wie er war, merkte Rick, dass sich Spannung zwischen den beiden aufbaute. Es war, als würde man beobachten, wie ein Gewitter heraufzieht.

»Hey. Ich kann ihm nur beipflichten. Wirklich eine gelungene Party, Vaun. Tut mir leid, wegen der Garderobe. Mir kam eine Kleinigkeit dazwischen.« Luca klang beiläufig und entspannt, doch waren es die feinen Zwischentöne, die Rick aufhorchen ließen.

Vaun nippte an seinem Glas, ohne Luca nennenswert aus den Augen zu lassen. Rick lächelte er nur knapp zu. Sie waren so unterschiedlich, dass man nur schwer auf den Trichter kam, dass sie verwandt waren. Vaun war hochgewachsen und schlank, wenn auch sportlich. Man sah ihm einfach an, dass er auf sich achtete und sich bewusst fit hielt. Kein Gramm zuviel, perfekt zurechtgemacht, jede Wahl der Kleidung und Accessoires überlegt getroffen. Die Farbe der Uhr passte zu seinem Anzug, das nussbraune Haar war nur an der Stirn in Unordnung geraten. Rick beobachtete den Burschen in Weiß dahinter. Wie der Vaun anschmachtete, und wie böse er im Gegensatz dazu ihn ansah, ließ nur einen Schluss zu. Er schmunzelte amüsiert und verschränkte die Arme locker vor der Brust. Noch immer stand er dicht neben Luca und er hatte auch nicht vor, abzurücken. Der Duft von Leder und dem kühlen Duftwasser, der von Luca ausging, war angenehm und noch immer hatte Rick das Gefühl, seine Wärme unter den Händen spüren zu können. Hoffentlich konnten sie bald gehen.

»Wie ich sehe, amüsiert ihr euch.« Vaun ließ es wie eine Frage klingen, und der Blick fasste Rick ins Auge, dessen Wangen gerötet waren. Seine dunklen Haare hingen ihm wirr um den Kopf und der Glanz der dunklen Augen schien ihm ein wenig zu intensiv. Der Kleine schien high zu sein und sogar von hier konnte Vaun den Geruch von Gras an ihm erschnuppern. Dass Luca sich ausgerechnet den Schönling angelacht hatte, überraschte ihn. Schließlich hatte er im Laden vorgegeben, kein Interesse zu haben. Er nippt noch einmal von seinem Drink, während er zwischen beiden hin und herschaute. Luca hatte bis eben noch eng mit Rick getanzt und jetzt sah er aus, als würde er Vaun am liebsten eine reindreschen dafür, dass er sie unterbrochen hatte. Wie süß. Vaun unterdrückte das Zucken seines Mundwinkels. »Wie ich sehe, hat mein Halbbruder schon dafür gesorgt, dass wieder einmal alle Augen auf ihn gerichtet sind.«

Luca presste die Zähne zusammen. Die arrogante Art von Vaun ging ihm mächtig gegen den Strich und das Gestichel konnte er sich sonst wohin stecken. »Unabsichtlich.« Er knurrte es zwischen den Zähnen hervor, ehe er sich zu einem Lächeln durchrang, das schief auf seinen Lippen saß. Die Schwellung in seinem Gesicht pochte schmerzhaft, während sein Puls nach oben ging. »Wir wollten gerade gehen.«

»Oh, nicht doch. Ihr seid meine Gäste. Setzen wir uns uns trinken was.« Vaun schnippte mit den Fingern und der Bursche in Weiß eilte aus dem Hintergrund an seine Seite. »Bring den beiden doch etwas Hochprozentiges auf die Dachterrasse und dann komm zu uns, mh?« Er schenkte dem Blonden ein Lächeln, der mit roten Ohren zu ihm aufsah und eilig nickte. Der blonde Schopf verschwand zwischen den Gästen und strebte der Bar zu.

Rick sah ihm stirnrunzelnd nach. Ein leises Ausatmen entkam ihm, ehe Vaun auf ihn zutrat und ihn begutachtete. Von den Schuhen bis zum Schopf. Ricks Magen zog sich bei diesem Blick zusammen. Er war schon öfter so angesehen worden und es war nie angenehm. Doch jetzt war es ganz besonders ätzend. Er verschränkte die Arme fester vor sich und lächelte süßlich zu Vaun auf, ohne sich zu rühren. »Gut erzogen, der Schoßhund. Neu oder gehört der auch zur Deko?« Er deutete mit dem Kinn knapp zu den vielen gedimmten Lampen und Windlichtern, die überall herumstanden. In Vauns Gesicht zuckte ein Muskel, ehe er den Kopf schrägte, als überlegte er etwas.

»Das geht dich nichts an, fürchte ich. Aber vielleicht erzähle ich dir ja später davon, wenn du brav bist?« Es hatte einen lockenden Unterton, so wie er das sagte, und Rick wurde unwohl dabei. Vor allem, weil er spürte, wie sich Luca neben ihm etwas mehr versteifte.

»Tja, ich gehöre nicht so sehr zu der neugierigen Sorte. Oder der braven«, ließ Rick Vaun schließlich wissen. Er lächelte angespannt, strich sich ein paar Strähnen aus dem Gesicht. »Aber danke für das Angebot.« Er biss sich auf die Lippen. Das hier wurde langsam wirklich unangenehm. Aus dem Augenwinkel linste er zu Luca, dessen Gesicht eine einzige Maske der Abneigung war.

»Wieso glaube ich dir weder das eine noch das andere?« Vaun lächelte etwas mehr und streckte eine Hand nach Ricks Gesicht aus, um eine der Haarsträhnen zu berühren, die partout nicht an Ort und Stelle bleiben wollten.

»Na, na.«

Es war ein scharfes Geräusch, das in Ricks Kopf einen Widerhall erzeugte, als Lucas Hand an seinem Gesicht vorbeischoss und sich um Vauns Handgelenk legte. Sein Herz machte einen Sprung in seiner Brust und der Blick flog seitlich zu Lucas Gesicht hoch. Er trat instinktiv einen Schritt zurück, während er sich fragte, wieso der blonde Typ so lange brauchte, um etwas zu Trinken zu holen. Ablenkung wäre jetzt wirklich gut. Sein Magen flatterte, als er sah, wie wütend Luca die Augen zu Schlitzen verengt hatte.

»Du begrabbelst besser nur Leute, die das auch wollen. Deinen Lustknaben dahinten zum Beispiel.« Luca bohrte seinen Blick in den von Vaun, dessen Miene so kühl geworden war wie ein Gletscher in der Arktis.

»Du lässt mich besser los, Bruderherz, ehe ich vergesse, dass ich die bessere Erziehung genossen habe.« Es war nur ein leises Zischen, das Vaun von sich gab und für einen Moment starrten sich die Brüder einfach nur an wie zwei Hunde an der Kette, die nur darauf warteten, dass der andere sich zuerst bewegen würde.

»Vier Bourbon, wie gewünscht. Ich wusste nicht, ob ihr sie mit oder ohne Eis wollt, also habe ich das Eis extra mitge-« Neal stutzte, als er die Situation ins Auge fasste. »Ähm ... ist alles in Ordnung?«, wollte er wissen, wobei er Rick einen fragenden Blick zuwarf. Das Tablett mit den Drinks balancierte er auf einer Hand, in der anderen trug er einen Kübel mit Eis.

»Genau richtig.« Rick griff erleichtert nach einem der Gläser und stürzte den starken Alkohol in einem Zug herab. Neals Augen wurden groß dabei und der Blonde klappte den Mund auf und zu, wie ein Fisch, der nach Luft schnappte, fassungslos. »Besten Dank.« Rick verzog das Gesicht und stellte das leere Glas auf das Tablett zurück, ehe er nach dem zweiten griff.

»Hey!« Neals Protest kam zu spät und außerdem hatte er beide Hände voll. Er sah perplex dabei zu, wie Rick auch das zweite Glas leerte. Er war damit nicht allein, denn Luca und Vaun sahen mindestens ebenso verdattert zu dem Dunkelhaarigen, der sich eben mit dem Handrücken über den Mund wischte und sich schüttelte.

Der scharfe Alkohol brannte in Ricks Hals und schoss ihm direkt ins Blut, aber das war nur ein kleiner Preis, wenn er damit sich und Luca von Vaun loseisen konnte. Die Stimmung war eindeutig zu angespannt und er hatte nicht vor, irgendetwas anderes eskalieren zu sehen als das, was bis eben noch auf der Tanzfläche passiert war. Der Abend war noch nicht verloren, aber er würde es sein, wenn sie hierblieben. Rick drückte das Gesicht in die Armbeuge, als er husten musste, und sah mit tränenden Augen zu den beiden Streithammeln auf. »Also ich wär' dann soweit. Kommst du?« Er schenkte Luca einen erwartungsvollen Blick, während Neal empört zu Vaun starrte und etwas Unverständliches vor sich hin murmelte. Aber Rick hatte keine Lust auf die kleine Zicke, die ihm wütende Blicke zuwarf. Mit dem hatte er es sich jedenfalls verdorben. Auch wenn er nicht verstand, was er gegen ihn hatte. Schließlich kannten sie sich nicht.

»Klar.« Luca riss seinen Blick von Rick los und löste die Finger von Vauns Handgelenk. Er hatte nicht vor, noch länger hierzubleiben. Er trat von Vaun weg, der sich den Anzug zurechtrückte und ihm einen giftigen Blick zuwarf, das Lächeln falsch. Er hatte es in Vauns Augen mal wieder verbockt, das konnte er ihm ansehen. Aber ihm hatte er es noch nie recht machen können, und das würde er auch nie. Er wollte etwas sagen, aber es schien nichts Passendes zu geben. Sie waren wie Feuer und Wasser, und das waren sie schon immer gewesen. Manche Dinge passten einfach nicht zusammen. Es war eine bittere Erkenntnis, die immer wieder nur bestätigte, was Luca insgeheim vermutete.

Ricks Finger zupften an seinem Jackenärmel. »Lass uns gehen.«

Luca konnte nicht sagen, warum, aber die leise Bitte rührte etwas in ihm an. Er löste den Blick von Vauns Gesicht und drehte sich auf dem Absatz um. Erst jetzt wurde ihm bewusst, dass alle sie angestarrt hatten. Die dramatisch geschminkten Gesichter der weiblichen Gäste wendeten sich ihm verstohlen zu, Hände hoben sich, hinter denen getuschelt wurde, von den Kerlen nahm er die Fetzen von herablassenden Kommentaren wahr. Am liebsten hätte er sie angebrüllt, dass sie keine Ahnung hatten, wovon sie redeten. Aber natürlich hätte das gar nichts gebracht. Das tat es nie. Luca beschleunigte seine Schritte, zwängte sich wortlos zwischen den Herumstehenden und den Gaffenden hindurch. Er wusste, dass Rick ihm folgte, doch er drehte sich nicht um, bis sie die Treppenstufen hinunter waren und draußen standen.

Die kalte Nachtluft tat gut und auch, wenn die Brise einem durch und durch ging, war es allemal besser als da oben.

»Ich dachte schon, ihr kloppt euch gleich.« Nur unterschwellig schwang Belustigung in Ricks Worten mit, doch die Erleichterung war dafür deutlicher zu hören. »Was hatte dieser Typ bloß gegen mich?«, sinnierte der Dunkelhaarige undeutlich, der sich soeben mit einem Streichholz abmühte. Luca starrte ihn einen Moment sprachlos an. In Ricks Armbeuge klemmte eine Flasche Bourbon, und ein neuer Joint hing zwischen seinen Lippen. Er trug keine Jacke.

»Fuck.« Luca seufzte schwer. »Wann hast du dir die denn gegriffen?«, wollte er mit Fingerzeig auf die Flasche Hochprozentigen wissen, »Und warum zum Geier hast du keine Jacke an?«

Rick sah aus großen, dunklen Augen zu ihm auf, ein bisschen fragend. »Hab dir doch gesagt, dass die bei den Typen oben liegt. Irgendwo. Glaube ich.« Die dunklen Brauen zogen sich nachdenklich zusammen, während Rick einen tiefen Zug von seinem Glimmstängel nahm. Süßlich duftender Rauch stieg in den Nachthimmel auf. Luca fluchte leise und schälte sich aus seiner Jacke. »Idiot.« Er hängte dem überrascht blinzelnden Rick die schwere Lederjacke um, die sicher ein paar Nummern zu groß für ihn war und unter deren Gewicht der Schmächtige leise ächzte. »Warte hier, okay? Ich geh rauf und hol sie dir.«

Die honigfarbenen Augen sahen zu Luca auf, dessen Wärme Rick so plötzlich einhüllte, und dem gar nicht klar gewesen war, dass er in der kalten Nachtluft fror. Lucas Duft hing an dem schweren Kleidungsstück, vermischte sich mit dem Leder. Er vergaß für einen Moment, an seiner Kippe zu ziehen, als sich der andere zu ihm beugte. Das Grau seiner Augen schimmerte im Licht der Außenlampe silbrig und die harten Züge schienen eine Spur weicher. Es schien wie in Zeitlupe zu passieren, als Luca die Hand hob, um Rick eine der widerspenstigen Strähnen aus dem Gesicht zu streifen. Nur der Hauch einer Berührung, sehr langsam, sehr sanft, doch es genügte, um Ricks Herzschlag zu beschleunigen.

»Okay.« Das war alles, was ihm dazu einfiel, doch sein Kopf kippte wie von selbst etwas zur Seite, schmiegte sich die Wange den Fingern entgegen, die schwach nach Zigarettenrauch und Leder dufteten. Sie waren rau aber warm.

Luca verharrte einen Moment, konnte den Blick einfach nicht von Rick lösen, dessen Miene völlig zufrieden und entspannt wirkte und dessen windschiefes Lächeln seinen Magen zum Kribbeln brachte. Seine Haut fühlte sich warm und weich an. Samtig, beinahe. Und die seidigen Strähnen kitzelten an seiner bloßen Haut. Was trieb er hier nur?!

»Schön. Dann bis gleich. Mach nichts dummes und geh nicht weg. Klar?« Er zog die Hand zurück und räusperte sich. Wie belegt seine eigene Stimme klang, gefiel ihm nicht.

Rick nickte eifrig. »Japp. Ich bleibe hier und warte«, bestätigte er gehorsam, ehe er grinsend am Joint zog. Die Flasche Bourbon hing in seinem Arm und für einen Moment wirkte er wie ein bekifftes Rotkäppchen, das unterwegs den Fresskorb für die Großmutter verloren hatte.

Luca fuhr sich mit einer Hand durch die Haare, ehe er fluchend wieder die Tür aufstieß.

Vaun unterhielt sich gerade mit zwei hübschen Blondinen, als er durch die Tür wieder hineinschlüpfte, die gerade ein junger Typ unbewusst für ihn öffnete. Offenbar wollte dieser gerade gehen, und so konnte Luca ungesehen wieder eintreten. Luca beachtete ihn kaum, registrierte nur das aufdringliche Parfüm des Kerls und seine zurückgegelten, dunklen Haare, während er sich an ihm vorbeischob.

Er wusste, dass es feige war, aber er nahm den Umweg links vorbei an den Tischen und dem Sofa, drückte sich an der Bar entlang und brachte so die größtmögliche Distanz zwischen sich und Vaun, der ihm den Rücken zugedreht hatte. Was ironisch war, denn so war es die meiste Zeit. Luca lächelte dem Barkeeper flüchtig zu, der ihm ein schiefes, wenn auch fragendes Grinsen zuwarf. Hoffentlich machte der Typ nicht ausgerechnet jetzt Pause. Er musste nicht lange suchen, ehe er die Sitzgruppe fand, bei denen er Ricks Jacke erkannte, die achtlos und vergessen über der Lehne eines Sessels hing. Die Musik war zu einem ruhigeren Stück übergegangen, doch trotzdem noch laut genug, um in seinen Adern zu vibrieren, und die Lichtshow machte es nicht wirklich besser. Der überdachte Wintergarten der Dachterrasse war nicht minder pompös als der Rest der Wohnung und doch war es hier wesentlich ruhiger. Windlichter und Wärmeöfen sorgten dafür, dass es nicht kalt wurde. Luca registrierte erst, was er sah, als er schon neben den Typen stand, die dort in den Sesseln lümmelten. Ihre Jacketts hatten sie entspannt aufgeknöpft und auf dem Schoß des einen saß eine heiße Brünette in einem engen strassbesetzten Kleid, das gerade so das Allernötigste verdeckte. Einer der Männer schnupfte gerade eine Line, während die anderen offenbar abwarteten.

»Oh, hey! Seht mal, wer da ist!« Ein Typ in einem dunkelblauen Anzug und mit unnatürlicher Sonnenbräune grinste Luca zu und winkte, als würden sie sich schon ewig kennen. »Aschenputtels Aufpasser. Aschenputtel hat seine Jacke vergessen«, ließ der ihn wissen.

Er bekam nur ein schiefes, unterkühltes Lächeln Zustande, als er nach dem Kleidungsstück greifen wollte. Die dünne Jeansjacke würde Rick vermutlich nicht wirklich wärmen, aber es war immerhin sein Eigentum. Jedoch griffen seine Finger ins Leere und verhaltenes Gelächter brandete an dem Tisch auf. Die Brünette zwinkert ihm anzüglich zu, während ihr Sitzmöbelersatz über ihre Hüfte streichelte.

Die Sommerbräune grinste und wedelte mit der Jacke außerhalb von Lucas Reichweite. Der Kerl war dunkelhaarig, ein dicker Brilli glitzerte in seinem Ohr und insgesamt besaß er die Schmierigkeit eines korrupten Türstehers. In Lucas Adern begann es zu schäumen, als der Kerl das Gesicht in Ricks Jacke drückte. »Mhhh. Riecht noch so gut, wie ich ihn in Erinnerung hab. Richte ihm doch aus, ich hätte nichts gegen eine Nummer. Das letzte Mal ist er ja ziemlich abgegangen.«

Es raschelte, als der schmierige Kerl ihm die Jacke zuwarf und Luca sie mit einer Hand fing. Er griff den Stoff so fest, dass seine Knöchel weiß hervortraten. »Ich denke, ich verstehe dich nicht richtig«, meint er bedächtig, wobei er die Anspannung spürte, die durch seine Venen zu pulsen begann. Er fixierte die Schmalzlocke, die ihn verständnislos anblinzelte, als Luca zwei betont langsame Schritte nach vorn machte, auf seinen Sessel zu.

»Na die kleine Hure, mit der du eben abgezogen bist und dem die Jacke gehört?« Die Schmalzlocke warf einen hektischen Blick zu den anderen an seinem Tisch und die Brünette quiekte empört, als ihr Typ sie vom Schoß schubste.

»Mal ganz locker, du Penner.« Einer der Kerle richtete sich auf. Er war groß und blond, mit kurzen Haaren, glattrasiertem Kinn und einem klaren Blick. Er war definitiv nicht auf Drogen. Vielleicht ein Bodyguard oder etwas in der Richtung.

Luca schnaubte leise und lächelte nur matt. »Und ich dachte immer, Vauns Umfeld hätte Stil. Aber wie ich sehe, seid ihr alle nur die gleichen koksenden Unterschichtler, die man überall trifft. Passt auf, dass ihr euch bei den Escorts keinen Tripper einfangt, mh?« Er drehte sich auf dem Absatz um und wollte gehen, als der Typ mit der schmierigen Frisur ihn noch einmal ansprach: »Hey. Abschaum. Wenn ich du wäre, würde ich den Kleinen lieber nur mit Gummi bumsen. Bei dem Pensum, dass er hat, spielst du sonst das Geschlechtskrankheitenglücksrad.«

Feixendes Lachen am Tisch, höhnisch und dreckig. Luca hatte genug gehört. Er drehte sich um, überbrückte die Distanz zu der Schmalzlocke mit zwei großen Schritten, holte weit aus und rammte ihm seine Faust mitten ins Gesicht. Es war ein überaus befriedigendes Geräusch, das er damit verursachte. Das widerliche Knacken, als das Nasenbein unter dem Druck zerbarst und das gleichzeitige Aufjaulen der Ratte im Anzug.

Er spürte, wie er gepackt und zurückgerissen wurde und sah das Gesicht des blonden Kerls aufblitzen, ehe er den vertrauten Schmerz im eigenen Gesicht spürte, als dessen Faust sein Kinn traf. Nicht genug Wucht, ging es ihm durch den Sinn, als Adrenalin in seine Adern schoss. Er prallte gegen den Tisch, bekam eine Faust von hinten in die Rippen und packte den Mistkerl, der ihn festhielt, grob am Schopf. Das Schmerzgeheul rief Schaulustige zum Ort des Geschehens und am Rande seines Bewusstseins wusste er, dass Vaun zusah. Luca drosch dem hinteren Kerl seinen Ellbogen in die Visage und der nächste, der sich auf ihn stürzen wollte, der Kokser, bekam einen Tritt vor die Brust, der ihn zurückwarf. Es krachte und klirrte, als der Getroffene in eine Zierkirsche fiel, die in einem großen Kübel dort stand und umgerissen wurde. Dunkle Erde ergoss sich mit ausfallenden, zartrosa Blüten auf die hübschen Fliesen und den Mann, der stöhnend liegenblieb.

Kräftige Finger griffen nach seinem Shirt, rissen ihn herum und er fand sich dem Blonden gegenüber, der die Faust zum Schlag erhoben hatte, doch Luca war schneller. Reflexe aus vielen Jahren Training konnte man nicht unbedingt kontrollieren. Es war nur noch ein Reagieren. Seine Stirn traf auf das Gesicht des Typs und der gab einen dumpfen, schmerzerfüllten Laut von sich.

Luca taumelte, als der Zug an seinem Shirt nachließ, und fuhr herum. Die Musik hatte aufgehört und erst jetzt, schwer atmend, und mit aufgeschlagenen Knöcheln, blieb er blinzelnd stehen. Das Blut in seinen Adern rauschte und zu dem Hochgefühl mischte sich Scham. Vaun stand dort reglos und mit unleserlicher Miene. Neben ihm die Gäste, die ihn aus Augen anstarrten, in denen er Abscheu lesen konnte, Ablehnung und Furcht. Empörung mischte sich auch darunter, doch Luca hatte nicht vor, all das zu genau aufzunehmen. Er griff nach der Jacke, die er fallengelassen hatte, wobei er den Schmerz in den Rippen deutlich pochen fühlte. Genau auf die verdammte selbe Stelle. Er schluckte hart, als er trotzig das Kinn hob, Vaun entgegen, der ihm lediglich stumm zuprostete, ein fahles Lächeln im Mundwinkel hängen, das nicht wirklich erfreut wirkte. Doch er sagte auch nichts, sondern drehte sich nur um, gebot den Gästen, sich von dem kleinen Vorfall nicht beunruhigen zu lassen. Die Versammlung zerstreute sich nicht so gleich, und so musste sich Luca durch die Leute quetschen, die ihm nicht besonders nette Dinge wünschten. Er versuchte, sie zu überhören, während er von Vauns Blicken verfolgt die Party endgültig verließ.

4

»Wir könnten ja mal-«, setzte Rick leise an, als die Tür aufflog und ein ziemlich wütend aussehender Luca hinausgestürmt kam. Zumindest glaubte Rick, dass er stürmte, denn er war plötzlich dicht neben ihm und warf Jay, der vor Rick stand, einen äußerst finsteren Blick zu. Er hatte eine aufgeplatzte Lippe und ein Muskel am Kiefer zuckte unkontrolliert, so sehr mahlte er mit den Zähnen. Die eine Hand, die er zur Faust geballt hatte, schien verletzt, und die andere hielt Ricks Jacke. Seine Jacke.

Jay, der Typ, der gerade die Party verlassen hatte, als Luca die Treppen hochkam, zog die Hand von Ricks Schulter zurück und sah zu Luca auf. Er schob die Hände in die Jackentaschen und wirkte ein wenig irritiert. »Hi«, machte er ein wenig unsicher.

»Verpiss dich.« Luca schnaubte es, wobei er den Kerl fixierte, der eben noch Ricks Schulter begriffelt hatte. Was trieb diese kleine Hanfwolke schon wieder?! Er war kaum fünf Minuten weg gewesen.

Jay entkam ein Laut, der irgendwas zwischen empörtem Ächzen und Keuchen war. »Bitte?! Ich spreche gerade mit Ri-«

Luca machte einen drohenden Schritt vor, den Kopf leicht abgesenkt, die Hüften aggressiv vorgeschoben und die Schultern etwas zurück. Er hatte definitiv genug Blödsinn für

70

einen Abend und das Maß war längst voll. Irgendwo in seinem Hinterkopf fragte er sich selbst, was ihn eigentlich daran störte, dass dieser Rick mit dem Bengel redete, der kaum zwanzig sein konnte, aber das tat es nun mal. Er bewegte sich geschmeidig, doch sprach eine wortlose Drohung aus jeder Regung seines Körpers. Und Luca wusste genau, wie das auf andere wirken musste. Er war nicht mehr zu Spielchen aufgelegt, auch wenn die halbe Portion vor ihm in seiner schwarzen Jacke und mit dem Kurzhaarschnitt versetzt mit zuviel Gel keine Herausforderung war.

Rick war auf einen Schlag vollkommen fokussiert auf Luca. Es war die Art, wie er sich bewegte und wie Jay zurückwich, den Kopf einzog, und wie er den anderen anstarrte, die ihn aufmerksam werden ließ. Luca bewegte sich wie ein Raubtier auf der Pirsch und ohne seine Jacke konnte er die Bewegungen der Muskeln unter dem Shirt ausmachen, sehen, wie die Adern an den Armen hervorgetreten waren. Rick leckte sich die Lippen und atmete den Duft ein, den eine Windbö zu ihm trieb und die zu Luca gehörte. Für einen Moment vergaß er völlig, worüber er eben noch mit Jay gesprochen hatte. Jay wer? Er erinnerte sich nicht einmal mehr daran, woher er den Typen kannte.

»Hör gut zu«, forderte Luca den Bengel auf, dessen Namen er nicht einmal kannte, wobei er sein Gesicht sehr nah vor das des anderen brachte, sodass er sein aufdringliches Parfüm riechen konnte, »Ich bin nicht in der Stimmung für Sperenzchen. Was immer du von Rick willst, wird bis morgen warten. Und jetzt gehst du diesen Weg runter und verpisst dich aus meinem Sichtfeld, ehe ich dir dabei helfe.« Den Rest knurrte er, am Ende seiner Geduld angekommen. Er sah den Adamsapfel des Burschen auf und niederhüpfen, ehe der nur einen hektischen Blick zu Luca und dann zu Rick warf und sich umdrehte, um wortlos in der Nacht zu verschwinden.

Lucas Blick klebte an dem Rücken der Duftwolke, ehe er sich

der kleinen Hanfwolke hinter sich zuwandte. »Wir gehen.«

Sogar in seinen eigenen Ohren klang seine Stimme harsch und knurrig, doch Rick schien das nichts auszumachen. Er starrte ihn nur seltsam an, ehe er sich dicht neben ihn brachte und Anstalten machte, die schwere Lederjacke von seinen Schultern zu ziehen. »Nein.« Luca schüttelte den Kopf, ehe er sich Ricks eigene über eine Schulter hängte und sich an einem Lächeln versuchte, das wegen der blutigen Lippe nicht besonders gut gelang. »Meine ist wärmer. Behalt sie.«

»Sie riecht gut.« Rick lächelte schief zu ihm hoch und die geröteten Wangen und der niedrigere Pegelstand in der Flasche ließen Luca blinzeln. Verdammt, er war doch nur fünf Minuten weg gewesen, oder? Eigentlich konnte es ihm doch egal sein, ob der kleine Schönling sich noch ein Date für den Abend anlachte oder in einen Club abdriftete, oder sich in irgendeiner Hecke die Birne zukiffte. Luca fror in der kalten Brise, die vom Meer kam, und das leise Rauschen der Wellen erinnerte ihn daran, was für ein Idiot er war, dass er überhaupt hergekommen war. Nicht nur zu dieser bescheuerten Party – generell in die Stadt. Es hatte sich zuviel verändert, als das er sie noch wirklich wiedererkannte und auch, wenn er ein gewisses Gefühl von Heimat hatte, schien ihm dieses eher ein Trugbild seiner Erinnerungen zu sein, denn wirklich tief empfundenes Zugehörigkeitsgefühl. Er schlug einen zackigen Schritt an, als er in die dunkle Nacht voraus stapfte, doch egal wie schnell er auch ging, Rick war immer an seiner Seite wie ein plappernder Schatten.

»Du hast zwei Drinks gekippt. Einer davon war meiner. Ich würde sagen«, erklärte Luca mit einem schiefen Seitenblick zu der Schnapsdrossel, die gerade noch einen Hieb vom Bourbon nahm, »du schuldest mir einen.«

Der Inhalt der Flasche plätscherte leise, als Rick sie gegen Lucas Brust drückte, ein beinahe verschämtes Lächeln auf den Lippen. »Ich finde, das klingt fair. Aber der Bourbon ist nicht so gut. Zuhause hab ich etwas besseres.«

Der Blick, den er ihm dabei zuwarf, ließ nicht unbedingt auf Alkohol schließen, aber Luca nahm dennoch die Flasche an sich. »Wenn nicht, hau ich wieder ab. Ich muss morgen früh raus.« Es klang wie ein Vorwand, dabei entsprach es ja wirklich der Wahrheit. Zumindest halb. Er hatte einen Termin, den er nicht versauen durfte, oder Vaun würde ihn kaltmachen.

»Ach, weißt du...« Rick grinste schelmisch und schob sich eine Haarsträhne aus der Sicht, »ich kann sehr überzeugend sein.«

»Ach?« Luca konnte sich ein Schmunzeln nicht verkneifen. Er gönnte sich einen Schluck aus der Flasche, ehe er sie dem Dunkelhaarigen zurückgab. »Ich hoffe, du weißt, was du tust.«

Sie erreichten endlich eine der Hauptstraßen und hatten Glück, als gerade in dem Moment ein Taxi um die Ecke bog.

Rick gluckste leise, als er einen neuen Schluck seine Kehle hinabrinnen ließ. Ihm war angenehm warm und er fühlte sich in bester Gesellschaft. Luca hatte sich offenbar da oben mit den Kerlen angelegt, um seine Jacke zu holen und der Gedanke sandte ein leises Flirren durch seine Magengegend, das nicht von dem Alkohol in der fast geleerten Flasche stammte. Oh, die Nacht würde noch gut werden. Dafür würde er sorgen. Er musste nur herausfinden, was Luca entspannen ließ und er hatte da schon ein paar Ideen ...

Das Taxi hielt auf den Wink von Luca, obwohl der Fahrer nicht gerade begeistert wirkte. Immerhin sahen die beiden Gestalten recht derangiert aus, aber immerhin hatten sie Geld, was der Größere der beiden wie einen Ausweis zeigte, als sie einstiegen.

Seufzend schüttelte der Mann den Kopf, als die Türen zuknallten und er die gewünschte Adresse von dem Kleineren vernahm, der auf den ersten Blick aussah, wie eine Frau. Eigentlich ganz hübsch, aber so, wie er an der Flasche hing, verdarb es den Eindruck von Stil sofort.

»Wusstest du eigentlich, dass jeder fünfte Pinguin schwul ist?« Rick lehnte sich ungeniert gegen Lucas Schulter und blickt aus riesigen Pupillen zu diesem auf.

»Was?« Luca hatte Mühe, dem Gesprächsverlauf zu folgen. Eben ging es noch um etwas völlig anderes. Doch halb verborgen von der Jacke, die er sich über den Schoß gelegt hatte, spürte er dafür deutlich tastende Finger an seinem Oberschenkel.

»So wie Giraffen und Gänse. Es gibt eine Menge Vögel, die schwul sind.«

Der Fahrer warf einen schrägen Blick in den Rückspiegel zu seinen Fahrgästen.

Luca räusperte sich und versuchte, Ricks Hand davon abzubringen, zu nah an seinen Schritt zu kommen, was erst gar nicht so einfach war, denn Rick war schnell und zielgerichtet. Er spürte die Finger, die über den Jeansstoff rieben. Der Kleine hatte offensichtlich viel zu viel gekifft und viel zu viel Bourbon intus. Er war jedenfalls zugedröhnt und betrunken, das stand außer Frage. »Ich wäre dir dankbar, wenn wir nicht von schwulen Giraffen reden könnten …«, zischte er leise, als er sich zu Rick lehnte, dessen Finger sich im Griff seiner Hand verblüffend schmal anfühlten. Der Dunkelhaarige hatte ihn kalt erwischt und sein Körper reagierte mit einem sachten Prickeln auf die kundigen Berührungen. Es zog direkt in seine Lenden und für einen Moment war er versucht, es einfach geschehen zu lassen. Rick war ein verführerisches kleines Biest, sah gut aus und war bisweilen wirklich süß, wenn er nicht gerade völlig zusammenhangloses Zeug redete.

»Ich würde dir echt gern einen blasen.« Rick lächelte verträumt zu Luca hoch, der im Halbdunkel des Taxis noch besser auszusehen schien. Es war nicht der Alkohol, es war auch nicht das Gras. Es war ein Fakt und Rick war hocherfreut darüber, was er eben gefühlt hatte. Er war definitiv nicht zu kurz gekommen, als es um die richtige Bestückung ging. Er lag eben oft richtig damit, wenn es darauf ankam, richtig zu schätzen.

Luca klappte den Mund auf und klappte ihn wieder zu. Sein Blick glitt im Rückspiegel über die angestrengte Miene des Fahrers, der tat, als hörte er nichts, der aber deutlich interessiert verfolgte, was da hinter ihm los war.

Rick schmiegte seine Wange an Lucas Schulter, ehe er ein leises Geräusch von sich gab, das ein ‚Oh!', sein konnte. Als hätte er eben etwas fallengelassen.

Heilige Scheiße.

Luca hoffte inständig, dass Rick nicht wirklich tat, wonach es aussah. Er sah schon die Schlagzeilen vor sich, die am nächsten Morgen in der Zeitung stehen würden, als dieser sich halb über seinen Schoß beugte.

»Nicht hier!« Der Griff in Ricks Haare fiel etwas grober aus als beabsichtigt, doch ihm kam das wie die einzige Möglichkeit vor, um den kleinen Rüpel davon abzubringen, ihn direkt hier und jetzt an Ort und Stelle von seinen mündlichen Qualitäten zu überzeugen.

Das Lächeln war sinnlich und verrucht, das ihm zwischen den dunklen Haarsträhnen entgegen blitzte. »Und übrigens haben sie alle Sex nur so zum Spaß.«

Zum Teufel mit den guten Vorsätzen.

»Komm her.« Lucas Stimme klang rau, als er den Griff aus dem seidigen Haar löste, das sich so gut anfühlte, nur um mit beiden Händen das Gesicht zu umfassen, das ohnehin so nah an seinem war. Die Lichter der vorbeirauschenden Straßenlaternen leuchteten in Ricks Augen, dem die Lider herabsanken, als er sich gegen Lucas Brust schmiegte. Sein Atem roch nach Gras und Whiskey, doch das spielte keine Rolle. Sein Mund war unglaublich weich und der Kuss hungrig, der auf Lucas Lippen traf, als der ihn an sich zog.

Es war ein heißes Prickeln, das Lucas Rückgrat hinab rann und sich irgendwo in seinem Magen zu einem heftigen

Kribbeln ausweitete. Die Lippen des Dunkelhaarigen fühlten sich an wie feuchter Samt, teilten sich in einem leisen, begehrlichen Seufzen, als Luca seine Zungenspitze vordrängte, um von ihm zu kosten. Der Herzschlag in seiner Brust ließ ihm das Blut nur so durch die Adern rauschen und kurz hatte er den absurden Gedanken, dass es sogar der Fahrer hören musste. Er hatte nicht erwartet, dass er so heftig auf den kleinen Verführer reagieren würde, wie er es nun einmal tat. Seine Zunge rieb sich verspielt und weich an seiner, eine einzige Einladung, ein neckendes Spiel.

‚Sex, nur so zum Spaß', schoss es durch Lucas Sinne, als sich Rick enger an ihn schmiegte, die Finger in seinem Haar, dicht an seiner Brust, streichelnd, erkundend. Der warme Atem streifte Lucas Wange, während er hätte an den weichen Lippen ertrinken mögen. Es war besser als nur gut. Wenn er blies, wie er küsste, dann war er ziemlich am Arsch, was Selbstbeherrschung anbelangte. Er vertiefte den Kuss, ließ ihn intensiver werden, bis sie beide nach Atem gierten. Mittlerweile schmerzte der zu enge Jeansstoff an seinem Schritt, der sich über der Wölbung in seiner Hose so straff spannte, als wollte er reißen.

»Ich finde das hier viel besser als Bourbon.« Rick hauchte es nur leise, ehe er an Lucas Unterlippe zu saugen begann, die Finger in seinem Nacken, den er streichelte. Sanft fuhren die Nägel über die Haut dort, und doch erreichte er einfach nicht genug von diesem Körper, wollte mehr spüren, denn das hier war überaus vielversprechend. Luca küsste fantastisch, ohne falsche Zurückhaltung oder monotones Herumgefuchtel mit der Zunge. Es war eine Art zu küssen, die immer nur besser wurde und die nach ‚Mehr' schmeckte. Es war ein Kuss, wie gemacht dafür, alles andere um sich herum zu vergessen.

Dinge wie Zeit wurden völlig irrelevant. Lucas Finger streichelten seine Kehle, seinen Hals, fuhren durch sein Haar, zogen ihn näher an sich, bis Rick versucht war, tatsächlich auf seinen Schoß zu klettern. Er wollte ihn berühren, wollte wissen, ob es ihn so scharf machte, wie ihn selbst, denn schon jetzt konnte er es kaum noch aushalten. Er wollte vor allem endlich aus den Klamotten raus und Luca ganz für sich allein haben.

Keiner von beiden bemerkte, dass das Taxi gehalten hatte, bis sich der Fahrer peinlich berührt räusperte. »Wir sind da, die Herren.«

Das wurde aber auch Zeit.

»Komm.« Rick flüsterte es gegen die feuchten Lippen, ehe er sich löste und die Wagentür aufstieß. Die Flasche war vergessen, die zu Boden gerollt war.

Luca zahlte, gab ein hübsches Trinkgeld, das eigentlich viel zu groß ausfiel, und folgte Rick nach, der ihm ein schiefes Lächeln schenkte, als er seine Hand griff und ihn mit sich zog, die Stufen des Hauses hinauf. Luca konnte nicht einmal sagen, in welcher Ecke der Stadt er sich gerade befand. Doch es schien völlig unwichtig zu sein. Auf ihn wartete ein Abend, der sicher unvergesslich werden würde. Der Lohn für seinen ewigen Disput mit Vaun, für die beiden unnötigen Schlägereien, für einfach alles, was heute schiefgelaufen war. Rick bewegte sich mit spielerischer Leichtigkeit die Treppe hinauf, warf ihm immer wieder verstohlene Blicke über die Schulter zu und brachte damit Lucas Fantasien auf Hochtouren. Schon auf der Party hatte er sich wahnsinnig gut angefühlt und er hatte das Knistern zwischen ihnen gespürt. Aber das eben im Taxi war mehr als das.

Der Flur war dunkel und still, immerhin war es auch irgendwo zwischen finsterster Nacht und frühestem Morgen. Rick lehnte sich atemlos mit dem Rücken gegen die Wohnungstür und hob den Blick zu Luca an, der mit zwei Schritten bei ihm war. Sein Körper fühlte sich heiß an und flüchtig nahm Rick das dumpfe Geräusch seiner Jacke wahr, die Luca schlichtweg fallenließ, als er sich gegen ihn presste. Durch das dünne Shirt konnte er die Muskeln fühlen, die sich an ihn schmiegten. Das Gefühl rann hitzig und wie flüssige Seide durch seinen Körper und echote in seinem benebelten Hirn, auch dann noch, als Luca seine Handgelenke umfasste und sie ihm über den Kopf führte, um sie gegen die Tür zu drücken. Die fremden Lippen, die sich so fordernd auf seinen Mund senkten und ihn in einem glühenden Kuss verschlossen, nahmen ihm den Atem und seine Lider flatterten, als er ihn erwiderte.

Normalerweise ließ er sich von Fremden nicht gern bewegungsunfähig machen, aber bei Luca fühlte es sich anders an. Es war besitzergreifend, aber auf eine andere Art und Weise. Der Größere streichelte über die sensible Haut seiner Handgelenke, wo sie nicht von den Armbändern verdeckt wurde, ehe er die Finger zwischen seine eigenen schob und das Becken gegen ihn drängte, um ihn noch enger an die Tür zu pressen.

Es war pure Hitze, die durch Ricks Körper schoss, eingehüllt von Lucas Duft, seiner Präsenz und diesem teuflischen Kuss, der ihn atemlos zurückließ und von dem er doch nur noch mehr spüren wollte. Sein Magen flatterte und für einen Moment wünschte er sich, die Nacht würde ewig dauern. Jede Faser in seinem Körper schien sich Luca entgegen schmiegen zu wollen, und von dem heißen Zungenspiel war ihm ganz schwindelig. Er hörte sich selbst an Lucas Mund stöhnen und das Geräusch hallte in dem leeren Flur wider. Für einen irrsinnigen Moment fürchtete er, es würde noch die alte Katzenoma wecken, doch schon im nächsten, als Luca eine Hand löste, um seinen Hals zu streicheln und die Finger über seine Brust rinnen zu lassen, pfiff er drauf.

»Wenn du mich loslässt, kann ich die Tür aufmachen...« Rick räkelte sich sehnend unter den Fingern, die über seine Brust streichelten und die nichts als prickelnde Sehnsucht hinterließen, schnappte keuchend nach Luft, als Luca über die unter dem Stoff harten Nippel rieb.

»Vermutlich.« Luca konnte kaum einen klaren Gedanken fassen, als er sich erneut vorbeugte, um diese wahnsinnig weichen Lippen zu schmecken. Rick reagierte so sensibel auf jede Berührung, dass es ihn schon jetzt um den Verstand brachte. Und dabei waren sie noch nicht einmal nackt. Es war elektrisierend, jedes kleine Geräusch, jedes begehrliche Seufzen, das leise Wimmern, als er seine Nippel durch das Hemd rieb, die Art, wie er die Augen schloss und den Kopf drehte, damit Luca seinen Hals küssen konnte. Es war nahezu völlig dunkel im Hausflur. Nur an den Wänden befanden sich gedimmte Lampen, die kaum echtes Licht spendeten, doch Luca hatte das Gefühl, sie auch gar nicht zu brauchen. Er spürte die Hitze des schlanken Körpers an seinem, und Rick war eindeutig mindestens so scharf auf ihn, wie anders herum. Es war pure Willenskraft, die ihn dazu brachte, etwas abzurücken und Ricks schmale Handgelenke loszulassen. Der Dunkelhaarige reagierte nicht sofort, räkelte sich noch einen kurzen Moment an der Tür, ehe die Hände herabsanken und in den Hosentaschen zu wühlen begannen. Den Blick konnte er dabei jedoch nicht von Luca lösen, dessen Züge in dem Zwielicht des Flurs schwer zu lesen waren. Es klimperte leise, als er fündig wurde und wie in Trance drehte er sich, um den Schlüssel in das Schloss zu kriegen. Luca schluckte trocken und bückte sich, um die Jacke aufzuheben, die er hatte fallenlassen. Er brachte sich dicht hinter Rick, unfähig, die Finger von ihm zu lassen. Sein Haar fühlte sich weich an, als er es ihm beiseite strich und seinen Nacken küsste. Sein Lohn war ein leises Keuchen und ein fester Hintern, der sich gegen seinen Schritt presste.

»Gleich ...« Ricks Stimme klang belegt und endlich schwang die Tür nach innen auf. Schlanke Finger griffen in einer halben Drehung nach Lucas Kragen und zogen ihn mit sich. Halb im Reflex trat er mit dem Fuß die Tür hinter ihnen zu, ehe er sich von Rick mitzerren ließ, die Lippen auf seinen, seine Hände so ziemlich überall auf ihm. Es war dunkel und nur schemenhaft machte Luca die Möbelstücke aus, um die Rick ihn in schlafwandlerischer Sicherheit herumbugsierte. Die schwere Lederjacke fiel zu Boden und auch die von Rick folgte prompt nach. Er ächzte schmerzerfüllt, als er sich den Fuß an etwas stieß, das hinter einer Ecke stand. Von Rick jedoch hörte er nur ein atemloses, leises Glucksen. »Vorsichtig, Schöner. Ich brauche dich in einem Stück.«

...

»Dein Bruder ist ein richtiges Arschloch.« Neal schürzte die Lippen, als er sich erhob, um ihnen noch einen Drink zu holen. Seine nackten Sohlen machten keine Geräusche auf dem weichen Teppich und Vaun genoss den Anblick des nackten Körpers, auf dem noch ein zarter Schweißfilm schimmerte. Neals Klamotten lagen überall verstreut, ebenso wie seine. Doch es scherte Vaun nicht. Immerhin waren sie endlich allein. Er räkelte sich zufrieden in dem Sessel, in dem sie die letzten atemberaubenden Momente zusammen verbracht hatten, und genoss die Stille, die nur von den Geräuschen an der Bar unterbrochen wurde. Das leise Klimpern und Klirren von Gläsern, das leise Ratschen der Schraubverschlüsse.

Die letzten Gäste waren vor einer Stunde gegangen und nachdem er den Barkeeper bezahlt hatte, war auch dieser gegangen. Er hatte die Frage in seinen Augen gesehen. Und normalerweise hätte er kein Problem damit gehabt, ihn zum Spielen dazu zu holen, aber er war nicht so ganz sein Fall. Außerdem hatte er sich gerade erst ein neues Spielzeug zugelegt und der süße Neal war genau nach seinem Geschmack. Nichts ernstes, natürlich. Das war ihnen beiden klar. Und doch hatte es diese sichtbare Eifersucht gegeben, die

Vaun entzückend fand, als er den hübschen Blonden über Rick aufklärte und darüber, dass er eigentlich ihn im Auge gehabt hatte.

»Ich bin viel schärfer als dieser dürre Emo«, hatte sich Neal echauffiert, als sie sich nach dem kurzen Intermezzo in der Küche wieder anzogen.

Vaun knöpfte sich da gerade das Hemd zu und lächelte beschwichtigend, während er die glühende Röte auf Neals Zügen bewunderte. »Oh, du kennst ihn?«

Neal murrte und wollte sich erst an ihm vorbeiwinden, doch Vaun packte ihn an den Hüften und drückte ihn gegen den Kühlschrank. Es war eine außergewöhnlich gute Nummer mit ihm gewesen und er hatte nicht vor, den Kleinen so bald gehenzulassen. »Nicht so eilig.«

»Lass mich. Ich verschwinde.« Trotz schwang in Neals Stimme mit, doch seine Lippen waren noch feucht und in den Augen stand die flehende Bitte, Vaun möge ihn nicht gehenlassen. Daher war der Widerstand auch nur schwach und die Hände an Vauns Brust drückten ihn nicht besonders überzeugend weg. Wie ein schwaches, neugeborenes Kätzchen. Neal spielte die Rolle des eingeschnappten Trotzkopfes wirklich gut. Und dass er gern ein bisschen dominiert wurde, war sonnenklar.

»Wir wissen beide, dass der einzige Ort, an den du heute noch gehen wirst, vor mir auf die Knie ist.« Vaun streifte mit den Lippen an der feuchten Haut des Halses entlang, kostete den Puls und spürte, wie Neal sich der Berührung entgegen schmiegte. Die zu Fäusten geballten Finger an seiner Brust fächerten sich auf, streichelten sehnend über das noch nicht völlig zugeknöpfte Hemd und die Haut darunter.

»Mistkerl ...« Neals Augen funkelten Vaun entgegen, als dieser mit zwei Fingern sein Kinn anhob.

Doch Vaun lächelte nur gewinnend und betupfte seine Lippen mit einem Kuss. »Schmeicheln kannst du mir später, Hübscher. Erzähl mir lieber von Rick.«

Neals Fingernägel fuhren angriffslustig aber langsam über Vauns nackte Brust, während er herausfordernd aufblickte, ein bissiges Lächeln auf den Lippen. »Warum? Damit du ihn ficken kannst?«, wollte er leise zischend wissen.

Die geröteten Spuren brannten nur leicht, immerhin hatten die Nägel die Haut nicht verletzt und obgleich er solche Spielchen ab und an ziemlich geil fand, ärgerte es ihn in diesem Moment. Vaun packte die Handgelenke des Bengels und drückte sie unsanft links und rechts von ihm gegen die Kühlschranktür. »Du bist eifersüchtig, mh? Das finde ich bisweilen recht amüsant. Allerdings geht es hier eher ums Geschäft und nicht um kleinliche Eifersüchteleien. Der Kerl leitet eine von Alexander Londrakes Filialen und ist zufällig der beste Freund seines Verlobten. Also: Ja, wenn nötig, ficke ich ihn, wenn mir das einen gut dotierten Job einbringen würde. Immerhin passe ich perfekt in das Bild. Niemand könnte die neue Kampagne besser vorstellen als ich. Und gute Kontakte sind in meinem Job eben alles.«

Neal wand sich an seinem Körper, noch immer scharf von ihrer Nummer eben und nun auch noch aufgestachelt von der Aussicht auf Konkurrenz. Ein echtes Goldstück. Vaun konnte kaum erwarten, endlich allein mit ihm zu sein, um ihn in die gewünschte Richtung zu manipulieren.

»Einen Scheiß werde ich-«, ächzte er mit hochroten Wangen. Ungezielt versuchte er, nach Vaun zu treten, doch der schob ihm ein Knie zwischen die Beine, drängte sich deutlicher gegen ihn, um das zu unterbinden.

»Wie ungezogen. Vielleicht sollte ich dir einfach den Arsch versohlen, um die Fronten zu klären, hm?« Vauns Stimme klang dunkel, als er Neal vom Kühlschrank wegzerrte und ihm die Beine wegzog, eine Hand um seinen Nacken gelegt, als er ihn zu Boden und auf die Knie zwang. Er sah vielleicht nicht nach Kraft aus, so wie sein vermaledeiter Halbbruder, der den Körper eines Schmiedes hatte, aber ein Schwächling war er nicht. Und langsam ärgerte das gierige kleine Stück ihn.

Neal japste erschrocken nach Luft, als er hart auf den Knien landete und eine Hand griff im Reflex zu der, die ihn niederdrückte.

»Na, na. Das lass sein, ehe ich mein Kochbesteck an dir ausprobiere. Genug jetzt von deinem Rumgezicke.« Vaun zischte es, ehe er den Nacken des Burschen losließ. »Also. Fangen wir noch einmal von vorn an, mh? Ich bin Vaun und du bist nicht in der Position, mir dumm zu kommen.«

Neal presste die Lippen zusammen und rückte sich in eine etwas angemessenere Position, als er den Rücken grademachte und zu Vaun aufsah, die Hände auf den Oberschenkeln abgelegt. Sein Gesicht glühte und das Herz klopfte ihm bis zum Hals. Vaun stand breitbeinig vor ihm, die Hände in die Hüften gestützt, den Blick unbewegt auf ihn gerichtet. Neal gestattete sich ein feines Lächeln.

»Oh, du kleines Biest...«, meinte Vaun bedächtig, als er den Wandel bemerkte. »Das macht dich an, mh? Kleiner Narzist...«, tadelte er kühl, doch mit einem verschlagenen Lächeln.

Neal leckte sich die Lippen betont langsam, als er den Kopf etwas in den Nacken legte. Seine Weste stand offen und das Hemd war noch nicht richtig zugeknöpft, offenbarte so für Vaun den Blick auf die glatte Brust und einen der rosigen Nippel. »Was kriege ich dafür, wenn ich dir helfe?«

Vaun hob eine Braue, ehe sich die schlanken Finger in die Hosentasche verirrten und mit gewisser Befriedigung sah er Neals Augen größer werden und wie er sich auf die Lippen biss. Wortlos rückte er auf den Knien näher, einen beinahe bittenden Ausdruck in dem engelsgleichen Gesicht, hinter dem ein so verdorbener Charakter steckte.

»Unersättlich...« Vaun lächelte herablassend, als er die

Kondomverpackung am Rand zwischen seine Zähne klemmte und sich die Hose öffnete, die er eben gerade zugeknöpft hatte. Das Spielchen mit dem kleinen Trotzkopf war nicht ohne Wirkung für sie beide geblieben.

Er riss die Folie auf und hielt den Gummi geschickt zwischen den Fingern, drückte die Kuppe durch die Öffnung in das Innere, bis zum Reservoir. »Mund auf«, befahl er mit samtiger, dunkler Stimme. »Zeig mir, wie geschickt du bist. So voll wie du den Mund nimmst, will ich überprüfen, ob du meine Zeit überhaupt wert bist.«

Er sah, wie Neal schluckte, ehe Vaun ihm den Gummi zwischen die Lippen drängte und in sein Haar griff, um ihn unsanft näher zu ziehen. Mit einer Hand umschloss er die Wurzel seines Ständers, den er dicht vor Neals Mund positionierte, so dass er ihn aus nächster Nähe bewundern konnte. Ein Umstand, der ihm eben nicht vergönnt gewesen war. Ihn herauszufordern und bei seiner Eitelkeit zu packen, funktionierte jedenfalls ganz hervorragend, als der hübsche Blonde seine Hände auf Vauns Oberschenkel legte, um sie zu streicheln. Der sündige, weiche Mund öffnete sich noch etwas weiter, während er gleichzeitig den Gummi über die pralle Schwanzspitze stülpte, die Vaun ihm so großzügig darbot. Dabei ließen die blauen Augen des Blonden nicht von Vauns Gesicht, während er sich Zentimeter um Zentimeter dessen harten Schwanz in den Mund gleiten ließ, um ihn vollständig mit dem Kondom zu umhüllen. Und wie versprochen war er verdammt gut darin, den Mund überaus vollzunehmen.

Vaun erinnerte sich daran zurück, wie er vor wenigen Stunden dieses blonde Biest auf seinem Küchenboden auf seinen Platz verwiesen hatte. Und Himmel, er hatte es genossen. So überaus ambitioniert war er das letzte Mal geblasen worden, als die Tochter eines Hoteliers durch ihn einen Einstieg in das Modelgeschäft zu erreichen hoffte. Die

Zauberworte ‚Ich sehe, was ich für dich tun kann, Schätzchen‘, hatten sie zu Höchstleistungen getrieben. Neal war da viel pflegeleichter. Vor allem würde er sich nicht wochenlang hinter das Telefon klemmen, und ihn anbetteln, sich noch einmal zu treffen, weil er sich unsterblich verliebt hatte. Neal liebte vor allen sich selbst – und noch ein bisschen mehr die Selbstbestätigung. Er war das perfekte Werkzeug, um Vaun seinerseits das zu verschaffen, was er haben wollte.

»Ich weiß.« Er antwortete erst, als Neal wieder zurückkehrte, zwei Gläser mit einem guten irischen Whiskey bei sich, von denen er eines an Vaun reichte. Mit dem anderen setzte er sich auf dessen Schoß und lehnte sich an ihn an. Seine Haut duftete nach Sex und Vaun hatte vor, die wenigen Stunden der Nacht, die noch blieben, mit dekadentem Genuss zu verbringen. »Und ich würde dir raten, dich von ihm fernzuhalten. Er hat noch alle in den Untergang gerissen, die er getroffen hat. Davon abgesehen, ist er vorbestraft.«

Neal lupfte eine Braue, ehe er von seinem Whiskey nippte. »Und wieso ist es dann gut, dass er mit Rick weg ist?«

Vaun lächelte und gönnte sich einen Schluck aus seinem Glas, eine Hand streichelnd um Neals hübschen Hintern gelegt. Er kniff ihn spielerisch in die Pobacke. »Weil er es versauen wird. So oder so. Oder weil er enttäuscht wird? Es wird jedenfalls nicht gut ausgehen. Und da kommst du ins Spiel...«, murmelte er verschwörerisch, ein zufriedenes Lächeln auf den Lippen. »Wir helfen ein bisschen nach.«

Neal schnaubte leise und schlug halbherzig nach Vauns Brust, die mit verblassenden, roten Nagelspuren gezeichnet war, als ein sachter Schmerz durch seine Hinterbacke zog. Gleichzeitig fühlte er Vauns Lippen an seiner Halsbeuge und schmiegte sich etwas enger an ihn. Der verdammte Mistkerl war eben einfach zu geschickt in dem, was er tat. »Und wie?«

Vaun zog den Kopf etwas zurück und ließ sein Whiskeyglas

gegen Neals klirren. »Keine Sorge, Hübscher. So wie ein guter Tropfen brauchen manche Dinge nichts weiter, als einfach nur die nötige Zeit...« Vaun lächelte zu Neal auf, der ihn mit einem langen Blick bedachte, ehe er das Lächeln erwiderte.

Es gab nichts, das Vaun so gern hatte, wie die Arbeit mit narzistischen, sexsüchtigen kleinen Biestern, die alles für ein bisschen geheuchelte Aufmerksamkeit tun würden.

Wobei ... so geheuchelt war sie in seinem Falle gar nicht. Neal war interessant und unterhaltsam. Auf Dauer wäre er gewiss lästig, doch im Moment erfüllte er seinen Zweck. Und solange er glaubte, dass sie beide ein Team waren, konnte das nur perfekt sein.

•••

Ihm tat alles weh.

Sonnenlicht fiel durch das Schlafzimmerfenster, dessen Vorhänge asymmetrisch aufgezogen waren. Er erinnerte sich dunkel, dass er sie bekifft einmal abnehmen wollte, weil die Farbe ihn nervös machte. Sie waren von einem seltsamen Grau, das weder hell noch dunkel war und halb durchsichtig. Die alte Katzendame hatte sie ihm zum Einzug geschenkt. Aber zugedröhnt waren die meisten Dinge viel zu anstrengend für ihn, und so hatte er nach der Hälfte aufgegeben. Also nach der Hälfte der einen Gardinenstange, an der er den einen Vorhang zurück geschoben hatte. Nun fiel durch genau diesen Spalt das erbarmungslose Licht eines neuen Tages und in Ricks Kopf schien eine wildgewordene Nashornherde zu randalieren, die gemeinsam immer wieder gegen seine Stirn anstürmten.

Moment. Lebten Nashörner überhaupt in Herden?

Rick ächzte, als er sich mühsam auf die andere Seite rollte und dabei die Decke mit sich zog, die er sich im Schlaf abgestrampelt haben musste. In seinem Hirn waberte die gestrige Nacht wie Nebelsuppe herum. Er erinnerte sich nur an Bruchstücke. Auf einer Party war er gewesen, und die musste ziemlich öde sein, sonst wäre er nicht Zuhau-

Er blinzelte.

Blinzelte noch einmal.

Konnte es immer noch nicht glauben.

Dicht neben ihm lag Luca. Im Tageslicht sah er sogar noch besser aus als gestern Abend und Rick zog sich leise stöhnend die Decke vor das Gesicht, als er sich langsam wieder zu erinnern begann. Sein Herz begann zu pochen und in seinem Magen flirrte es unangenehm. Er linste über den Deckenrand zu Lucas schlafendem Gesicht. Sogar jetzt zeigte er ein leichtes Stirnrunzeln und Rick bekam ein schlechtes Gewissen, weil er ohne Decke dalag. Er hatte nur eine, und die hatte Luca ihm überlassen, weil es ihm so dreckig ging.

Die kantigen, markanten Züge wurden durch die Falte weicher gemacht, die das Kissen in seine Wange gedrückt hatte. Im Sonnenlicht konnte Rick die Barthaare bewundern, die ihn gestern beim Küssen schon so gekitzelt hatten und durch die er mit den Fingern gefahren war. Die lädierte Nase, die sich Luca sicher schon mehrfach gebrochen hatte, verlieh seinem Gesicht einen widerborstigen, beinahe trotzigen Ausdruck und harmonierte perfekt mit dem Veilchen, das er sich unter dem Auge zugezogen hatte. Eigentlich war er nicht hübsch in dem Sinne. Keine klassisch geschnittenen Züge, wie bei einem Model. Er wirkte ursprünglicher, unverfälschter, und vielleicht lag genau darin seine Anziehungskraft. Er machte sich nicht viel aus Schnickschnack wie Mode oder aus seinen Haaren, die gerade jetzt wahnsinnig süß verwuschelt waren. Rick konnte nicht widerstehen, als er die Hand ausstreckte und sanft durch das Haar streichelte, das sich so gut anfühlte. Die Erinnerungen an die Tanzfläche drängten sich in sein Bewusstsein und für einen Moment biss er sich auf die Lippen. Diese kräftigen, rauen Hände an seinem Körper zu spüren, war wahnsinnig angenehm gewesen. Und erst im Taxi danach ... Er rückte näher an den Schlafenden, der die Arme verschränkt hatte und wahrscheinlich die ganze Nacht gefroren hatte. Vorsichtig, um ihn nicht zu wecken, löste Rick die Verschränkung der Arme, was ein leises Brummen von Luca auslöste, der das Gesicht verzog und das Gesicht enger in das Kissen drückte. Sein Arm fiel schlaff beiseite, als Rick ihn behutsam in Richtung seiner Hüfte schob und sich an ihn schmiegte.

Es war eigentlich ziemlich überraschend, dass Luca noch da war, bedachte man, dass Rick-

‚Shit. Ich glaube, ich habe ihm auf die Schuhe gekotzt.'

Das schlechte Gewissen übertönte die Nashörner, die Ricks Kopf in eine Kakophonie des Schmerzes verwandelten. Er breitete die Decke über sie beide, ging sicher, dass Luca es wenigstens jetzt warm hatte, als er sich an seine breite Brust schmiegte. Gosh, wie gut er roch. Was benutzte er wohl? Es war kein Parfüm, das er kannte, und vielleicht war es nicht einmal ein Duftwasser. Vielleicht ein Waschmittel? Aftershave war es jedenfalls nicht. Rick vergrub das Gesicht dicht an Lucas Hals, stupste mit der Nase die Drosselgrube an und streichelte langsam und sanft über Lucas Seite, seinen Rücken und die Brust, die er immer noch nicht gesehen hatte. So weit waren sie immerhin nicht gekommen.

Er erinnerte sich noch daran, dass er ihn mit ins Schlafzimmer gezerrt hatte, wo er mit Luca auf das Bett sank. Er über ihm, seine Hände überall auf seinem Körper. Gosh, wie dieser Mistkerl küssen konnte. Er musste nur daran denken und ihm wurde heiß davon. Sein Gewicht auf ihm hatte sich wahnsinnig gut angefühlt, als er Rick auf die Matratze gedrückt hatte, als er sich an seinem Hals entlang geküsst hatte und seine Hände endlich unter das Shirt fanden.

Ricks eigene Finger stahlen sich unter das hochgerutschte Shirt von Luca, das einen schmalen Spalt weicher Haut freigab. Es war einfach zu verlockend. Er fuhr mit den Fingerspitzen die Hüfte entlang, streifte seitlich über den Bauch und hoch bis zu der Brust, an die er sich wie selbstverständlich gekuschelt hatte. Er brachte eigentlich nicht oft Typen mit hierher. Er war lieber derjenige, der sich noch in der gleichen Nacht oder am frühen Morgen davon machte.

Lucas Körper war kraftvoll, daran bestand keinerlei Zweifel, als er unter der seidenweichen Haut die festen Muskeln spüren konnte. Was er wohl beruflich machte? Darüber hatten sie noch nicht gesprochen. Und es war ungewöhnlich, dass es Rick überhaupt interessierte.

Rick seufzte leise, als er daran dachte, wie der Abend geendet hatte. Er hatte sich gerade unter Luca hervorgerollt und ihn auf den Rücken gebracht, die Beine gespreizt über seinem Schoß, als ihm ein wenig komisch wurde. Er schob das Gefühl beiseite, denn das hier war zu gut, um abzubrechen und zu kneifen. Er hatte gerade den Gürtel aufgemacht, und war dabei, Lucas Hose aufzuknöpfen, als er innehalten musste. Irgendetwas stimmte ganz und gar nicht und plötzlich ging es ihm ziemlich elend.

Er schaffte es wenigstens noch von ihm runter, als er aus dem Bett taumelte. Der besorgte Luca hinter ihm her. »Hey! Ist alles in Ord-«

Er hatte wirklich antworten wollen, als er sich an der Badezimmertür umdrehte. Wirklich. Aber leider kam statt Worten nur der verdammte Bourbon zur Sprache und danach redete er nur noch mit der Kloschüssel. Es war ein einseitiger Monolog inbrünstig hervorgebrachter Geräusche und es dauerte eine ganze Weile, bis sein Magen alles losgeworden war.

Ob Luca ihm die Haare gehalten hatte? Rick zog zweifelnd die Brauen zusammen, doch da er an sich selbst nur den Nachklang von Alkohol roch und sonst nichts, konnte er wohl davon ausgehen.

Rick seufzte, als er dem Herzschlag nachspürte, der stetig pochend unter seinen Fingern lag. Ja, er erinnerte sich: Luca hatte ihm das Haar aus dem Gesicht gehalten und war ziemlich toll zu ihm gewesen. Er hatte in der Küche gewühlt, bis er einen Tee fand, der noch nicht abgelaufen war, und hatte Rick eine große Tasse davon gekocht, die er ihm einflößte, nachdem dieser sich die Zähne geputzt hatte und matt im Bett lag und sich hundeelend fühlte.

»Ich kotze nie von Bourbon. Ehrlich nicht«, hatte er beteuert.

»Tja. Es gibt immer ein erstes Mal.« Luca klang ein wenig resigniert, aber er lächelte schräg zu ihm herab, als Rick den Tee geleert hatte und auf der Seite lag, weil ihm von jeder anderen Haltung schwindelig wurde. »Brauchst du was?«, erkundigte er sich, als er ihm die Decke über die schmalen Schultern zog.

»Sex?« Rick klang nur mäßig hoffnungsvoll. In diesem Moment hätte er sich nicht einmal selbst geknallt.

»Idiot. Ich meinte eher sowas wie Kopfschmerztabletten.« Amüsement schwang in Lucas leiser Stimme mit, als er sich vorsichtig neben ihm ausstreckte.

Rick antwortete mit einem schwachen Kopfschütteln. »Nein. Im Moment nicht, denke ich.«

Von draußen drang das Licht von Scheinwerfern herein, als die ersten Autos durch die Straßen rollten. Es war nur ein flüchtiger Moment, in dem er Lucas Züge in der Dunkelheit erkennen konnte. Sein Blick ruhte völlig auf Rick und es lag eine gewisse Wärme darin. Aber vor allem schien er wahnsinnig erschöpft.

»Es tut mir echt leid. Ich hätte dir wirklich gern einen geblasen.« Rick hatte das Bedürfnis, sich zu entschuldigen, weil Luca den Anschein machte, ein recht vernünftiger Kerl zu sein. Und außerdem stimmte es. Wenn er so vögelte, wie er küsste ...

Lucas weiße Zähne schimmerten in der Dunkelheit, als er grinste. »Tja. Der ganze Tag war für'n Arsch, also mach dir nichts draus, okay? Das ist eben mein Karma.« Es klang resigniert und ein leises Seufzen folgte. Stoff raschelte, als Luca sich streckte und die Hände hinter dem Kopf verschränkte.

Rick brütete einen Moment darüber, ehe er meinte: »Das kenne ich.« Er schloss erschöpft die Augen und zog die Decke ein wenig enger um sich, geborgen in dem Wissen, dass Luca neben ihm lag, auch wenn sie sich nicht berührten. Aber es war seine Anwesenheit, die ihn schließlich einschlafen ließ.

Damit hatte er normalerweise ziemliche Probleme. Er wusste nicht, wann er das letzte Mal wirklich gut geschlafen hatte. Es war vermutlich zu einer Zeit, als er noch mit Matt zusammengewohnt hatte, im alten Haus. Wenn er zu unruhig war, schlich er damals in sein Zimmer und kroch zu ihm unter die Decke. Allein war es einfach zu unsicher. Zu unheimlich. Zu dunkel. Egal, wie viele Lampen er auch nachts brennen ließ oder wie laut er den Fernseher stellte. Er zog sich auch jetzt immer noch alle möglichen Schwachsinns-Sendungen in der Glotze rein, nur um das Gefühl zu haben, nicht einsam zu sein. Es war die reinste Selbsttäuschung, denn tatsächlich war er das.

Einsam.

Auch wenn er das bei Tageslicht niemals zugeben würde. So wie er nie zugeben würde, dass er den alten Job manchmal vermisste. Natürlich war es schlimm gewesen. Oft. Natürlich war er nicht scharf auf die Beleidigungen, den Missbrauch, die Schläge oder die widerlichen Dinge, die man von ihm verlangt hatte, und die er für Geld tat. Er war auch nicht so drauf, dass er Ben, ihren Zuhälter, vermisste, der ihn und Matt und so viele andere gequält und ausgebeutet hatte.

Aber er vermisste es trotzdem manchmal irgendwie, sich in die Arme von belanglosen, zahlungswilligen Kunden zu stürzen, nur um all der Stille zu entkommen, die ihn Zuhause erwartete. Darum zog er gern durch die Clubs. Darum trank er zuviel und darum kiffte er am Wochenende, bis er nicht einmal mehr den Elan fand, durch die Kanäle zu zappen, wenn er allein auf der Couch lümmelte, eine Pizza vom Lieferdienst neben sich oder irgendein Zeug vom Chinesen um die Ecke.

Alles war besser als die Stille. Weil sie nicht still war. Sie war angefüllt mit Bildern und Erinnerungen, die er nicht sehen wollte.

Er hatte schon ewig nicht mehr mit Matt gesprochen. Nicht, seit er erfahren hatte, dass er heiraten würde. Natürlich hatte er ihm das in gewisser Weise selbst prophezeit. Es war gar nicht zu vermeiden, wenn man mal gesehen hatte, wie Alexander Matt ansah. Oder wie Matt Alexander ansah.

Oder wenn man mal im Gästezimmer geschlafen hatte, das direkt neben deren Schlafzimmer lag. Rick hatte sich das nur einmal gegeben, als er aus dem Krankenhaus gekommen war. Danach nie wieder. Es war einfach zu schmerzhaft und er kam sich vor wie Abfall, weil ein kleiner, fieser Teil von ihm neidisch war.

Er hatte sich immer diese Seifenopern angesehen, oder diese ganzen Datingshows im Fernsehen, wo immer irgendwie alle glücklich wurden. Es gab am Ende immer einen Regen aus Rosenblüten und eine Hochzeit. Das perfekte, makellose Leben. Und dann, wenn er die Glotze ausgeschaltet hatte, ging er raus auf die Straße, um für Geld Schwänze zu lutschen und sich benutzen zu lassen. Es war absurd, zu denken, dass in einer Welt, in der beides existierte – Licht und Schatten – gerade ihn ein Sonnenstrahl finden sollte.

»Die Straße und dieses Haus liegen genau im Schatten«, hatte er an einem sonnigen Nachmittag mal zu Matt gesagt, als sie noch ihr altes Leben lebten, als er aus dem Fenster rauchte und unten auf die Straße starrte, an der schon die ersten Stricher wie sie beide standen und auf Kunden warteten. Matt zog sich gerade für die Schicht an und warf ihm einen verwirrten Blick zu. »Was?«

»Hier scheint die Sonne nie hin. Es ist immer grau. Immer zwischen den Welten.« Rick rauchte seinen Joint auf und machte sich mit trägen Bewegungen auf den Weg in das Badezimmer. Duschen, ehe die Schicht begann. Sauber werden für den nächsten Dreck, der auf ihn herabregnen würde.

Dass Alex sie beide quasi gerettet hatte, glich einem Wunder. Es war ein bisschen wie in den Seifenopern gewesen. Nur, dass er eben für Matt gekommen war, und natürlich nicht für ihn. Er war dadurch von Ben freigekommen, der jetzt im Knast verrottete und hoffentlich jeden Tag für die anderen Knastbrüder die Bitch spielen würde, doch irgendwie fühlte sich sein neues Leben nicht an, als ob es ihm gehören würde.

In Rick schwelte noch immer die Schuld. Wegen ihm war Matt fast draufgegangen. Er hatte ihn damals verraten, weil ihn die Eifersucht fast umbrachte. Und jetzt arbeitete er für Alexander Londrake, Matts Liebhaber, der bald sein Ehemann sein würde.

Rick seufzte leise, während er seine Finger über der warmen Haut auffächerte und das Gesicht gegen den weichen Stoff des Shirts drückte, das Luca trug. Er roch so verdammt gut. Und er fühlte sich auch so an; harte, sehnige Muskeln, überzogen von samtiger, warmer Haut. Er war viel kräftiger als Rick und auch viel größer. Seine Hände waren rau, wenn auch nicht ungepflegt. Und sie konnten ordentlich zupacken. In Ricks Brust klopfte das Herz merkwürdig schnell gegen die Rippen, als sich Luca neben ihm regte.

Er murrte etwas völlig undeutliches und ehe sich Rick versah, hatte dieser den Arm um ihn gelegt und drückte ihn fest an sich.

Im Gegensatz zu seinem Übernachtungsgast trug Rick allerdings nur schlichte schwarze Shorts und ein ausgeleiertes T-Shirt. Lucas Hand legte sich um seinen unteren Rücken, direkt an die nackte Haut, die durch den verrutschten Stoff bloßlag. Sein Mund war auf einen Schlag trocken, als er die Finger seine Wirbelsäule emporstreicheln spürte und das warme Kribbeln über seinen ganzen Körper rann.

Es war ein fahriges, abgehaktes Streicheln, das ihm signalisierte, dass Luca gar nicht richtig wach war, wenn überhaupt. An wen er wohl dachte? Vielleicht war er gar nicht solo. Rick schluckte und schloss die Augen, als Luca die Hand höher gleiten ließ, zwischen die Schulterblätter und bis in seinen Nacken. Sie lagen so eng aneinandergeschmiegt da, dass kein Blatt Papier mehr zwischen sie gepasst hätte und Ricks Körper reagierte auf die Nähe überaus erfreut.

Viel zu sehr.

Plötzlich war es ihm zuviel und es brachte ihn durcheinander. Am besten, er rückte etwas ab.

Doch als er das tun wollte, und den Kopf hob, um zu sehen, ob Luca noch schlief, sah er sich dessen grauen Augen gegenüber. Sie starrten direkt in seine und für einen Moment hielt Rick erschrocken inne.

»Wie spät ist es?« Luca klang heiser und verpennt, obwohl er ziemlich sicher schon eine Weile wach sein musste. Die Kissenfalte in seiner Wange und das wirre Haar entlockten Rick ein windschiefes Lächeln.

»Keine Ahnung. Noch früh, denke ich.« Rick fiel es schwer, zu denken. Lucas Finger kraulten seinen Nacken, streichelten durch die schwarzen Haare und glitten wieder hinab. Den Rücken herunter, touchierten seine Hüfte in einem weichen Streicheln, ehe sich Lucas Hand gemächlich um seine Pobacke schloss und sie durch den Stoff der Shorts massierte.

»Hm. Ich sollte gehen. Ich habe noch einen Termin.« Lucas Stimme klang dunkel und sexy. Überhaupt nicht, als wollte er irgendwohin gehen.

Rick ließ seine Finger über die breite Brust streifen, ehe er sie über die harten Bauchmuskeln schickte. Er spürte dem leisen Beben nach, das er damit verursachte. »Oh.« Die Enttäuschung in seiner Stimme konnte er jedoch nicht verbergen und schließlich zog er die Finger zurück. Klar. Wäre ja auch zu schön gewesen. »Tja, dann ...?« Er schlug die Augen nieder und zog sich die Decke bis zum Kinn.

Luca verharrte einen Moment, ehe er die Hand zurückzog und sich halb aufrichtete. Rick konnte deutlich die sturmgrauen Augen auf sich fühlen, wie sie ihn musterten. Es machte ihn nervös und im Licht der Morgensonne, nüchtern und fast nackt, kam er sich ziemlich dumm vor. Er tarnte sein Unwohlsein mit einem Gähnen und einem Strecken unter der Decke, wobei er demonstrativ nicht in Lucas Richtung sah.

»Ich würde ja sagen, komm einfach mit, aber ich schätze«, begann Luca mit geschürzten Lippen, »du kannst dir eine bessere Morgengestaltung vorstellen.«

Rick zog irritiert die dunklen Brauen zusammen, als er doch zu seinem Gast blickte, der sich soeben erhob und seine Klamotten richtete. Obwohl er die ganze Nacht in seinen Sachen geschlafen hatte und ziemlich verknittert aussah, fand Rick ihn höllisch anziehend. Nicht einmal das Veilchen konnte daran etwas ändern. Oder die süße Kissenfalte. Oder die Haare, die wild abstanden. »Wieso? Was hast du denn vor?« Neugier war immer schon seine Schwäche gewesen. »Und was für eine Morgengestaltung denkst du, wäre mir lieber?« Er blieb in die Decke gehüllt, zog sie sich um die Schultern, als er sich in einen Schneidersitz brachte und interessiert zu Luca sah, der nach seinen Schuhen suchte.

»Ich denke, du würdest ausgiebigen Sex und eine große Portion Kuscheln einer Beerdigung vorziehen.« Lucas Stimme klang trocken, als er sich nach einem seiner vermissten Schuhe bückte. Dabei fiel sein Blick auf den Missetäter, an dem er sich gestern in der Dunkelheit den Zeh angehauen hatte.

Es war eine richtig hässliche Plastik. Vermutlich Kunst. Ein überdimensionaler, lachender Buddhakopf in schrillen Farben und überzogen mit Ornamenten und Schriftzügen. Er hatte gigantische Ohrläppchen, die sogar Dumbo staunen lassen würden. Vermutlich brauchte er mit solchen Prachtstücken gar keinen Körper. Er sah außerdem verdammt schwer aus und er stand mitten an der Zimmerecke. »Was zum Geier ist das, und wieso steht es ausgerechnet da?«, wollte er irritiert wissen, als er sich nach Rick umblickte.

Im Morgenlicht schienen seine Augen zu leuchten. Sie

erinnerten an dunklen Honig, und vereinzelt hatte Luca goldene Flecken in ihnen ausmachen können. Im Moment war Rick auch nüchtern genug dafür, dass er überhaupt die Farbe seiner Augen ausmachen konnte. Fraglich, wie lange das wohl so bleiben würde.

»Ach, der.« Rick grinste ein wenig verlegen und wischte sich eine Haarsträhne aus dem Gesicht. Seine Frisur war ziemlich wild und stand in alle Richtungen ab. Er sah in dem übergroßen Shirt, das eindeutig nicht seins sein konnte, irgendwie jünger aus. Und irgendwie auch zerbrechlich, wie er da in seinem Decken-Wigwam hockte, als versuche er sich vor der Welt zu schützen. »Den hab ich vom Flohmarkt. Eigentlich wollte ich ihn in die Küche bringen, damit er auf der Anrichte stehen kann. Aber ich hab es nur bis dahin geschafft, weil der Mistkerl so schwer ist, ehe mir die Puste ausgegangen ist. Und seitdem steht er eben da an der Ecke. Ich hau mir regelmäßig die Zehen an, aber ich sag mir: Wenn ich mir schon den Fuß anhaue und weiß, dass der Kopf da rumsteht, dann rennen potenzielle Einbrecher erst recht dagegen. Ist sozusagen meine Alarmanlage.«

Luca schnaufte leise und warf Rick einen amüsierten Blick zu. »Klingt logisch.« Nur so halb, aber es zählte vermutlich, weil er das Gefühl hatte, dass Rick es tatsächlich so meinte. Er hatte sowieso ein paar überaus interessante Ansichten. Luca streckte sich, nachdem er wieder in seinen Schuhen steckte. Er hatte absolut keine Lust auf das, was ihn heute erwartete. Rick im Bett war eine viel verlockendere Vorstellung. Er betrachtete den hübschen Dunkelhaarigen, der ihn ansah, und allein dieser Blick brachte seine Willenskraft ins Wanken.

»Also? Wohin musst du so dringend?« Rick legte neugierig den Kopf schief, als er, in die Decke gewickelt, an den Bettrand kroch. Er spähte zu Luca auf und kniete sich hin, noch während der andere zu ihm rüberkam. Wie er ihn dabei ansah, machte ihn ganz verrückt. Es schickte ein sehnendes Kribbeln durch seinen Körper, der sich nur zu gut daran erinnerte, wie sich Lucas Hände angefühlt hatten. Rau und warm auf seiner nackten Haut. Rick leckte sich die Lippen, als er eine Hand ausstreckte, um mit den Fingern über die Gürtelschnalle zu streifen.

»Zu einer Beerdigung.« Luca konnte die Augen nicht von Rick lassen, dessen Hand sich gefährlich nah an seinen Schritt bewegte. Die Finger glitten zart über die Schnalle an seinem Gürtel, während er aus unschuldig wirkenden Augen zu ihm aufsah. Mit einem Ausdruck darin, den er nur als versonnen bezeichnen konnte. Er könnte auf Vaun pfeifen und auf die verdammte Beerdigung, und jetzt und hier zu ende bringen, was sie gestern angefangen hatten. Der Gedanke war verführerisch und schickte ein leichtes Ziehen durch seine Lenden. Immerhin war der Alte sowieso tot und er hatte ihn im Grunde ja ohnehin nicht gekannt. Und in diesem Leben würden er und sein Halbbruder auch keine Freunde mehr werden.

Je länger er Rick ansah, desto mehr Ausreden fielen ihm ein. Vor allem, als der hübsche Dunkelhaarige sich etwas mehr aufrichtete und seine Hände flächig an seine Hüften führte, die er in einem langsamen Streicheln nach oben gleiten ließ. Dabei ließ er den Blick nicht von Luca, sah ihm direkt in die Augen. Die schmalen Hände, an denen die Anhänger der Armbänder klimperten, drückten den Stoff des Shirts dabei nach oben und legten die nackte Haut des Bauches frei, den flachen Nabel, die ansehnlichen Muskeln, die sich zu einem V formten und die feine Linie an dunkleren Haaren, die sich vom Nabel bis in den Hosenbund zog.

Rick senkte den Blick ab, betrachtete, was er da direkt vor sich hatte, und für einen Moment genoss er einfach nur das Muskelspiel, das Luca ihm unabsichtlich präsentierte. Sein Kopf arbeitete langsam und er hatte das Thema beinahe schon vergessen, als er sich vorbeugte, um einen Kuss auf Lucas Hüftknochen zu drücken. Der andere atmete hörbar ein. »Ach ja... Beerdigung, mh? Ich dachte, du machst bloß Witze. Wessen?« Er war nur mäßig interessiert. Seine Lippen wanderten in kleinen Küssen zur anderen Seite dieses unverschämt heißen Bauches, um auch die andere Hüfte zu küssen. Seine Zungenspitze leckte kostend über die samtige Haut. Schmeckte definitiv... nach ‚Mehr'. Er linste auf, suchte Lucas Blick.

»Meiner, wenn du nicht damit aufhörst.« Es klang heiser und halb geraunt, doch durchaus angetan. Luca konnte den Blick nicht von diesem Gesicht wenden, das sich zu ihm hob und von diesen wunderschönen Augen, in denen er ertrinken wollte. Ricks Lippen an seiner Haut fühlten sich verdammt gut an und so, wie er ihn ansah, machte es das Ganze wirklich hart. In allen Belangen.

Rick lächelte und schlug einen Moment die Augen nieder, ehe er mit den Fingerspitzen über die Ausbuchtung in Lucas Hose streifte. Zart nur, doch spürbar genug. Das Blut rauschte ihm in den Ohren und sein Herz schlug Kapriolen in seiner Brust. Er war selten von so wenig so scharf geworden. Und den Beweis, dass es Luca wohl ebenso ging, hatte er quasi direkt vor sich. »Tja, ich denke, das kann ich nicht verantworten«, meinte er mit gespieltem Bedauern. »Aber vielleicht hast du ja Lust, danach noch ein bisschen herzukommen? Dir die Trauer von der Seele zu reden, oder so?«

Sie wussten beide, dass es mit Trauer nichts zu tun haben würde, als sich ihre Blicke trafen.

»Rick ...«

»Ich meine«, erklärte er schnell, als er sich eine Haarsträhne aus dem Gesicht wischte und sich über die Lippen leckte, »es wäre nur so, ohne Bedeutung.« Lucas Finger glitten über seine Wange, streichelten sie und er schmiegte sich ohne nachzudenken hungrig der Berührung entgegen, konnte den Blick nicht von Lucas Gesicht lassen, der aussah, als würde er ihn am liebsten sofort seiner spärlichen Sachen berauben und ihn an Ort und Stelle ...

»Rick.« Lucas Daumen glitt über die weiche Unterlippe, als er Ricks Wange streichelte. Ihn zu berühren war wie eine Droge. Er konnte einfach nicht aufhören. Luca ächzte leise, als der Dunkelhaarige seine Lippen um die Spitze des Daumens schloss und sanft an ihr saugte. Die herrlich seidige Zunge ummalte und umspielte ihn und es war allein das enervierende Geräusch, das verhinderte, dass er seine Fantasien wahrmachte. »Dein verdammtes Handy klingelt«, erklärte er darum bemüht, von dem betörenden kleinen Mistkerl zu lassen. Er sah das Erstaunen auf dessen Mimik und wie er verständnislos innehielt, ehe er begriff, was Luca meinte.

»Oh.«

Mit einem feuchten Geräusch lösten sich die weichen Lippen und die schlanke Gestalt befreite sich aus den Decken, um nur in Shorts und T-Shirt von der Bettkante zu rutschen. Rick lächelte schief zu ihm auf, ehe er sich eng an ihm vorbei drängte, um in das Wohnzimmer herüber zu schlendern. Eilig hatte er es jedenfalls nicht, und Luca den perfekten Blick auf seine Rückansicht. Rick bewegte sich geschmeidig wie ein Traumtänzer und er hatte auch den Körperbau dazu; schlank, beinahe zu sehr, mit filigranen Konturen, schön geformten Armen und Beinen und einem gewissen Maß an zäher Sehnigkeit, die die vorhandenen Muskeln betonten. Denn trotz allem war er kein Schlaffi. Luca starrte ihm unverhohlen hinterher und folgte ihm sogar zwei, drei Schritte, ehe er sich wieder umdrehte. Lauschen war immerhin unhöflich, und trotzdem war er neugierig, wer da so früh anrufen mochte? Nach Ricks Benehmen zu urteilen, schien er niemanden Festes zu haben. Oder sah er das nur locker? Wieso interessierte es ihn überhaupt? Immerhin konnte es ihm eigentlich egal sein. In ein paar Tagen saß er wieder im Flieger nach Hause.

Die Stimme des Dunkelhaarigen hörte sich dumpf an und sehr leise. Es schien kein erfreuliches Telefonat zu sein. Luca ließ den Blick über die Einrichtung schweifen, die er gestern Nacht nur schemenhaft erkannt hatte. Wohnzimmer und Schlafzimmer waren nur durch einen Rundbogen voneinander getrennt. Auf dem breiten Fensterbrett direkt über dem großzügig bemessenen Bett stand irgendeine halb vertrocknete Pflanze, deren welke Blätter herabgerieselt waren. Vielleicht war es mal eine Art Farn gewesen. Jetzt war es jedenfalls nur noch eine verkrüppelte Erinnerung an lebendiges Grün. Die Vorhänge waren halb durchsichtig und die Gardinenstange hing schief, sodass das Ganze überaus asymmetrisch aussah. Die Bettbezüge hatten zwei verschiedene Farben und waren am unteren Ende offen, als ob es Rick zuviel Mühe machte, sie zuzuknöpfen.

Der Nachttisch war übersät mit getrockneten Krümeln von Gras und ein paar kleinere Tütchen lagen auch dort, neben Papier zum Drehen, einigen Pornoheften und ein paar Büchern die man tatsächlich als Literatur zählen konnte. Vorwiegend Fantasy. Kondome waren außerdem keine Mangelware, wie Luca feststellte. Rick hatte so ziemlich alle Größen, Formen und Farben da, die man kriegen konnte. Offensichtlich war er gut vorbereitet. Außerdem lag ein heruntergefallenes Nasenspray am Sockel des Nachttisches und als Luca unter das Bett blickte, fand er dort eine ziemliche Menge an zusammengeknüllten Taschentüchern. Entweder war Rick permanent erkältet, guckte heimlich wahnsinnig traurige Liebesschnulzen, oder ...

Er konnte sich ein schiefes Lächeln nicht verkneifen. Der Blick ins Bad war nicht viel besser. Es war mäßig sauber. Weder blitzblank noch lief man Gefahr, sich eine exotische Krankheit zu holen. Es schwankte irgendwo dazwischen. Jedoch stand es auf den Regalen und der Ablage über dem Waschbecken voll mit allem möglichen Kram. Luca besah sich stirnrunzelnd das ganze Zeug. Es gab diverse Haargels, Cremes, Zahnpasten, ein paar falsche Wimpern, die aussahen, als hätte jemand sie schon benutzt, und ungefähr zwei dutzend verschiedener Shampoos und Duschgels. Dazu kamen mehrere kleine Handbürsten und andere Dinge wie Pinzetten, Kämme, Bürsten und dergleichen. Es wirkte, als hätte Rick regelmäßig einen Kaufrausch in der Drogerieabteilung des örtlichen Supermarktes, nur um zuhause festzustellen, dass er den Kram gar nicht brauchte, weil er ihn schon hatte.

Darum stopfte er ihn dann wohl auch einfach in die Regale und den kleinen Schrank, dessen Tür klemmte. Staub rieselte von der Oberseite herab, als Luca einen Blick hinein werfen wollte. Im Inneren stapelten sich alte Zeitschriften und eine beachtliche Vorratspackung an Gummis verschiedener Größen. Aus dem Wohnzimmer drang Ricks Stimme, die mittlerweile genervt klang. Er schien sich mit dem Anrufer zu streiten.

Die Küche war ein verdammtes Schlachtfeld, nur war fraglich, wer hier gegen wen kämpfte und wer gerade die Oberhand hatte.

Luca hob die Brauen, während seine Boots knirschende Geräusche erzeugten, als er über den gefliesten Boden in den Raum trat. Sie waren bestimmt einmal weiß gewesen, aber jetzt rangierten sie wohl schon in der Multi-Color-Abteilung. Spritzer diverser Flüssigkeiten verschönerten sie, dazu gesellten sich Kaffeeflecken, herabgefallene und zerlatschte Frühstücksflocken, Staub, ein paar vertrocknete Blätter von dem, was einmal ein Basilikum gewesen sein könnte, der neben dem Herd stand und sehr tot aussah, und wer weiß, was noch.

Die Anrichte war bedeckt mit Packungen, in denen sich Frühstücksflocken in allen Arten und Füllstadien befanden. Leer, halbleer, nur geöffnet und dann doch nichts entnommen, voll, dreiviertel leer und in manchen war vielleicht noch genug für eine kleine Schale. Der Mülleimer platzte aus allen Nähten und in der Spüle war irgendwann Geschirr eingeweicht aber dann nicht gespült worden. An der Wand über dem Herd klebten Spritzer undefinierbarer Farbe. Ansonsten sah dieser ziemlich unbenutzt aus und obwohl Luca in die Schränke schaute, fand er kaum Essbares. Im Ofen des Herdes lagerten dicke Winterklamotten und versteckt dahinter eine Tüte Gras.

Rick schien wie ein Eichhörnchen überall Vorräte zu verstecken. Der Kühlschrank hingegen war blitzsauber. Er enthielt drei Packungen Milch und eine schrumpelige Avocado, die weit weg von einem Stück schimmeligem Käse lag, als herrschte kalter Krieg an der vegetarischen Front. Im Eisfach gab es nichts, außer einer Flasche Vodka und einer angebrochenen Packung Schokoladeneiscreme. Der Küchentisch schien nie benutzt zu werden. Zeitungen stapelten sich darauf, und ungeöffnete Briefe. Luca legte neugierig den Kopf schief, als er einen besonderen Umschlag entdeckte.

Er enthielt sicher keine Rechnung, doch gerade, als er ihn umdrehen wollte, um den Absender zu lesen, hörte er, wie Rick den Anrufer anraunzte. Laut und wütend, ehe darauf das Geräusch von splitterndem Plastik folgte, als etwas mit Wucht gegen eine Wand krachte.

»Hey? Ist alles in Ordnung?« Er lenkte seine Schritte eilig zurück zum Wohnzimmer, wo er sich in den Rundbogen lehnte, nicht sicher, was er tun sollte, um die Situation erst einmal zu erfassen.

Rick saß auf dem Sofa, zusammengekauert, als wollte er sich so klein wie möglich machen, das Gesicht in den Händen verborgen. Sogar aus der Distanz konnte Luca sehen, wie sehr er zitterte. Die schmalen Schultern bebten richtig. Fuck. Er war richtig beschissen im Trösten. Aus dem Augenwinkel sah er das zerstörte Handy am Boden liegen, das Rick gegen die Wand gepfeffert hatte. Er hatte ein Bild damit getroffen, dessen Glas gesplittert war und das nun schief da hing. Es zeigte eine blaue Blume vor weißem Hintergrund.

»Hey ...« Luca trat zu ihm und ließ sich neben ihm auf dem Sofa nieder, das erstaunlicherweise noch ziemlich neu aussah. Er wusste nicht, was er tun sollte, aber dass der Dunkelhaarige weinte, schien offensichtlich. Sein Karma musste sich ja köstlich amüsieren. Irgendwie wurde alles nur immer beschissener, seit er wieder in dieser gottverlassenen Stadt war. »Komm mal her.« Er rückte näher und umfasste Ricks Schulter, um ihn an sich zu ziehen. Zuerst schien da ein Widerstand zu sein und fast fürchtete er, sich gleich eine zu fangen, aber dann kippte Rick gegen ihn und vergrub das Gesicht an seinem Shirt, in das sich seine Finger gruben. Er zitterte wie verrückt und Luca fiel nichts Besseres ein, als ihn fest an sich zu drücken. Er schmiegte die Wange an das vom Schlaf noch ganz wirre Haar und streichelte Ricks Rücken auf und ab, in der Hoffnung, dass ihn das irgendwie trösten würde. Ob er etwas sagen sollte? Oder lieber doch nicht? Er kannte sich mit so etwas absolut nicht aus. Er war ohne Geschwister aufgewachsen und seine Mutter war keine von der liebevollen Sorte gewesen. Wenn er Mist baute, kriegte er den Kochlöffel über den Arsch gezogen oder er fing sich Ohrfeigen ein, die es in sich hatten. Ihre Art zu trösten bestand darin, ihm noch mehr Schläge anzudrohen, wenn er nicht ruhig war.

Rick presste sich fest gegen Lucas breite Brust, während er versuchte, sich wieder in den Griff zu kriegen. Sein Schluchzen klang erstickt an dem weichen Stoff des Shirts, das von seinen Tränen dunkel und fleckig wurde. Es war wie ein schlimmer Sturm, der ihn beutelte und in diesem Moment schien Luca das Einzige zu sein, das in Ricks Welt nicht wackelte oder wankte. Er traute sich kaum, sich zu rühren, aus Angst, der Größere könnte genug davon haben und ihn wegschieben. »Tut mir leid...« Er drückte sein Gesicht an Lucas Brust und versuchte, das Zittern in seiner Stimme zu überspielen, die so belegt klang. Es gelang ihm nicht und er fühlte sich nur noch elender.

»Ist schon gut.« Luca strich sanft über das wirre Haar, glättete es mit den Fingern, während er Rick eng an sich gedrückt hielt, der nur langsam wieder zur Ruhe kam. Sein Schluchzen klang so hilflos und gepeinigt, dass es Luca in der Seele wehtat. Er selbst fühlte sich ziemlich dumm, weil er nichts

anderes tun konnte, als ihn festhalten. »Ich bin ja hier.«
Eigentlich musste er los. Er hätte längst weg sein müssen. Nein,
er hätte gar nicht erst herkommen sollen. Aber andererseits
fühlte es sich richtig an. Auch wenn er nicht verstand, wieso.

Es schien eine kleine Ewigkeit zu dauern, ehe Rick den Kopf
hob und zu Luca aufsah. Sein ganzes Gesicht war gerötet, die
Augen schwammen in schimmernden Tränen, die ihm über die
Wangen perlten und salzige Spuren zogen, als sie hinab
tropften, und das Lächeln saß schief und wackelig auf den
weichen Lippen. Rick wollte etwas sagen und sich losmachen,
doch Luca konnte ihn nicht gehen lassen. Nicht in diesem
Moment, nicht so, wie er ihn ansah.

Lucas Finger waren warm, als sie sich unter Ricks Kinn
schoben und es etwas anhoben. Gleichzeitig legten sich die
Hände des Dunkelhaarigen gegen seine Brust an den feuchten
Stoff seines Shirts, in der Intention, ihn auf Abstand zu bringen
und sich zu erheben. Immerhin heulte er gerade vor jemandem,
den er ziemlich scharf fand und den er noch irgendwie ins Bett
kriegen wollte, aber es war diese sanfte Bestimmtheit, die ihm
jede Kraft dazu nahm. Lucas Arm lag um seine Schultern und
sein Gesicht neigte sich ihm entgegen. Es war der Ausdruck in
Lucas grauen Augen, der ein heftiges Flirren durch Ricks
Magengrube schickte, als ihre Lippen sich berührten. Das
Gefühl zog sich prickelnd durch seinen ganzen Körper. Er
konnte es nicht einmal wirklich identifizieren, nicht sagen, was
es war, außer, dass es etwas Besonderes war.

Der Kuss war sanft und beinahe bedächtig, als hätten sie
nicht bereits wild miteinander im Taxi geknutscht. Lucas Finger
streichelten über Ricks tränennasse Wange, verrieben sanft die
perlenden, salzigen Tränen, die vereinzelte noch über sie
rannen, ehe sie sich in seinen Nacken schoben.

Rick schmolz regelrecht an Lucas weichem Mund und eine
Hand löste sich von der breiten Brust, unter der er das Herz so
kräftig schlagen fühlen konnte. Ob es wegen ihm so schnell

pochte? Der Gedanke war naiv und er wusste das, aber in diesem Moment flüchtete er in die Fantasie, weil die Realität einfach zu unerträglich war. Seine Lippen bebten, als er sie für Luca öffnete und ihre Zungen sich berührten. Ein sachtes Aneinanderreiben und Betasten, als wären sie sich fremd. Es war seltsam und neu für Rick, der sich enger an Lucas Wärme anschmiegte. Es fühlte sich gut an und für einen Moment hatte er die verdrehte Hoffnung, es würde ihm genauso gehen. Dass er auch dieses Kribbeln spüren würde, das ihm durch den Körper rann und das seinen Herzschlag beschleunigte, bis er das Gefühl hatte, es wollte ihm aus der Brust hüpfen.

Luca hatte keine Ahnung, was er sich gedacht hatte. Nichts, würde Vaun sagen. Und er hätte recht damit. Er hatte sich tatsächlich einfach gar nichts gedacht, nur gehandelt, und genau das war immer das Problem mit ihm. Er tat einfach, ohne an die Konsequenzen zu denken.

Aber verdammt, wie sollte er auch denken, wenn er in diesen bildschönen Honigaugen ertrank, die im Licht der Morgensonne fast golden schimmerten? Wenn Rick ihn so ansah, mit diesem Ausdruck im Gesicht, so hilflos und gleichzeitig um Fassung bemüht, dann konnte er einfach nicht anders. Und Himmel, es fühlte sich so gut an, ihn zu küssen. Seine Lippen waren so weich, und seine Zunge so seidig, wie sie sich an seine eigene schmiegte, dass er ernstlich versucht war, Vaun Vaun sein zu lassen und hierzubleiben.

Luca gab ein leises, genüssliches Geräusch von sich, als er Ricks Finger in seinem Haar spürte und seine Willenskraft schmolz, als er den sanften, bittenden Zug spürte, den Rick ausübte, als er sich nach hinten auf das Sofa sinken ließ.

Luca folgte ihm wie von selbst und ließ nur kurz von den sündhaft weichen Lippen, als er sich über Rick beugte, um ihn anzusehen. Das dunkle Haar umrahmte sein Gesicht, das noch immer gerötet war. Die Augen wirkten dunkler, doch waren die Tränen bis auf einen feuchten, klaren Schimmer in den

Augenwinkeln versiegt. Die Lippen, noch feucht und geschwollen von ihrem Kuss, hatte er leicht geöffnet und ein aufgeregter Puls klopfte an seinem schlanken Hals. Das übergroße T-Shirt war verrutscht, entblößte die nackte Schulter und das filigrane Schlüsselbein, und einen hübschen Teil des Bauches samt dem flachen Nabel.

Allein der Anblick entlockte Luca ein leises Ächzen. In seinem Kopf überschlugen sich die Gedanken, die Möglichkeiten.

Es wäre immerhin nur Sex. Unverbindlicher Spaß, nicht wahr? Konsequenzlos. Keine Folgen. Keine Gefühlsduselei. Gestern Abend kam ihm das noch äußerst richtig vor. Aber heute, im Licht des Morgens, während er über Rick gebeugt war und dessen scheues Lächeln sah, kam es ihm falsch vor.

Gott, was tat er nur?

»Ich sollte gehen.« Er schluckte, als er sah, wie Rick wegschaute und sich auf die Lippen biss. Die Hand in seinem Nacken zog sich zurück und auch die, die bis eben so vertrauensvoll an seinem Herzen lag, entfernte sich. Es war schlimmer als jede Ohrfeige, die er je kassiert hatte. Die dichten dunklen Wimpern beschatteten die Augen, die an die Sofalehne starrten, weg von ihm.

»Ich weiß. Tut mir leid, dass-«

»Also kommst du mit?« Luca unterbrach ihn, ohne nachzudenken. Das überraschte Blinzeln entlockte ihm ein schiefes Lächeln, als Rick zu ihm aufsah. Prüfend, als hielte er seine Worte nur für einen gemeinen Scherz. Es stand Unsicherheit in dem flüssigen Honig mit den Goldflecken zu lesen und Misstrauen schwang in der leisen Stimme mit. »Bist du sicher?«

»Nein. Aber dein Handy ist im Arsch. Und du schuldest mir noch einen Blowjob. Außerdem hast du nichts zu Essen im Haus.« Wieso nur klopfte sein Herz wie verrückt, als sich Ricks Mundwinkel zu einem Lächeln hoben und er das Gefühl hatte, in seinen Augen zu versinken? Die Argumente waren alle ziemlich an den Haaren herbeigezogen, aber er wollte ihn einfach nicht alleine lassen. Nicht nach allem. Nicht nach diesem Kuss.

»Gib mir fünf Minuten.« Rick lächelte ihm zu, ehe er sich unter ihm hervor räkelte und ihm einen schnellen Kuss auf die Wange drückte.

5

Der Geruch nach Frost lag in der Luft. Kalt und metallisch. Man konnte ihn beinahe auf der Zunge schmecken und Rick war froh, dass er sich die dicke Winterjacke angezogen hatte. Den Schal aus schwarzer Wolle hatte er sich bis vor den Mund gezogen und sein Blick schwirrte immer wieder zu Luca, der frieren musste. Und trotzdem schien er genau das nicht zu tun. Sie hatten es nicht mehr in sein Hotelzimmer geschafft, und so trug er statt einem geschmackvollen Anzug nur seine Sachen von gestern, und statt einem wärmenden, langen Mantel nur seine Lederjacke.

Rick biss sich ungesehen auf die Lippen, denn im Grunde war es seine Schuld, dass er viel zu spät dran war. Er hätte ihn nicht aufhalten sollen.

»Ist dir warm genug?«

Lucas Stimme klang jedenfalls warm und seine Frage bewirkte, dass sich Rick verlegen eine Haarsträhne aus der Sicht schob. »Ja. Aber dir muss kalt sein, oder?« Rick musterte die Körperhaltung seines Begleiters, der die Hände tief in die Hosentaschen vergraben hatte. Es war wirklich schweinekalt, aber Luca zog es offenbar vor, den harten Kerl zu spielen, obwohl seine Ohren schon ganz rot waren.

»Geht schon. Du musst auch nicht bis zum Grab mitkommen.

Auf der anderen Seite vom Friedhof ist ein Café, da kannst du dich aufwärmen und ich hol dich da ab?«

Eigentlich ein guter und sicher nett gemeinter Vorschlag, doch Rick schüttelte den Kopf. Er hatte keine Lust, sich abschieben zu lassen. »Nein, danke. Mir ist nicht kalt.« Er linste zu Lucas Augen auf, die im Grau des Tages dunkler wirkten als noch zuvor. Die Sonne hatte sich verzogen, und trotzdem konnte er den Blick kaum von ihm lassen. Er hatte Grau nie für eine interessante Farbe gehalten, aber im Wechselspiel von Licht und Schatten lag eine Lebendigkeit darin, die ihn faszinierte. Im Sonnenschein wirkten sie heller, beinahe silbern, und jetzt hatten sie die Farbe von Schiefer. Die Haare hatte er sich nur mit den Fingern zurecht gekämmt und trotzdem wirkte es nicht wirklich unordentlich. Die Farbe hätte Rick irgendwo zwischen Dunkel- oder Mittelblond angesiedelt. Der Schnitt passte zu Lucas Erscheinung; kantig, so wie die Gesichtszüge mit der schiefen Nase. An den Seiten waren die Haare kurz geschoren, nur am Oberkopf waren die Strähnen länger und hingen ihm etwas in die Stirn.

Rick seufzte tonlos. Es hatte sich gut angefühlt, in Lucas Nähe zu sein. Und das tat es immer noch, auch wenn sie sich gerade nicht berührten. Er überragte ihn deutlich und war sicher an die Einsneunzig groß. Was garantiert mindestens auf zwanzig Zentimeter Unterschied hinauslief.

»Also? Wer wird eigentlich beerdigt?« Rick wollte es eigentlich nicht so genau wissen. Friedhöfe machten ihn tierisch nervös und er vermied die Nähe dazu. Natürlich war ihm klar, dass früher oder später jeder dort landete, aber wenn es nach ihm ging, dann war ihm umso später umso lieber. Seit er auf der Beerdigung einer befreundeten Prostituierten gewesen war, konnte er einfach nicht mehr zu solchen Veranstaltungen gehen. Schon jetzt knete er nervös die Hände in den weichen Stoffhandschuhen.

Sie war aufgebahrt gewesen und Rick hatte es nicht geschafft, bei der Trauerrede wirklich hinzusehen. Sie sah so ... falsch aus. Tot eben. Offiziell hatte sie eine Überdosis geschluckt, aber die anderen munkelten, dass ihr letzter Freier sie eine Treppe runtergeschubst hatte und sie sich das Genick brach. Er musste immer noch an ihre toten, geschminkten Gesichtszüge denken, und an den Eyeliner, den ihr irgendein Stümper im Übermaß verpasst hatte. Sie sah nicht aus, als würde sie so in den Himmel spazieren, sondern als wäre sie auf dem Weg in die Disko falsch abgebogen. Auch der Blumenschmuck war eine einzige Katastrophe gewesen. Weiße Lilien und bergeweise Glitzer, Flitter, Lametta und pinke Spruchkarten in Herzform. Das alles erinnerte ihn mehr an den sechzehnten Geburtstag eines Teenies als an eine seriöse Bestattung. Andererseits war Leyla aber auch eine recht flippige Person gewesen ...

»Mein Vater.« Luca klang recht trocken darin, so als gebe er Auskunft über das Wetter am Nachmittag. Rick studierte die Züge des anderen, aber da war keine Trauer zu entdecken. Auch keine Resignation oder Schuld oder sonst irgendetwas, was er dort normal gefunden hätte.

Luca bemerkte den forschenden Blick und lächelte schief zu ihm rüber. »Wir standen uns nicht nahe. Er hat mich gezeugt und im Grunde war das alles an Kontakt, den wir so hatten. Ich habe ihn erst spät kennengelernt und auch nur das eine Mal gesehen. Ich kann nicht sagen, dass ich ihn sehr mochte.«

Rick nickte langsam. »In Ordnung. Es tut mir trotzdem leid, auch wenn ihr euch nicht kanntet.« Er schürzte die Lippen etwas, weil er sich so unbeholfen fühlte, und zog den Schal enger vor das Gesicht.

»Muss es nicht. Er war kein guter Mensch, wenn man glaubt, was man so hört. Immerhin hatte mein Halbbruder auch nicht mehr Kontakt zu ihm als ich, abgesehen von wenigen Treffen. Aber er hängt mehr an ihm und es war Vaun wichtig, dass wir alle auf die Beerdigung kommen. Streng genommen gehe ich nicht wegen dem Alten hin, sondern wegen Vaun.«

Das Café kam in Sicht und schräg gegenüber machte Rick die schwarzen, gusseisernen Tore des Friedhofes aus. Um das weitläufige Gelände führte eine alte Steinmauer und wurde hier und dort von wohl mindestens ebenso alten Bäumen gesäumt. Die blattlosen Äste ragten wie skelettierte Finger in den grauen Himmel auf und Rick spürte, wie sein Herz vor Nervosität zu pochen begann. Friedhöfe waren einfach gruselig. »Ich hatte nicht den Eindruck, dass du und Vaun euch besonders gern habt.« Rick zog zweifelnd die Brauen zusammen, als er stehenblieb und zu Luca aufsah.

»Sagen wir einfach, es ist kompliziert. Wir sind beide ohne einen richtigen Vater aufgewachsen. Und wir haben beide erst spät voneinander erfahren. Ich habe neben Vaun noch einen kleinen Halbbruder. Er ist fünfzehn oder so. Mein Vater war ein ziemlich fleißiger Mann, wenn es darum ging, Kinder in die Welt zu setzen und sich dann zu verpissen.« Luca zuckte die Schultern und atmete einmal tief die eisige Luft ein. Rick versank beinahe in dem riesigen, schwarzen Schal, den er sich um den Hals und das halbe Gesicht gewickelt hatte. Es guckten nur die Augen heraus, und die Ohren zur Hälfte. In der dicken Winterjacke und den dunklen Stiefeln, der verwaschenen Jeans und dem übergroßen Pulli wirkte er wie ein verlorengegangener Weihnachtswichtel auf Urlaub. »Du musst nicht mitgehen«, warf Luca leise ein, als er sah, wie nervös Rick an dem Ende seines Schals fummelte.

»Na ja, ich bin nicht so gern auf Beerdigungen, weißt du? Das ist einfach gruselig.« Rick brachte ein Lächeln zustande, als er den Schal etwas tiefer zog, aber es wirkte wackelig.

Scheiße. Er ist so verdammt süß. Luca trat näher zu Rick, als sie vor dem Café standen. Es wirkte durch das Schaufenster warm und gemütlich. Bunte Doughnuts lagen in Schachteln, es gab Torten und Kuchen, Kekse und anderes Gebäck zu bewundern. Die Tische im Inneren waren nur mager besetzt und der Duft von frischem Kaffee hing in der Luft. Aber Luca widmete all dem kaum einen Blick, als er sich zu Rick beugte. »Ich sag dir was. Ich gehe jetzt zum Friedhof rüber und erledige da meine Anwesenheitspflicht. Und danach komme ich sofort wieder her und wir frühstücken zusammen. Okay?«

Sie waren sich so nahe, dass Rick die grünen Flecken in Lucas Augen sehen konnte, die ihm zuvor nicht aufgefallen waren. Wärme schoss in seinen Magen, als er an den Kuss heute Morgen zurückdachte. Wie sich diese rauen Hände angefühlt hatten, die ihn hielten. Die Finger, die in seinen Nacken griffen. Lucas warmer Atem, der seine Wange streifte und die Barthaare, die über seine Haut kratzten und kitzelten.

Lucas Lippen waren weich und seinen so nahe. Er hätte sich nur ein kleines Bisschen strecken müssen ... Aber er tat es nicht. Stattdessen starrte er Luca nur an wie ein Vollidiot, während sein Herz wie verrückt klopfte, und er nicht verstand, wieso. »Okay.« Rick biss sich auf die Unterlippe, als Luca sich wieder zurückzog und ihn prüfend ansah. Erst sah er aus, als wollte er etwas sagen, aber dann nickte er nur knapp. Die Sohlen seiner Boots machten kaum ein Geräusch, als er zwei Schritte zurücktrat und dann die Straße in Richtung Friedhof überquerte.

»Vollidiot...«, murmelte Rick zu sich selbst, als er tief die eiskalte Luft einsog, die auf seinen Wangen brannte. Er stand noch eine ganze Weile draußen herum, ehe er mit trägen Schritten und so nüchtern wie lange nicht die Tür des Cafés aufdrückte, um sich an einen freien Fensterplatz zu setzen.

Rick in dem Café zurückzulassen, gefiel ihm eigentlich überhaupt nicht, aber er wollte nicht riskieren, dass es zu unschönen Szenen mit seinem Bruder kam.

Der Friedhof hatte sich nicht wesentlich verändert, seit er ihn zuletzt gesehen hatte. Ein weitläufiges Areal, umgeben von einer uralten Mauer und riesigen Bäumen, die wie ein zusätzlicher Schutzwall die neugierigen Blicke der Lebenden abhielten. Jetzt, im Herbst, wirkten sie wie stille, knorrige Wächter, deren blattlose Äste mahnend in den grauen Himmel zeigten. Es war kein besonders gemütlicher Ort und Luca konnte Ricks Unbehagen nur allzu gut verstehen. Auch wenn er nicht wirklich daran glaubte, dass sich die Seelen der Toten an die Lebenden hingen, um ihnen die verbleibende Existenz schwerzumachen.

Das bekamen die Lebenden ganz gut alleine hin. Er zog die Schultern höher, denn es war wirklich verdammt kalt an diesem Morgen. Raureif glitzerte auf den akkurat getrimmten Rasenflächen und den dicken Blättern der Rhododendren, der Buchsbäume und all der anderen Gewächse, die hier stille Wache hielten. Er war viel zu lange nicht mehr hier gewesen und die Schuld keimte in seinem Herzen.

Immerhin lag ein Teil seiner Familie hier, ob er ihnen nun nahegestanden hatte oder nicht. Es spielte keine Rolle. Luca mied den Blick in die menschenleeren Reihen der Gräber, während er dem Kiesweg folgte. Er konnte schon von weitem sehen, wohin er musste, denn vereinzelt kamen Trauergäste in Sicht. Lange, schwarze Mäntel und übergroße Hüte, schwarze Anzüge und stille, ernste Mienen. Die Blicke, die ihn trafen, ließen ihn fahl lächeln und er rang sich zumindest stets ein höfliches Nicken ab. In den abgetragenen Jeans und der Lederjacke, den derben Boots und dem dünnen Shirt wirkte er völlig fehl am Platze und das ließen ihn die abweisenden Züge derer, die vorbeigingen, nur allzu deutlich spüren. Und außerdem kam er viel zu spät.

Die Witwe seines Vaters kam ihm entgegen. Gekleidet in ein bodenlanges Kleid, einen wärmenden Mantel über den eingesunkenen Schultern. Ihr Sohn, sein Halbbruder, stützte sie mit mäßigem Engagement. Er schien genervt zu sein und Luca erinnerte sich, dass Vaun einmal von ihm gesprochen hatte. »Ganz wie der Alte. Egomanisch, kaltherzig, genusssüchtig. Der Kleine sieht mit seinen zwölf Jahren schon aus wie ein zukünftiger Sumoringer mit dem sonnigen Charakter eines Kindes, das immer nur laut genug ‚Ich will!' brüllen musste, um alles zu kriegen, was es je wollte.«

Luca mied den Blick in das Gesicht der Witwe und hoffte, dass auch der Kleine ihn nicht beachten würde. Im Geiste verfluchte er sich, nicht über einen der Seitenwege gekommen zu sein.

»Graham?« Die Witwe seines Vaters blieb stehen, als sie ihn erkannte. Ihr Gesicht wirkte viel älter, als er sie zuletzt gesehen hatte. Aufgequollen und faltig. Ihr Lidschatten saß schief und die verlaufene Mascara gab der Mimik etwas unfreiwillig Komisches, auch wenn Luca gar nicht nach Lachen zumute war.

Er nickte stumm und lächelte entschuldigend. »Es ist lange her. Mein Beileid für deinen Verlust. Euren.« Er hoffte, es würde angemessen betreten klingen, doch er sah, wie sein kleiner Halbbruder das Gesicht verzog und ihn missbilligend anstarrte.

»Acht Jahre sind eine lange Zeit. Du bist groß geworden, Luca. Ich habe dich fast nicht erkannt.« Sie lächelte matt und blieb unschlüssig stehen. Beinahe tat sie ihm aufrichtig leid, denn sie wirkte wie eine gebrochene Frau. Kein Vergleich zu der energischen Dame, an die er sich erinnerte und die immer makellos gekleidet und geschminkt war.

»Das ist wahr.« Er presste unschlüssig die Lippen zusammen und wippte unruhig auf den Fersen.

»Ich bin froh, dass ich mich von diesem Mistkerl habe scheiden lassen, noch ehe er krepiert ist.« Ihre Stimme klang verschnupft, doch war deutlich die Genugtuung darin zu hören. Für einen Moment war Luca versucht, nachzufragen, ob er richtig gehört hatte.

»Äh... Bitte?«

Die Witwe lachte kratzig und bitter auf. »Du hättest nicht herkommen sollen, Luca Graham. Es ist besser, die Vergangenheit zu begraben und nach vorn zu sehen. Ich mache dir keinen Vorwurf«, erklärte sie mit einer Geste einer Hand, in der sie ein feuchtes Taschentuch knüllte, »euer Vater war ein treuloser Hurensohn. Ihr solltet ihm keine Träne nachweinen, diesem Schwein. Was er den armen Jungs angetan hat... dieses perverse Stück Dreck! Ich spucke auf ihn!«

Luca starrte sie sprachlos an, als sie mit ihrem Sohn weiterging und leise in das Taschentuch schluchzte. Er konnte nicht wirklich nachvollziehen, was gerade passiert war, doch als er sich umdrehte, stand Vaun neben ihm. »Oh seht, oh seht, ich komme viel zu spät...« Vaun lächelte ihm kühl zu und hatte die Hände hinter dem Rücken verschränkt.

Sein Halbbruder sah unverschämt gut aus in dem maßgeschneiderten Anzug, dem schwarzen Hemd und der schwarzen Krawatte. Seine dunkelbraunen Haare hatte er streng zurückgekämmt und er wirkte frisch und ausgeruht. Nicht, als käme er eben von einer Beerdigung, sondern als wäre er nur auf dem Weg zu einem Fotoshooting falsch abgebogen.

Luca räusperte sich. »Ich weiß, ich trage nicht, was ich sollte. Es gab ein paar unvorhergesehene Vorkomm-«

»Ja, ja.« Vaun winkte ab, wobei sich die dunklen Brauen ärgerlich zusammenzogen. »Hast du ihn wenigstens gut durchgefickt?«

Nun war es an Luca, die Brauen zu heben und für einen

Moment rang er den Impuls nieder, seinem Bruder eine zu kleben. »Nein.«

Vaun verdrehte die Augen und zog ein silbernes Zigarettenetui aus seiner Tasche, das er aufklappte, um sich eine Kippe zu nehmen. Er klemmte sie sich zwischen die Lippen, ehe er eine zweite hervorholte, und sie Luca reichte. »Du bist noch genau so ein Trottel wie damals. Gute Gelegenheiten lässt du einfach an dir vorbeiziehen, aber auf Ärger lässt du dich sofort ein.« Es klang trocken und fast wertungsfrei, doch ein kleines Lächeln hing an Vauns Mundwinkel, als er die Blessuren seines Halbbruders im Tageslicht betrachtete.

Luca schmunzelte schräg und steckte sich die Kippe zwischen die Lippen. »Tja. Einer von uns beiden muss ja mindestens eine Wange hinhalten. Und wir wissen beide, dass du zu hübsch für den Teil mit dem Ärger bist.«

»Hm.« Vaun entflammte seinen Glimmstängel mit dem scharfen Ratschen des Feuerzeugs, ehe er die Flamme an Lucas Kippe hielt. »Und wieso habe ich dann grundsätzlich immer dann Ärger, wenn du auftauchst?«, wollte er wissen. Das Lächeln geriet ein wenig schiefer. »Willst du das Grab sehen?«

Luca nahm einen tiefen Zug und kostete das Aroma auf seiner Zunge aus, ehe er den Rauch durch die Nase ausstieß. »Ich schätze, ich sollte.« Sogar in seinen Ohren klang es widerwillig.

»Keine Ahnung, ob du solltest, Luca. Aber ich denke, du bist schon einmal hier, also kann ein Blick nicht schaden. Du hast außerdem nicht viel verpasst«, erklärte Vaun gelassen als er sich umwendete, »die Zeremonie war scheiße und ich glaube, der Pfarrer war besoffen. Er hat seinen Namen dreimal falsch gesagt, bis ihn jemand korrigiert hat.«

»Na, wenn das Mal kein Glück bringt.« Luca folgte Vaun, während sie schweigend ihre Kippen rauchten. Es kam nicht oft vor, dass sie ruhig miteinander umgehen konnten und Luca wusste, dass der nächste Knall nicht lange auf sich warten lassen würde.

»Du hast sie lange nicht besucht.« Es erklang leise von Vaun, als er einen Blick zu Luca riskierte. Das Grab kam in Sicht. Es war viel schlichter als üblich. Nur ein kleiner Strauß Blumen lag auf der frisch aufgeworfenen Erde, die es bedeckte. Niemand hatte einen Kranz ablegen wollen. Es war auch eine überaus überschaubare Anzahl an Gästen gekommen.

Luca wusste, wen er meinte und sein Magen zog sich zusammen. »Ich weiß. Aber du weißt ja, wie das ist.«

»Klar. Du hast dich verpisst, kurz danach. Ich verstehe das schon.«

»Vaun ...«

»Nein, Luca. Ist schon gut. Vermutlich hätte ich das Selbe getan.« Vaun lächelte matt, als sie vor dem Grab stehenblieben. Es gab noch keinen Stein, keine Statue oder irgendetwas anderes, das anzeigte, wer hier ruhte. Nur die frische Erde, die bald gefroren sein würde.

»Ich habe eine schwarze Marmorplatte bestellt. Seine Frau hätte am liebsten gar nichts hier stehen, was an ihn erinnert.«

Luca nahm noch einen Zug von der Kippe. Es wirkte so surreal und er konnte sich nicht erinnern, je ein so liebloses Grab gesehen zu haben. Es gab nicht einmal ein Spruchband.

»Tja. Karma, oder?« Er warf Vaun einen unsicheren Blick zu, der eine grimmige Miene zog und seine Kippe aufrauchte.

»Wo immer der Alte jetzt ist. Ich hoffe, er leidet.« Die Stimme seines Halbbruders klang gepresst und Luca war versucht, ihm eine Hand auf die Schulter zu legen. Aber er ließ es.

»Ich habe nicht viel mitbekommen, ehrlich gesagt«, deutete er zögernd an. In der eisigen Luft dampfte sein Atem. Er nahm den letzten Zug und trat die Kippe auf dem Kiesweg aus, so wie Vaun. Sie waren sich so ähnlich und doch waren sie so unterschiedlich, dass er sich manchmal fragte, ob es in der Natur der Sache lag, dass sie sich nicht wirklich leiden konnten.

»Ist im Knast passiert, hab ich dir ja erzählt.« Vaun schwieg einen langen Moment, ehe er anfügte: »Er ist beim Mittagessen erstickt. Das ist die offizielle Version.«

Luca schob die Hände in die Taschen seiner Lederjacke und schauderte nicht nur wegen des kalten Windes, der ihm um die Ohren pfiff. »Und inoffiziell?«

Vaun warf ihm einen langen Blick zu. »Inoffiziell haben ihn die anderen Häftlinge beim Thanksgiving gemästet wie einen schlachtreifen Truthahn, bis er erstickte.« Er zuckte die Schultern, als sei das nicht weiter überraschend. »Karma, oder?«, griff er Lucas Spruch von vorhin auf, ein schon boshaftes Lächeln auf den Lippen.

Luca fröstelte und konnte Vauns morbidem Humor nichts abgewinnen. »Ich schätze, die Häftlinge hatten einen recht ironischen Sinn für Gerechtigkeit?«

Vaun schnaubte und warf Luca einen prüfenden Blick zu. »Gerechtigkeit wäre es gewesen, wenn sie ihn zu Tode gefickt hätten. So wie er ...es offenbar mit so vielen zuvor tat.« Er machte eine kurze Pause, in der sich ihre Blicke trafen. »Ich wollte, dass du herkommst, weil ich wollte, dass du einen Abschluss findest. Du kanntest ihn noch weniger als ich, aber ich weiß von deiner Mutter, dass du immer eine Vaterfigur vermisst hast. Er war für niemanden ein guter Vater und er war ein verlogener Ehemann, Betrüger und furchtbarer Mensch, also hoffe ich einfach, dass du zur Ruhe kommst.«

Luca drückte die Zungenspitze in den Mundwinkel und ballte in der Lederjacke die Hände zu Fäusten. »Ach, weißt du das, ja?« Er versuchte, es beiläufig klingen zu lassen, aber es gelang ihm nicht. Sein Blut begann zu kochen. Vaun und er hatten sich ewig nicht gesehen und auch zuvor hatten sie nicht gerade guten Kontakt gehabt. Vaun war nicht dabei gewesen, als seine Mutter starb. So etwas zu sagen stand ihm in Lucas Augen nicht zu. Und was sollte überhaupt dieses ‚zur Ruhekommen' bedeuten? Sicher, sein Leben war nicht gerade perfekt, aber immerhin war es seins. Es gehörte ihm und er konnte damit machen, was er wollte. Allerdings fühlte er sich ziemlich dumm, was seinen verblichenen Erzeuger anging. Er hatte sich nie viel Mühe dabei gemacht, Informationen über ihn zu sammeln und solange er lebte, waren sich Luca und er gegenseitig ziemlich egal. Als er in den Knast einfuhr, nahm Luca das zur Kenntnis, ohne zu wissen, was er verbrochen hatte. Er war Anwalt gewesen. Er hatte vermutet, der Alte hätte irgendetwas in Richtung Betrug verbrochen, Gelder unterschlagen oder sich bestechen lassen.

Vaun maß ihn mit Blicken, die unlesbar für Luca waren. Er verstand den vier Jahre älteren Mann nicht, der ihm so vertraut und doch fremd schien. Er wusste nicht einmal mehr, warum er überhaupt den Drang verspürt hatte, ihm diesen Gefallen zu tun und herzukommen. Sie kannten sich nicht und sie mochten sich nicht einmal und das geteilte Blut in ihren Adern verband sie nur zur Hälfte. Durch einen Mann, den Luca nicht gekannt hatte und der jetzt unter der gefrorenen Erde verrottete und der anscheinend ... pervers gewesen war.

Vaun seufzte leise. »Halt dich einfach von jeglichem Ärger fern, okay? Ich habe keine Lust, schon wieder hinter dir aufzuräumen. Und du weißt verdammt genau, dass es so kommen würde. Dein Hotelzimmer ist noch für drei Nächte bezahlt. Danach haust du wieder ab und besinnst dich darauf, dein Leben nicht ganz gegen die Wand zu fahren. Kriegst du das hin?«

Luca schluckte den Zorn herunter, der in seinem Magen zu einem harten Knoten geworden war.

Dieser verdammte Wichser. »Ärger? Weiß gar nicht, wie sowas aussieht.« Er zwang sich zu einem arroganten Lächeln, was garniert mit dem Veilchen auf seiner Wange und der aufgerissenen Lippe gar nicht so leicht war. Sein Halbbruder pisste ihm doch tatsächlich vor dem verdammten Grab ihres Vaters ans Bein, pervers oder nicht, das gehörte nicht hierher.

Sein Halbbruder bedachte ihn mit einem schweigsamen Blick, ehe er sich abwandte, um zu gehen. Er drehte sich nicht um, als er sagte: »Pass auf dich auf, kleiner Bruder.« Es klang wie ein Abschied und genau so fühlte es sich auch an.

Der Wind fuhr durch die kahlen Äste der Bäume und strich um Luca, der noch eine Weile wie erstarrt dort stand, nicht sicher, was all das zu bedeuten hatte.

• • •

Rick kaute unruhig an seinem Daumennagel herum und wippte in den Stiefeln mit den Zehen. Er war angespannt und nervös und daran konnte auch der heiße Kakao nichts ändern, den er sich vor fast einer Stunde bestellt hatte. Inzwischen war die Tasse leer und er auf Zucker. Seinem Lieblingsersatz, wenn nicht an Gras zu kommen war oder an anderes Zeug. Gott, was hätte er jetzt für eine ordentliche Tüte gegeben. Oder ein paar Hashbrownies. Aber die Tante vom Café guckte ihn schon merkwürdig genug an, ohne dass er nach Spezialkeksen fragte.

»Verspätet sich deine Begleitung?«

Da war sie schon wieder. Die ältere Dame Ende Fünfzig, mit aschblonden Haaren und der weißen Schürze um die fülligen Hüften. Rick lächelte ihr nervös zu und leckte sich die Lippen, um sie zum vierten Male abzuwimmeln. Wenn Luca noch länger brauchte, hatte er aus Verlegenheit den halben Laden leergefressen. »Ähm, ja. Er hat auf der Arbeit noch zu tun«, schwindelte er, ohne rot zu werden. »Er ist Handwerker. Tischler. Arbeitet viel mit den Händen und so. Er hat ein größeres Projekt und einen schwierigen Kunden.«

Oh man. Was hätte er dafür gegeben, wenn er Lucas Projekt

wäre und seine Hände auf ihm ...- Rick biss sich auf die Lippen und stützte das Kinn in die Hand, gar nicht ahnend, wie nahe er der Wahrheit damit tatsächlich kam, als die Dame endlich wieder mit einem verständnisvollen Blick zu anderen Kunden an den Tischen ging. Mittlerweile war es gut gefüllt. Viele Paare kamen offenbar zum Frühstücken her und er saß hier alleine wie bestellt und nicht abgeholt. Hätte er den verfluchten Rum nicht getrunken, säße er jetzt gar nicht hier, sondern würde vermutlich wund und befriedigt zuhause in seinem Bett liegen und die Nacht mit Luca Revue passieren lassen.

Aber leider hatte sein Magen ja andere Pläne gehabt und statt heißem Sex gab es nur lauwarmes Kuscheln am Morgen. Hätte das verdammte Handy nicht im unpassenden Moment geklingelt, er hätte ihn garantiert noch rumgekriegt.

Rick malte mit dem Finger das Muster in der Platte des Tisches nach, während seine Laune in den Keller sank. Er hatte gar nicht rangehen wollen, aber Luca hatte ihn praktisch gezwungen. Er hatte nicht einmal auf das Display geguckt, als er den Anruf angenommen hatte. Denn andernfalls hätte er einfach das Ding ausgeschaltet und diesem hübschen Bastard einen geblasen.

Seine Schultern hoben sich, als er seufzte und missmutig aus dem Fenster starrte. Matt war sauer gewesen und unendliche Erleichterung hatte in seiner Stimme mitgeschwungen. Sie hatten sich einige Wochen gar nicht mehr gesehen, und auch nicht telefoniert, weil Rick seinem ehemals besten Freund bewusst auswich. Er machte nicht auf, wenn Matt vorbei kam und er ging nicht ans Handy. Er ließ sich auch auf der Arbeit verleugnen und sorgte dafür, dass Matt nicht an ihn ran kam.

Die Einladung lag seit einer kleinen Ewigkeit ungeöffnet auf dem Stapel an Werbung und Rechnungen in der Küche. Er hatte nicht die Kraft, sie zu öffnen, denn dann würde es real werden. Matt würde wirklich heiraten und dann war er ganz aus seinem Leben verschwunden.

Draußen gingen Passanten auf der Straße vorbei und der Florist vom Blumenladen an der Straßenecke stellte neue Kränze und Sträuße hinaus. Das Leben zog vorbei, ohne Notiz davon zu nehmen, wie verloren sich Rick in diesem Moment fühlte. Der Blick glitt zur Uhr an der Wand. Seit fast zwei Stunden wartete er auf Luca. Eindeutig zu lange.

»Ich möchte gern zahlen. Ich glaube, meine Verabredung braucht eine helfende Hand!« Er warf sich die Jacke über und wickelte sich den Schal um den Hals, nachdem er die passende Summe auf dem Tisch abgelegt hatte, sodass die Bedienung es sah.

Er wollte nicht an Matt denken. Seit er aus dem einzigen Geschäft raus war, das er je gekannt hatte, verlief das Leben nicht mehr in geregelten Bahnen und das machte ihm Angst. Es gab so viel Auswahl, so viel Freiheit und so viele Möglichkeiten, dass er wie erstarrt davor saß. Er hatte niemanden. Matt war mit Alex zusammen und sie würden heiraten und es offiziell machen. Dann würde er Matthias Londrake heißen und nicht mehr Matthias Walker. Er hatte einen Weg im Leben gefunden, aber Rick stand immer noch am Straßenrand nach Nirgendwo. Nur mit dem Unterschied, dass ihn keiner abholen kam oder mitnahm. Er hatte das Gefühl in einem Käfig zu hocken. Er konnte nach draußen sehen, aber er kam einfach nicht raus aus diesem unsichtbaren Gefängnis.

An der Straße zog er die Schultern in der Jacke gegen die Kälte hoch. Das geöffnete Tor des Friedhofs erschien ihm wie das Tor zur Hölle, aber da er das Warten satthatte, gab es nur eine Möglichkeit.

»Also schön, Luca. Ich hoffe, du bist es verdammt nochmal wert«, murmelte er zu sich, als er sich im Laufschritt auf den Weg machte. Die Luft roch nach Frost und sterbenden Pflanzen, totem Laub und dem typischen Geruch nach modriger, abgestandener Fäulnis und altem Stein.

Er hasste den Geruch, der Friedhöfen eigen war mindestens

so sehr wie den von Krankenhäusern.

Die Anhänger an seinen Armbändern klimperten leise, doch nur links waren unter den stylischen Metallgebilden und dem weichen Leder die Erinnerungen verborgen, die er bei Tageslicht lieber von sich schob. Es hatte seinen Grund, wieso er die Narben niemandem zeigte. Die Blicke der Leute sagten mehr als Worte. Sie hielten ihn für einen Psycho. Einen totalen Freak und ein seelisches Wrack. Einmal hatte er den Fehler gemacht, ohne seine Armbänder nach draußen zu gehen. Er hatte einen süßen Typen abgeschleppt und sie waren auf dem Weg zu ihm in eine Straßenbahn gestiegen. Betrunken und geil aufeinander, hatten sie rumgeknutscht und Rick hatte nach oben an einen der Haltegriffe gefasst, um nicht umzukippen. Dabei war der Stoff seines Pullis vom Handgelenk gerutscht. Er erinnerte sich an den Schock in den Augen des anderen, als er seine Narben entdeckt hatte.

Rick eilte hastig die sauberen Kieswege entlang und lauschte mit klopfendem Herzen auf das Knirschen, das seine Stiefel hinterließen. Er wusste nicht, wieso er Luca so dringend wollte. Eigentlich war er den ganzen Aufwand doch gar nicht wert. Er war nur irgendein Typ, auf den Rick scharf war. Aber die ganze Stadt war von ansehnlichen Kerlen bevölkert, wieso also wollte er unbedingt genau diesen? Am besten, er schlug sich das Ganze aus dem Kopf, ging nach Hause und wichste anständig zu einem seiner Lieblingspornos, anstatt jemandem nachzurennen, der sowieso bald wieder abhaute.

Aber Selbstbefriedigung war nun mal ... na ja, einfach nicht so befriedigend. Er wollte diese verdammten Hände auf sich, diese Lippen auf seiner Haut, diesen wahnsinnig tollen Körper über sich, unter sich, neben sich, hinter sich. Er wollte es. Und er hatte das Gefühl, es zu brauchen. Ihn zu brauchen. So bescheuert es auch war.

Sein Atem dampfte in der kalten Luft und sein Magen zog sich unruhig zusammen, als er das frische Grab entdeckte. Da war kein Name dran. Kein Grabstein. Nichts. Sogar der Blumenschmuck wirkte ziemlich kümmerlich und irgendwie kam es Rick verdammt traurig vor. Ob das wohl das Grab war, an dem Luca gestanden haben musste? Rick näherte sich unschlüssig, auch wenn es ihm falsch vorkam. Immerhin ging ihn das hier alles nichts an. Aber von Luca war weit und breit nichts zu sehen und auch sonst schien der Friedhof menschenleer zu sein. Er fror und allmählich wurde er nicht nur nervös, weil er allein auf einem Friedhof war, sondern auch, weil er hungrig, übermüdet und vor allem nüchtern war. Er konnte den Entzug spüren, wie er seine klammen Finger nach ihm ausstreckte und der Drang, einen Joint zu rauchen, um die Realität etwas abzufedern und weich zu zeichnen, nahm immer mehr zu. Es war einfach die Beklemmung, die es mit sich brachte, wenn die Realität zu greifbar wurde, die Rick in die Arme von Marihuana oder Fremden trieb. Oder eher gesagt: die ihn sich mit Anlauf hineinstürzen ließ. Nichts vertrieb seine Ängste und die Einsamkeit so gut wie wirksames Gras oder eine besinnungslos machende Nacht voller ausschweifendem Sex. Im Idealfall kombiniert mit genug Alkohol, um sich am nächsten Morgen an nichts von dem Schmutz zu erinnern, aber die Folgen davon in jeder Faser seines Körpers zu spüren. Er wachte oft genug mit Liebesmalen und blauen Flecken auf, manchmal auch mit leichten Würgemalen am Hals, auch wenn er meistens nicht mehr so genau wusste, wie es dazu kam.

Das Grab wirkte absolut trostlos und für einen Moment fragte er sich, ob sein eigenes eines Tages wohl auch so nichtssagend sein würde? Mit Blumen drauf, die jemand einfach hingeklatscht hatte, als ob er nur seine Pflicht getan hätte, weil es sich so gehörte? Es war ein beklemmender Gedanke, denn er konnte sich nicht wirklich vorstellen, dass es jemandem etwas ausmachen würde, wenn er ins Gras biss.

Matt hatte Alex und faktisch gesehen hatte er auch noch

einen kleinen Bruder und einen Vater. Zwar keinen Kontakt zu beiden, aber sie existierten. Währenddessen seine eigene Mutter vermutlich nicht einmal mehr wusste, dass Rick existierte. Vielleicht war sie selbst schon tot.

Die trüben Gedanken veranlassten ihn dazu, den Weg wieder zurückzugehen, den er gekommen war. Luca musste irgendwo anders sein, vielleicht hatte er das falsche Grab erwischt und er suchte nur an der falschen Stelle.

Er merkte nicht, dass er beobachtet wurde.

•••

Sein Schädel dröhnte und das Blut rauschte heftig durch seine Adern. Übelkeit hatte seinen Magen zu einem festen Knoten geschnürt und bittere Galle kroch seine Speiseröhre hoch. Die Treffer in den Bauch hatten gesessen, obwohl er sie erwartet hatte. Jetzt gerade wünschte er sich, diese Bastarde in den schwarzen Anzügen würden ihn loslassen, damit er ihnen die arroganten Fressen einschlagen konnte.

Aber natürlich taten sie das nicht. Sie waren ja nicht ganz dämlich.

»Ach Graham.« Die Stimme von Lorenzo Marino klang bedauernd, als er seinem Leibwächter einen Wink gab, damit dieser wie ein gehorsamer Köter beiseitetrat und Platz für seinen Boss machte.

Der Stadtteil, in den man ihn verfrachtet hatte, war nichts als eine Ruine aus alten, verfallenen Lagerhallen und verlassenen Schrottplätzen außerhalb des Glanzes und der geschniegelten Fassaden der Stadt. Die ganze Gegend war bestenfalls als heruntergekommen zu bezeichnen. Hohe Arbeitslosigkeit, hohe Kriminalität, geschaffen durch mangelnde Perspektiven. Ein einziges Rattennest, eine Ansammlung zerbrochener Träume und gescheiterter Existenzen.

Luca wusste nicht, wieso Marino wusste, dass er überhaupt in der Stadt war. Aber jetzt bereute er noch mehr, hergekommen zu sein.

»Graham, Graham. Du bist so ein verflucht gutaussehender Bursche geworden.« Lorenzo schnalzte mit der Zunge und schüttelte bedauernd seinen ergrauten Kopf. Er war sicherlich schon an die siebzig Jahre alt. Sizilianer. Eine Vorliebe für gutes Essen und schöne Frauen. Gesegnet mit vier bildschönen

Töchtern und einem Sohn. Mafiaboss in dritter Generation und Geschäftsmann im weitesten Sinne. Er maß nur einen Meter und sechzig, wenn es hochkam, dafür hatte er aber auch die Statur eines Boxers und trainierte noch immer regelmäßig. Auch wenn er um Bauch und Hüften ein wenig Extrapolsterung angefuttert hatte. Dennoch saßen die Maßanzüge perfekt an ihm und seine Haare waren noch immer streng zurückgekämmt. Er sah keinen Tag älter aus als fünfzig und wäre das viele Silbergrau in seinen Haaren nicht gewesen, das dem tiefen Schwarz der Jugend hatte weichen müssen, Luca hätte keinen Unterschied zu damals gesehen.

»Tja, Marino. Aber das gute Aussehen hat mir nicht viel gebracht, mh?« Er rang sich ein Lächeln ab, während die beiden Schläger des Sizilianers ihn fest im Griff hielten. Widerstand war idiotisch.

Lorenzo seufzte schwer und faltete die Hände vor dem Bauch. »Du weisst, dass ich in dir immer einen Sohn gesehen habe«, begann er mit tiefem Bedauern in der Stimme, die Luca schlucken ließ, »aber du hast dich von einem auf den anderen Tag verpisst, ohne dich zu verabschieden, Figlio. Das verletzt mich. Nach allem, was ich für dich und deine Mutter, der Herr habe sie selig, getan habe.« Der Sizilianer trat näher zu Luca. Kräftige Hände drückten seinen Kopf herunter, damit er mit dem Boss auf Augenhöhe war und dieser nicht hinaufblicken musste. »Du verstehst sicher, dass ich viele Fragen an dich habe, Luca.« Es klang beinahe freundlich, wenn Luca es nicht besser gewusst hätte.

»Ich weiß, Marino. Ich denke nur, dass dir die Antworten nicht gefallen werden.« Er spürte den Druck auf seinen Armen und atmete zischend ein, als gleißender Schmerz durch seine Schultern fuhr. Verdammte Mistkerle.

»Ich entscheide, was mir gefällt, Luca. Und vorerst wird deine Anwesenheit in meinem Hause etwas sein, das mir gefällt. Giulia wird sich freuen, dich wiederzusehen.« Lorenzo pausierte kurz, wartete, bis die beiden Schläger Lucas Arme ausreichend schmerzhaft verbogen hatten, ohne ihm die Gelenke auszukugeln. Er bemerkte mit gewisser Genugtuung die pochenden Adern an Lucas Schläfen und das dunkle Funkeln in seinen Augen. Noch immer ein kämpferischer kleiner Scheißer. So wie damals. »Du wirst deinen Schwanz in der Hose und die Zunge in deinem Maul lassen, oder ich sorge dafür, dass es dir noch ein wenig mehr leidtut, dass du zurückgekommen bist.«

Ein Fingerschnippen und sofortige Erleichterung, als die Schläger Luca losließen und er beinahe zu Boden stürzte. Er fing sich, keuchend vor Schmerz, und hob den Blick zu Marino, der die Autotür für ihn öffnen ließ. Es gab keine Wahl. Nicht mehr. Und jetzt saß er erst recht in der Scheiße. Tut mir wirklich leid, Rick. Ich hab's verbockt.

Er hatte schon so ein mieses Gefühl gehabt, als er auf den Friedhof gegangen war. Aber er hatte nicht damit gerechnet, dass Lorenzo Marino und seine Leute auf ihn warten würden. Aber kluge Entscheidungen und vorausschauendes Handeln waren andererseits sowieso noch nie seine Stärken gewesen.

Er drängte sich widerstrebend zwischen die beiden Schläger auf die Rückbank und versuchte, nicht durchzudrehen, als sich die Türen mit einem endgültigen Geräusch schlossen.

Er saß in der Falle.

Der Fahrer ließ die schwarze Limousine anrollen, steuerte sie weg von den verfallenen Bauten und den eingestürzten Ruinen und dem Elend. Luca wusste, dass Marino den Ort nicht zufällig ausgesucht hatte. In diese Gegend brachte man Verräter und unbequem gewordene Mitarbeiter, die entsorgt werden mussten. Es war abgelegen genug, es gab kaum Polizei. Zeugen waren einfach zu beseitigen. Insgesamt eine recht risikoarme Geschichte. Und dennoch war es ein subtiler Hinweis, dass er dort zweifelsohne landen würde, wenn er sich dumm anstellte. Oder unkooperativ.

Es war pure Ironie, dass er sehenden Auges in die Falle gegangen war, weil er Vaun einen Gefallen hatte tun wollen. Nur wegen seines bescheuerten Halbbruders saß er jetzt eingekeilt zwischen diesen anzugtragenden Ochsen und wurde zum Boss nach Hause kutschiert. Wo man ihn mehr oder minder gefangenhalten würde, bis die Bedingungen klar waren.

»Ich hoffe, du magst immer noch Giulias Spaghetti, Luca. Du siehst dünn aus. Gab es da, wo du lebst, nichts anständiges zu essen?« Marino warf ihm einen Schulterblick zu, und entlockte Luca damit ein fahles Lächeln.

»Es gibt nirgendwo so gute Spaghetti wie bei deiner Giulia, Lorenzo.« Absolut die Wahrheit. Die Frau vom Boss kochte göttlich.

Einer der beiden Schläger brummte ungnädig und versetzte Luca einen Schlag ins Genick. »Sei nicht so frech«, zischte er ihm zu.

»Giovanni. Sei ein wenig netter zu Luca. Er hat schon lange vor dir für mich gearbeitet.« Es klang nicht drohend, aber der Blick, den Marino seinem Köter zuwarf, war nicht freundlich. Es war ein Blick, der den Kerl dazu brachte, eine Entschuldigung zu murmeln und zu Boden zu blicken. Luca hatte den Sizilianer schon immer dafür bewundert, dass er mit wenigen Worten so viel Eindruck erzeugen konnte. Es war Macht, die in kleinen Gesten ruhte, und die er so selbstverständlich verströmte wie ein gutes Parfüm seinen Duft. Offiziell gab es in der Stadt keine Mafia. Und vielleicht lag darin das Geheimnis ihres Erfolgs.

Der größte Trick des Teufels war, die Welt glauben zu machen, dass er nicht existiert.

Marino selbst bezeichnete sich als Geschäftsmann und Unternehmer. Er investierte in verschiedene Sparten, kaufte sich dort ein und erwarb sich über die Zeit Einfluss und Macht. Eine Strategie, die auf lange Sicht aufgebaut war und die funktionierte wie eine Infektion. Die meisten Geschäftspartner wussten gar nicht, mit wem sie es zu tun hatten, bis sie einen Fehler machten. Solange war der Boss die Freundlichkeit in Person. Immerhin lag ihm vor allem an Geld und dem Vermehren von Reichtum und natürlich dem Ausbauen seiner Reichweite. Das gelang, wenn das System funktionierte.

»Im Übrigen sollst du wissen, dass es mir nicht leidtut um deinen Erzeuger.« Marino erwähnte es beiläufig, während sie geschmeidig durch den Straßenverkehr glitten. Das Leben draußen wirkte so weit weg auf Luca, dass es ihm surreal vorkam. Er saß mit einem Mafiaboss und seinen Schergen im Auto, während die Menschen auf den Straßen und direkt neben ihnen in den anderen Fahrzeugen nichts davon ahnten. Beschäftigt mit ihren eigenen kleinen Dramen. Ob Rick schon aufgegeben hatte und nach Hause gegangen war? Vermutlich war er das. Er an seiner Stelle hätte auch nicht lange gewartet. Sie kannten sich ja auch gar nicht. Und vermutlich würden sie sich nie wiedersehen. Eigentlich schade ...

Luca blinzelte, als die Worte ihn aus seinen unruhigen Gedanken rissen. »Tja.« Er verzog die Lippen, als er zur Seite linste und dem Blick des Typen begegnete, der ihm zuvor eine Schelle verpasst hatte. »Ich schätze, so richtig hat niemand um ihn getrauert. Ich wäre gar nicht gekommen, wenn Vaun mich nicht gebeten hätte.«

Lorenzo schmunzelte und warf ihm im Rückspiegel einen Blick zu, der Luca unruhig machte. »Vaun hat eine Menge übrig für die Familie, was? Im Gegensatz zu dir. Er kennt zumindest seine Pflichten.«

Der Tadel saß und dennoch widerstrebte es Luca, den Köder zu schlucken. »Kann schon sein. Aber er ist auch mit einer größeren Familie aufgewachsen als ich. Behütet und beschützt.«

»Ich sag es dir ja nur ungern, Figlio, aber es kommt nicht auf die Größe an, sondern was man daraus macht.« Der Boss erntete leises Gelächter von seinen Schergen, doch Luca konnte der allgemeinen Erheiterung nichts abgewinnen.

»Er war nicht da, als meine Mutter starb.« Es war ein schwaches Argument, aber es war das Einzige.

»Nein, war er nicht.« Marino schwieg kurz, ehe er meinte: »Aber wir waren da. Wir waren bei dir und haben dafür gesorgt, dass sie anständig beerdigt wird.«

Luca biss sich auf die Lippen. »Ich weiß. Und dafür bin ich dankbar.« Die Worte waren wie Asche auf seiner Zunge und er würgte sie hervor, auch wenn es die Wahrheit war.

»Du weißt, dass ich deine Mutter geschätzt habe, Figlio. Das haben wir alle. Es ist bedauerlich, dass sie so lange leiden musste. Aber schlussendlich hast du alles getan, was du konntest.«

Luca sog tief die Luft in die Lungen, auch wenn seine Nase von dem ganzen Aftershave und den Parfümnoten im Wageninneren taub zu sein schien.

Seine Mutter war ein Biest zu ihm gewesen. Sie hatte ihn nie gewollt, da er in einer betrunkenen Nacht entstanden war, mit einem Mann, für den sie nichts empfand und dem sie ohnehin egal war. Sein Erzeuger selbst hatte erst spät von seiner Existenz erfahren. Luca selbst hatte schon früh aufgehört, nach seinem Vater zu fragen. Denn jedes Mal, wenn er etwas wissen wollte, wurde seine Mutter nur furchtbar wütend. Kinder merken sich so etwas und er wandelte seinen Frust und die Ablehnung, die er zuhause erfuhr, in Zerstörungswut und Rebellion um. Er war mitnichten ein einfaches Kind und die Beziehung zu seiner Mutter war geprägt von verbaler und körperlicher Gewalt.

Es verging kein Tag, an dem es bei ihnen zuhause nicht laut wurde. Er hatte es ihr nie recht machen können, egal wie sehr er sich in der Schule auch bemühte oder wie umgänglich er sich ihr gegenüber gab. Nichts war ihr recht. War er zu still oder weinte er, wenn sie ihn schlug, beschimpfte sie ihn als Muttersöhnchen und Schlimmeres. Oder sie brüllte ihn an, was für eine Last er sei und dass sie besser abgetrieben hätte. Es gab Tage, die waren schlimmer als andere und manchmal kamen ihre Attacken und ihre Ausbrüche völlig ohne Provokation. Er lernte, dass er besser jederzeit vorbereitet sein sollte. Er schlief nur noch mit an der Tür befestigten Glöckchen, die schellten, wenn man sie öffnete. Er ließ das Fenster immer einen Spalt offen, falls er abhauen musste, was nicht selten vorkam. Er hatte unter dem Bett immer einen gepackten Rucksack mit Kleidung und zusammengespartem Geld, das er sich bei Gelegenheitsjobs verdiente. Und er hatte immer einen Ersatzschlüssel gebunkert, für den Fall, dass sie ihn wieder aussperrte. Wie in dieser einen, eisigen Winternacht, als sie ihn nur in seinem Schlafanzug vor die Tür setzte. Betrunken von zuviel Wein und schwer depressiv wollte sie ihm eine Lektion erteilen, weil er es gewagt hatte, um einen Nachschlag beim Essen zu bitten. Damals liefen die Geschäfte schlecht im Restaurant, das sie mit aller Kraft führte und das sie auch so ziemlich alle Kraft kostete. Sie hatten jeden Monat zu kämpfen, um die Miete aufzubringen. Manchmal gab es darum auch nur Reste zu essen, die im Geschäft übriggeblieben waren. Und manchmal nicht einmal das. Luca verdiente sich, sobald er alt genug war, ein bisschen Geld dazu. Natürlich keine legalen Geschäfte. Aber er half, wo er konnte. Im Restaurant kellnerte er, wenn mal wieder eine der beiden Bedienungen krank oder schwanger war, oder er half in der Küche und spülte Geschirr oder schnippelte Gemüse, je nachdem, was anfiel. Seine Mutter war dennoch mit nichts zufrieden und gab oft ihm die Schuld an ihrer beider Lebensumstände. Ohne ihn, sagte sie oft, wäre sie längst mit einem Preis ausgezeichnet worden und hätte in einem schicken Viertel aufmachen können, anstatt ein ungeplantes Balg durchzufüttern.

Doch dann wurde sie krank und er war plötzlich nicht mehr das ungeliebte Kind, das nur Ärger machte und von dem sie sich wünschte, sie hätte es nie auf die Welt gepresst, sondern ihr Rettungsanker. Die einzige Konstante in einer schwankenden Welt.

Die Stadt hatten sie längst hinter sich gelassen und die Straßen führten an der Küste entlang, schraubten sich die sanften Hügel hinauf, bis schließlich die Tore des Anwesens in Sicht kamen. Früher war das ganze Gebiet nicht bebaut gewesen, doch nun konnte Luca vereinzelt noch andere Häuser in der Ferne ausmachen, die sich in die Landschaft schmiegten. Wer hier wohnte, residierte mit Blick auf die Stadt und das Meer, das grau und trostlos dalag, unter einem ebenso grauen, schweren Himmel.

Als sich die meterhohen Pforten öffneten, schloss Luca für einen Moment die Augen.

Jetzt war er wirklich wieder zuhause.

Ein Ort, an den er nie hatte zurückkehren wollen.

6

»Er ist nicht hier.«

Vauns Stimme klang gelassen und dennoch jagte er Rick damit einen gehörigen Schrecken ein, als dieser zu ihm herumfuhr. Er hatte ihn nicht kommen hören. Und jetzt sah er sich Vaun gegenüber, der so lässig ein paar Meter hinter ihm dastand, als wäre nichts dabei. Er sah verdammt gut aus in dem schwarzen Anzug mit dem dunklen Hemd und der schwarzen Krawatte. Er war anders als Luca. Seine Attraktivität rührte von ausgiebiger Pflege und Bedachtsamkeit her. Er hielt sich in Form, achtete auf sich, und das sah man auch. Die Haare lagen perfekt zurück, waren glänzend und weich, der Dreitagebart gepflegt, den er sich stehenließ. Keine Fussel auf dem teuren, maßgeschneiderten Stoff, keine Knitterfalten. Perfektion wäre das Wort, wenn man ihm eines verleihen müsste.

Rick zwang sich zu einem Lächeln. Immerhin wusste er, wer Vaun war. Sein Bild blickte einem entgegen, wenn man Modezeitschriften aufschlug, oder Werbeplakate für Unterwäschekollektionen betrachtete. Er hatte schon alle möglichen Deals eingesackt und war nicht irgendein dahergelaufener Träumer. Er wusste, was er wollte. Und für gewöhnlich bekam er es auch. Gerüchtehalber schreckte er auch nicht davor zurück, sich Konkurrenten vom Hals zu schaffen.

Rick leckte sich nervös die Lippen und sah sich um, doch konnte er niemanden mehr auf dem Friedhof entdecken, abgesehen von Lucas Halbbruder. »Wer denn?«, wollte er unschuldig wissen. Die Hände schob er dabei in die Taschen seiner wärmenden Jacke und er versuchte, möglichst locker dabei zu klingen.

Vaun lachte leise und schlenderte näher, wobei er den Kopf schief legte und Rick beobachtete. »Keine Sorge. Ich bin nicht hier, um dir Vorhaltungen zu machen. Auch wenn du mir eine Flasche guten Rum schuldest, Hübscher.« Er zwinkerte ihm zu, als er in kurzer Distanz stehenblieb. Nicht zu nah, nicht zu weit weg. Ein exakter Abstand, in dem man Vertrauen aufbauen konnte. Der Schwarzhaarige starrte ihn einen kleinen Moment an, das halbe Gesicht mit einem riesigen Schal bedeckt und einem gesunden Misstrauen in den braunen Augen. Vaun schmunzelte. Er wusste, dass Rick mit Luca hergekommen sein musste. Nur, dass Luca jetzt nicht mehr hier war. Dafür hatte er gesorgt.

»Tue ich das, ja? Kann mich nicht erinnern.« Rick lächelte knapp, doch er behielt den Mann genau im Auge. »Aber wo wir dabei sind ... Du hast Luca nicht zufällig gesehen?«

»Sicher. Wir standen beim Grab. Genau da, wo du auch nach ihm gesucht hast.«

Rick leckte sich nervös die Lippen und versuchte, Vaun zu durchschauen. Er spielte irgendein Spielchen, da war er sich sicher. Wieso sonst war er noch hier? Rick spürte die Kälte, die in seinen Körper kroch und der eisige Wind fand jede noch so winzige Nische in seinen Klamotten. »Und wohin ist er gegangen?«

Vaun lächelte bedauernd und schüttelte den Kopf, als er Rick betrachtete. »Keine Ahnung. So ist er eben, weißt du? Niemand weiß, was Luca tut. Nicht einmal er selbst. Vielleicht ist er schon wieder auf dem Weg zurück nach Hause. Er ist«, erklärte Vaun mit einer vagen Handgeste, »sprunghaft. Nicht besonders verlässlich oder loyal. An deiner Stelle würde ich nicht auf ihn warten. Ich kann dir nur aus jahrelanger Erfahrung sagen, dass Luca mich öfter im Stich gelassen hat als ich zählen kann. Schade, aber so ist es. Tut mir leid, wenn mein Bruder falsche Erwartungen in dir geweckt haben sollte.«

Rick musterte Vaun einen stummen Moment, während sich seine Hände in den Jackentaschen ballten. Er traute Vaun nicht und er glaubte ihm nicht. Andererseits war Luca aber unauffindbar. Zweifel keimten in ihm und er trat unschlüssig auf der Stelle.

»Hör mal, es ist kalt. Wie wär's, wenn du mit zu mir kommst, und wir reden ein bisschen, wenn Luca dich so sehr interessiert?«, schlug Vaun vor. Er hob schmunzelnd eine Hand, als wollte er einen Eid schwören. »Ich verspreche, ich bin auch brav.«

Rick leckte sich die trockenen Lippen. »Eigentlich hab' ich schon was vor.« Die Lüge klang sogar in seinen eigenen Ohren unglaubwürdig. Aber ihm stand nicht wirklich der Sinn danach, mit Vaun irgendwohin zu gehen. Es war offensichtlich, dass er kein guter Samariter war. Er wollte irgendetwas. Rick wusste nur noch nicht, was.

»In Ordnung. Wenn du je das Bedürfnis hast, zu reden, oder nach ein wenig ... Ablenkung«, bot Vaun ruhig an, als er eine blütenweiße Karte aus seiner Tasche zog und sie Rick reichte, ohne ihm dabei näher zu kommen als nötig, »dann komm einfach vorbei. Ich bin noch ein paar Tage in der Stadt und habe nichts gegen Gesellschaft.«

Der Blick, mit dem Vaun Rick im Anschluss betrachtete, hätte sicher so manch anderem geschmeichelt, aber Rick fühlte sich vor allem benutzt. Er nahm die Karte, ohne sie zu lesen, und zwang sich zu einem höflichen Lächeln. »Wenn ich je irgendwelche Bedürfnisse habe«, entgegnete er mit einem kühlen Lächeln, »dann kümmere ich mich selbst darum.«

Vaun lachte und tippte sich zu einem lockeren Salut an die

Schläfe. »Süß und schlagfertig. Du schuldest mir trotzdem noch einen Drink, Hübscher. Ich hoffe, du bist nicht die Art von Kerl, die sich um Schulden drückt?« Vaun schmunzelte, ehe er lässig die Schultern zuckte und sich eine Kippe aus dem Etui zwischen die Lippen steckte.

Rick beobachtete ihn dabei und konnte wohl nicht verhindern, dass er auf das Rauchwerk starrte wie ein Alkoholiker auf ein Glas Wein.

»Auch eine?« Vaun hielt anbietend das Etui in Ricks Reichweite.

Es war nur eine Zigarette. Nichts Besonderes. Das hieß noch nicht, dass er Vaun einen blies. Rick holte einmal tief Luft und streckte die Hand aus, und gerade in dem Moment, wo er nach einer Zigarette greifen wollte, zog Vaun zurück. Er entflammte die Kippe, die er zwischen den Lippen hatte, mit dem Feuerzeug in der anderen Hand und betrachtete Rick lauernd. Ein tiefer Zug folgte, ehe er den Glimmstängel aus dem Mund nahm und ihn anbietend hinhielt.

Rick verzog keine Miene, als er Vaun anstarrte. Er kannte solche Spielchen. Andererseits war er nüchtern, hungrig und enttäuscht von den letzten Stunden und Luca war nicht da. Vaun schon. Er atmete leise aus, als er nach dem Glimmstängel griff und dabei den Blick in die dunklen Augen suchte. Sie waren nicht von einem so intensiven Grau wie die von Luca. Es fanden sich braune Sprenkel darin, die das Grau umschlossen und durchsetzten. Er ließ sich einen Moment Zeit, ehe er an der Kippe zog und den blauen Dunst inhalierte.

»Braver Junge.« Vauns Mundwinkel zuckten zu einem zufriedenen Lächeln auf.

Es kratzte an Ricks Ego, dass der Größere ihn so zu dressieren versuchte, aber er war nicht der Erste, der ihm auf die Tour kam. Eine Braue hob sich, als er den Rauch ausstieß und das Aroma des Tabaks auf der Zunge genoss. Das Spiel mitzuspielen und den Spieß umzudrehen konnte möglicherweise ganz amüsant werden. »Nur manchmal«, gab er zur Antwort, während sich ein kleiner Teil von ihm fragte, was er sich eigentlich dabei gedacht hatte, mit Luca herzukommen. Es war offensichtlich, dass dieser Bastard ihn einfach stehengelassen hatte. Sein Vorschlag, er würde ihn im Café abholen, war eine Finte gewesen. Und Rick war ihm total auf den Leim gegangen, nur weil ... Ja, weil was? Wegen eines Kusses im morgendlichen Sonnenschein? Lächerlich.

»Das klingt verlockend. Lass uns doch rausfinden, wie es die restliche Zeit darum bestellt ist, mh?« Vauns Stimme klang dunkel und darin schwang deutlich sein Interesse mit. »Vielleicht bei einem guten Glas Rum?«

Rick zog erneut an der Kippe. Sein Magen war ein Knoten aus Bitterkeit über die Tatsache, dass Luca ihn verarscht hatte. Aber taten sie das nicht immer? Musste er es nicht mittlerweile gewohnt sein? Erst Matt, jetzt er. Es war ein sich wiederholendes Muster. Und er hatte schon beinahe geglaubt, es könnte anders sein. Aber Dinge änderten sich nun einmal nicht. Menschen auch nicht. Und er tat es auch nicht. Alles, was sich änderte, waren nur die Umstände, unter denen das Leben einen fickte. Und mittlerweile hatte er alle Variationen davon durch.

Die Enttäuschung brannte kalt in seiner Brust und Rick zog die Schultern hoch, als er Vauns Blick suchte. Er fühlte sich unruhig, was immer der Fall war, wenn er länger nichts geraucht hatte. Heute schien es nur noch schlimmer zu sein als sonst. Seine Hände zitterten und er fühlte sich, als wollte er einfach nur weglaufen und sich irgendwo verkriechen. Es war eine Mischung aus Scham und Zurückweisung, die in ihm brannte und die ihn daran erinnerte, dass es so etwas wie Glück nicht für jeden auf dieser Welt zu geben schien.

Er hatte sich in Luca offenbar getäuscht und zwei Stunden umsonst gewartet. Er würde nicht mehr kommen und es gab keine Ausrede, um noch darauf zu hoffen, ihn wiederzusehen.

Aber andererseits hatte Vaun ihm auch ein eindeutiges Angebot gemacht. Er sah Lucas Gesicht vor sich, spürte das Kribbeln dieses seltsamen Kusses noch auf den Lippen und sein Herz machte einen kleinen Satz.

Dagegen half nur eins:

»Sicher.« Er rauchte die Kippe auf, ehe er sie zu Boden warf und austrat. »Gehen wir zu dir?«

• • •

»Er geht nicht ran.« Matt fuhr sich hilflos durch die blonden Haare und warf das Handy auf das Bett, wo es dumpf aufkam und kurz hüpfte wie ein verwirrter Frosch. Er versuchte seit Stunden, Rick zu erreichen und seit dem letzten Telefonat plagten ihn nur noch zusätzliche Schuldgefühle. Nicht, dass er davon nicht sowieso genug gehabt hätte.

»Bestimmt ist er nur zugedröhnt und hört das Klingeln nicht.« Alex schob sich hinter Matt, der nervös im Schlafzimmer auf und ab tigerte. Seine Hände legten sich warm und zärtlich in seinen Nacken, als er sich an ihn schmiegte. »Mach dir nicht zu viele Sorgen. Er kommt klar.« Alexander Londrake versuchte, seinen Verlobten zu beruhigen, der sich gegen ihn sacken ließ und abgespannt ausatmete. Doch so sicher, wie er klang, war er sich nicht. Immerhin war Rick Matts bester Freund. Und auch, wenn er ihn nicht gut kannte, war Rick eben ein Teil ihres Lebens.

Matt drehte den Kopf unter den Streicheleinheiten, die seinen verspannten Nacken liebkosten, als er sich an Londrakes Brust sinken ließ. Er sah nicht überzeugt aus und die tiefblauen Augen waren dunkel vor Sorge. »Wir haben gestritten ...«

»Ich weiß.«

»Er reagiert nicht gut auf sowas.«

»Verlobungen?« Londrake versuchte sich an einem beruhigenden Lächeln und schob eine Hand unter Matts Kinn, um sich einen Kuss zu stehlen.

»Veränderungen.« Matt seufzte an seinen Lippen und zog einen Arm seines Verlobten um sich, der ihn wie selbstverständlich umfing.

»Mh. Aber er ist erwachsen.«

Matt entkam ein leises Schnauben. »Seit wann?«

Alex seufzte schwer und schmiegte die Nase gegen Matts Schläfe. »Soll ich für dich nach ihm sehen? Vielleicht macht er mir ja auf, mh?«

Denn gesehen hatten sie sich seit Wochen nicht. Rick verstand es, Matt zu meiden wie der Teufel das Weihwasser und sogar auf der Arbeit hatte dieser ihn nicht erwischt. Und das, obwohl Rick quasi für Matt und Alex arbeitete. Zuhause stellte sich der Dunkelhaarige offensichtlich tot, sobald Matt vor der Tür stand. Egal, wann er auftauchte.

»Ich wäre dir überaus dankbar.« Matt raffte sich zu einem Lächeln auf, was Alex schmunzeln ließ.

»Ach ja? Und wie dankbar genau?«, wollte er wissen, als er einen Kuss auf Matts Halsseite drückte. Bedächtig und langsam. Sie waren verlobt und würden bald heiraten und wenn es nach Londrake ging, konnte er es gar nicht erwarten, Matt offiziell als ‚Seins‘ vorzustellen. Sein Mann. Für immer.

Die Frage brachte ihm einen schiefen Blick von Matt ein, doch dessen Lächeln vertiefte sich einen Hauch. Ein leises Zungenschnalzen perlte von seinen Lippen, als er den warmen Atem an seinem Hals spürte. »Sehr ... sehr ... dankbar? Oh, Mister Londrake...«, entgegnete er gespielt verlegen, als er mit den Fingerspitzen über dessen weichen Hosenstoff strich und die gar nicht weiche Erhebung darunter bemerkte, »schon wieder so gierig heute?«

Londrake lachte leise und verbarg sein Gesicht an Matts Nacken, als er ihn eng an sich zog. »Nur deine Schuld.« Er biss ihn zärtlich ins Ohr und lauschte auf das amüsierte Lachen, als seine Lippen Matt kitzelten. Sie waren inzwischen so vertraut miteinander, und dennoch gab es immer wieder Situationen, in denen Alex daran erinnert wurde, was für ein unverschämtes Glück er hatte. Sein Verlobter schmiegte sich an ihn, nachdem er sich zu ihm gewendet hatte. Auf dem Bett lagen neben dem Telefon auch die Listen für all die Dinge, die sie noch zu erledigen hatten. Eigentlich war für Albernheiten kaum Zeit, aber Alex genoss jeden kleinen, gestohlenen Moment. Matts Augen glänzten, als er zu ihm aufblickte und eine feine Röte hatte sich auf seine Wangen und Ohren gelegt.

»Ich liebe dich.« Alex brachte sein Gesicht dicht an Matts, als er es sanft zwischen die Hände nahm und seine Nasenspitze ihr gegenüber berührte.

»Und ich dich. Sehr.« Matt klang verlegen, aber das Lächeln auf seinen Lippen war glücklich und das war alles, was zählte. »Aber du solltest gehen, ehe es endet, wie es immer endet.«

Alex hob eine Braue und seine Lippen streiften Matts. »Und wie endet es immer?«

Der Mund des Blonden teilte sich, kam seinen eigenen Lippen entgegen und für eine kleine Weile vergaß Alex all die Termine, die Pflichten, die Arbeit und dass im Nebenzimmer Marianna Dubras saß und schimpfte wie ein Rohrspatz, weil er ihre Planung durcheinanderbrachte. Sie war zwar keine Hochzeitsplanerin, aber sie organisierte so ziemlich alles, was notwendig war und besaß einen guten Geschmack. Und auch, wenn die alte Schachtel es nicht zugab: Sie mochte Matt und sie war begeistert von der Hochzeit. Auch wenn es anfangs gar nicht so aussah, als würden sie sich je verstehen.

Matts Finger legten sich über die Stelle, unter der Londrakes Herz schlug. Seine Küsse waren schlimmer als Ricks Gras und versetzten ihn in einen furchtbar schwer wieder loszuwerdenden Rausch, der immer so harmlos anfing. Und dann kamen sie eine Woche nicht aus einem Hotelzimmer. »Du solltest gehen.«

Alex murrte leise und ließ den Kopf etwas hängen. »Wie du willst, mein Herz.« Er drückte Matt noch einmal an sich und gab ihm einen Kuss auf die Stirn, ehe er sich widerstrebend von ihm löste. »Sag Dubras, sie soll heute Abend einen Tisch reservieren. Du kannst aussuchen, wohin wir gehen.«

Matt schenkte Alex ein Lächeln und gewährte sich den

Moment, unverhohlen auf seinen hübschen Hintern zu starren als er ging. In den Hosen, die er trug, war es auch schwer, nicht hinzusehen. Sein Herz pochte, wann immer Alex den Raum betrat und gerade, weil Rick immer an dieses unmögliche Wunder des Einen geglaubt hatte, der für einen bestimmt war, war diese ganze Situation umso bitterer. Sie beide hatten gemeinsam so viel durchgestanden. Er verdrängte die Erinnerungen an all die schlimmen Jahre unter Bens Gewaltherrschaft und das marode Haus, das sie zu bewohnen gezwungen gewesen waren. Ohne Rick hätte Matt all das vielleicht nicht durchgestanden. Und dass er sich gerade jetzt nicht mehr blicken ließ, tat einfach nur weh. Er war doch eigentlich der Romantiker von ihnen beiden. Freute er sich denn gar nicht?

Er hatte ihm die Einladung als Erstem überhaupt geschickt. Das war schon eine kleine Ewigkeit her. Er hatte es ihm eigentlich persönlich sagen wollen, aber sich dann dagegen entschieden. Und seitdem herrschte Funkstille.

Matt wandte sich um, als er die Tür sich schließen hörte und seufzte hörbar in die eintretende Stille. Die Anprobe des Anzugs war in einer Stunde, danach kam die Besprechung für das Essen, die Torte, die Blumen. Und morgen ging es weiter. Und bis es dann so weit war ...

Er starrte auf sein Handy und griff nach kurzem Zögern wieder danach. Er würde auf keinen Fall ohne Rick heiraten. Und der konnte sich ja immerhin nicht ewig verstecken.

Oder?

Sein besorgtes Gesicht spiegelte sich im Display, als er zum gefühlt tausendsten Mal die vertraute Nummer wählte.

• • •

Der Raum war noch leer, aber das würde nicht lange so bleiben.

Wobei Raum nicht ganz die passende Bezeichnung dafür war, was Luca vor sich hatte. Er blickte durch eine verglaste Front auf noch leere Tribünen, die ihn an das Kolosseum in Rom erinnerten. Nur viel bequemer, mit Sitzplätzen, die gepolstert waren und unten, in der Mitte der kleinen Halle, in der einige dutzend Leute Platz finden konnten, befand sich die Arena, wie Marino das Achteck bezeichnet hatte, das mit festem Maschendraht umgeben war und das nur durch einen darin eingelassenen Durchgang betreten werden konnte. Ein Durchlass auf jeder Seite der Halle, der verriegelt wurde, sobald zwei Kontrahenten ihre Positionen eingenommen hatten. Laut Marino sahen sich die Kämpfer erst, wenn sie sich im Ring gegenüber standen. Sie wussten nicht, gegen wen sie es zu tun bekamen. Das machte es auch für das Publikum spannend. Handverlesene Gäste, so reich, dass es an Absurdität grenzte, teilweise berühmt, teilweise für die Öffentlichkeit unbekannte Namen, die dabei nicht weniger millionenschwer waren. Die Halle war restlos ausverkauft. Natürlich war es keine legale Veranstaltung. Der Ort war streng geheim, die Gäste wurden quasi blind hierher gebracht, damit niemand wusste, wo er sich befand. Und ebenso brachte man sie auch wieder von hier fort. Eine perfekt funktionierende Logistik, gekrönt von einem immensen Umsatz.

Immerhin waren die Bedingungen ziemlich eindeutig:

Sieg oder Tod.

Alles oder gar nichts.

Der Verlierer dieses Kampfes würde nicht nur eine Niederlage erleben, sondern auch seine letzten Minuten auf dieser Welt.

Der Verlust seiner Würde und seines weltlichen Besitzes. Einschließlich seines Lebens und es würde dafür gesorgt sein, dass seine Leiche nirgendwo auftauchen würde.

Luca betrachtete die Arena, die sich an einem geheimen Ort irgendwo innerhalb der Stadt befand. Er wusste nicht, wo sie war. Marino hatte ihn herbringen lassen, wobei sich Luca wie in einem schlechten Gangsterfilm einen Sack über den Kopf hatte ziehen lassen müssen. Sie hatten bei Marino zuhause nicht viel Zeit verbracht, waren lediglich in einen anderen Wagen umgestiegen, nachdem er nur einen kurzen Blick auf Giulia, Marinos Frau, hatte werfen dürfen. Sie hatte ihn mit offenem Bedauern angesehen, wissend, dass es nicht gerade goldig um seine Zukunft stand.

Der Boden der Arena bestand nicht wie üblicherweise aus einer stoßdämpfenden Polsterung, die Stürze abfangen würde, da sie federte, sondern lediglich aus einer schlichten Schicht Beton. Grau und kühl und trostlos. Luca wurde flau im Magen. Sie hätten die Arena auch gleich mit Folie auslegen können, um das ganze Blut aufzufangen, dass sie erwarteten. Aber das würde vielleicht nicht die Lust der Menge an sichtbarer, ungeschönter Gewalt befriedigen.

»Und? Was sagst du?« Marino hatte bislang geschwiegen und Lucas Reaktion gemustert. Der Qualm seiner Zigarre kräuselte sich bläulich durch den Raum, der höher gelegen für die V.I.Ps gedacht war – den Kunden, die nicht zu den Durchschnittszuschauern gehörten. Hier würde man bei Champagner und anderen, exquisiten Spirituosen und einem eigens georderten Catering zusehen, während da unten Männer um ihr Leben rangen.

Luca regte sich nicht. Sein Spiegelbild starrte ihm von der Oberfläche des Glases entgegen und hätte er nicht gewusst, dass er es selbst war, er hätte sich fast nicht erkannt. Er wirkte viel zu bleich und seine Haut glänzte von der dünnen Schicht Feuchtigkeit, die ihm aus jeder Pore drang.

Was Marino hören wollte, war klar. Und sie beide kannten die Antwort. Weil es nur eine einzige gab. Alles andere würde das sofortige Ende seiner bislang recht erbärmlichen Existenz bedeuten.

»Ich möchte nur sichergehen, dass ich dich richtig verstehe.« Luca hörte sich sprechen, ohne dass er dabei die übelkeitserregende Nervosität heraushörte, die seinen Magen komische Sachen anstellen ließ. Er fühlte sich schwach und bewegte sich nur deswegen nicht, weil er Angst hatte, umzukippen, sobald er einen Schritt tat. »Ich kämpfe einen einzigen Kampf für dich und gewinne. Und dann sind die Schulden meiner Mutter und meine bei dir beglichen. Und zwar für immer. Keine weiteren Forderungen, kein Nachstellen, kein Erpressen und keine Drohungen mehr. Ich verlasse die Stadt und wir sehen uns nie wieder.«

Marino hörte aufmerksam zu und schenkte seinem Leibwächter, der neben ihm stand und Luca fixierte wie einen Todfeind, einen milden Blick. Die Asche der Zigarre rieselte zu Boden, als er sie abklopfte. »Richtig.« Er wartete geduldig und nahm noch einen Zug von der sorgfältig ausgesuchten Zigarre. Er schätze Handarbeit in allen Facetten und so genoss er das gute Stück, das ihn einige Scheine gekostet hatte. Wenn Luca brav war und mitspielte, würde sein Sieg ihm sogar eine hübsche Summe obendrauf einbringen. Wenn nicht ... waren sie immerhin quitt. »Die Familie ist alles, was ein Mann im Leben hat.« Marino strich sich über die maßgeschneiderte Weste und fixierte Lucas Hinterkopf, der so bekannt und doch so verändert schien. Aus dem jungen Rebellen war ein Mann geworden und beinahe betrübte es ihn, dass sie diesen Weg gehen mussten. Aber auch er hatte schließlich einen Ruf zu verlieren und der Bengel hatte ihn bislang nur Geld und Nerven gekostet, seit er abgehauen war.

»Ja, das sagtest du schon. Nur, dass ich niemanden mehr habe. Meine Mutter ist tot, mein Erzeuger war ein widerliches

Schwein-«

»Sprich nicht so über die Toten, Junge. Auch wenn du Recht hast«, räumte Marino ein, als Lucas Schultern sich versteiften. Er kratzte sich nachdenklich am Kinn. »Du hast immer noch deinen Halbbruder, nicht wahr? Vaun.«

Luca entkam ein leises Schnauben. »Du meinst, das gut bezahlte Unterwäschemodel? Du weißt genau, dass er mich doch am liebsten tot sehen würde. Wir hatten die letzten acht Jahre keinen Kontakt mehr.«

»Und trotzdem bist du hergekommen, als er dich darum bat.« Marino trat dicht neben Luca und musterte ihn von der Seite. Er wartete, bis Luca den Kopf drehte, und ihre Blicke sich trafen. Das Grau dieser Augen war überaus einprägsam, und wenn Luca nicht so dumme Wege gegangen wäre, hätte er vielleicht jetzt Enkel mit diesen Augen. Seine Tochter Sandrina hatte immer schon eine Schwäche für den Bengel gehabt. Doch mittlerweile war sie mit einem anderen Kerl liiert. Einem Schwachkopf aus Venedig. Verfluchte Wasserratten.

Luca zog die Unterlippe zwischen die Zähne. Dagegen konnte er schlecht etwas sagen. »Wegen der Beerdigung«, presste er hervor.

»Weil sie Vaun wichtig war. Nicht dir. Richtig?«

»Worauf willst du hinaus, Marino?« Luca hatte keine Geduld für die Spielchen des Alten, auch wenn dieser ihm mehr ein Vater war, als der rottende Kadaver ohne Grabstein auf dem Friedhof.

»Deine Familie ist noch nicht tot, Junge. Und du auch nicht. Also nutz' einfach diese Chance und sei nicht blöd. Wenn es gut läuft, kommst du mit einer hübschen Summe da raus, bist deine Schulden los und alle sind glücklich.«

»Richtig. Oder ich blute auf dem verdammten Boden da unten in diesem Käfig einfach aus, während die halbe Stadt dabei zusieht.« Luca stieß ein kurzes, bitteres Lachen aus, ehe er sich Marino zuwandte. »Ist das wirklich die einzige

Möglichkeit?«

»Nein. Wir können dich natürlich auch gleich erschießen.«
Marino zuckte die Schultern und nahm einen weiteren Zug von
der Zigarre, die er genussvoll paffte. »Aber da ich was für dich
übrig habe, würde ich dich lieber da unten sehen und einem
dieser Hurensöhne den Arsch aufreißen, die ins Rennen
geschickt werden.« Der Boss schrägte den Kopf leicht, um Luca
anzusehen. »Im Grunde ist das doch nur, was du auch damals
schon drauf hattest. Nur-«

»Nur, dass ich diesmal den Weg bis zum Ende gehe und
jemanden töte?« Luca atmete leise aus und maß Marino mit
Blicken, bis dieser sacht nickte.

»Richtig. Aber es macht keinen Unterschied, mh? Entweder
er oder du. Ist wie im Krieg, Figlio.«

Luca brachte ein humorloses Lächeln fertig, das die Augen
nicht erreichte. »Mit dem Unterschied, dass dieser Krieg von
euch inszeniert ist.«

Marino lachte und zuckte gelassen die Schultern, ehe er die
Zigarre an seinen Leibwächter übergab. »Krieg ist immer
inszeniert, mein Junge. Und es gibt immer Leute wie mich, die
daran verdienen, dass andere sterben. Das ganze Sterben ist
dabei ja nur Ablenkung für die einfachen Leute, die Geschäfte,
die ein Krieg so mit sich bringt, die laufen immer im
Hintergrund.« Er deutete mit beiden Händen auf die eigene
Brust. »Und das weißt du auch, Luca. Krieg ist überall. Ob in
der Politik, in den Straßen, bei den einfachen Leuten zuhause,
der hat viele Gesichter. Ich mache ihn nur sichtbar und
verdiene mir etwas dazu. Sieh es mal so«, erklärte er mit
ausschweifenden Gesten, »wenn ich das hier nicht organisieren
würde, würden sich die reichen Leute, die sich das ansehen
wollen, andere dafür bezahlen. Das würde viel mehr
unschuldige Opfer fordern, als ihre Lust auf Blut so zu
befriedigen, mh? Gebündelt an einem Ort, anstatt jeder für
sich.«

Luca schluckte trocken und schloss die Augen. Marino hatte recht, auch wenn es ihm nicht gefiel, denn er war Teil dieses Systems und das schon seit vielen Jahren. Nur hatte er geglaubt, ausgestiegen zu sein. Aber der Vergangenheit konnte man nicht davonlaufen. Sie war geduldig und sie holte einen immer wieder ein.

»Und wann soll es losgehen?«

Marino trat aus der Tür, zwischen die beiden schwer bewaffneten Leibwächter, die den Boss von dort eskortieren würden. Sie warfen Luca kalte Blicke zu. Seine eigenen Aufpasser befanden sich noch im Raum und warteten nur auf ein falsches Zucken.

»Mitternacht. Ich schlage vor, du ruhst dich ein bisschen vor deinem großen Auftritt aus. Sean und William werden dich in eine ruhige Suite begleiten und dir jeden Wunsch erfüllen. Egal ob Essen, Frauen, was auch immer. Allerdings sind Drogen tabu. Und Alkohol auch, ehe du fragst.«

»Verdammt.« Luca warf dem alten Teufel einen langen Blick zu und lächelte matt. »Dabei hatte ich mich so auf meine eigene Koksparty mit ein paar zugedröhnten Schlampen gefreut.« Er klang dabei trocken, auch wenn die Ironie aus jedem Wort nur so quoll.

Marino lachte und zwinkerte ihm zu. »Mach deine Sache gut und ich organisiere dir mehr Frauen, als du in einer Nacht schaffst.«

Luca war sich da völlig sicher. Nur, dass er gerade dem Alten nicht auf die Nase binden wollte, dass er mit den Weibern eh nicht viel anfangen könnte. Dass er nicht auf Pussys stand, wusste immerhin auch niemand außer Vaun.

»Ach, Luca?« Marino war schon halb im Gehen inbegriffen, als er sich wieder umdrehte. »Was ist eigentlich vor acht Jahren an Weihnachten zwischen dir und Vaun passiert, dass ihr euch so hasst?«

Ein Muskel an Lucas Auge zuckte bei der Erwähnung, doch

er behielt seine Lippen geschlossen und zuckte nur gespielt unwissend die Schultern.

Es gab Dinge, die würde er Lorenzo Marino nicht einmal dann sagen, wenn der ihm bei lebendigem Leib die Haut abzog.

● ● ●

»Also? Wie läuft das Geschäft?« Vaun hielt Rick das gefüllte Glas mit exquisitem Rum hin und ließ seine Blicke über dessen Gestalt wandern. Ausgepackt aus dieser unmöglich dicken Jacke und dem zwei Meter langen Schal war der Kleine eine richtige Augenweide. Schlanke, biegsame einen Meter und siebzig groß, glänzendes Haar und schöne Haut, mit schön geformten, schmalen Händen. Lediglich die hässlichen Armbänder machten das Bild ein wenig zunichte. Er sollte sich ein wenig weniger emomäßig anziehen und stilvoller, und schon könnte auch sein Bild auf einem Modecover zu finden sein. Sein Gesicht jedenfalls hatte etwas Besonderes, auch wenn Vaun nicht klar definieren konnte, was er daran so mochte. Die Nase war schmal, die Lippen voll und sinnlich und die Brauen zupfte er sich offensichtlich gekonnt in Form. Insgesamt würde er mit dem richtigen Make-up sicher auch als Frau durchgehen. Er war androgyn genug dafür und man erkannte nicht einmal den Ansatz eines Bartwuchses. Vaun nippte an seinem eigenen Drink und bevorzugte es, stehen zu bleiben. So musste Rick aus dem Sessel aus weißem Wildleder zu ihm aufblicken und Vaun gefiel das. Wenn es nach ihm ging, säße der Kleine schon auf den Knien, aber gut Ding will Weile haben. Im Schein des Kaminfeuers wirkten die Augen, die ein wenig trotzig zu ihm aufsahen, ganz hübsch und erinnerten an warmen Karamell.

Sie hatten den Tag miteinander verbracht, waren Essen gegangen und hatten sich oberflächlich unterhalten. Vaun hätte einen schnelleren Weg bevorzugt, aber manche Dinge waren nicht dafür gemacht, sie zu überstürzen. Rick war allerdings kein besonders gesprächiger Typ gewesen, überließ Vaun eher das Reden. Beim Bummel durch die Innenstadt und ihre Geschäfte hatte sich einmal mehr gezeigt, dass Rick das richtige Ziel war. Er war modebewusst und stilsicher, hatte ein Auge für Details und den nötigen Spaß an der ganzen Sache. Es gab niemanden, der geeigneter war und Vaun konnte in aller Ruhe die Köder auslegen und die Falle präparieren. Er liebte es, wenn ein Plan aufging.

»Gut, nehme ich an. Ich kann mich über den Umsatz nicht beklagen.« Rick nahm das Glas und kippte es in einem Zug runter, was Vaun ein leises Ächzen entlockte.

»Himmel! Das Zeug ist zum Genießen da und kein Wasser!«

»Ja, kann schon sein. Krieg' ich noch einen?« Rick streckte das leere Glas gen Vaun und lächelte süß dabei. Seit einer Stunde waren sie hier, am Arsch der Stadt, abgelegen und irgendwie versnobt. Vaun hatte behauptet, das wäre sein Sommerdomizil, aber für Rick wirkte es wie das Haus von irgendeinem beliebigen reichen Arschloch. Er hatte solche Häuser schon gesehen, die wirkten, als wären sie direkt einem Werbekatalog entnommen; stilvoll vielleicht, aber völlig seelenlos. So wie totgebratenes Steak. Es gab in der ganzen Hütte keinen einzigen persönlichen Gegenstand. Keine Fotos, keine Klamotten, keine sinnlosen Zierfigürchen oder eine Porzellansammlung, geerbt von der verblichenen Großmutter. Keine Bilder an den Wänden, die man nicht auch irgendwo im Internet bekam. Die Bude hatte gar keine persönliche Note und alles war piekfein sauber und glänzend. Die Teppiche waren beige, die Wände waren beige, die Möbel waren auch beige. Oder war das doch Eierschale? Es war jedenfalls irgendein cremefarbener Ton, der die ganze Einrichtung dominierte. Es wirkte zwar alles schön hell, aber auch irgendwie fast krankenhausähnlich steril, weil es gar keine Akzente gab. An Vauns Stelle hätte er den Kerl, der für die Inneneinrichtung verantwortlich war, gefeuert. Andererseits erzählte ihm die Wohnung auch viel über den Besitzer und somit sprach es vielleicht Bände, dass die Fassade aufregender war als das Innenleben? Die Sonne war schon untergegangen und Rick fühlte eine seltsame Unruhe in sich.

Vaun verbiss sich einen scharfen Kommentar und griff stattdessen nach der Flasche, um Ricks Glas erneut zufüllen. »Schön langsam, diesmal«, mahnte er. »Also: gut, ja? Das ist schön zu hören.«

Rick trank tatsächlich langsamer. Der Alkohol schoss ihm direkt ins Blut und verteilte sich angenehm warm in seinem Magen. Es brannte im Hals, doch irgendwie tat es auch gut und plötzlich war ihm scheißegal, wie hässlich Vauns Sommerresidenz aussah. »Ja. Ist es. Aber warum?«

»Warum was?« Vaun zog die Brauen zusammen und bemerkte die Röte, die sich auf Ricks Wangen ausbreitete. Der hübsche Schwarzschopf sah ihn unter einem dichten, schwarzen Wimpernsaum von unten her an und fuhr sich mit einem Finger über die Halsseite wie beiläufig.

»Warum das so gut ist? Meine Zahlen können dir doch egal sein.«

»Höflichkeit«, entgegnete Vaun mit einem schiefen Lächeln. »Macht man das heutzutage nicht mehr so? Sich erkundigen, wie es so läuft?«

Rick gab ein leises »Hm« von sich und hob eine Braue. »Du klingst wie ein alter Sack.«

»Und du wie ein unreifer Teenager.« Vauns Mundwinkel zuckten, als Rick ihn angrinste.

»Touché würde ich sagen. Aber ich bin aus dem Alter raus.«

»Und wie alt bist du, wenn ich fragen darf?« Vaun trank noch einen Schluck, ehe er das Glas auf den Tisch stellte und begann, seinen Krawattenknoten zu lösen. Er trug noch immer den Anzug von der Beerdigung und er wollte endlich aus den Sachen raus, auch wenn er wusste, wie gut er darin aussah.

»Spielt das eine Rolle?« Rick musterte die schlanken Finger, die gekonnt die teure Seide auflösten und bei dem leisen Rascheln des Stoffs schluckte er unwillkürlich. Vaun sah gut aus und er bewegte sich, dessen bewusst, dass er Ricks Aufmerksamkeit hatte. Er war ein Spieler, der es genoss, im

Mittelpunkt zu stehen, und Rick lehnte sich etwas zurück, wobei er am Rum nippte, nicht sicher, ob ihm das gefiel.

»Für das, was ich mit dir vorhabe, schon. Du bist volljährig?«

»Würde ich sonst ein Geschäft führen?« Rick seufzte leise, gelangweilt von den Fragen. Er war nicht der Typ für langes Herumgerede und es ärgerte ihn, wie Vaun ihn abzuklopfen schien.

Die Krawatte glitt zu Boden und Vaun knöpfte sich das Hemd auf. Sein Blick ruhte auf Rick, der im Sessel herumrutschte und sich mit Trinken befasste. Die Blicke, die er ihm zuwarf, zeigten Neugier, aber auch eine gewisse ... Scheu? Es war nicht klar zu definieren. »Dass du Londrakes Geschäft führst – oder jedenfalls eines seiner Geschäfte, ist überraschend, ja.« Er pausierte gekonnt und streifte sich das Jackett von den Schultern.

Rick bemerkte den beiläufigen Unterton und für einen Moment begegnete er Vauns Blick, der ihm zulächelte. »Und wieso?« Sein Magen fühlte sich ungut an. Er hatte eine dumpfe Vorahnung, die er nur noch nicht richtig greifen konnte. Der schwerere Stoff der maßgeschneiderten Jacke fiel zu Boden und auf dem weichen Teppich wirkte das Schwarz, als hätte jemand Tinte verschüttet. Die Stunden, die sie gemeinsam verbracht hatten, waren wie ein vager Tanz gewesen, zu einer Melodie, die Rick nicht kannte. Die Fragerei war ihm auf die Nerven gegangen und viel zu neugierig. Vaun hatte ihn in ein schickes Restaurant ausgeführt, sie waren durch die Straßen gelaufen und hatten Geschäfte abgebummelt, waren am Hafen gewesen, um dort in einem Café zu sitzen ... als wären sie ein Paar. Dabei funkte es nicht einmal zwischen ihnen, jedenfalls nicht von ihm aus. Er war mit den Gedanken die meiste Zeit sowieso nicht richtig anwesend, sondern grübelte noch immer über Luca nach.

»Wie wär's, wenn du zu mir kommst, mh? Dann erzähle ich es dir vielleicht.«

Rick brachte ein Lächeln zustande, obwohl er sich nicht besonders danach fühlte. »Können wir nicht einfach ficken und es hinter uns bringen? Ich bin wirklich nicht so gut in Smalltalk. Muss am Altersunterschied liegen.« Er lächelte süßlich zu Vaun auf, als er sich erhob und betont langsam zu ihm schlenderte. Ein Finger tippte gegen das weiße Hemd, als er die Hand ausstreckte, um Vauns Brust zu berühren. Er konnte die Wärme darunter spüren, aber im Grunde hatte er gar keine Lust auf ihn. Und das war eigentlich seltsam, denn so richtig Ebbe an der Libidoküste hatte Rick noch nie gehabt. Und Vaun sah nun auch nicht gerade unangenehm aus. Nicht so wie der fette Freddy. Ende Vierzig, noch bei seiner Mutter gemeldet und mit starker Akne und noch stärkerem Übergewicht, dessen Schwanz zu finden manchmal gar nicht so leicht war. Damals jedenfalls, als Rick noch in dieser Art von Geschäft war. Als er noch mit Kerlen hatte rummachen müssen, die gar nicht sein Fall waren.

Er spürte das Stirnrunzeln eher, als dass er es sah, denn er mied den Blick hinauf und friemelte an einem der Hemdknöpfe, um ihn zu öffnen und die ganze Sache zu beschleunigen. Immerhin hatte er sich ablenken wollen. Von Luca, von dem Drama mit Matt – von dem ganzen Scheiß. Er wollte es wirklich einfach hinter sich bringen. Vielleicht brachte Vaun ihn für ein paar Stunden dazu, zu vergessen. Aber dafür musste er endlich aufhören, zu reden.

»Einmal eine Hure, immer eine Hure, mh?« Vaun brachte sein Gesicht dicht vor Ricks, das erschrocken zu ihm auffuhr. Seine Finger schlossen sich schnell und fest um das Kinn des Schwarzschopfs, den er am Stoff seines Shirts an der Seite packte, damit er ihm nicht entwischte.

Er sah den Schock in Ricks Augen und es versetzte ihm zugegebenermaßen einen kleinen Kick. »Was? Denkst du, ich weiß nicht, wer du bist? Denkst du, dass die Leute vergessen, wen sie für einen Blowjob bezahlt haben? Oder für einen schnellen Fick in der Gosse, aus der du kommst?«

Rick entkam ein leises Keuchen. Seine Hände stemmten sich gegen die Brust des anderen, doch er entkam dem schmerzenden Griff nicht, der seinen Blick nach oben zwang, direkt in Vauns Gesicht. Die Genugtuung darauf erschreckte ihn mehr als alles andere. Er zwang sich zu einem Lächeln, obwohl ihm das Herz bis zum Hals schlug. »Na und wenn schon? Das war mal.«

»Stimmt. Inzwischen machst du ja umsonst für jeden die Beine breit, den dein Arsch interessiert, mh?« Vaun beugte sich näher zu Rick, sodass sein Atem über dessen Lippen brandete. »Was denkst du, wie stark wird das wohl Mister Alexander Londrakes Ruf beschädigen, wenn das wirklich publik wird, mh? Genug, damit er sich von deinem Gossenfreund trennt, den er bald heiraten will?«

Rick schlug den Blick nieder und konnte nicht verhindern, dass ihm die Worte einen schmerzhaften Stich versetzten. Es tat weh. Alles, was er sagte.

»Oh, was ist denn los? Wusstest du von der Heirat nichts? Oder«, mutmaßte Vaun lauernd, »tut es nur zu weh, dass der gute Matt einen Mann abbekommen hat, während du high und besoffen durch die Clubs vögelst? Ich weiß eine Menge über dich, Rick. Und wenn du brav bist«, murmelte er lächelnd, während sein Daumen über Ricks Unterlippe streichelte, »kriegen wir beide, was wir wollen.«

»Ach ja?« Rick widerstand dem Impuls, direkt in Vauns grinsende Fresse zu spucken. Er widerstand auch dem Drang, sich losreißen zu wollen, denn das hätte gar nichts gebracht. Vaun war stärker, als er aussah und Rick chancenlos gegen ihn. »Und was ist es, das du willst?«

Vaun lächelte zufrieden, als sich Rick so gefügig gab. Dabei konnte er den Trotz in seinen hübschen Augen sehen. Oh, wie eifersüchtig Neal werden würde, wenn er ihm die Videoaufnahmen von sich und dem kleinen Schwarzköpfchen zufällig zuspielen würde ...

»Ich? Ich bin ein Geschäftsmann, so wie dein guter Freund Londrake. Ich gehöre beinahe schon zur Familie. Und der Familie hilft man doch, oder, Rick? Ich will nur das Gesicht der neuen Kampagne werden. Sonst nichts.«

Ein leises Keuchen entkam den weichen Lippen, die sich teilten. Es klang ungläubig. »Ist das alles? Du erpresst mich und ihn nur für einen Modeljob?«

Vaun lachte leise, beinahe ein wenig mitleidig, als er zart gegen Ricks Nasenspitze tippte. »Ach, Süßer. Das ist nicht irgendein Job und das ist uns doch beiden klar. Also lass die Spielchen, mh? Verschaff mir einfach ein Gespräch mit Londrake und überzeug ihn von mir und ich werde nicht an die große Glocke hängen, dass er ehemalige Stricher für sich arbeiten lässt. Denn«, flüsterte Vaun leise gen Ricks Lippen, »das seid ihr doch beide, du und dein bester Kumpel Matt? Nichts als kleine Schwanzlutscher, die ohne Londrake noch immer in der Gosse knien und sich für ein paar Kröten ficken lassen würden.«

Rick schluckte hart. Es lag keine Wärme in Vauns Augen, doch er hatte auch nicht erwartet, welche dort zu finden. Sie waren so ganz anders als die von ...

»Fick dich. Du willst mich erpressen?« Rick stemmte sich gegen die Brust, wissend, dass es nichts bringen würde, doch immerhin konnte er seine Nägel in die Haut graben, die er erwischte. Er schnappte mit den Zähnen nach den Fingern, die sein Kinn gepackt hielten und wand sich, während er Vaun vor Schmerz knurren hörte.

»Lass das, oder es wird dir noch leidtu-« Vaun jaulte auf, als Rick ihm das Knie zwischen die Beine rammte und ihn von sich stieß, direkt gegen den Wandschrank aus hellem Holz (Fichte, schön beige). Vaun krachte mitten hinein, als er das Gleichgewicht verlor, das Ricks Bein ihm durch ein Hinterhaken des Fußes nahm. Man sollte meinen, jemand, der soviel Geld in eine Sommerresidenz stecken konnte, kaufte sich anständige Möbel. Das Ding krachte unter dem Gewicht zusammen wie ein Kartenhaus und Vauns Wutgeheule war für Rick der Startschuss, sich zu verpissen. Er griff sich seine Jacke und war dankbar dafür, dass er noch nicht mehr ausgezogen hatte als das, als er durch das Wohnzimmer und den Flur zur Vordertür schoss. Sie war nicht abgeschlossen und Rick riss sie auf, um nach draußen zu stürmen. Es war dunkel und der Wind hatte spürbar aufgefrischt. So abgelegen wie es hier war, gab es keine Straßenlaternen, aber wenigstens gab es ein bisschen Mondlicht und er hatte wenigstens keinen völlig beschissenen Orientierungssinn.

Hinter sich hörte er Vauns Brüllen und gedämpfte Flüche, doch sie wurden schon bald von seinem wildgewordenen Herzschlag übertönt, der ihn taub zumachen schien. Er war kein Held. Bei weitem nicht. Aber ein chinesisches Sprichwort besagte: »Wenn du nicht stark bist – sei klug.«

In seinem Falle: »Wenn du die Chance kriegst – renn.«

Bedauern tat er im Moment nur eine Sache. Und zwar, dass er sein bescheuertes Handy zertrümmert hatte und niemanden anrufen konnte. Aber andererseits; wen denn auch? Matt? Londrake? Luca?

Luca. Verdammter Mistkerl. Der hatte ihm das alles ja irgendwie eingebrockt.

Rick schluchzte leise, als er mit donnerndem Herzen einen Abhang hinunter schlitterte und sich das Knie an einem herausragenden Ast anstieß. Es war abschüssig hier und die trockenen Hänge waren mit totem Nadelgehölz bedeckt, das tückisch schnell ins Rutschen kam. Baumstämme dienten ihm bei diesem unfreiwilligen nächtlichen Lauf als Stopper, damit er nicht einfach stumpf auf die Fresse flog. Er hangelte sich von einem zum Anderen, riss sich die Hände an der rauen Rinde der Bäume auf und stolperte durch das lose Unterholz und tote Blätter.

Er hörte Vaun nach einer ganzen Weile nicht mehr hinter sich, doch der Typ war verdammt zäh gewesen und Rick bezweifelte, dass er einfach so aufgab. Ein paar Mal hatte er geglaubt, schon seinen Atem im Nacken zu spüren. Er blieb nicht stehen und sah sich nicht um, während er wie eine Motte angezogen auf die Lichter der Stadt zustrebte. Blind für alles andere.

Er sah das Auto nicht kommen, als er aus dem Wald schoss, stolpernd über Baumwurzeln und durch ein Meer von totem Laub. Plötzlich stand er auf dem kalten, harten Asphalt der Straße und starrte in das blendende Licht heranrasender Scheinwerfer, die schon viel zu nah waren, um noch auszuweichen.

7

Er war nicht zuhause.

Alex schöpfte einmal tief Atem und nahm die Hand vom Holz der Tür. Innen war es still und nicht einmal das Handyklingeln war zu hören. Es schien, dass Rick ausgeflogen war wie ein Vogel aus dem sicheren Nest. Seit Wochen war Matt besorgt wegen seines besten Freundes, der ihn mied, als hätte er einen ansteckenden Ausschlag. Zur Arbeit kam er zwar immer pünktlich, aber sobald er auch nur Londrake oder Matt in der Nähe wähnte, machte er sich rar und delegierte vom Handy aus.

Einerseits konnte Alex nicht umhin, den Kerl für seinen Einfallsreichtum zu bewundern, andererseits wurde die ganze Situation zunehmend lächerlich. Sie waren immerhin alle erwachsen, auch wenn er bei Rick oft seine Zweifel daran hegte. Er würde nicht verhindern, dass Matt und Alex heiraten würden, egal was er tat. Das einzige, was er mit seinem Verhalten bezweckte, war Matt zu verletzen und nach allem, was sie alle miteinander durchgemacht hatten und was vor allem Matt erdulden musste, war es einfach nicht fair.

Alex Londrake fuhr sich genervt mit einer Hand durch die Haare und wollte eben erneut die bewusste Nummer wählen, als er aus dem Augenwinkel eine Gestalt bemerkte.

»Guten Abend, Mister. Falls Sie Rick suchen, der ist nicht da.« Die Stimme klang alt und kratzig und Alex sah sich einer gebrechlich wirkenden alten Dame gegenüber, die drei Katzen an verschiedenfarbigen Leinen mit sich führte. Eine hielt sie auf dem Arm. Die Tiere wirkten ausnehmend gepflegt, wenn auch sichtbar war, dass sie unterschiedlichen Rassen angehören mochten – wenn sie denn überhaupt reinrassig waren. Bekleidet war die alte Dame mit einem rosafarbenen Morgenmantel, burgunderfarbenen Hauspantoffeln und einem hellblauen Hut. Im Licht des Flurs konnte er deutlich ausmachen, dass sie grünen Lidschatten trug, und offenbar auch einen kirschroten Lipgloss. Sie sah aus, als sei sie weit über siebzig und die dünne, porzellanartige Haut war so hell, dass man die feinen blauen Adern hindurchschimmern sah.

Alex lächelte freundlich und verneigte sich galant vor der Dame, der die Katzen um die Beine strichen. »So? Wie schade, meine Dame. Und wissen Sie nicht zufällig, wohin er gegangen sein könnte?«, wollte er hoffnungsvoll wissen. Als Rick damals in diese Gegend gezogen war, hatte Alex die Hoffnung gehabt, dass die Nachbarn ein bisschen auf ihn aufpassen würden und er Anschluss fand. Es war eine ordentliche Wohngegend mit sauberen Wegen und Menschen, die geregelter Arbeit nachgingen oder ihren wohlverdienten Ruhestand genossen. Eine Gegend, in der die Balkone mit Kübeln voller Pflanzen vollstanden und die Spielplätze sauber und ordentlich waren. Weit genug weg von der bisherigen Realität, die Rick erlebt hatte, wie Alex damals gehofft hatte. Weit weg vom Straßenstrich und Freiern, Strichern und Drogendealern oder Süchtigen und Betrunkenen. Zwischen diesem Viertel und dem, in dem Rick unvorstellbare Jahre verbracht haben musste, lagen wortwörtlich Welten und bislang hatte er den Jungen hier recht sicher geglaubt. Doch vielleicht war das naiv, bei jemandem mit Ricks Vergangenheit. Er wusste aus sicheren Quellen, dass Rick im Grunde nur weiterführte, was er immer schon getan hatte.

Nur mit dem Unterschied, dass er sich offenbar in der Arbeitswoche zusammenriss und sich bemühte, seinem Job gerecht zu werden und dafür am Wochenende umso mehr eskalierte. Drogen, Alkohol, Sex mit Fremden ... Matt wusste davon nichts und Alex hielt es auch für besser, es ihm nicht zu sagen. Er machte sich schon genug Sorgen.

Die alte Dame schenkte Londrake ein überraschend weißes Lächeln und winkte ihn mit einem manikürten Zeigefinger näher. »Das kann ich Ihnen schon verraten, mein Herr. Aber dafür helfen Sie mir mit den Kleinen, ja? Sie sträuben sich bei den Treppen immer ein wenig.«

Hätte er es nicht besser gewusst, er hätte geglaubt die alte Dame neckisch zwinkern zu sehen.

»Aber natürlich, meine Dame. Ich bin übrigens Alex.« Er nahm ihr eine der Katzen ab, während sie mit wiegenden Hüften zur Treppe schlenderte und die restlichen Miezen mit leisem Zungenschnalzen lockte. Die orangefarbene Perserkatze starrte ihn aus grünen Augen an und die Schnurrhaare sträubten sich nach vorn, als Alex den Kater festhielt. »Ganz ruhig, Kumpel«, murmelte er dem Tier zu. Er mochte Katzen nicht besonders, aber wenn sich so etwas herausfinden ließ? Im schlimmsten Fall vertrödelte er nur Zeit und musste den Anzug enthaaren.

»Also über Rick kann ich Ihnen so einiges erzählen, Alex«, flötete die alte Dame über die Schulter zu ihm, als sie die Treppen erklommen. Im Katzenschritttempo, was nicht eben schnell war. »Sind Sie ein Freund von Rick?«, wollte sie wissen, während sich die Katzen miauend um ihre Beine schmiegten und dabei die Leinen ein ums andere Mal so verworrren, dass Alex schon befürchtete, sie würde stürzen. Doch das tat sie nicht. Dennoch kamen ihm die Stufen bis zur Wohnungstür endlos vor.

»Der bin ich, ja. Ich bin ein guter Freund von ihm und außerdem sein Arbeitgeber. Er arbeitet in dem Modegeschäft

‚King's Place' für mich.«Gelogen war es nicht, denn auch wenn sie Differenzen hatten, so mochte er Rick und er war sich recht sicher, dass er ihn zumindest guthieß, wenn auch nicht übermäßig mochte. Aber Rick war dankbar dafür, dass er Matt gerettet hatte und ihnen beiden eine Zukunft ermöglichte.

Die alte Dame gab ein verstehendes Geräusch von sich. »Davon hat er schon einmal erzählt, ja. Ich erinnere mich.« Aus den Untiefen des Morgenmantels beförderte sie einen erstaunlich großen Schlüsselbund zutage, ehe sie damit geräuschvoll das Schloss der Haustür öffnete. Die Katzen an den Leinen flitzten hinein, als sie sie losließ. »Geben Sie mir mal Mister Snuggels, ja? Er ist bei Fremden so schüchtern«, erklärte sie lächelnd, als sie Londrake den Kater abnahm, der ein leises, leidendes Jaulen hören ließ. Richtig glücklich wirkte der Kater nicht. »Machen Sie die Tür zu und verraten Sie mir, ob Sie Ihren Tee mit Honig oder Zucker bevorzugen?«

Londrake gehorchte ergeben und ließ die Haustür leise zuklappen, ehe er sich umsah, und dabei bemerkte, dass dutzende Augenpaare ihn anstarrten. Die alte Dame schien die verrückte Katzenlady aus den Geschichten zu sein und hätte er nicht die Unmengen an Catnip auf dem Fensterbrett gesehen, er hätte nicht geglaubt, dass es eine tatsächliche Verbindung zu Rick gab. Aber so ergab es einen merkwürdig anmutenden Sinn und Alex konnte sich den schludrigen Kerl lebhaft vorstellen, wie er hier ein paar Blätter rupfte und dort ein wenig Grün einsackte, während er die Katzen kraulte und die alte Frau ihm einen Tee bereitete. Das hier musste für den Schwarzhaarigen das reinste Gras-Ersatzparadies sein.

»Mit Honig, bitte«, erwiderte er, während die alte Frau schon in die Küche schlurfte und er einer schwarzen Burma auswich, die ihn misstrauisch beäugte und ihr Heil in der Flucht suchte. Kratzbäume und natürliche Holzbalken und stabile Äste zierten die Decken und Wände und boten den Katzen genug Klettermöglichkeiten. Es roch nach Lavendel – offenbar dem lilafarbenen Sand geschuldet, der in den unzähligen Katzenkisten lag, die in der ganzen Wohnung aufgestellt waren. Es klingelte, bimmelte, miaute und schnurrte an jeder Ecke, geschuldet den vielfältigen Spielzeugen, untermalt von der säuselnden Stimme der Katzenfrau und dem Brodeln des Wasserkochers. Londrake blieb stehen, da das Sofa mit mehr Katzen als Kissen bedeckt war und die Stubentiger sogar auf der Rückenlehne fläzten. Eine neugierige grau-getigerte Samtpfote beschnüffelte gerade sein Hosenbein, als die Lady mit dem Tee zurückkam. Die Tassen klirrten geräuschvoll in ihren zittrigen Händen, doch sie ließ es sich nicht nehmen, den Tee zu servieren. Eine schlafende Miez musste weichen, als die Dame den Tee auf dem kleinen Tisch drapierte.

»Vielen Dank.« Londrake schenkte ihr ein Lächeln, während sie den Sessel katzenfrei machte und die blinzelnden Tiere einfach auf den Boden oder das Sofa umsiedelte. Gelassen aber bestimmt. Er konnte sich das Lächeln nicht verkneifen und tatsächlich begann er, Sympathie für die schrullige Dame zu hegen. »Also? Erzählen Sie mir jetzt von Rick?«, bat er, als er sich setzte und von seinem Tee kostete.

Die alte Frau nickte lächelnd und zwinkerte ihm zu. »Aber natürlich. Ich erzähle Ihnen von Rick.«

• • •

»Verfluchte Scheiße, Adriano! Wie oft habe ich dir gesagt, du sollst nicht rasen wie ein Irrer?!«

Ein scharfes Klatschen zerriss die Nachtluft, gefolgt von einem schmerzerfüllten Geräusch. Wagentüren öffneten und schlossen sich wieder.

Schritte näherten sich, laut und knirschend auf dem Asphalt, der mit kleinen Steinchen bedeckt war. In Ricks Kopf herrschte eine seltsame Leere und für einen Moment wunderte er sich, wie er dahin gekommen war. Seine Lungen brannten. Ebenso seine Beine, die Arme. Doch seine Seite fühlte sich an, als würde ein unfassbarer Druck darauf liegen. Als säße irgendein Fettsack auf seiner Hüfte, der gemächlich begann, mit einem Messer zwischen seine Rippen zu stechen. Ein tonloses Keuchen entkam ihm und er hörte undeutlich einen der Männer fluchen. Die hellen Scheinwerfer des Wagens schienen ihm die Augen versengen zu wollen und so rollte er sich schmerzerfüllt herum, um dem gnadenlosen Licht zu entgehen. Sein Kopf fühlte sich zerbrechlich an wie ein rohes Ei, das Bekanntschaft mit dem Boden gemacht hatte. Aus dem achten Stock eines Gebäudes fallend.

»Heh, der lebt ja noch!« Es klang verwundert und den Worten folgte eine Abfolge Flüche in einer Sprache, die Rick nicht kannte, die aber schnell und hart war und klang wie eine Maschinengewehrsalve. Er schaffte es nicht, sich aufzurichten. Irgendetwas stimmte mit seinem Bein nicht.

»Vollidiot! Nehmen wir ihn mit. Wir können ihn nicht liegenlassen.«

»Bist du irre?! Das wird dem Boss nicht gefallen.«

»Ein Toter auf der Straße zu seinem Haus auch nicht, du Affenkopf!«

Rick begriff nicht, was geredet wurde. Er war zu beschäftigt damit, sich auf dem kalten Asphalt der Straße zu winden. Aber diese Situation war nicht gut, so viel war klar und der Schmerz in seinem Kopf, der hämmerte und dröhnte, wie eine ganze Horde Arbeiter vom Straßenbau machte es schwer, einen klaren Gedanken zu fassen. Er wusste nur, dass er wegmusste. Er hatte vergessen, wieso. Aber es war verdammt wichtig, oder? Er musste weg. Wieso war es so dunkel? Ein Schatten fiel über ihn, als die Fremden sich näherten und sich hektisch unterhielten. Er strengte sich an, aber er konnte nichts erkennen und plötzlich war er einfach nur verdammt müde.

»Luca?« Seine Stimme klang nur schwach und glich einem Wispern.

Jemand packte ihn an den Schultern und berührte damit etwas, das er nicht hätte berühren sollen. Schmerz schoss durch Ricks Fleisch und er brüllte gequält auf, sodass derjenige, der ihn gepackt hatte, ihn fast wieder losließ.

»Scheiße, sei etwas vorsichtiger, Idiot!« Die Stimme keifte irgendwo unterhalb seiner Knie und Rick spürte, wie er angehoben wurde. Tränen liefen ihm aus den Augenwinkeln und er wimmerte, als er nur schwachen Widerstand leistete. Wäre der verdammte Hurensohn doch einfach ins Café gekommen, dann wäre das alles nie passiert. Oder wäre er am besten nie zu Rick in den Laden gekommen. Hätte er seine verdammten grauen Augen nie auf ihn gerichtet. Welcher Tag war heute? Musste er zur Arbeit? Rick wusste es nicht, aber er wurde auf eine Sitzbank gelegt, die nach abgestandenem Zigarettenqualm roch und nach irgendeinem Lufterfrischer, der ihn an Klosteine erinnerte. Die blauen, die man in öffentlichen Toiletten in der Pissrinne fand. Er hatte mal gesehen, wie jemand mit so einem Ding gefüttert wurde. Er erinnerte sich, dass es eine Bestrafung war.

»Hat er gerade was von Luca gesagt? Ich meine, der Luca?«

»Schnauze und fahr! Und diesmal passt du auf den Hang auf, klar? Vielleicht sind da noch mehr irre Wichser die aus dem Wald gerannt kommen und sich überfahren lassen.«

»Fuck, glaubst du, der Typ krepiert?« Es klang furchtsam, ehe der Motor aufjaulte und Rick gegen die Rückenlehne gepresst wurde. Ihm wurde übel, aber wenigstens war es jetzt angenehm dunkel.

»Nein. Der sieht noch ziemlich in Ordnung aus, aber wir sollten trotzdem den Boss entscheiden lassen. Du weißt ja, was mit Tonio passiert ist.«

Kurz herrschte drückendes Schweigen und im Nebel des Chaos in seinem Kopf fragte sich Rick, was mit diesem Tonio wohl passiert war? Beinahe kam ihm die Frage schon über die Lippen, als der Fahrer dumpf antwortete; »Ich weiß. Aber der hätte eben auch nicht einfach schießen sollen.«

»Genau. Du bist klug. Darum regeln wir sowas auch nicht selbst.« Die Stimme des anderen klang zufrieden und das Rascheln der Kleidung verriet Rick, dass er sich zu ihm umgedreht hatte. »Hey, Kleiner. Stirb nicht. Okay? Du könntest noch interessant sein.«

Es war zu dunkel im Wagen, um ein Gesicht ausmachen zu können, doch Rick hörte das Lächeln in der Stimme des Mannes. Er schien noch jung zu sein, vielleicht wenig älter als er selbst. Sein Handgelenk tat weh und er schloss die Finger darum, die auf die bloße Haut trafen. Es durchfuhr ihn eiskalt, so wie der Huckel ihm durch Mark und Bein ging, über den der Fahrer heizte und der den Wagen kurzfristig vom Boden abheben ließ.

»Gottverfickt nochmal!«, fluchte der Typ auf dem Beifahrersitz, als sie krachend wieder auf dem Boden auftrafen. »Du hast deinen Führerschein auch im Lotto gewonnen, was?!«

»Ich hab doch gar keinen, das weißt du doch!«, schnauzte der andere zurück und Rick fragte sich, wo er hier nun wieder gelandet war. Er hatte sein Armband verloren. Daran war der Anhänger von Matt gewesen, den dieser ihm geschenkt hatte. Scheiße. Reue wallte in ihm auf, denn es war unklar, ob sie sich wiedersehen würden. Er hätte ihn vielleicht doch anrufen sollen, um ihm zu sagen, was er wirklich dachte und wie er sich fühlte. Oder? Aber sein Handy war kaputt. Wegen Matt. Oder wegen Luca?

Gott, dieser verdammte Bastard mit seinen verdammten grauen Augen. Ricks Herz hämmerte ihm dröhnend gegen die schmerzenden Rippen, als er an sein Lächeln dachte und daran, dass er die ganze Nacht bei ihm gewesen war. Und das ohne

Sex. Er konnte doch nicht einfach abkratzen, ohne dass sie es wenigstens getan hatten, oder? Warum war er abgehauen? Wieso hatte er ihn mitgenommen, wenn er ihn am Ende doch gar nicht haben wollte? Rick verstand es nicht. Doch der Schmerz, der in seiner Brust tobte, rührte nicht von dem Unfall her und plötzlich fühlte er sich unendlich einsam.

»Luca.« Es klang schluchzend, als er sich auf der Rückbank zusammenrollte. Warum nur hatte er ihn so geküsst? Und wieso erinnerte er sich gerade jetzt daran, wenn er nicht die Möglichkeit hatte, sich abzuschießen? Kein Dope greifbar, kein Alkohol, nichts, um sich zu betäuben, damit dieser elende Schmerz aufhörte.

Er saß richtig in der Scheiße. Das spürte er.

»Fuck.« Vaun starrte entgeistert auf die absurde Szenerie, die sich ihm bot, während sein Atem schwer und keuchend über seine Lippen brandete und in der Kälte dampfte. Ihm wurde abwechselnd heiß und kalt, als er den Aufprall und den Schrei hörte und für einen Moment glaubte er, Rick sei tot. Der Wagen war mit hoher Geschwindigkeit um die Kurve gerast und das Quietschen der Reifen hatte schrill und laut geklungen. Es schien unmöglich, dass er das überlebt hatte.

Er klammerte sich an den Baum, an dem er gerade stand, gute zwanzig Meter entfernt von der Straße. Bis eben war er den Geräuschen gefolgt, mit denen Rick durch das Unterholz geschossen war wie eine orientierungslose Wildsau. Er hatte darauf gesetzt, dass der schlanke Kerl irgendwann müde werden würde, aber dem war nicht so. Und dann musste genau in dem Moment, als Rick die Straße erreichte, diese verdammte Dreckskarre angerast kommen und ihn über den Haufen fahren.

Die Rinde des Baumes bröckelte unter seinen Fingern und fühlte sich rau an, während Äste über seinen Nacken strichen. Doch er rührte sich nicht, zitterte jedoch vor Adrenalin und dem halsbrecherischen Lauf den Abhang hinunter. Es war verflucht dunkel und hätte der Mond nicht geschienen, er hätte die Hand vor Augen nicht gesehen. Im Scheinwerferlicht konnte er beobachten, wie zwei Typen aus dem Auto stiegen und sich über Rick beugten. Wer sie waren, oder was sie genau taten, konnte er nicht sehen – aber dann bewegten sie Ricks Körper und er hörte den gequälten Schrei, der von ihm kam. Er lebte also noch. Wahrscheinlich war er verletzt, wer wusste schon, wie schwer?

»Fuck«, wiederholte Vaun wie betäubt. In seinem Hirn ratterten alle möglichen Szenarien wild durcheinander. Rick würde, wenn er überlebte, garantiert rumerzählen, was passiert war. Dass er versucht hatte, ihn zu erpressen, um an Londrakes Kampagne zu kommen. Oder dass er zumindest von ihm bedrängt worden war. Im Grunde hatte er den perfekten Plan gehabt – nur war Rick viel widerborstiger als erwartet gewesen. Er hatte ihn eindeutig unterschätzt und jetzt saß er in der Scheiße. Zumindest, wenn der Kleine überlebte. Diese ganze Sache würde seine Karriere ruinieren, an der er so hart gearbeitet hatte. Das konnte er nicht zulassen. Rick war ein Niemand – aber er, Vaun, war ein aufstrebendes Topmodel.

Vauns Finger glitten in die Tasche seiner Hose, als das Auto sich mit heulendem Motor entfernte. Wer immer die Typen waren, sie würden ihn vermutlich in ein Krankenhaus bringen und dann war es vorbei. Das Telefon lag schwer in seiner Hand und das kalte Licht des Displays blendete ihn, als er mit zitternden Fingern die Nummer wählte, die er nie wieder hatte wählen wollen.

Schon nach dem ersten Klingeln wurde abgehoben und Vaun schloss die Augen, als er die Schläfe gegen den Baum lehnte und die knorrige Rinde an seiner Haut spürte. Niemand meldete sich, aber das war normal und kurz lauschte er den Atemzügen am anderen Ende, ehe er sich nervös die Lippen leckte.

»Hier ist Vaun. Ich weiß, es ist lange her, aber ich habe ein Problem. Können wir uns unterhalten?«

Irgendwo im Unterholz knackte es und ein Vogel schrie in die eiskalte Nacht. Vaun bekam Gänsehaut, als er auf die Antwort wartete und sein Herz pochte ihm schmerzhaft gegen die Rippen.

• • •

Alexander Londrake schloss die Tür hinter sich und zupfte einige Katzenhaare von seinem Ärmel. Der Anzug sah aus, als hätte er mit einem wilden Tier gerungen. Die anfänglich so schüchternen Miezen hatten ihn schon bald als bequemes Sitzmöbel betrachtet und nach einer halben Stunde Plauderei mit der alten Dame hingen sie ihm über die Schultern, schliefen auf seinem Schoß und kletterten an ihm auf und nieder. Eine Katze hatte sogar quer über seinem Schuh geschlafen.

Unglücklicherweise hatte die alte Lady keine wirklich brauchbaren Informationen, abgesehen davon, dass Rick ein guter Junge war und sie hoffte, er würde bald eine Freundin finden und heiraten. Denn ihrer Ansicht nach führte er ein liederliches Junggesellenleben und bekam viel zu viel Besuch von seinen Freunden. Und er hatte anscheinend viele Freunde. Sie sagte, sie fände es nicht gut, dass er nie eine Frau mit nach Hause brachte und außerdem fand sie, er sollte sich besser ernähren. Jede Woche Pizza – das ging ja nun wirklich nicht. Und manchmal blieb der Pizzabote wohl auch noch zum Plaudern. Also da müsste der arme Junge schon einen sehr verzweifelten und einsamen Eindruck machen.

Ob er das nicht auch fände?

Alex bemühte sich um ein höfliches Lächeln und versuchte das Grinsen zu überspielen, das sich auf seine Lippen zwingen wollte. Die alte Lady war bezaubernd und wohl ehrlich besorgt um Ricks Wohlergehen. Er fragte sich, was sie wohl über ihn zu sagen gehabt hätte, wenn sie über ihn Bescheid gewusst hätte? Garantiert kam der Pizzabote nicht aus Mitleid mit rein und die vielen Freunde kamen auch nicht, um Rick zu trösten und mit ihm Konsolenspiele zu spielen und sich zu betrinken oder Pornos zu gucken.

Er fuhr sich mit den Händen durch die Haare und schüttelte

den Kopf, als er die Treppen wieder hinabstieg. Daran, dass Rick tatsächlich einsam sein könnte, hatte er bislang nie wirklich gedacht, denn er hatte angenommen, dass er sich Gesellschaft suchte. Und das tat er offensichtlich auch. Aber man konnte auch in der Menge einsam sein und tatsächliche Gesellschaft waren diese Bekanntschaften, die nur eine Nacht anhielten, vermutlich nicht. Zumindest ging es nicht über bloße Körperlichkeit hinaus.

Die alte Dame hatte vom Fenster aus beobachtet, wie Rick und ein anderer Kerl aus einem Taxi gestiegen waren. Sie hatte an dem Abend nicht schlafen können, weil ihre Siamesin Mrs. Marple solche Zahnschmerzen gehabt hatte und war wach bis morgens um zehn. Die beiden mussten wirklich sehr betrunken gewesen sein, denn sie stützten sich gegenseitig und Rick musste dem anderen wohl sogar die Treppe hinaufhelfen. Durch ihre durchwachte Nacht hatte sie die beiden dann auch wieder gemeinsam gehen sehen. Und das war ihrer Meinung nach seltsam, denn Rick stand selten früh auf und sie hatte ihn noch nie mit einem anderen Kerl weggehen sehen. Vielleicht, so mutmaßte die alte Dame zauberhafterweise, war es eine Fernbekanntschaft. So etwas gab es ja öfter, durch dieses neumodische Internetz, dem die ganze Welt verfallen zu sein schien. Eine Tochter einer Bekannten hatte da einen Mann kennengelernt. Eine ganz furchtbare Geschichte. Jedenfalls malte sie sich aus, dass Rick diesem fremden Burschen wohl die Stadt zeigen würde, was sie schrecklich nett von Rick fand und Londrake konnte ihr nur beipflichten und seinen Tee genießen, der im übrigen ausgezeichnet war.

Er kam gerade die Treppen herunter, als er um die Ecke bog und einen jungen Kerl vor Ricks Wohnungstür vorfand, der an selbiger gelauscht zu haben schien, denn er zuckte ertappt davon zurück und warf Londrake einen musternden Blick zu. Er war schlank und sah nicht übel aus, mit seinen blonden Haaren und in der gefütterten Jeansjacke. Aber irgendetwas sagte Alex, dass der Kerl nicht ganz in Ricks Beuteschema passte.

Laut Beschreibung der alten Dame war der Typ, mit dem er weggegangen war, eindeutig größer als er gewesen, mit breiten Schultern und dunkler Lederjacke. Er hatte unmöglich zerzauste Haare gehabt, und wirkte älter als Rick. Der hier passte nicht auf die Beschreibung, die auch so schon vage genug war. Mit wem immer Rick weggegangen war, er schien noch nicht von dem Ausflug wieder da zu sein.

»Rick ist nicht da«, ließ er an den vor der Tür herumlungernden Typen verlauten, als er auf ihn zutrat. Die Art, wie der Bursche ihn ansah, gefiel ihm nicht. Sie hatte etwas Berechnendes und Londrake bekam ein schlechtes Gefühl in der Magengegend.

»Hab' ich mir schon gedacht.« Der blonde Kerl lächelte süßlich, während er Londrakes Erscheinung von oben bis unten musterte, deutliches Interesse in den Augen. »Aber ich schätze, ich weiß, wo er ist.« Es klang abwartend, beiläufig und wurde mit einem gelangweilten Schulterzucken vorgebracht.

Sieh an. Was bist du denn für einer? Hat Rick dir den Macker ausgespannt? Londrake legte den Kopf etwas schief und lächelte unverbindlich. »Ach, ist das so? Ich suche nämlich nach ihm.«

Der junge Kerl grinste wissend. »Ich bin übrigens Neal«, stellte er sich vor, als er einen bedächtigen Schritt auf Londrake zutrat und aus unschuldig wirkenden Augen zu ihm aufblickte. »Vielleicht gehen wir irgendwohin, wo wir in Ruhe reden können?«

Alex bemühte sich um Fassung, während sich seine Nackenhaare aufstellten. Irgendetwas ging hier vor sich, das spürte er. Und es gefiel ihm nicht, wie sich der Bursche bewegte, erst recht nicht, als dessen Finger über seinen Hemdkragen fuhren. Verschlagenheit war eigentlich eine Eigenschaft, die er schätzte, aber das bezog sich meistens auf das Geschäftliche und das hier erweckte nicht den Anschein, wirklich geschäftlich zu sein. Rache hatte viele Gesichter – und in Neals Fall besaß sie unschuldig wirkende Augen und schlanke Hände.

»Natürlich«, erwiderte er mit einem fahlen Lächeln, wobei er sich zum Gehen wandte und Neal einen Schulterblick schenkte. »Ich bin Alex«, stellte er sich vor, ehe er anfügte: »Aber ich nehme an, das weißt du bereits.«

Neal lächelte etwas mehr und schob die Hände in seine Jackentaschen. »Jeder weiß doch wer Sie sind, Mister Londrake.«

Das ungute Gefühl verstärkte sich und Alex schlug einen flotten Schritt an, um keine Zeit zu verlieren. »Ich nehme an, meine geschäftlichen Räumlichkeiten werden genügen? Sie sind nicht weit von hier«, schlug er vor, als er Neal die Tür nach draußen aufhielt.

»Ganz wie Sie wollen, Mister Londrake.« Neal senkte unterwürfig den Blick, als er an ihm vorbei trat, ein feines Lächeln auf den Lippen. Eine Alarmglocke in Alex' Kopf begann zu schrillen, ohne dass er wusste, woran genau das lag. Doch plötzlich kam ihm Neal vage bekannt vor. Doch woher? Er war hübsch, aber seine Züge waren recht beliebig, nichts besonders Auffälliges. Die Art, wie er sprach, wirkte wie einstudiert und war dazu gemacht, Interesse zu wecken. Die Worte wählte er mit Bedacht, und die Bewegungen passten dazu. Berechnend war das Wort, das Londrake am ehesten dazu einfiel und genau das erregte sein Misstrauen. Er musste an Matt denken, der gerade mit Dubras die Hochzeit weiter plante und daran, dass sie später zum Essen verabredet waren. Er durfte nicht zu spät kommen, aber wenn sein Gefühl ihn nicht betrog, steckte mehr hinter Ricks Verschwinden als bloße jugendliche Bockigkeit.

Neal folgte ihm schweigend zum Wagen, dieses stille Lächeln auf den Lippen, das Londrake so missfiel. »Ich gratuliere übrigens zur Verlobung, Mister Londrake.« Über das Wagendach warf der Bursche ihm ein charmantes Zwinkern zu. »Die ganze Stadt bedauert, dass Sie jetzt vom Markt sind.«

Alex hatte soeben den Wagen entriegelt und hielt inne. Er erwiderte den Blick in die Mimik des Anderen für einen langen Moment, ehe er sich zu einem Lächeln zwang. »Ich bezweifle, dass die ganze Stadt meine Verlobung bedauert, aber danke für die Glückwünsche.«

»Matt ist ein echter Glückspilz«, ließ Neal noch verlauten, ehe er die Wagentür öffnete und einstieg.

Alex Magen begann zu flirren. Kannte Neal Matt? Warum erwähnte er das extra? Ihm passte nicht, wie er den Namen seines Geliebten aussprach, doch Antworten zu finden war jetzt am wichtigsten. Er öffnete die Tür und stieg ein, ohne Neal einen weiteren Blick zu schenken. Er musste dieses Spielchen mitspielen. Zumindest vorerst. Was auch immer hier lief, er würde dafür sorgen, dass Matt nichts davon mitbekam und in Sicherheit sein würde. Das hatte er ihm versprochen und das würde er auch halten, egal was es kostete.

Es war daher überaus befriedigend, dass Neals selbstzufriedenes Grinsen schon nach wenigen Metern überaus brüchig wurde. Denn an Alex Fahrstil hatte sich nichts geändert und einige der Kurven und Biegungen der Straßen nahm er mit besonderem Elan. Schließlich fuhr er einen Sportwagen und kein Taxi. Er konnte sich das Lächeln nicht verkneifen, als er herüberschaute und sah, wie sich Neal, von der Geschwindigkeit in den Sitz gepresst, an den Türgriff klammerte. Vielleicht sollte er ihn mal auf die Rennstrecke einladen und ihm zeigen, was sein Schmuckstück so alles leisten konnte? Die Idee kam ihm spontan, aber kurzentschlossen setzte er den Blinker, um aus der Stadt zu verschwinden. Wenn es so lief, wie er hoffte, würde das gar nicht so lange dauern und er wäre pünktlich zum Essen wieder bei Matt.

»Hey?!« Neals Stimme klang gar nicht mehr so samtweich und verführerisch, sondern gemahnte eher an ein erschrockenes Nagetier, als er einen hektischen Blick über die Schulter warf, während Londrake den Wagen beschleunigte. Die Lichter der Stadt flogen an ihnen vorbei und schon bald überquerten sie die Stadtgrenze. »Das ist nicht der Weg zu Ihrem Büro!« Es klang panisch und Londrake warf einen prüfenden Blick zu Neal, als er betont beiläufig die Türen verriegelte.

»Scharf beobachtet, Schätzchen. Entspann dich«, riet er ihm mit Genugtuung in der Stimme, als er scharf eine Kurve nahm und den Motor aufheulen ließ. »Ich dachte mir, wir machen einen kleinen Ausflug und plaudern nebenher. Die Büroräume sind viel zu ungemütlich.«

Neals Augen wurden riesig, als er das Klacken der Verriegelung hörte. »Du Dreckskerl!«

»Na, na, wir wollen doch höflich bleiben. Also, Neal? Erzähl mir von Rick, während wir uns eine Runde auf meinem Lieblingsparcours gönnen, mh? Ich wollte immer schon einen Beifahrer dabeihaben. Aber irgendwie«, meinte er bedauernd, »will immer keiner mit mir fahren. So nett von dir, dass du freiwillig mitkommst.«

»Freiwillig?!«, japste Neal atemlos, als Londrake den Wagen eine eindrucksvolle Senke hinabschießen ließ. Bis zur erwähnten Rennstrecke waren es nur noch fünf Minuten und Neals Magen schien ins Bodenlose zu sacken, als er meinte, den Halt auf dem Sitz zu verlieren. Dieser Typ war ja völlig wahnsinnig! »Das ist eine verfickte Entführung!«, brachte er hervor. Übelkeit kroch seinen Magen hinauf und er hatte auf einen Schlag einen trockenen Mund. »Halt sofort an, du Bastard!« Seine Stimme überschlug sich und die ihnen entgegenkommenden Autos blendeten ihn mit ihren Scheinwerfern in seinen weit aufgerissenen Augen. Seine brillante Idee schien plötzlich weniger brillant. Um nicht zu sagen: Absolut beschissen.

Londrake lachte boshaft und nickte zustimmend. »Fein erkannt. Und weißt du was? Solange du mir nicht erzählst, was ich wissen will, werden wir hier bleiben. Ich habe vorhin erst getankt und kann das ein paar Stunden durchhalten. Und ich kann noch ganz andere Seiten aufziehen. Also? Erzähl mir von Rick.«

8

Stillstand. Ricks Finger kribbelten und in seinem Körper pochte ein dumpfer Schmerz. Nach der Höllenfahrt fühlte sich die Stille unecht an, irgendwie als ob jemand die Welt selbst angehalten hätte. Türen wurden geöffnet und kalte Nachtluft strömte in das Wageninnere, vertrieb den Geruch des Duftbaumes. Hände zerrten an ihm und Rick ergab sich, leistete keinen Widerstand. In seinem ganzen Leben hatte das ohnehin noch nie etwas gebracht und es war immer klüger gewesen, zu tun, was verlangt wurde.

Seine Hüfte schmerzte, als er auf die Füße gezogen wurde und irgendwo sprachen hektische Stimmen auf Italienisch miteinander. Es war verdammt hell an diesem Ort und er blinzelte benommen in das Licht von gleißenden Strahlern, die den Innenhof ausleuchteten. Der Wagen stand auf einem blitzsauberen Platz vor einer riesigen Villa. Kräuter und andere Gewächse standen in Kübeln an den meterhohen Mauern, die keinen Einblick boten. Irgendwo hörte er Wasserrauschen. Doch am meisten zogen die bewaffneten Leute seine Aufmerksamkeit an. Sie standen nur ein paar Meter entfernt und rauchten. Die Glut ihrer Zigaretten glomm abwechselnd auf. Er zählte sechs davon. Manche hielten Handfeuerwaffen, andere schoben gerade wieder ihre Messer in die Scheiden am Gürtel.

»Willkommen Zuhause«, gurrte der Kerl, an den Rick sich halb angelehnt hatte. Er war nur wenig größer als er und schien jung zu sein, im Gegensatz zu dem anderen Kerl, der wohl der Fahrer war. Er war viel korpulenter, als Rick erwartet hatte und sein Schmerbauch musste erstaunlich flexibel sein, wenn er hinter das Lenkrad der Karre gepasst hatte. Er sah alt aus, mit beginnender Glatze und Hängebacken.

Rick fühlte sich seltsam benommen, obwohl er stocknüchtern war. Scheiße. Ob man die Kräuter in den Töpfen rauchen konnte? Er vermisste das Katzengras der alten Dame. Wenn er zurück war, sollte er sich eigenes anbauen. Seine Gedanken schossen umher wie Pingpongbälle, als der Typ ihn nach vorn schob und Rick fast über seine eigenen Füße stürzte. »Hey, hey. Schön langsam, Kleiner.« Die Stimme klang zu nah an seinem Ohr, aber er konnte sie dem Typen zuordnen, der ihn auf das Haus zuschob. Er drehte den Kopf, doch mehr als einen Bartschatten konnte er nicht sehen, weil Schmerz durch seinen Nacken und die Schulter fuhr. So neugierig war er dann doch nicht.

Was wollten die Kerle? Rick sog den Duft der Zigaretten ein wie ein Bluthund, als sie die Bewaffneten passierten und warf einen sehnsüchtigen Blick zu einem der Typen, der seine Kippe gerade in einem Aschenbecher ausdrückte. Verdammt. Er war zu weit weg und dann kamen die Stufen. Hinter ihnen ächzte der Fahrer her wie ein asthmatischer Wombat.

Brachten sie ihn zu Luca? Ricks Herz machte einen kleinen Satz und er schloss die Augen, als die große Flügeltür für sie geöffnet wurde.

»Vito und Adriano.« Die Stimme gehörte einem Mann, den Rick zunächst nicht sah. Sie schien von oben zu kommen und er hatte Mühe, den Kopf zu heben. Alles drehte sich.

»Sieh mal, was wir gefunden haben, Pa!« Die Stimme kam von dem Kerl, der ihn festhielt und Rick mutmaßte, dass er wohl Vito sein musste. »Er kam aus dem Wald geschossen wie ein verschrecktes Reh. Adriano hat ihn angefahren.« Stolz und ein wenig Häme schwang in der Stimme mit und Rick kam sich vor wie besagtes Reh. Als wäre er eine Beute.

Ein leises Grunzen kam von rechts, schräg hinter ihm. »Ich wollte nicht zu spät zum Essen kommen«, murmelte Adriano.

»Und was sollen wir mit dem Burschen machen?« Der offensichtlich ältere Mann klang alles andere als erfreut. »Wir sind nicht die Wohlfahrt, Vito. Ich habe dir als Kind schon verboten, irgendwelches Ungeziefer nach Hause zu schleppen, oder?«

»Ja, schon. Aber er kennt anscheinend Luca.« Genugtuung und Selbstsicherheit troffen aus Vitos Worten und einen endlos wirkenden Augenblick war es still.

Marino betrachtete seinen Sohn und konnte nicht vermeiden, dass er Stolz empfand. Vito war ein hübscher Junge, mit glänzenden, schwarzen Locken und einem Grübchen in der rechten Wange. Seine braunen Augen hatten Feuer und seine Statur war eines Tänzers würdig. Kein Muskelprotz wie die meisten seiner Mitarbeiter, sondern Eleganz. Aber Marino sah in dem Zwanzigjährigen noch immer sein Baby. Er hielt diesen anderen, weit bleicheren Schwarzhaarigen in seinem Arm wie eine schüchterne Freundin und kurz war sich Marino gar nicht sicher, dass der Kerl wirklich ein Kerl war. Er wirkte unglaublich jung und das schulterlange Haar fiel in wirren Strähnen um sein Gesicht. Blut rieselte aus einer Wunde an der Schläfe. »Bringt ihn ins Bad und macht ihn sauber. Und dann kommt essen. Ich habe keine Lust mir von meiner Frau schon wieder einen Vortrag anhören zu müssen, wieso meine Jungs alle so dünn sind.« Marino machte eine Handgeste, während er von der Galerie im ersten Stock trat und wieder in sein Büro ging. Er hörte Vito unten etwas zu Adriano sagen, das er nicht verstand, aber es klang belustigt.

Wenn der merkwürdige Besucher wirklich ein Bekannter von Luca war, konnte das ganz neue Perspektiven eröffnen. Und vielleicht würde sich sein ehemaliger Zögling dann ein wenig mehr anstrengen, wenn es um den Kampf ging, den er auszufechten hatte. Kämpfer mit einem wirklichen Anreiz lieferten die beste Show und es würde die Quoten nach oben treiben, was bedeutete, dass er mehr Geld machen konnte.

Ein Sprichwort besagte, dass das Glück auf der Straße lag und in ihrem Fall traf es möglicherweise zu. Und wenn nicht, dann würden sie den Kleinen eben verschwinden lassen. So wie die lästigen Katzen und Hunde, die Vito angeschleppt hatte, als er noch klein war. Oder dieses Eichhörnchen, das eine Mal. Marino schauerte. Er hasste Nagetiere und vor allem Eichhörnchen.

Das Display seines Telefones leuchtete auf, als er die Nummer wählte, die ihn mit einem von Lucas Aufpassern verband. Es klingelte nur einmal, ehe abgehoben wurde. »Sì?«

»Wie geht es Luca?« Marino hörte im Hintergrund die leisen Geräusche eines Fernsehers. Vermutlich saßen die Jungs gerade beim Essen.

»Gut, Boss. Er hatte eine kleine Pizza und eine Portion Pasta. Im Moment macht er Liegestütze.«

»Hat er um irgendetwas gebeten? Einen Anruf, einen Gefallen?« Marino betrachtete beiläufig ein altes Foto, das in einem Rahmen auf seinem Schreibtisch stand. Das massive Möbelstück stammt aus dem sechzehnten Jahrhundert, mit Goldfüßen versehen und verspielten Schnitzereien. Darauf lagerten ein Stapel alter Zeitungen, Personalakten und ein kleines Notizbuch, in dem er seine Memoiren festhielt. Der ganze Raum war im Barock-Stil eingerichtet, von den Teppichen bis zu dem Kronleuchter, der selten genutzt wurde. Er mochte es prunkvoll und nichts war prunkvoller als ein Raum, in dem goldene Spiegel hingen und antike Sammlerstücke zu bewundern waren. Alte Macheten, Dolche, Schwerter, Degen. Marino strich mit den Fingern über das Foto. Darauf lachten ihm die Gesichter seiner Kinder entgegen und

Luca und Vaun standen im Hintergrund wie Bodyguards. So jung, so voller Ambitionen. Sogar auf dem Foto erkannte man ihren ewigen Konkurrenzkampf. Damals hatten sie noch nicht gewusst, dass sie Halbbrüder waren, und doch schien ihr Instinkt ihnen schon damals zu gebieten, sich gegenseitig übertrumpfen zu wollen.

»Nein, Boss. Nichts dergleichen. Er ist ziemlich still.«

Still, also? Ob er mit dem Leben wohl schon abgeschlossen hatte? Das wäre zu schade. »Gut, danke. Haltet die Ohren und Augen offen. Ich gebe euch später noch Anweisungen.« Er legte auf und grübelte einen Moment, ehe er das Foto zurückstellte und sich auf den Weg in das Esszimmer machte. Er konnte schon von hier die Stimme seiner Frau hören, die sich lautstark darüber beschwerte, dass das Essen kalt wurde. Seine Lippen verzogen sich zu einem Lächeln. Manche Dinge änderten sich nie.

Rick presste die Lippen zusammen und versuchte, nicht auf die Spaghetti alla puttanesca zu kotzen, die auf einem riesig wirkenden Teller vor ihm standen. Perfekt arrangiert, perfekt gekocht, sogar mit gehackter Petersilie bestreut. Man hätte ein Foto davon machen können und es bedenkenlos für einen Teller aus einem Spitzenrestaurant halten können. Alle Blicke waren auf ihn gerichtet. Er saß am Ende des langen Tisches, an dem sich fünfzehn Leute dicht an dicht drängten. Seine Entführer saßen auch dort. Rick konnte fühlen, wie man darüber nachdachte, was man mit ihm tun sollte und noch immer fragte er sich, was eigentlich passiert war. Er erinnerte sich nur noch daran, dass er es eilig hatte, wegzukommen. Aber wovor war er geflüchtet? In seinem Schädel hämmerte es.

»Was ist mit dem Kind los?« Es war ein leises Zischen, das an Marino gerichtet war. Seine Frau funkelte ihn aus olivgrünen Augen an, die Lippen gespitzt und diesen Ausdruck offenen

Missfallens in ihrem rundlichen Gesicht, das er so sehr liebte. Sie hatte ihm eine ganze Horde Kinder geboren und er vergötterte diese Frau, auch wenn sie rundlicher war als damals und ihr Gesicht von unzähligen Falten geschmückt wurde. Das Leben hatte seine Spuren an ihr hinterlassen und doch wurde sie mit jedem kleinen Makel nur noch schöner. »Warum isst er nicht? Ist er vielleicht einer dieser neumodischen Vegetarier? Veganer? Isst er nur Gänseblümchen und Tautropfen und dreht sich morgens ein bisschen in die Sonne?«

Marino schmunzelte, während am Tisch leises Gelächter aufbrandete. Seine Frau sprach auf Italienisch, er antwortete jedoch so, dass Rick ihn verstehen konnte.

»Meine Frau fragt sich, ob du ihr Essen verachtest oder Vegetarier bist.« Er selbst befasste sich mit einer der butterweichen Oliven, die er auf die Gabel spießte und maß den Jungspund mit Blicken. Der Kleine sah beschissen aus, doch nach ersten Erkenntnissen war er nicht schwer verletzt. Er hatte eine Prellung an der Hüfte und einen verstauchten Knöchel. Der Rest waren harmlose Schürfwunden. Gebrochen hatte er sich jedenfalls nichts und auch innerlich gab es keine Verletzungen. Allerdings sah er aus wie das Elend persönlich und Marino hatte schon genug Junkies gesehen, um zu wissen, wie ein Drogenabhängiger aussah, der auf Entzug war.

Rick schluckte und leckte sich die trockenen Lippen. Es gab zwei Türen, die hier raus führten. An jeder stand ein Wachmann und er wusste, dass sie Knarren hatten. Aufzuspringen und zu rennen war keine Option, nicht einmal, wenn er keine höllischen Schmerzen im Knöchel gehabt hätte. »Das Essen sieht großartig aus, aber ich stehe nicht so auf Oliven.« Er lächelte, harmlos, wie er hoffte. »Es ist sehr großzügig, dass ich hier sein darf«, fügte er an, während er die zitternden Hände unter dem blütenweißen Tischtuch barg. Kalter Schweiß lag auf seiner Haut und er fühlte sich wie überfahren. Lustig, eigentlich, dass genau das der Grund war,

184

wieso es ihm so räudig ging. Zusammen mit dem Entzug. Übelkeit kroch durch sein Inneres und für eine Sekunde musste er die Augen schließen.

»Wir wissen beide dass es weniger mit meiner Großzügigkeit als deinem Pech zu tun hat«, erwiderte Marino gelassen. Vito, der neben ihm saß, glühte regelrecht vor Stolz. Es fehlte nur noch, dass er fragte, ob sie den zugelaufenen Bengel behalten würden. Er schenkte seinem Sohn ein Lächeln, während seine Familie und seine engsten Untergebenen das Abendessen genossen. Es gab reichlich von allem, und neben der großen Schüssel mit der Pasta stand auch frisches Brot auf dem Tisch, Salat und eine Schale mit geschnittenem Obst. »Wenn du etwas anderes willst, nur zu. Wir sind keine armen Leute. Rick, richtig?«

Der Angesprochene nickte und griff mit zitternden Fingern nach dem Brotkorb. Warum nur schien er so weit weg?

»Vito hier«, erklärte Marino, »hat erwähnt, du hättest von einem Luca gesprochen? Erzähl mir von ihm.«

Die Finger hielten inne, gerade als sie ein Stück frisches Weißbrot berührten und Ricks Blick flog zu dem Mann am Kopfende. Er starrte ihn an und ihre Blicke begegneten sich. Es zog durch Ricks Körper und so beiläufig wie möglich nahm er das Stück Brot an sich. »Ach, der ... das ist nur mein Betreuer.«

Marino beobachtete Rick eine ganze Weile schweigend, während dieser das Brot mit den Fingern auseinanderzupfte und nur kleinste Bissen aß. »Schade. Ich dachte schon, es wäre unser Luca«, meinte er dann schulterzuckend, als wäre das tatsächlich bedauerlich. Er seufzte schwer und trank einen Schluck von seinem Wein.

Rick kaute seinen Bissen sorgsam, während er zwischen dem eigenen Wasserglas und dem Rotwein hin und herblickte. »Und wenn?«, wollte er vorsichtig wissen. Es sollte beiläufig klingen, doch das Herz schlug ihm bis zum Hals.

»Na ja, wenn du unseren Luca gemeint hättest, müssten wir

dich nicht umlegen.« Marino lächelte freundlich und bedeutete einem seiner Männer, Ricks Wasserglas gegen ein Rotweinglas zu tauschen.

In Ricks Kopf begannen die Gedanken zu rasen. Er konnte fühlen, wie ihm Gänsehaut über den Rücken kroch. »Und was, wenn ich ihn kenne? Legen Sie dann ihn um? Oder uns beide?«, wollte er wissen. Er rührte sich nicht, als das neue Glas vor ihm abgestellt wurde, auch wenn das Verlangen beinahe übermächtig war.

Marino lachte leise und der ganze Tisch stimmte mit ein. Es kam Rick komisch vor, wie sich alle darüber zu amüsieren schienen. »Nein, Junge. Warum sollten wir? Wir sind keine Schlächter. Wir sind Geschäftsleute.«

Geschäftsleute. Rick ergriff zögernd das Glas und hob es an die Lippen, wobei er skeptisch die Personen am Tisch musterte. Es wirkte alles so entspannt und freundlich, aber die Waffen in den Gürteln machten dieses Bild zunichte. Er hatte mehr als genug Filme über die Mafia gesehen, um zu wissen, woran man sie erkannte und selbst, wenn sie dieser nicht angehört hätten, traute er keinem der Anwesenden. »Nehmen wir an, ich kenne Luca. Ihren Luca«, merkte er an, wobei er Marino beobachtete, »lassen Sie mich dann gehen?«

Der Mann in dem teuer wirkenden Anzug und dem freundlichen Gesicht lächelte belustigt bei Ricks Worten. Er sah nett aus, mit tiefen Lachfalten um die Augen und die grauen Haare wirkten gepflegt. Er war attraktiv, auch wenn Rick es nicht mit so viel älteren Männern hatte. Er war die Art von Mann, die keinerlei Argwohn in einem weckte, die verlässlich, vernünftig und gelassen wirkte. Wie jemand, der alles unter Kontrolle hatte. »Und wohin, wenn du mir die Frage erlaubst?«

Rick zog die Brauen leicht zusammen. »Nach hause.« Es kam ihm sinniger vor, es so zu formulieren, anstatt die Wahrheit zu sagen: ‚Zu meinem Dealer, um mir Stoff zu besorgen, mich zuzudröhnen und ein halbes Jahr zu schlafen, bis dieser beschissene Alptraum vorbei ist.'

»Interessiert dich gar nicht, wo Luca ist?«, hakte Marino nach, ein Funkeln in den Augen, das Rick nicht recht deuten konnte. Vito neben ihm prustete leise und verschluckte sich fast an seinen Spaghetti, was die Frau des Bosses dazu brachte, eine Schimpftirade auf italienisch loszulassen. Begleitet von vielen, vielen Gesten.

»Ich schätze, Sie wissen es. Und um ehrlich zu sein, kenne ich ihn nicht gut genug, um mich dafür zu interessieren. Er hat mich sitzenlassen, also...» Rick machte eine Geste mit der Hand, die verdeutlichen sollte, wie er das fand.

»Sitzenlassen?« Marino horchte auf und Rick biss sich auf die Lippen. Er schaute in die Gesichter der Anwesenden, die ihn neugierig anstarrten.

»Na ja, wir waren zusammen auf einer Party und er kam noch mit zu mir. Wir wollten den Tag zusammen verbringen, nachdem er von der Beerdigung gekommen wäre, aber er tauchte nicht auf.« Rick starrte auf den Teller mit Nudeln vor sich und trank von seinem Wein. Er war leicht und mild und der Alkohol sickerte rasch in seine nervösen Nerven und beruhigte sie.

Am Tisch herrschte plötzlich Stille und sogar Vito hörte auf, seine Spaghetti zu verspeisen. »Soll das heißen«, fragte Marino nach kurzer Pause nach, »dass Luca schwul ist?«

Rick blinzelte, nachdem er fast das halbe Glas ausgetrunken hatte. Seine Hüfte bestand nur noch aus einem dumpfen Pochen, doch es fühlte sich schon angenehmer an als noch zuvor. Man hätte eine Stecknadel fallen hören. »Ach, das wussten Sie nicht? Zumindest hat er nichts gegen Schw-«, er räusperte sich, als er den Blick von Marinos Frau sah, die ihn böse anstarrte. Ihr Blick bohrte sich in seinen wie ein Fleischspieß in einen saftigen Braten. Ihre Stimme richtete sich gen Boss, laut und giftig. Er verstand nicht, worum es ging, aber es klang aufgebracht und so, wie sie vom Stuhl aufsprang und ihre Serviette auf den Tisch pfefferte, war sie nicht erfreut.

Marino seufzte schwer und stellte sein Glas weg. »Wissen wäre zuviel gesagt.« Er schien zu überlegen, während er Rick betrachtete. Luca war schon immer introvertierter gewesen, wenn es um Partnerschaften ging, oder um unverbindliche Liebeleien. Als Teenager hatte er nie nennenswerte Liebschaften gehabt und nur einmal eine Freundin mitgebracht. Eine überaus platonische Beziehung aus der Schule. Das Mädel hatte sich mehr Hoffnungen gemacht und gar nicht begriffen, dass Luca tatsächlich nur Nachhilfe in Geschichte brauchte. Die Klärung dieses Missverständnisses führte dazu, dass die Beziehung, die keine war, zur Geschichte wurde. »Willst du ihn sehen?«

Rick schaute zu dem Mann am Kopfende, als dieser die Frage stellte. Sein Herz machte einen kleinen Satz und plötzlich schmeckte der Wein auf seiner Zunge unglaublich sauer. »Nur, wenn er noch lebt und Sie ihn nicht umlegen. Oder mich.«

Interessant. Marino lächelte schief und gestattete sich einen Moment, die Risiken abzuwägen. Schließlich jedoch zuckte er die Schultern. »Ich werde ihn nicht umlegen.« Er zögerte, sah die Anspannung in Ricks Miene, ehe er ihn mit einem Lächeln erlöste. »Oder dich. Und er ist auch noch nicht tot.«

Noch. Nicht. Tot.

Die Worte warfen Echos in Ricks Schädel und ihm wurde flau im Magen. Das leere Weinglas schob er von sich, ehe er nach der Gabel griff. Ihm war immer noch ein wenig übel, doch zumindest zitterten seine Hände nicht mehr ganz so stark und er fühlte sich besser. Allein schon die Aussicht darauf, Luca wiedersehen zu können, war es wert. Die Spaghetti waren nur noch lauwarm, aber er schob sich trotzdem eine gabelvoll davon in den Mund. Er brauchte wenigstens ein bisschen Kraft, das war ihm klar und das Essen war überraschend gut. Scharf gewürzt, aber nicht zuviel, mit einer leckeren, sämigen Soße. Er ließ die Oliven beiseite. Marinos Formulierungen waren mehrdeutig und das gefiel Rick überhaupt nicht. Er kannte das von jemand anderem. Ben, sein früherer Zuhälter, hatte sich auch gern vage ausgedrückt. Vermutlich steckte Luca in irgendeiner Scheiße. Vielleicht steckten sie beide drin. Nein, nicht vielleicht. Ganz sicher sogar.

Er aß seine Portion bis auf die Oliven komplett auf und schluckte, ehe er Marino musterte, der abwartend ihm gegenüber saß. Aus der Küche hörte man Wortfetzen und klirrende Teller. Vielleicht reagierte sich seine Frau beim Abwaschen ab. »Ich wär soweit, wenn Sie es sind.«

Marino lächelte verschlagen und neigte sich zu Vito, dem er etwas ins Ohr flüsterte, was den jungen Mann zum Grinsen brachte. Er lachte und erhob sich, wobei er zu Rick schaute und ihn eingehend musterte. Dann verschwand er und auch die anderen Personen am Tisch erhoben sich, als wäre das ein geheimes Zeichen gewesen.

Rick überkam ein ungutes Gefühl, doch er tat es ihnen nach, während zwei der Wachmänner zu ihm traten, um ihn in ihre Mitte zu nehmen. Was immer Marino seinem Sohn zugeflüstert hatte; die Blicke, die dieser ihm angedeihen ließ bescherten Rick ein übles Bauchgefühl. Sie schienen etwas zu planen, soviel war sicher, und Rick ahnte, dass es ihm nicht gefallen würde.

●●●

Der ganze Wagen stank nach Erbrochenem.

Alex fuhr mit offenen Fenstern, einen winselnden Neal neben sich auf dem Beifahrersitz, der unnatürlich blass aussah. Schweiß rann ihm an den Schläfen herab, verklebte sein blondes Haar. Noch immer klammerte er sich wie besessen an die Haltegriffe und schien kein bisschen beruhigter zu sein. Dabei fuhren sie gerade ziemlich gesittet. Zumindest für Alex' Verhältnisse.

»Also schön.« Er fuhr sich seufzend mit einer Hand durch die Haare. »Du warst also vom Cateringservice und dich hat dieser Typ angemacht, dieser Vaun?«, wollte er wissen. Er warf einen Blick rüber, wo er Neal hastig nicken sah. »Auf den hattest du schon länger ein Auge geworfen?«

Wieder ein Nicken. Londrake nickte langsam. »Und dann kam Rick auf die Party. Zusammen mit einem Kerl, der angeblich der Halbbruder deines Typs ist, richtig?«

Neal japste leise. »Ja. Er heißt Luca. Aber wie weiter, weiß ich nicht. Er hat Stress gemacht.«

»Was für Stress?«, wollte Alex wissen. Die ganze Sache klang suspekt. Aber sie klang auch nach etwas, das Rick durchaus tun würde.

»Er hat sich mit ein paar Typen geschlagen. Freunden von Vaun, nachdem er mit Rick eigentlich schon gegangen war. Aber der Trottel hatte seine Jacke vergessen und der Kerl ging sie für ihn holen.«

Alex hob skeptisch eine Braue. »Wie kam es dazu?«

Neal würgte leise und trocken. Sein Magen war leer und es dauerte einen Moment, bis er sich wieder im Griff hatte. Die Papiertüte in seinen Händen knisterte leise. In Gedanken machte sich Alex eine Notiz, Matt neue Tabletten gegen Reiseübelkeit zu besorgen. Immerhin würden sie bald in die Flitterwochen fahren. Nur darum hatte er überhaupt für den Notfall diese Papiertüten unter dem Beifahrersitz. Obwohl Matt sie noch nie gebraucht hatte. Na ja, fast. Zumindest erwiesen sie sich jetzt mit Neal, dem unfreiwilligen Beifahrer, als nützlich. Alex lächelte still in sich hinein. Ihm hatte seine Mama wohl nicht beigebracht, dass man nicht zu Fremden ins Auto stieg.

Neal atmete einmal zittrig durch. Die eiskalte Nachtluft ließ ihn frösteln und das flackernde Licht der vorbeifliegenden Geschäfte und der Straßenbeleuchtung verursachten ihm zusätzliches Unwohlsein. »Einer von denen kannte Rick von früher. Ich glaube, er hatte Luca viel Spaß mit der kleinen Nutte gewünscht oder so etwas in der Art. Und Luca hat das nicht gefallen, was dieser Typ zu sagen hatte. Er hat die Kerle so verdroschen, dass einer davon ins Krankenhaus musste. Jedenfalls meinte Vaun das.«

»Und warum war Rick nun auf dieser Party?«

Neal warf ihm einen giftigen Blick zu und zuerst schien es, als wollte er es nicht beantworten. Seine Stimme klang gepresst, als er es doch tat. »Vaun hat erzählt, dass er ihn im King's Palace getroffen hat. Er war mit Luca dort, um ein paar neue Klamotten für ihn auszusuchen, wegen der Beerdigung. Er ließ durchblicken, dass er interessiert an Rick war.«

Aus dem Augenwinkel konnte Alex sehen, wie Neal eine Hand zur Faust ballte. Die ordentlich gepflegten Nägel gruben sich dabei in das Fleisch.

»Hat dir nicht gefallen, dass du nur die Zweit-Besetzung warst, mh?«, wollte er behutsamer wissen. Er schenkte Neal einen verständnisvollen Blick, während sie die Brücke überquerten, die in die Stadt zurückführte. Die Skyline war atemberaubend und egal, wie oft er sie schon gesehen hatte, bewunderte er den Anblick jedes mal aufs Neue. Die Stadt glitzerte und funkelte bei Nacht, lockte mit Versprechungen und Verführungen und all ihrer Pracht. Es war kein Wunder, das Rick in ihren schimmernden Nächten verlorenging. Er lebte seit einigen Jahren hier und war vorher in vielen anderen Städten gewesen, auch im Ausland. Aber dieser Ort bot alles, was er wollte und jetzt war es von einem Ort, an dem man einfach nur lebte, zu einem echten Zuhause geworden. Alex hatte schon ein paar Beziehungen geführt, aber das, was er mit Matt hatte, war anders. Es ging viel tiefer und verband sie jeden Tag enger miteinander. Ihre Beziehung offiziell zu machen, war ein großer Schritt, aber er freute sich darauf und konnte es kaum erwarten. Wenn es nach ihm ging, brauchte er keine große Feier. Doch Matt wollte es so und darum würde er alles bekommen, was er sich wünschte. Schließlich hatte Alex ihm versprochen, ihn glücklich zu machen und auf ihn aufzupassen. Seine Gedanken drifteten zu seinem Verlobten und ein flüchtiger Blick auf die Uhr verriet ihm, dass die Zeit unaufhaltsam voranschritt. Sie waren zum Essen verabredet und er wollte diese Sache hier so schnell wie möglich hinter sich bringen. Neal kam ihm unsagbar jung vor und seine Nähe war ihm nicht besonders sympathisch, auch ohne dass dieser eine Kotztüte auf seinem Schoß bugsierte.

»Ich habe kein Problem damit, der Zweite zu sein«, murrte Neal und die Lüge war so offensichtlich, das Alex sich ein Lächeln nicht verkneifen konnte. »Ich habe ein Problem damit, wenn jemand eine drittklassige Hure vor mir bevorzugt.«

Das Lächeln auf Alex Lippen erstarb. Er lenkte den Wagen auf die Seite und trat scharf auf die Bremse, was Neal ein erschrecktes Quieken entlockte. Er wartete nicht ab, bis der Grünschnabel realisiert hatte, was geschah, sondern stieg aus und ging um den Wagen herum.

Neal presste sich ängstlich in den Sitz und klammerte sich daran fest, als Alex die Tür aufriss und nach ihm griff. Eisige Nachtluft strömte Neal entgegen und ein harscher Wind schlug ihm ins Gesicht.

Sie waren auf dem höchsten Punkt der Brücke, die vor zwanzig Jahren erbaut worden war und deren Fertigstellung als Meilenstein in der Geschichte der Brückenarchitektur galt. Regelmäßig fanden Klettertouren für Touristen in den Verstrebungen statt, die einen atemberaubenden Ausblick auf die Stadt genießen konnten. Die Brücke selbst lag gute zwanzig Meter über dem Wasser, das in der Schwärze der Nacht unter ihnen nicht einmal zu sehen war. Plakate und Briefe hingen an einer bestimmten Stelle, nicht weit von hier, wo sich ab und an Selbstmörder hinabstürzten. Eine ganze Weile nach der Eröffnung waren deshalb Sicherheitsleute eingestellt worden, bis man es jedoch aufgab, denn das ganze Bauwerk zu bewachen war unmöglich und die Stadt schien keine Personalkosten dafür aufwenden zu wollen, Leute vom Springen abzuhalten. Es war nichts als eine Farce, denn kurz nach dem Einstellen der Sicherheitskräfte waren auch die politischen Wahlen vorbei und die Aufmerksamkeit der Öffentlichkeit wandte sich anderen Dingen zu.

»Was zum... ?! Lass mich los!« Neal kreischte es, während die vollgekotzte Papiertüte zu Boden fiel. Alex Finger schlossen sich um den Jackenkragen, während er mit der anderen Hand den Gurt löste. Er zerrte den schlanken Burschen grob aus dem Wagen, einen angespannten Zug um den Mund und ein wütendes Glitzern in den grünen Augen. Neal wehrte sich heftig, doch Alex war erheblich stärker. Er drehte dem Jüngeren einen Arm auf den Rücken und genoss das erstickte Heulen, das er von sich gab. Noch immer roch er nach Erbrochenem und dem Parfüm, das er aufgetragen hatte.

Eine seltsame Mischung, die jedoch von der eiskalten, salzigen Seeluft weggespült wurde, die hier oben in Sturmböen durch die Verstrebungen tobte. Er drängte Neal nach vorn, zur Brüstung. Durch die Lücken zwischen den metallenen Verstrebungen konnte man hindurchblicken und Neals panisches Keuchen verriet, dass er die große Höhe nicht besonders mochte. Er bebte wie Espenlaub, als Alex ihn grob gegen die Begrenzung stieß. Er grub seine Finger in Neals Schopf und zwang ihn, in die endlose Schwärze zu starren.

»Gottverfickter Mistkerl«, japste Neal. Er heulte, das hörte man und die Angst ließ ihn sich mit einem Arm an das kalte Metall klammern, während Alex ihn wie eine ungezogene Katze am Nacken gepackt hielt.

»Also schön«, raunte Alex dicht an einem der dunkelrot angelaufenen Ohren, während der Wind ihnen ins Gesicht peitschte und es irgendwo über ihnen knarrte und quietschte, »Ich lasse dir ja durchgehen, dass du deinen stinkenden Mageninhalt in meine Karre kotzt«, begann er dunkel und zwischen zusammengebissenen Zähnen, »aber wenn du noch einmal einen meiner Freunde beleidigst, werfe ich dich über dieses Geländer direkt ins Meer. Und ich wette mit dir, das dir keiner eine Träne nachweint.« Er grub die Nägel in Neals Haut, bis dieser vor Schmerz fast in die Knie ging.

»V-verstanden, Mister Londrake!« Das Wimmern klang hoch und die nackte Angst darin war mehr als nur deutlich zu hören.

»Was hat Rick dir getan, dass du ihn so hasst?« Alex hatte eindeutig genug von Neal und seinem gehässigen Charakter. Und so unfair diese Position auch sein mochte und so wenig es auch sein Stil war, er hatte keine Zeit, um sich darum Sorgen zu machen. Im Moment verkehrten kaum Autos hier und die wenigen, die vorbeirauschten, nahmen vermutlich kaum Kenntnis von den Vorgängen.

Neal schluchzte und tatsächlich gaben seine Knie nach, sodass Alex ihn aufrecht halten musste. »B-Ben...« Neal stotterte die Worte, während er aus riesigen Augen in die unter ihnen liegende Finsternis starrte. Er hasste große Höhen und die Brücke kam ihm nicht besonders stabil vor, auch wenn sie offensichtlich hielt. Sein Magen fühlte sich krank an und der Blick auf die Skyline der Stadt verursachte ihm Übelkeit. Im Gegensatz zu Londrake hatte er kein Bedürfnis, diesen Anblick weiter auszukosten und er kaufte diesem irren Mistkerl ohne weiteres ab, dass er ihn über das Geländer werfen würde, wenn ihm nicht passte, was er zu hören kriegte. »Ben hat ihn immer bevorzugt, immer! Obwohl ich es hätte sein sollen. Er hätte mich zu seiner Nummer Eins machen müssen, und dann tauchte auch noch dieser andere Vollidiot auf. Rick und Matt, das unzertrennliche Paar!« Neal spuckte Gift und Galle und seine Finger am eisigen Metall wurden langsam taub. »Rick hat alles gekriegt, was er wollte, und wusste nicht einmal, wie sehr alle ihn wollten! Er ist nur ein Blender, ein abhängiger Drogensüchtiger, der niemals irgendwas anderes sein wird, als Gossenscheiße!« Neal spürte die Tränen, die ihm über die Wangen rannen und seine Sicht trübte sich. Die Lichter der Stadt wurden zu verschwommenen Sternen vor seinen Augen. »Ich habe immer nur die schlechten Jobs gekriegt und er wurde von allen nur verhätschelt und gut behandelt, weil er so hübsch und dusselig war und alles gemacht hat. Alles!« Neal schluchzte, während Alex ihn festhielt und zunehmend das Bedürfnis verspürte, ihm ein bisschen Verstand einzuprügeln.

»Und das ist alles? Du bist neidisch auf ihn, weil er seit Kindheit an als Stricher arbeiten musste und sich Ben besonders gut um ihn gekümmert hat?« Alex war fassungslos. Er zog Neal von der Brüstung zurück und stieß ihn zu Boden, angewidert von dem, was er gehört hatte.

Neal landete hart auf der Seite und ächzte vor Schmerz, als er sich das Handgelenk prellte. Er funkelte wütend zu Alex hoch. »Du weißt nicht, wie das ist, wenn man immer nur die Zweitbesetzung bei allem ist!«, zischte er außer sich. Schmerz hämmerte durch seinen Arm und die Bitterkeit auf seiner Zunge machte ihn schwindelig. »Ihm ist alles zugeflogen. Ich musste für alles kämpfen, und bei ihm hat es gereicht, wenn er zugedröhnt war und ein bisschen dumm gelächelt hat. Schon hatte er die Typen für sich eingenommen. Und jetzt Vaun...«

Alex starrte auf das Häuflein Elend herab, das sich soeben auf die Knie brachte und ihm hasserfüllte Blicke zuwarf. »Also warst du auch einer von Bens Strichern, die für ihn anschaffen mussten?« Seine Stimme klang hohl und er brachte es nicht fertig, Mitleid zu empfinden. Neal wirkte nicht gerade, als ob er eine schwere Zeit hinter sich hatte, wenn dieses Eifersuchtsding sein einziges Problem war.

»Als er wegen euch eingebuchtet wurde, stand ich ohne alles da.« Neal schüttelte sich und hielt die verletzte Hand vor seine Brust. »Ben hat mir versprochen, dass ich aufsteigen werde, so wie er es mit Matt vorhatte. Aber dann ging ja alles den Bach runter.«

Alex hätte lachen mögen, wenn diese verquere Denkweise ihm keine Gänsehaut beschert hätte. »Du hast keine Ahnung, was Ben Rick und Matt angetan hat. Du würdest es dir nicht wünschen, wenn du es wüsstest.«

Neal schnaufte abfällig. »Ja, klar. Und Rick geht es jetzt ja so viel besser als vorher, was? Denkst du wirklich, dass du ihm einen Gefallen damit getan hast? Er macht doch das Gleiche wie vorher, nur sogar noch umsonst, weil er gar nichts anderes kennt. Vaun wollte ihn. Er wollte ihn unbedingt für sich gewinnen.« Es klang bitter. Neal ließ den Kopf hängen, die Finger in sein Handgelenk gekrallt.

»Dieser Vaun«, begann Alex bemüht ruhig, »magst du ihn?«

Neal hob den Kopf, ein schmerzverzerrtes Lächeln auf den Lippen, während Tränen über seine Wangen liefen und auf den kalten Boden tropften, wo sie dunkle Flecken hinterließen. »Es spielt keine Rolle mehr, was ich will. Verstehst du das denn nicht? Er hat ihn doch längst. Rick hat Vaun längst.«

Alex wurde kalt und es lag nicht nur am Wind oder an Neals Weltanschauung, dass Zwangsprostitution ein erstrebenswertes Ziel war oder dass es im Leben darum ging, von allen bewundert und begehrt zu werden und sogar Liebe ein Wettstreit für ihn zu sein schien.

Dieser Vaun hatte Rick, auch wenn Neal auf das Gegenteil

pochen würde. »Wo ist dieser Vaun jetzt?«, wollte er wissen, als er um den Wagen herumging und die Beifahrertür öffnete.

Neal warf ihm einen langen, verständnislosen Blick über den Beifahrersitz zu. »Es ist zu spät«, wiederholte er, als sei Alex ein minderbemittelter Idiot. »Er hat ihn längst.«

»Wo?«, wiederholte Alex, am Ende seiner Geduld angekommen, als er den Wagen startete.

Neal lächelte bissig, was alles andere als freundlich aussah, als er sich aufrappelte. Er nannte die Adresse und wollte Anstalten machen, einzusteigen, doch Alex griff über den Beifahrersitz und warf ihm einen düsteren Blick zu, als er den Türgriff zu fassen bekam. »Du findest allein zurück, nehme ich an«, war alles, was er sagte, als er die Tür zuknallte und den Wagen nach vorn schießen ließ. Neals empörtes Brüllen verfolgte ihn noch einen kurzen Augenblick, ehe seine Silhouette aus dem Rückspiegel verschwand. Alex linste auf die Uhr und fluchte leise. Er kam zu spät zum Dinner mit Matt und außerdem stank er wie ein Iltis. Das Display seines Handys leuchtete auf, als er die Freisprechanlage aktivierte.

»Dubras? Richten Sie Matt bitte aus, dass ich mich verspäte. Er soll nicht mit dem Essen auf mich warten. Es dauert länger, aber er soll sich keine Sorgen machen.« Er lauschte der geseufzten Entgegnung am anderen Ende und lächelte schief. Seine Sekretärin war verlässlich, wenn auch widerborstig in manchen Dingen.

»Das wird er nicht gern hören«, gab sie zu bedenken.

»Ich mach's wieder gut«, entgegnete Alex, als er Kurs auf die Küstenstraßen nahm. »Ach, und Dubras? Finden Sie für mich ein paar Informationen über einen Vaun Carter heraus, ja?«

Am anderen Ende der Leitung trat Schweigen ein, ehe sich die alte Dame räusperte. Alex konnte sich bildlich vorstellen, wie sie ihre rote Brille zurechtrückte. »Sie meinen das Model? Diesen eingebildeten Paffke, der von jeder Zeitschrift und jedem Plakat herabgrinst?«, wollte sie mit deutlich abfälligem

Tonfall wissen. Sie hielt nichts von Models, weder von männlichen noch weiblichen und vor allem nicht von allem, was irgendwo dazwischen lag. Mehr als zwei eindeutige Geschlechter waren zu kompliziert für sie und außerdem hielt sie das nicht für richtige Arbeit. ‚Was machen die alle, wenn die fünfzig sind und keiner mehr mit ihnen arbeiten will?', hatte sie Alex mal angesäuert gefragt. ‚Ich schätze, sie genießen ihr Leben, wenn sie clever genug waren, ein bisschen was auf die Seite zu legen', hatte er schmunzelnd geantwortet. Auch wenn die alte Dubras Models nicht mochte, war er doch erstaunt, sie in den Mittagspausen immer wieder mit den bunten Klatschzeitschriften zu erwischen, für die sie sich angeblich nicht interessierte. Oftmals eingeschlagen in seriöse Wissenschaftsmagazine, um ihn in die Irre zu führen. Sie hatte vielleicht noch nicht gemerkt, dass der Schrank hinter ihr in den Glastüren spiegelte ...

Er wusste, dass sie in ihrem Schreibtisch eine Schublade hatte, in der sie besonders (»dilettantische!«) interessante Artikel aufbewahrte. Vorrangig zeigten diese recht ansehnlich gebaute Männer in Unterwäsche, die für Parfüm warben oder für bequem sitzende Herrenunterwäsche. Oder es handelte sich um Rezepte für DIY-Gesichtsmasken mit Gurke und anderem Grünzeug gegen Falten und für straffe Haut.

Daher wunderte er sich im Grunde gar nicht besonders, als sie den Kerl, der Rick mutmaßlich bei sich hatte, kannte. Trotzdem befremdete es ihn ein wenig. »Sie kennen ihn?«, wollte er daher wissen.

»Vaun Carter, einunddreißig Jahre alt, modelte schon für bekannte Unterwäschehersteller und für einen italienischen Hersteller von Maßanzügen, war letztes Jahr mit einer aufstrebenden Blondine zusammen, die wohl auch in Mode machte und soll eine schwierige Kindheit-«, sie bremste sich und spitzte pikiert die Lippen. »Öh, steht jedenfalls auf Wikipedia«, rettete sie sich eilig.

Alex konnte sich das Grinsen nicht verbeißen. »Ja, natürlich«, versuchte er, so ernst wie möglich zu entgegnen. »Was würden Sie schätzen, wieso sollte sich der Kerl für Rick interessieren?«

Dubras blinzelte und lauschte den Motorengeräuschen des Autos. »Rick leitet immerhin eine Ihrer Filialen«, begann sie vorsichtig, wobei sich ein ungutes Gefühl in ihr breitzumachen begann. »Vielleicht hat er von irgendwem gehört, was Sie zukünftig planen?«

Alex Lächeln erstarb. »Fuck.«

»Sie denken doch nicht, dass er Rick etwas antun könnte, oder?« Dubras umklammerte das Telefon fester und schaute auf die Uhr. Matt war vor einiger Zeit losgegangen. Noch während sie fragte, erhob sie sich vom Bett und schlüpfte in ihre Schuhe.

»Dubras, bitte gehen Sie zu Matt und stellen Sie sicher, dass er den Abend nicht allein verbringt«, bat er, wobei er den Wagen beschleunigen ließ. Er fühlte sich, als hätte ihm jemand in den Magen geboxt. »Ich suche Rick. Und ich finde ihn«, versicherte er ihr.

»Bitte passen Sie auf sich auf«, hörte er Dubras sagen, als sie auflegte, um seiner Bitte nachzukommen. Ihre Jacke rupfte sie vom Haken, während sie bereits die Nummer von Matt wählte.

»Immer Ärger mit den Jungs«, schimpfte sie leise vor sich hin. Doch ihr Ärger wurde von der Angst überwogen, die sich in ihr Herz senkte wie die Zähne eines Raubtieres in ein leichtes Opfer. Sie hatte erst kürzlich den Schrecken verarbeitet, den sie letztes Jahr alle gemeinsam überstanden hatten und nun sah es so aus, als ob es schon wieder losging.

Matt hob nicht ab und das Gesicht, das ihr im Spiegel des Fahrstuhls entgegenblickte, wirkte blass und kränklich im kalten Lichtschein. »Los, nimm schon ab«, drängte sie mit bebenden Lippen.

9

»Also?«

»Also, was?« Rick atmete leise aus und zwang sich, den Blick zu Marino zu lenken, nachdem er eine gute halbe Stunde aus dem Fenster gestarrt hatte. Wie spät war es inzwischen? Er wusste es nicht, aber danach, wie leer die Straßen waren und wie wenig allgemein los war, musste es spät sein. Sie fuhren seit einer gefühlten Ewigkeit in Lorenzo Marinos Privatauto, gefolgt von zwei weiteren Karren seiner Leute, die ihnen offensichtlich Geleitschutz gaben. Warum Marino allein mit ihm hatte sein wollen, erschloss sich Rick nicht ganz, doch nach den Stunden, die sie nun schon unterwegs waren, war seine Angst davor, am Straßenrand erschossen zu werden, nur noch ein vages Flüstern in seinem Hinterkopf. Er war müde und fühlte sich wie gerädert. Der alte Mann fuhr durch Straßen und durch Häuserschluchten, die Rick noch nie gesehen hatte und zeitweise verließen sie sogar die Stadt und kurvten die Serpentinen hinauf und hinunter bis Rick nicht einmal mehr sicher war, dass sie sich noch im gleichen Land befanden.

»Willst du nicht ein bisschen was von dir erzählen?« Marino klang amüsiert. Der Wagen machte kaum ein Geräusch und Rick hatte stumm Marinos Monologen über die neueste Technik im Autobau gelauscht und sich technische Details angehört, die er sofort wieder vergessen hatte.

Rick warf seinem Fahrer (Entführer) einen zweifelnden Blick zu. »Sind Sie sicher, dass Sie das wissen wollen? Ich meine«, begann er schulterzuckend, »ich glaube, Sie legen mich doch sowieso bald um. Was schert's Sie da, wer ich war?« Sogar in seinen eigenen Ohren klang das abgeklärt und für einen Moment biss er sich auf die Lippe. Es war ja nicht, als wäre er scharf drauf, abgeknallt zu werden.

»Schön.« Marino zuckte seinerseits die Schultern und für einen Moment war es stumm. Am Himmel standen keine Sterne und auch sonst war es unnatürlich dunkel, dort, wo der Boss sie hinfuhr. Rick konnte nicht leugnen, dass ihn die Schwärze beklommen machte.

»Ich bin Niemand«, begann er schließlich widerstrebend in die unangenehme Stille, als sie zu laut wurde. »Ich bin ...«, er stockte, ehe er sich korrigierte und dabei mit den Fingern über das kalte Glas der Fensterscheibe strich, »nein – ich war – nur ein Stricher. Ich wurde von meiner Mutter verkauft, als ich gerade so laufen konnte. Mein Zuhälter zog mich groß. Ich erinnere mich nicht einmal mehr an ihr Gesicht. Sie war drogenabhängig und hatte keine Familie. Niemanden, der sie vermisste.« Er atmete aus und der Hauch belegte die Scheibe mit Dunst. »Bis vor gut einem Jahr habe ich täglich auf den Knien gesessen und ...«, er warf einen zögernden Blick zu Marino, der jedoch nur mit neutraler Miene auf die Straße blickte, »Sie wissen schon. Ich habe so ziemlich alles gemacht und das Geld, das ich verdient habe, habe ich in Gras und anderes Zeug investiert. Ich war die ganze Zeit high, keinen einzigen Tag nüchtern, seit«, murmelte er, als er angestrengt überlegte, ehe er eine wegwerfende Geste machte, »na ja, seit immer, schätze ich.«

»Aber jetzt gerade bist du ziemlich nüchtern.«

Die Feststellung ließ Rick zu dem graumelierten Mann linsen. Er lächelte fahl dabei und zuckte die Schultern. »Wenn ich die Wahl hätte, wäre ich es vermutlich nicht.«

»Und woran liegt es, dass du es nicht bist?« Neugier schwang in der Stimme mit, die recht angenehm klang. Marinos heller Mantel roch nach Zigarrenrauch, einem Hauch von exquisitem Duftwasser und Wolle. Wenn er ein Kunde gewesen wäre, hätte Rick ihn gar nicht so übel gefunden. Aber das war er nicht und Rick war nicht mehr im Geschäft. Ungesehen biss er sich auf die Lippen.

»Ich schätze, an Luca. Meinen letzten Rausch habe ich ihm fast vor die Füße gekotzt.« Er murmelte es nur betreten und Marino hatte Mühe, ihn zu verstehen.

»Wie kam das?«, wollte er wissen. Sogar in der Dunkelheit des Wagens konnte er ausmachen, dass Ricks Gesicht eine deutliche Färbung hatte. Vielleicht war es kein Wunder, dass Luca Gefallen an ihm gefunden zuhaben schien. Der Junge war offenherzig und offensichtlich ziemlich unbedarft und auf seine Art charmant und schlagfertig. Außerdem war er ansehnlich, auch wenn er für Marinos Empfinden zu weibisch wirkte mit diesem glatten, fast androgynen Gesicht und den langen Haaren. Er hatte seine Gründe, wieso er seine Jungs von diesem Vögelchen fernhielt und zudem war er schlichtweg neugierig auf die Geschichte hinter dem Jungen.

Rick druckste eine Weile herum, während er sich über die Hitze ärgerte, die seine Wangen und Ohren zum Glühen brachte. Dafür, dass es so dunkel war, dass der Alte es nicht sah, war er dankbar, auch wenn er nicht begriff, wieso es ihm etwas ausmachte. »Ich war zu Vauns Party eingeladen und habe Luca auf dem Weg dahin getroffen. Die beiden haben sich gestritten, als wir kaum zehn Minuten da waren und ich hab die ganze Runde Shots getrunken, damit wir da abhauen konnten.« Er nagte kurz an seiner Unterlippe, als er nachdachte. »Ach ja, und auf dem Weg nach draußen habe ich eine ganze Flasche Rum mitgehen lassen«, verkündete er schulterzuckend, als wäre der Rest selbsterklärend.

Marino schnaufte leise. »Du kennst also auch Vaun?« Er warf

Rick einen fragenden Blick zu, ehe er ein leises »Interessant«, murmelte.

»Jedenfalls«, fuhr Rick widerstrebend fort, »haben wir uns ein Taxi genommen und sind zu mir. Es war schon spät und-«

»Bitte keine Details«, grätschte Marino dazwischen. Es klang kühler als beabsichtigt und Rick schwieg eine kleine Weile, ehe er schließlich weitersprach.

»Ich hab jedenfalls zuviel getrunken und musste mich übergeben. Aber Luca ist trotzdem geblieben, auch wenn nichts gelaufen ist. Er hat die ganze Nacht neben mir gelegen und am Morgen...« Rick stockte, als er mit den Fingerspitzen über die kalte Scheibe strich und unsichtbare Linien zog. Haben wir gekuschelt und uns geküsst und seitdem kann ich nicht aufhören, an diesen Mistkerl zu denken. Die Farbe seiner Augen im Sonnenlicht ist silbern und seine Haare haben kleine Goldreflexe in den Strähnen. Sein Tattoo ist wahnsinnig sexy, auch wenn ich noch gar nicht alles davon gesehen habe, aber am meisten gefällt mir sein Lächeln.

»... hat er mich mitgenommen, zur Beerdigung. Da wollte er ja eigentlich hin. Aber ich bin nicht mitgegangen, weil ich Friedhöfe echt gruselig finde und...«, er seufzte leise, »ich schätze, er hatte einfach genug von mir und hat sich verpisst.« Er hasste es, wie verletzt er klang, als er das sagte. Daher überspielte er es mit einem Lächeln. »Ich habe eine kleine Ewigkeit in diesem Laden an der Ecke gewartet. Die haben echt gute Doughnuts«, meinte er leichthin. »Aber irgendwann wurde es mir zu blöd.«

»Warum hat Vaun dich auf seine Party eingeladen? Wo hast du ihn getroffen?« Marino zog es vor, nicht auf den offensichtlichen Schmerz zu reagieren, der in Ricks Stimme mitschwang. Er interessierte sich für etwas gänzlich anderes als hitzköpfige Liebschaften seiner So-gut-wie-Patenkinder.

Rick zog die Brauen zusammen und ließ den Hinterkopf gegen die Lehne kippen. »Gosh, Sie sind ja schlimmer als ein

Bulle«, murrte er leise, während er sich zu konzentrieren versuchte. Er erinnerte sich nicht mehr so gut daran, was damals mit Vaun passiert war. Er hatte ihn eingeladen, das wusste er noch. Aber hatte er auch einen Grund dazu gehabt? Sein Kopf schmerzte noch immer und er ahnte, dass es eine Lücke gab, wo eigentlich eine Erinnerung sein sollte. »Ich glaube, er wollte was von mir«, gab er vage zur Antwort. »Aber das wäre nichts geworden. Ich hatte -« Rick stockte und verschränkte die Arme vor sich. In den Schuhen wippte er unruhig mit den Zehen, als Marino den Wagen in eine Seitengasse steuerte. Es sah nach einer Tiefgarage aus und Rick blinzelte verwirrt. Wann waren sie hierher gekommen? Und vor allem: Wo waren sie?

»Da hattest du dich aber schon in Luca verguckt?«, riet Marino, als er eine Karte aus seiner Manteltasche hervorholte. Sie war schwarz und das Rolltor öffnete sich. Eines von insgesamt drei, die sie passieren sollten. Für jedes gab es eine andere Kartenfarbe und in Rick bereitete sich ein merkwürdiges Gefühl aus.

Es war das Gefühl, in einen Käfig getappt zu sein.

Marino lächelte, als Rick nicht antwortete. Er spürte seinen Argwohn und die Angst, die sich in ihm ausbreitete auch ohne, dass der Junge sie in Worte fasste.

»Wenn es so ist, wie du sagst, und das auf Gegenseitigkeit beruht, wird Luca froh sein, dich zu sehen«, meinte er lediglich schulterzuckend, als sie nach unten fuhren.

Die grauen Betonwände der Tiefgarage wirkten auf Rick wie die Wände eines Mausoleums und außer ihnen befanden sich keine anderen Wagen hier. Auch die beiden Autos, in denen Marinos Schergen saßen, waren ihnen nicht gefolgt. Rick schluckte. Plötzlich war er sich gar nicht mehr so sicher, dass es Luca genauso gegangen war.

Immerhin war er abgehauen.

»Und wenn nicht?« Ricks Herz klopfte ihm schwer und

schnell gegen die Rippen und das Blut, das ihm in den Ohren rauschte, kam ihm unsagbar laut vor.

Marino lächelte, als er auf einen der Plätze fuhr, die auf dem Boden mit Markierungen gekennzeichnet waren, obwohl die gesamte Etage leer war. Sie mussten sich etliche Meter unter der Erde befinden und Rick trocknete die Feuchtigkeit seiner Hände an der Hose. Neben Friedhöfen fand er Tiefgaragen am schlimmsten. Die rückten gerade auf Platz zwei der Liste der unangenehmen Dinge auf. Oder zumindest auf Platz drei. Neben Friedhöfen und Tiefgaragen war Marino ganz weit vorn. Der offensichtlich zwielichtige Typ, der so etwas wie ein Mafioso zu sein schien, sah beinahe teilnahmslos zu Rick, als der Motor erstarb und in der eintretenden Stille hörte Rick das leise Rascheln des Wollmantels, als der weit ältere Mann sich zu ihm drehte. »Ich nehme an, wenn nicht, finde ich schon eine Verwendung für dich, mh?« Das Lächeln war das eines Raubtiers. Unbarmherzig und wissend, dass leichte Beute in greifbarer Nähe war.

Rick schauderte und versuchte, ruhig zu bleiben, während er den Blick des anderen erwiderte. Doch er sagte nichts, obwohl so viele Antworten darauf in seinem Kopf kreisten. Dumme, provokante, verzweifelte. Nichts davon kam ihm über die Lippen, während Marino ausstieg. Eine Tür in all dem Grau in Grau öffnete sich und noch ehe Rick aus dem Wagen gestiegen war, kamen Männer in Schwarz auf ihn zu.

»Nehmt ihn mit und bringt ihn in das Zimmer. Ich kümmere mich um den Rest.« Marinos Stimme drang schwer und unheilvoll an Ricks Ohren, als die Männer ihn halb aus dem Wagen zerrten. Ihre Gesichter wirkten starr und ernst und die Augen tot wie die von Haien. Er konnte sein eigenes Gesicht in ihnen sehen; bleich, mit riesigen, furchtsamen Augen.

Sie zerrten ihn mit sich und Rick, gelähmt vor Schock, kam gar nicht auf die Idee, sich zu wehren. Über die Schulter starrte er fassungslos zu Marino zurück, der ihm zulächelte und ein

Handy aus der Manteltasche zog. Die Männer trugen ihn halb, halb schleiften sie ihn in Richtung des Treppenhauses, aus dem sie offenbar gekommen waren. Marino machte mit der Hand eine Geste, die Rick nicht eindeutig zuordnen konnte, aber sie bedeutete ganz gewiss nichts Gutes.

Dann schloss sich die metallene Tür hinter ihnen und schnitt ihn von der Welt ab, die irgendwo weit über ihren Köpfen liegen musste. Wo es blauen Himmel gab und genug Gras, um sich die Realität schön zu kiffen. Doch hier unten gab es nichts als grauen Stein und diese beiden Kerle, die ihn gepackt hielten wie einen Schwerverbrecher.

Selbst, wenn er nicht klaustrophobisch gewesen wäre – spätestens jetzt wäre die Enge dieses unterirdischen Komplexes wie dafür gemacht gewesen, sie ihm zu bescheren. Doch da er bereits daran litt, verdoppelte es seine Panik nur noch. Er verstand nicht, wohin er gebracht wurde, oder warum und er rechnete bei jeder Tür, die sie passierten und die so kalt und steril wirkte wie die, durch die sie gekommen waren, damit, dass dahinter ein Erschießungskommando wartete, das ihn einfach abknallen würde.

Die beiden Typen unterhielten sich auf Italienisch und Rick musste nicht verstehen, was sie sagten, um zu wissen, dass es um ihn ging. Es klang gehässig und sie lachten, auch wenn sie ihn ein ums andere Mal anschnauzten, wenn er stolperte oder nicht fähig war, die Füße richtig auf die Stufen zu setzen. Schweiß rann ihm aus jeder Pore und brannte in seinen Augen. Oder waren das Tränen?

In seinem verängstigten Hirn raffte er nicht mehr, was real war und was nicht. Die Wände kamen immer näher und das Gefühl zu ersticken ließ ihn hyperventilieren. Es gab kein Licht, außer dem kalten Schein der Treppenhausbeleuchtung und es roch nach Stein und Beton. Rick fühlte sich, als ob sein Herz jeden Moment unter dem Druck in seiner Brust implodieren würde und die ganze Zeit über verfolgte sie ein seltsames

Geräusch. Es dauerte, bis ihm klar wurde, dass er es selbst war, und dass es sein Wimmern und Schluchzen war, das von den Wänden zurückgeworfen wurde. Er würde sterben. Hier und jetzt. Und weder Luca noch Matt würden je erfahren, was passiert war.

Grobe Hände stießen ihn voran oder zerrten ihn weiter, ohne dass er etwas dagegen tun konnte. Endlose Treppen, ohne dass es Fenster gegeben hätte oder sonst einen Fluchtweg. Rick fühlte sich, als wäre er gefangen in einem klaustrophobischen Alptraum ohne Ende. Der Platzmangel trieb ihm die Luft aus den Lungen und er schwitzte wie verrückt. Plötzlich kamen ihm die Winterjacke und der Schal wie lebendig vor, als würden seine Klamotten versuchen, das Leben aus ihm zu pressen. Der Schal legte sich wie eine giftige Schlange um seinen Hals, drückte auf seine Kehle und hätte er die Hände freigehabt, er hätte ihn sich vom Hals gezerrt. Aber so, wie diese beiden Gorillas ihn gepackt hielten, war das unmöglich. Inzwischen fluchten sie ununterbrochen, denn der verängstigte junge Mann, den sie bei sich hatten, war sperriger als ein schweres Möbelstück und schien es ihnen extra schwer machen zu wollen.

Die beiden Männer in Schwarz waren erleichtert, als sie endlich den Fahrstuhl erreichten und sich die Türen öffneten. Rick blieb keine Zeit, um zu reagieren, als er in den beengten Raum gestoßen wurde, der sich vor ihnen auftat. Es war ein Aufzug, der vermutlich nur für höchstens drei Personen gedacht war und so pressten die beiden Typen ihn mehr oder weniger freiwillig an die Rückwand, ehe die Türen sich mit einem schnarrenden Geräusch schlossen.

Das Innere war mit kränklich wirkender, gelber Farbe gestrichen und erinnerte ein bisschen an Kotze. Es roch darin abgestanden und muffig, doch noch schlimmer war, dass der Aufzug ewig brauchte. Rick konnte spüren, dass sie nach oben fuhren, doch plötzlich kam ihm das nicht mehr wie eine

Erleichterung vor. Hatten sie ihn nur in die Tiefgarage gebracht, um ihn vom Dach zu schubsen? Sie wollten es ganz sicher wie Selbstmord aussehen lassen. Er hatte genug Krimi-Serien gesehen, um zu wissen, dass so etwas gar nicht unüblich war und natürlich würde es jeder glauben. Er hatte zwei Selbstmordversuche hinter sich. Wenn er sich da von irgendeinem Hochhaus warf, wunderte das niemanden und da er keine Familie hatte, gab es auch keine Fragen. Vielleicht hatten sie schon seine Wohnung gesucht und sein kaputtes Handy gefunden.

So, wie er lebte, gab es für ihn ja auch eigentlich keinen Grund, weiterzuexistieren, oder? Wer war er schon ...

Der Streit mit Matt lag bleischwer in seinem Magen und heiße Tränen schossen ihm in die Augen, als er daran dachte, was er zu ihm gesagt hatte. Aber würde Matt nicht sowieso froh sein, wenn er endlich aus dem Weg war? Immerhin war er jetzt glücklich mit Alex und da war nun einmal kein Platz mehr für ihn.

Er musste an Luca denken und das machte es nur noch schlimmer. Heiß und unaufhaltsam rannen die Tränen über seine Wangen, während er sich auf die Lippen biss, um nicht zu schreien. Seine Brust brannte vom Atem, den er so angestrengt zu kontrollieren versuchte und sein ganzer Körper zitterte durch den Stress und dem Druck, unter dem er stand. Er musste an Luca denken, der ihm aus der Hecke half und der für ihn seine Jacke holen ging. Der mit aufgeschlagenen Knöcheln wiederkam und der diesen Kerl verjagte, mit dem Rick geredet hatte, ehe sie in dieses Taxi stiegen. Gosh, dieses Taxi ...

Er erinnerte sich noch genau, wie verdammt gut dieser Mistkerl küssen konnte und wie gut es sich angefühlt hatte, wie er ihn angesehen hatte. Nicht nur an dem Abend, auch am Morgen. Jetzt konnte er ihm nie mehr sagen, dass er ihn scharf fand. Und er konnte ihn nie mehr küssen und nicht herausfinden, wie es wohl wäre, wenn sie da weitergemacht hätten, wo sie aufgehört hatten.

Er fiel beinahe nach vorn, als sich die Aufzugtüren öffneten und nur den Reflexen der beiden Kerle war es zu verdanken, dass er mit dem Gesicht nicht auf dem dunklen Teppich aufschlug.

Leise Musik erklang von irgendwoher, ohne dass er hätte sagen können, von wo. Ein Flur tat sich vor ihm auf, die Wände in einem nicht klar zu definierenden Farbton, beleuchtet von geschmackvollen Lampen in Halterungen, die modern und dezent wirkten. Eine breite Flügeltür stand einladend offen und Rick konnte den Blick auf eine großzügige Fensterfront erhaschen. Zigarettenrauch lag in der Luft und für einen Moment stand er völlig verwirrt dort, während die Hände, die ihn bis hier gepackt und gezerrt hatten, einfach losließen. Er spürte ein nachdrückliches Schubsen zwischen den Schulterblättern, ehe sich die Türen schlossen und der Aufzug wieder nach unten zu fahren schien. Mitsamt den beiden Gorillas. Die plötzliche Ruhe, nur durchdrungen von den zarten Tönen der Musik, die er als Jazz identifizierte, fühlte sich surreal an. Er stand zitternd und allein auf dem Flur, unschlüssig, was er tun sollte. Verwirrt davon, alleingelassen zu sein. War das nur ein Trick? Ein Test? Er wischte sich mit dem Jackenärmel über das Gesicht und lockerte den Schal um seinen Hals, während er versuchte, sich zu beruhigen. Noch immer war er aufgewühlt und ihm war elend zumute. Wie ein aus dem Nest gefallenes Küken, das sich plötzlich in fremder Umgebung wiederfindet und sich furchtsam zusammenkauert.

Es dauerte einen Moment, bis er den Mut fand, auf die Tür zuzugehen, die so einladend offenstand.

Durch das großzügig bemessene Fenster konnte er auf die Stadt blicken, die funkelnd und glitzernd unter ihnen lag. Es musste tiefste Nacht, vielleicht war der Morgen gar nicht mehr fern. Rick kam es wie eine Ewigkeit vor, dass er in diesem Wahnsinn gefangen war. In einem Kamin aus dunklem Stein brannte ein gemütliches Feuer und das leise Knacken der Holzscheite darin verströmte eine Behaglichkeit, die Rick als beinahe obszön empfand, angesichts der Umstände. Auf dem dunklen Teppich lagen weich aussehende Felle direkt davor und ein niedriger Tisch aus poliertem Holz wartete mit sauberen Weingläsern auf und einer geöffneten aber noch nicht angerührten Flasche. Die leise Musik kam von einer altmodischen Schallplatte, die in einem Plattenspieler kreiste, der so antik wirkte, dass Rick einen zögernden Schritt näher trat, um ihn zu betrachten. Das Gerät stand auf einem hölzernen Schrank, der perfekt dazu zu passen schien, in der Nähe einer gemütlichen Sitzgruppe aus zwei Sesseln und einem Sofa, beides in dunklen Farben gehalten. Geschmackvolle Bilder moderner Künstler hingen an den Wänden und von der Decke eine verzweigte Lampe, deren Geäst aus Gold zu sein schien. Die Lichter steckten in gläsernen und handbemalten Blüten. Eine Tür ging von diesem Raum ab, doch schien sie verschlossen. Ein Bücherregal befand sich an einer Seite der Wand, gefüllt mit Literatur aus aller Welt. Auf dem gläsernen Tisch bei der Sitzgruppe lagen Zeitungen der letzten paar Tage und in einem Aschenbecher lagen zwei Zigarettenstummel. Es wirkte, als wären diese erst kürzlich ausgedrückt worden.

Rick näherte sich dem Fenster und lugte hinaus in die Schwärze der Nacht. Wie Lebensadern verliefen die Straßen tief unten und die Autos wirkten unglaublich klein. Es gab nicht viele Gebäude in der Nähe, die an Größe mit diesem mithalten konnten und in Ricks Magen zog es unangenehm. Er ging zurück, nur um festzustellen, dass sich die Flügeltüren geschlossen hatten. Er rüttelte probehalber an den Griffen, doch sie schienen abgeschlossen zu sein. Es war warm im Raum, auch dank des Kamins, aber er dachte nicht daran, sich die Jacke auszuziehen. Eine deckenhohe Zimmerpflanze gedieh in einem Kübel an der Seite des Raumes, nahe des Fensters und flankierte so eine Tür, die Rick bislang entgangen war. Eine Bleistiftzeichnung hing in einem Rahmen an der Wand daneben. Sie stellte wohl ein Gesicht dar, doch war die Zeichnung unfertig und die markanten Züge des Mannes darauf nicht zur Gänze zu erfassen. Rick drückte die Türklinke und betrat den Raum dahinter.

»Er ist wirklich süß.« Lorenzo Marino beobachtete Lucas Züge äußerst genau, während dieser auf den Monitor starrte. Obwohl Luca versuchte, möglichst teilnahmslos zu wirken, konnte Marino ihm den Schock ansehen. Also stimmte es, was der Kleine erzählt hatte. Einerseits überraschte es ihn, andererseits hatte er Luca nie so wirklich mit irgendwelchen Mädchen rummachen sehen.

»Er schien dich zu vermissen, nachdem du ihn unfreiwilligerweise in diesem Café zurückgelassen hattest. Du hast mir gar nichts davon gesagt, dass du einen kleinen Freund hast, Luca.« Marino lächelte bedauernd und wartete, bis Luca ihn ansah. »Dabei hätten wir ihn doch gleich mitnehmen können, mh?«

»Du willst nichts von ihm.« Lucas Stimme bebte und die Arme spannten in hilflosem Zorn. Doch gefesselt an den Stuhl konnte er nichts ausrichten, egal wie gern er das Grinsen aus dem Gesicht seines ehemaligen Mentors geschlagen hätte.

»So? Vielleicht hast du recht. Aber du kennst doch Vito. Vielleicht möchte er sein neues Spielzeug ja behalten, nachdem es ihm vor die Füße gelaufen ist? Wortwörtlich.«

Luca wurde übel. »Du weißt genau, dass Vito-«

»Eine Vorliebe dafür hat, aufgesammelte Haustierchen zu Tode zu quälen? Tja. Ich schätze, das ist ein Risiko, das ich in Kauf nehmen muss.« Marino zuckte leichthin die Schultern, während Rick auf dem Monitor zu sehen war, wie dessen Schritte ihn in die Küche führten. Er bewegte sich vorsichtig, war auf der Hut, während er den Inhalt der Schränke inspizierte. Marino schmunzelte, als er nichts anrührte und stattdessen weiter schlich, als wäre er der Hauptdarsteller in einem schlechten Kriminalfilm. »Er ist wirklich faszinierend, oder? Er rang mir das Versprechen ab, dass ich weder dich noch ihn umlege.«

»Du Bastard... « Luca schloss gequält die Augen, während das leise Zungenschnalzen seines Mentors laut in der Stille des Raumes klang. Die drei Bodyguards, die an jeweils einer Tür standen, zuckten nicht einmal mit der Wimper. Ihre Handfeuerwaffen lagen jedoch in ihren Händen.

»Na, na. Der Kleine wusste ja nicht, dass es auch nicht nötig sein würde, mh?« Marino ließ sich auf einem der freien Sessel nieder, die um den Tisch mit dem Monitor standen. Rick hatte inzwischen das Schlafzimmer erreicht und sah sich um. Er rüttelte an den verschlossenen Türen und suchte sichtlich nach einem Ausweg. »Ich schätze, dir gefällt mein kleines Geschenk für dich?« In aller Seelenruhe holte Marino ein kleines Silberetui aus seiner Manteltasche. Er entnahm eine Zigarette und steckte sie sich zwischen die Lippen, den Blick auf Luca gerichtet, dessen Kiefermuskulatur arbeitete. »Ich biete dir an, dass du ihn und die restliche Summe aus dem Erlös des Kampfes heute behalten kannst, nachdem deine Schulden abgegolten sind.« Der Ältere lächelte, als er die Zigarette entzündete und daran zog. Er sah, wie Luca mit sich rang. »Du hast doch nicht gedacht, dass du so einfach entkommen kannst, oder? Dachtest du, du kannst dich einfach opfern, einfach aufgeben, und mir mit deinem Tod noch eins auswischen?«, wollte er mit einem nachsichtigen Kopfschütteln wissen. »Ich habe lange überlegt, was deine Schwachstelle sein könnte, mein Sohn. Aber dass es ausgerechnet eine kleine Schwuchtel sein würde, hätte ich nicht gedacht. Wusstest du«, fuhr er ungerührt fort, als Luca die Zähne zusammenbiss und ihn feindselig anstarrte, »dass er bis vor Kurzem ein Stricher war? Nichts anderes, als eine kleine Gossenratte, Luca. Hat sicher hunderte, vielleicht tausende Schwänze vor deinem gelutscht. Daran kannst du ja denken, wenn er es dir besorgt, mh? Ich wette, er macht es gut.« Marino stieß bläulichen Dunst gen der getäfelten Decken des Raumes aus, der direkt an Ricks derzeitigen Aufenthaltsort angrenzte. »Und falls du auf die Idee kommst, mich verarschen zu wollen – ich habe nur versprochen, dass ich euch nicht umlege. Von meinen Leuten war nicht die Rede. Wenn du heute verreckst, wird er dir nachfolgen. Ich bin zwar nicht so kreativ wie Vito, aber ich denke, zusammen finden wir eine spannende Lösung.« Marino beobachtete Luca, sah, wie dieser auf den Monitor starrte, auf dem Rick unschlüssig um den Pizzakarton herumschlich, der auf dem Küchentisch lag.

»Du kannst entweder als reicher Mann und mit deiner kleinen Hure weiterleben, oder verrecken, in dem Wissen, dass du Schuld an seinem Ableben bist.« Marino zuckte die Schultern, ehe er die Zigarette im Aschenbecher ausdrückte. »Ach«, fügte er noch an, als er sich erhob, »hat Vaun nicht auch ein kleines Haus in den Bergen nahe der Stadt?« Der Blick ruhte auf Luca, der ihn wortlos anstarrte. »Frag deinen kleinen Schwuchtelfreund bei Gelegenheit doch mal, ja? Vaun hatte anscheinend ein Auge auf ihn geworfen. Ich bin mir fast sicher, sein Schwanz war der letzte, den Rick genossen hat, ehe er Vito vor den Wagen gelaufen ist.«

Luca atmete schwer und der Puls jagte wie wahnsinnig durch seine Adern. Er konnte das Hämmern in seinem Schädel spüren. »Ich bin auf deinen Deal eingegangen, Lorenzo. Rick hat nichts damit zu tun. Lass ihn gehen.«

»Und mich um meinen Joker bringen? Nein, Sohn. Er ist meine kleine Sicherheit dafür, dass du nicht einfach aufgibst und dich umlegen lässt. Ich kenne dich, Luca. Du bist ein Kämpfer, aber du brauchst immer einen guten Grund, mh? Ich schätze, das Leben eines Unschuldigen ist ein guter Grund.«

»Und was ist mit dem Kerl, gegen den ich antrete? Zählt sein

Leben nichts? Bist du wirklich so tief gesunken, Marino?« Luca presste die Worte hervor, die wie bitteres Gift über seine Lippen kamen. Er würde morgen in den Ring steigen, den Marino ihm gezeigt hatte und dort zur Belustigung eines unersättlichen, gelangweilten Publikums um Leben und Tod kämpfen. Es stimmte, was man über Geld sagte. Es verdarb wirklich den Charakter, denn für manche dieser besseren Gesellschaft gab es nicht mehr viele Attraktionen zu sehen. Sie hatten sich schon alles gekauft, alles erlebt, alles genossen und das Leben ausgepresst wie eine Zitrone, bis kein einziger Tropfen mehr darin war. Doch jemanden sterben zu sehen, darum zu wetten, wer ins Gras beißen würde und hautnah dabei sein zu können, wenn es geschah, gebannt auf große Monitore, die die blutigen Details nicht verbargen ... das war neu und dafür bezahlten sie vermutlich unglaublich viel Geld. Auch wenn es lange nicht an die Summe kam, die Luca für ein Menschenleben ansetzen würde.

»Ach, mach dir darum keine Sorgen, Luca.« Marino lächelte und zuckte die Schultern, während er die Hände ausbreitete. »Der ist nur Abschaum. So wie du.« Marino lachte, als er Lucas Gesichtsausdruck sah, dann drehte er sich um und gab seinen Leuten gedämpft Anweisungen, die Luca nicht verstand.

Luca starrte zu dem Kerl hoch, der mit gezogener Waffe auf ihn zukam und wünschte sich in diesem Moment nichts sehnlicher, als diese Bastarde alle umzubringen. Doch das war nicht möglich. Egal wie er es drehte und wendete. Er konnte einen oder zwei erwischen, ehe er von Kugeln durchsiebt würde. Marino war niemals unbewaffnet und dann wäre immer noch Rick in seiner Gewalt. Verdammte Scheiße. Wie hatte er ihn nur in die Finger gekriegt? Marinos Worte hallten in seinem Kopf nach, doch sein Verstand weigerte sich, irgendetwas davon wirklich zu schlucken.

Auf dem Monitor öffnete Rick gerade den Deckel des Pizzakartons.

»Heh, alter Mann.« Er ignorierte den Kerl neben sich, der ihm in die Haare griff und seinen Kopf zurück zerrte, während der kalte Stahl der Waffe gegen seine Schläfe drückte. Das Klicken, als der Kerl den Hahn spannte, klang unglaublich laut. In seinen Adern rauschte das Blut wie verrückt, und sein Herzschlag beschleunigte sich so stark, dass er glaubte, es würde einfach platzen. Er durfte keinen Fehler machen. Aber er konnte auch nicht einfach aufgeben. Sein Mund war trocken und der Geschmack von Asche lag ihm auf der Zunge, als sich der Boss an der Tür umdrehte. »Wenn ich für dich kämpfen soll, brauche ich einen Anreiz, einen Beweis deines guten Willens.«

10

»Guten Abend.«

Matt wurde aus seinen düsteren Überlegungen gerissen und blickte erschrocken zu der unbekannten Stimme hoch. Sein Weinglas enthielt noch einen kleinen Rest des sündhaft teuren Rotweins, den er so mochte. Früher hatte er für so etwas keinen Sinn gehabt, aber Alex hatte ihn an feine Küche und gute Weine herangeführt, so wie an so viele andere Dinge auch. Das Restaurant war exquisit, bot eine tolle Aussicht von der Dachterrasse über die Einkaufsmeile mit den besseren Geschäften und die ganzen Bars und die angesagten Lokale. Heute Abend jedoch hatte Matt keine Augen für das erlesene Ambiente mit den blütenweißen Tischdecken, den geschmackvollen Lüstern an der Decke oder den kleinen, wohl gesetzten Details auf den Tischen, die von heimischen Künstlern angefertigt wurden. Er sehnte sich nach Alex und der Nachricht, dass er Rick aufgespürt hatte und es ihm gut ging. Entsprechend erntete der Fremde einen verhaltenen Blick. Er trug einen makellosen Anzug von dunkler, weinroter Farbe, der einen hochgewachsenen, schlanken Körper betonte. Eine schwarze Krawatte und ein ebensolches Hemd waren zu sehen, die Schuhe aus schwarzem Leder blank poliert. Ohne auf eine Antwort zu warten, nahm er auf dem freien Stuhl Platz, was Matt die Augen schmälern ließ. Es war Londrakes Platz.

»Ich hörte, du wirst heute Abend versetzt.« Die Augen wirkten dunkel, ohne dass Matt sagen konnte, welche Farbe sie tatsächlich hatten. Der Fremde sah recht gut aus, wenn man davon absah, dass er eine Narbe quer durch das ganze Gesicht hatte. Sie wirkte nicht wie von einem Schnitt, denn sie war nicht glatt, sondern wulstig, wie das Narbengewebe von Brandwunden. Es verschaffte den eigentlich recht ansehnlichen Zügen einen mehr als offensichtlichen Makel und Matt richtete sich unwillkürlich gerader im Stuhl auf. Das Gesicht war glattrasiert, der Teint gebräunt. Dunkles Haar fiel ihm tief in die Stirn. Als er die Hände locker auf dem Tischtuch verschränkte, konnte Matt die Tattoos auf den Knöcheln erkennen. Totenköpfe und Zahlen, manche davon durchgestrichen. Die Daumengelenke wurden von Würfeln geziert, die zusammen die Summe Sieben ergaben.

»Ach ja?« Er bemühte sich um ein gelassenes Lächeln, obwohl ihm die Nackenhaare zu Berge standen. Auch ohne großes Wissen über diesen Mann konnte er spüren, dass mit ihm nicht gut Kirschenessen war. Allerdings verstand er den Grund nicht, wieso er ihn aufsuchte. »Eigentlich verspätet sich mein Begleiter nur. Er wird-«

»Nicht kommen.« Der Fremde lächelte freundlich, auch wenn die Narbe es eher furchterregend aussehen ließ. »Na schön, Matt. Machen wir es kurz, ja?« Die Stimme klang angenehm dunkel und voll, beinahe weich, als der Mann sich etwas vorbeugte. Er schrägte den Kopf und suchte offen den Blick in die tiefblauen Augen von Matt, die ihn anstarrten. »Du hast sicher davon gehört, dass Galard verschieden ist?«

Matts Herzschlag setzte aus, als er den Namen hörte und unwillkürlich gruben sich die Finger in das Tischtuch unterhalb. Allein der Name genügte, um Bilder vor seinem inneren Auge auftauchen zu lassen, die er lieber verdrängte. Denn auch, wenn Alex ihm alle Liebe gab, zu der ein Mensch auch nur fähig sein konnte, kehrten die Alpträume wieder.

Nacht für Nacht. Er konnte es nicht verhindern und bislang wehrte er Alex Versuche ab, ihn dazu zu überreden, einen Psychiater aufzusuchen. Ihm war klar, dass er eines Tages musste, aber das würde bedeuten, sich einzugestehen, dass er noch immer verwundet war. Auch wenn die körperlichen Versehrungen geheilt waren, so trug er doch noch immer Narben auf der Seele.

Er schluckte seine plötzliche Übelkeit herunter und bemühte sich, ruhig zu atmen. Aus dem Augenwinkel suchte er das Restaurant nach einem Kellner ab, den er heranrufen könnte, aber gerade war niemand zu sehen. Wo blieb Alex nur? Die aufsteigende Panik ließ seinen Körper verkrampfen. Er konnte es in den Schultern und im Rücken spüren.

»Oh, du hast es also nicht gewusst? Nun, dann überbringe ich dir die freudige Nachricht als Erster. Er starb bei einem Essen, wie ich hörte. Vielleicht war er zu gierig, wie bei allem. Jedenfalls liegen seine Überreste auf dem Friedhof hier in der Stadt.« Der Fremde lächelte beruhigend, als er die Anspannung von Matts Zügen ablesen konnte. »Nun, du wirst dich fragen, wieso ich hier bin. Oder wer ich bin.« Unter den schwarzen Haarsträhnen glitt der Blick über Matts Mimik, als wollte er jede Regung erfassen, auch wenn der Kerl äußerlich gelassen wirkte. »Letzteres tut nichts zur Sache. Ersteres allerdings schon.« Er wirkte beinahe amüsiert, wie er da saß, über den Tisch gebeugt, als hätten er und Matt gerade eine intime Unterhaltung und würden sich bestens vertragen.

»Und wieso bist du hier?« Matt war überrascht davon, dass seine Stimme nicht zitterte, obwohl es der Rest von ihm zu tun schien.

Der Fremde gewährte sich noch einen Moment des Schweigens, ehe er sich betont langsam zurücklehnte und ebenso gelassen in die Innentasche seines Sakkos griff. Dabei behielt er den Blick auf Matt. Man konnte dabei zusehen, wie diesem alle möglichen Szenarien durch den Kopf schossen und den Schreck in seinen Augen deutlich sehen. Kein Wunder, dass Alex diesem kleinen Appetithappen so verfallen war.

»Ich bin Profi, Kleiner. Ich knalle dich nicht in diesem Edelschuppen ab, also beruhig dich.« Er schob ihm die Spielkarte zu. Der Herzkönig wirkte nicht neu, war abgegriffen und besaß ein anderes Format als die Spielkarten, die Matt sonst kannte. Er starrte blinzelnd darauf, nicht sicher, was er tun sollte.

»Das ist ein Geschenk für dich von jemandem, der zu schätzen weiß, dass Galard die Welt nicht mehr mit seiner Existenz behelligt.« Der Fremde pausierte kurz, ehe er eine Kippe aus seiner Tasche beförderte. Sie wirkte mitgenommen und schien nicht so recht zu der ansonsten so tadellosen Aufmachung zu passen. Er klemmte sie sich zwischen die Lippen und griff nach dem Kerzenleuchter auf dem Tisch, um sie daran zu entzünden.

Matt sah ihm teilnahmslos dabei zu, während er abwechselnd den Blick zwischen der ominösen Karte und den vernarbten Zügen des Mannes schweifen ließ. »Das... freut mich«, begann er zögernd. »Aber ich fürchte, ich kann das nicht annehmen. Egal, was es ist. Ich will nichts damit zu tun haben.«

Der Kerzenleuchter fand seinen Weg zurück auf den Tisch und der Vernarbte schickte einen amüsierten Blick zu Matt herüber, während er eine bläuliche Rauchwolke ausstieß. Noch immer war kein Kellner zu sehen und Matt wurde zunehmend nervös. Die Karte rührte er nicht an.

»Rauchen ist hier verboten«, ließ er den Kerl wissen, der so ungeniert rauchte und dabei so unverschämt belustigt wirkte.

»Ich tue gern verbotene Dinge. Gehört zu meiner Berufsbezeichnung«, entgegnete der Mann mit einem schiefen Lächeln. »Was das Geschenk angeht, so ist es unhöflich, es abzulehnen.« Er nahm einen Zug von der Kippe und Matt leckte sich die trockenen Lippen.

»Unhöflichkeit gehört bisweilen auch zu meiner

Berufsbezeichnung, fürchte ich.« Er zwang sich, den Blick zu erwidern, der so stoisch auf ihm ruhte und der unangenehm war. Er machte Matt nervös und das ungute Gefühl in seiner Magengegend ließ einfach nicht nach.

»Ich versichere dir, dass dies ein Geschenk ist, dass du unbedingt haben willst.« Die Stimme klang eindringlicher und offenbarte eine unterschwellige Schärfe, die Matt erschauern ließ. Der durchdringende Blick bohrte sich in seinen eigenen und Matt kam es so vor, als könnte der Typ in sein Innerstes blicken.

»Was ist das für ein Geschenk?«, wagte er zu fragen. Seine Stimme bebte und offenbarte die Unruhe, die in ihm tobte. Eine vage Befürchtung keimte in ihm. Wo war Alex? Warum war er noch nicht hier? Ging es ihm gut? Er bemerkte nicht, dass er das Tischtuch in beiden Händen knüllte.

Der Dunkelhaarige rauchte seine Kippe auf und warf den Zigarettenstummel in das fast leere Weinglas von Matt, wo die Glut zischend erstarb. »Um das herauszufinden, musst du mit mir kommen.« Er erhob sich mit langsamen, eleganten Bewegungen und strich das Sakko glatt, ehe er Matt die Hand entgegenstreckte. »Ich versichere dir, dass du nichts zu befürchten hast, aber mehr darf ich dir nicht sagen. Du hast die Wahl, Matt. Aber entscheide dich schnell. Ich habe nicht die ganze Nacht Zeit.«

Als nur wenig später Marianna Dubras in das Restaurant stürmte, fand sie Matts Sitzplatz leer vor.

Salami und Käse. Rick seufzte und beugte sich etwas herab, um am Inhalt des Pizzakartons zu schnuppern. Nicht, dass er mögliches Gift hätte riechen können, aber irgendwie konnte er dem Drang nicht widerstehen. Die Pizza war noch warm, also musste irgendjemand sie vor nicht allzu langer Zeit dort platziert haben.

Er überlegte gerade, ob er etwas davon essen sollte oder nicht, als er das Geräusch von Schlüsseln in einem Türschloss vernahm. Es musste von der Eingangstür kommen. Sofort ließ er den Deckel des Kartons fallen und blickte sich hektisch nach einem Fluchtweg um. Schritte kamen näher, klangen dumpf auf dem Teppich der Wohnung. Sie bewegten sich rasch.

Das einzige Zimmer, das er noch übrig hatte, war von hier aus das Schlafzimmer und das war keine so gute Idee. Ricks Herz begann zu rasen und seine Handflächen wurden feucht vor Nervosität. Kamen sie jetzt doch, um ihn zu holen? Hatten sie ihn nur in Sicherheit wiegen wollen? Seine Finger zitterten, als er die Schublade aufriss, die ihm am nächsten war, auf der Suche nach einer Waffe. Insgeheim verfluchte er sich dafür, dass er nicht sofort nach so etwas geschaut hatte, doch jetzt war es zu spät. Die Küche, die mit schwarzem Marmor ausgekleidet war, wirkte nicht, als würde tatsächlich jemand regelmäßig darin kochen. Dabei war die Aufmachung durchaus hochwertig. Rick wühlte in den blitzblanken Teilen herum, die in der Schublade lagen, aber mehr als einen Pfannenwender aus Edelstahl gab es nicht. Er hielt ihn wie einen Baseballschläger, als er die Schritte auf dem Teppich vor der Küche hörte und starrte angespannt in Richtung Tür.

Luca sah ihm nicht minder angespannt entgegen und musterte die recht nutzlose Waffe einen Augenblick nur stumm, ehe er Rick in Augenschein nahm. »Der Messerblock hinter dir wäre sinnvoller gewesen, meinst du nicht?« Er lehnte sich mit der Schulter gegen die Türzarge und hob matt einen Mundwinkel an, schwach vor Erleichterung, Rick unversehrt zu sehen.

Der Pfannenwender rutschte Rick aus den zitternden Fingern, als er Lucas Stimme hörte und er warf nicht einmal einen Blick über die Schulter, um zu sehen, ob Luca recht hatte. Das Utensil fiel scheppernd zu Boden.

Rick gab ein dumpf klingendes Geräusch von sich und überbrückte die Distanz zwischen ihnen mit zwei großen, wackeligen Schritten. »Verdammter Mistkerl ...« Es war nur ein schwaches Flüstern und es klang rau, als Rick sich gegen Luca warf und dessen Oberkörper mit den Armen umschlang. Fest genug, dass Luca die Prellungen wieder spürte, die seine Seiten verunzierten.

Er ächzte leise vor Überraschung und dem unangenehmen Druck auf die geschundenen Partien, doch das war nur Nebensache. Rick bebte und drückte das Gesicht an seine Brust, lebendig und offensichtlich unversehrt und nur das zählte. Luca zog ihn enger an sich und streichelte beruhigend durch das wirre Haar und über den schmalen Rücken. »Ich bin auch froh, dich zu sehen«, murmelte er leise an dem schwarzen Haar. Es war merkwürdig, wie heftig sein Herz pochte und wie normal und vertraut es sich anfühlte, Rick so nah bei sich zu haben.

Die dunklen Augen wirkten riesig in dem blassen Gesicht, als er zu ihm aufblickte. »Ich mag die Leute nicht, die du so kennst«, erklärte er flüsternd. »Und ich war verdammt sauer, dass du mich einfach hast stehenlassen, dass du es nur weißt!« Es klang anklagend und das leichte Beben in der Stimme, das sich einfach nicht verstecken ließ, zeigte nur, wie aufgewühlt Rick war.

Luca hatte keine Antwort darauf, denn sie wussten beide,

dass nichts hiervon auf freiwilliger Basis passierte. Er zwang sich zu einem beruhigenden Lächeln und strich mit einer sanften Geste ein paar verirrte Strähnen aus Ricks Sicht. »Ich weiß. Es tut mir leid, dass ich dich in diese ganze Scheiße reingezogen habe.« Das war die Wahrheit und er klang ehrlich zerknirscht dabei, während er den Blick in Ricks Augen hielt. In der Küche spendete nur eine der Wandlampen ein wenig Licht, doch mehr brauchte er auch nicht, um die nackte Angst auf den Zügen sehen zu können.

»Können wir jetzt bitte einfach nach hause gehen?« Rick klang matt und seine Umarmung wurde weicher, als er die Wange an Lucas Brust schmiegte, als wollte er sich dort verstecken. Er zitterte nicht mehr ganz so stark, aber er musste völlig erschöpft sein.

Bedauern schwang deutlich in Lucas Stimme mit und seine Brust wurde ihm eng. Es war vielleicht der letzte Abend seines Lebens und es schien nicht, als hätte Marino, dieser Bastard, Rick in Kenntnis darüber gesetzt, was Sache war. »Ich fürchte, das ist nicht möglich.« Er spürte, wie Rick den Kopf hob und den fragenden Blick auf sich, doch er starrte stattdessen an ihm vorbei ins Leere, ehe er den Mut fand, den Blick zu erwidern.

»Passiert das alles, weil es meine Schuld ist?« Es klang so trostlos, so voller Schuld, dass es Luca das Herz zusammenpresste. Er schüttelte energisch den Kopf, aber da rannen schon die ersten Tränen über Ricks bleiche Wangen und tropften auf sein Shirt. Er weinte stumm, offensichtlich bemüht, kein Geräusch zu machen, und Luca wusste nicht, was ihn daran mehr erschütterte – wie tapfer er zu sein versuchte oder wie unendlich verloren er wirkte.

»Hey, hey!«, raunte er hilflos, als er den Jüngeren fester an sich zog. Er spürte dessen Finger, und wie sie sich in den dünnen Stoff an seinen Seiten gruben, auf der Suche nach irgendeinem Halt. »Nichts hiervon ist deine Schuld, okay? Es ist ... nur einfach kompliziert.« Luca seufzte schwer und drückte einen sanften Kuss auf das nachtschwarze Haar. »Wir müssen heute Nacht hierbleiben. Morgen ist alles vorbei, okay? Es wird alles gut werden.« Er brachte es nicht fertig, Rick die Wahrheit zu sagen, und schließlich hatte er einen Deal mit Marino. Wie verlässlich der war, konnte er nicht sagen, aber es war die einzige Chance, die er hatte.

Rick schluchzte leise und drückte sein Gesicht in den weichen Stoff, während er darum rang, seine Fassung wiederzufinden. Luca war hier und er lebte. Er war real und er hielt ihn fest. Und es war nicht seine Schuld, dass alles so furchtbar beschissen war. Zumindest log er ihm das vor. Aber Rick war nicht blöd und nicht so naiv zu glauben, dass Luca ihm die volle Wahrheit sagte, denn das tat niemand jemals, oder? Trotzdem fühlte er sich zumindest in diesem Moment sicher und solange er sich an Luca drücken konnte, war alles halbwegs in Ordnung. Er wünschte den ganzen Rest der Welt zum Teufel, vor allem diesen Marino. Das Zittern ließ nur langsam nach und wich einem Gefühl der bleiernen Müdigkeit, als er den Kopf hob, um Luca ansehen zu können. Im schwachen Lichtschein der Lampen wirkten seine Augen dunkler und so müde, wie er sich selbst fühlte. »Was passiert, wenn wir einfach gehen?«, wollte er wissen. Er wusste, dass das nicht möglich war, aber er musste es hören.

Luca sah gequälter aus bei dieser Frage und er brauchte einen Moment, um zu antworten. »Das wäre eine schlechte Idee«, begann er vorsichtig. Er leckte sich die Lippen, ehe er präzisierte: »Vor den Ausgängen dieser Wohnung befinden sich jeweils drei bewaffnete Wachleute. Wir sind hier ziemlich weit oben. Ich weiß nicht genau, welcher Stock, aber das ist sowieso egal. Die Fenster sind aus Spezialglas, das für große Höhen gemacht ist. Wenn man es drauf anlegt, kriegt man es vielleicht kaputt, aber das würde Krach machen und dann kommen die Jungs rein, um nachzusehen, was wir treiben. Und ich schätze, ein Sturz aus dieser Höhe wäre ziemlich sicher tödlich. Es sei denn, du bist in Wahrheit Spiderman.«

Rick lauschte mit angespannter Miene und strich sich ein paar Haarsträhnen aus dem Gesicht. »Was ist mit der Sprinkleranlage?« Rick deutete vielsagend hoch, zu den dezent verborgenen Elementen in der Decke, die er bislang in jedem Raum wahrgenommen hatte. »Funktioniert doch in Filmen immer?« Er hatte genügend Filme gesehen, in denen man die Feuermelder mit einer Flamme oder genug Qualm auslösen konnte und dann brach in der Regel das völlige Chaos aus. Wasser sprühte dann von der Decke, Türen öffneten sich und Alarmglocken schrillten und heulten. Das war oft der Moment, in dem die Gefangenen eine halsbrecherische Flucht wagen konnten.

Luca konnte sich ein Lächeln nicht verkneifen. Er ließ sich etwas mehr gegen den Türrahmen sinken und richtete den Blick flüchtig hoch, zu der Stelle, die Rick meinte. Man konnte diese dezenten Abdeckungen, die sich fast gänzlich in das Deckenbild fügten, einfach übersehen, doch Rick hatte sie bemerkt. »Ich schätze, dann quartieren sie uns einfach nur um. Ich würde nicht darauf wetten, dass wir weit kommen. Die ganze Etage ist mit Marinos Leuten verseucht.« Er bemerkte den Blick, der Verwirrung ausdrückte, als Rick sich gegen ihn sinken ließ. Seine Nase war noch etwas gerötet und ein paar dunklere Flecken schmückten die Wangen. Luca hob eine Hand, um die letzten feuchten Spuren sanft fort zu tupfen, die er in den Augenwinkeln schimmern sah. »Seine Tochter hat geheiratet und so eine Hochzeit kann eine halbe Ewigkeit dauern, wenn es nach Marino geht.«

Die Finger, die sich so fest in den weichen Stoff des Shirts gegraben hatten, ließen locker und schmiegten sich an Lucas Taille entlang, ehe sie hoch glitten, zu der Brust, unter der das Herz so beruhigend stetig schlug. Rick fächerte die Finger auf, ehe er die Stirn nach vorn sacken ließ und sie dagegen drückte, die Augen geschlossen. »Also wird bald alles vorbei sein? Ich meine«, flüsterte er erstickt, »diese Kerle mit den Waffen sind nicht aus Spaß hier. Und dieser Marino hat uns nicht aus Freundlichkeit oder Sorge hier eingesperrt, oder?« Rick hob zögernd den Blick an, schickte ihn in die sturmgrauen Augen, die ihm begegneten und in das Gesicht, das auf ihn so anziehend wirkte. Kleine Narben malten sich auf der gebräunten Haut ab, die ihm zuvor kaum aufgefallen waren. Zeugnisse vergangener Kämpfe oder Missgeschicke. Die Nase, die schon einiges mitgemacht haben musste und deren Rücken schief wirkte, die kantigen Züge und der energische Schwung des Kiefers. Rick stellte sich auf die Zehenspitzen, während Lucas Blick auf ihn prüfender zu werden schien. Er sah, wie seine Augen etwas schmaler wurden, und doch neigte dieser ihm den Kopf entgegen. Nicht viel, einen Hauch nur, doch genug für eine stumme Zustimmung. Eine Hand wanderte über die Brust nach oben, erkundete den festen Muskel, ehe Rick über Schlüsselbein und Schulter hinauf streichelte und schließlich Lucas Nacken umschlang. Er konnte die Hände des anderen fühlen und das Streicheln, das seinen Rücken liebkoste. Lucas Hände waren warm und sanft, obgleich sich Rick lebhaft daran erinnerte, wie rau sie sich auf seiner nackten Haut anfühlten.

»Nein, sind sie nicht.« Luca raunte es leise, während sein Herz heftiger zu pochen begann. Rick war ihm so nah und die streichelnden Hände an seiner Brust befeuerten den Rhythmus, in dem es schlug, nur noch weiter. Seine Haut prickelte, wo Rick ihn berührte. Er tat es langsam, tastend, als sei er sich nicht gänzlich sicher, ob er es überhaupt durfte. Es war anders als in der betrunkenen Nacht im Taxi, die ein ganzes Leben her zu sein schien, als sie so gierig übereinander hergefallen waren. Es war ungetrübt durch Alkohol oder Gras und keiner von ihnen würde eine Entschuldigung in dieser Art für alles das haben, was folgen mochte. Ricks Lippen kamen näher, als der Dunkelhaarige sich auf die Zehenspitzen stellte und Luca neigte sich ihnen entgegen, versunken in den dunklen Augen, die ihn unter halb geschlossenen Lidern hervor anblickten.

»Dann sollten wir diese letzte Nacht wenigstens genießen, finde ich.« Ricks Stimme klang belegt, als er das zarte Streifen spürte, mit dem Luca sich annäherte. Die Berührung rann warm durch seinen Körper, löste ein aufgeregtes Ziehen in seiner Magengegend aus und verursachte ihm Gänsehaut. Die Hand an Lucas Brust löste sich und verschränkte sich mit der anderen in seinem Nacken. Ricks Herzschlag dröhnte ihm in den Ohren und kam ihm so laut vor, dass sogar Luca es hören musste, davon war er überzeugt. Er hielt den Atem an, als ihre Lippen sich berührten und für einen langen Augenblick schien die ganze Welt mit ihm den Atem anzuhalten.

Luca spürte das zarte Beben der weichen Lippen an seinen, das leise Zittern, das durch Ricks schlanke Gestalt rann, als sie sich küssten, und für diesen Moment war ihm einerlei, dass man ihnen zuschaute. Denn dass der Monitor im Auge behalten wurde, war ihm klar. Kameras hingen überall in dieser Wohnung und übertrugen alles, was hier passierte.

Aber dieser Kuss war nicht, was er erwartet hatte.

Als ihre Lippen sich aneinanderschmiegten und er das sachte Zittern fühlte, schienen plötzlich tausend Schmetterlinge in seiner Magengegend herumzutollen. Er war froh darüber, an dem festen Holz der Türzarge zu lehnen, denn er war sich nicht sicher, wie fest sein eigener Stand gewesen wäre. Ricks Lippen teilten sich in einem leisen, geseufzten Ausatmen, während er sich zutraulich enger an ihn anschmiegte. Sein Körper fühlte sich warm an, filigran beinahe, und Lucas Hände streichelten ihn, zogen ihn näher, während seine Zungenspitze über Ricks Unterlippe streifte, um sie zu kosten.

Er ließ sich Zeit, genoss das Spiel und zartem Knabbern und Saugen und das heiße Prickeln, das dabei durch seinen ganzen Körper rann. Ricks Atem brandete warum über seine Wange und ein leises Geräusch entkam ihm, als Lucas Finger in seinen

Nacken fanden, um ihn zu liebkosen. Es klang süß und sehnend und Luca erfüllte nur zu gern den stummen Wunsch nach Mehr, der darin hörbar war. Seine Zungenspitze glitt zwischen die so einladend geöffneten Lippen und rieb sich zärtlich an ihrem Gegenstück, schmiegte sich darum und lockte, neckte, während er völlig darauf konzentriert war, wie Rick reagierte.

Es war ein Kuss, der dazu gemacht war, die Knie weich werden zu lassen, und Rick war froh um den festen Halt, den Luca bot, denn ihm schwindelte von den Empfindungen, die auf ihn einprasselten wie warmer Sommerregen. Sein Puls klopfte heftig an seinem Hals und die rauen, zärtlichen Finger in seinem Nacken schickten ein zusätzliches Ziehen durch seinen Körper. Der Kuss zog direkt in seine Lenden und er musste ihn nach einem unendlich scheinenden Moment unterbrechen, um wieder zu Atem zu kommen und ein klein wenig von Luca abzurücken, dessen Hand um seinen Hintern lag und ihn gegen sich drückte. Es war mehr als deutlich spürbar, dass es ihm genau so ging und obwohl Rick sich nicht als schüchtern bezeichnet hätte, machte es ihn verlegen, wie leicht entflammbar er in Lucas Gesellschaft war. Sein Kopf schwirrte und er fühlte sich unsicher auf den Beinen und völlig durch den Wind. Er küsste gern und viel, aber das hier schien anders als das, was er sonst mit irgendwelchen Kerlen tat, die er nur einmal sah und dann nie wieder. Luca konnte unbestritten umwerfend küssen und die Art, wie er ihn hielt, fühlte sich eben nicht x-beliebig an. Rick konnte es nicht in Worte fassen, aber es war neu und ungewohnt und es verwirrte ihn. Sein Herz klopfte wie verrückt und er war froh, dass Luca das Zittern seiner Hände nicht sah, die seinen Nacken umschlungen hielten.

Lucas Augen funkelten und Rick sah die Bewegung seines Adamsapfels, als er schluckte und sich die Lippen leckte. »Egal, was ab jetzt noch alles passiert«, flüsterte er rau, »ich bin froh, dass ich zurückgekommen bin. Das war es wert.«

Rick lächelte und schlug den Blick nieder, ehe er ihn in Lucas Mimik zurückkehren ließ. »Noch nicht«, antwortete er leise. »Aber das wird es sein.« Er löste sich gerade weit genug, dass er Lucas Hand nehmen konnte, um ihn aus der Küche zu führen.

●●●

»Siehst du?« Genugtuung schwang in Marinos Stimme mit,
als er auf den Bildschirm deutete. Auch, wenn das Licht in der
Wohnung im betreffenden Teil ausgeschaltet worden war,
gaben die Kameras durch ihre Nachtsichtfunktion dennoch
ausreichend wider, was sich dort abspielte, um keine Zweifel
aufkommen zu lassen. Marino schätzte für gewöhnlich
Diskretion und Stil, aber andere Zeiten erforderten manchmal
andere Mittel und ab und an musste man kreativ sein, um der
jüngeren Generation eine Lehre zu erteilen.

Vaun gab ein undefinierbares Geräusch von sich. Er zerrte an
den Fesseln, die ihn am Stuhl festhielten, doch mittlerweile war
sein Widerstand nur noch halbherzig. Blut rann aus der
Platzwunde an der Schläfe und tropfte auf den aufgerissenen
Kragen des Hemds. Er war nicht sauer wegen Rick oder wegen
Luca, sondern vermutlich wegen sich selbst und das war der
Punkt, an dem Marino den Blick vom Monitor abzog und ihn
zu dem Mann schwenken ließ, zu dem Vaun herangewachsen
war. Dieser kleine Mistkerl hatte wirklich geglaubt, er konnte
ihn verarschen.

»Ich hatte nicht damit gerechnet, dass du mich noch einmal
anrufen würdest, nachdem wir so lange Funkstille hatten,
Vaun. Ich war«, sinnierte Marino mit einer vagen Handgeste,
»überrascht, um ehrlich zu sein. Dein kleines Fiasko ist ein
dampfender Scheißhaufen, Vaun. Du hast es völlig vermasselt,
und jetzt schau dir an, was das Ergebnis davon ist.« Er deutete
gen Monitor, der so ausgerichtet war, dass Vaun dem Blick
darauf kaum entkommen konnte. »Deine Investition vögelt
gerade deinen Halbbruder. Hätte es nicht andersrum sein
sollen? War der Plan nicht, dass du an seiner Stelle hättest sein
müssen? Ach Vaun«, sprach Marino weiter, ein hörbares
Seufzen in der Stimme, als er sich im Sessel niederließ. Er

beobachtete, wie Schweißperlen über Gesicht und Hals seines Gastes rannen und wie heftig der Atem sich gegen den Knebel aus Klebeband drückte oder an ihm zerrte, wann immer Vaun aus- oder einatmete. Er hörte das leise Schnaufen und die kehligen, verzweifelten Laute, die seiner Kehle entkamen und für einen Moment war er versucht, ihm noch eine Chance zu geben. Aber der Augenblick zog vorüber und schließlich tat er es doch nicht. Kinder lernten nicht aus ihren Fehlern, wenn man sie zu sehr hätschelte.

»Du hast die kleine Hure mehr oder weniger entführt um sie zu erpressen«, rekonstruierte er die Vorgänge, wobei er sich die Stirn rieb, als bereitete ihm der Umstand Kopfschmerz, »und dann hast du ihn entwischen lassen. Einen hühnerbrüstigen, bekifften und vermutlich völlig lebensfernen kleinen Idioten. Vaun«, fügte er tadelnd an, »du warst immer schon ein grauenhafter Babysitter. Aber deine Unfähigkeit hat in den letzten Jahren offensichtlich zugelegt. Hättest du es nicht einfach ein wenig eleganter lösen können?« Marino ließ die Hand sinken und beobachtete Vaun, der ihn feindselig und gekränkt anstarrte. »Ein sauberer Schuss in den Rücken, einen in den Kopf. Erledigt. Nein, du musst ihn natürlich entkommen lassen und dann rennt dieser Pechvogel auch noch genau vor Vitos Karre und lässt sich fast überfahren, sodass mein Sohn ihn nach Hause schleppt wie eine streunende Katze einen flügellahmen Vogel. Und jetzt habe ich ihn an der Backe und er ist mein Problem.« Marino schnalzte mit der Zunge und strich sich die Weste glatt, die er trug. »Ich wusste, es war ein Fehler, dich so nah bei mir zu behalten und dir dieses Haus zu schenken, so nah an meinem. Trotzdem bin ich erstaunt über dein Versagen, Vaun. Und es enttäuscht mich. Dir ist hoffentlich klar, dass ich das nicht ungestraft lassen kann.«

Es war keine tatsächliche Frage, und das wussten sie beide. Vaun gab ein hilfloses Wimmern von sich, doch durch den Knebel drangen die Worte nicht verständlich. Die gefesselten

Hände zuckten nutzlos hinter seinem Rücken.

»Ich hörte, dass Londrake schon auf dem Weg sein soll, um nach dem Bengel zu suchen. Das ist eine Menge Ärger für mich, Vaun. Du hast Glück, dass ich recht gut darin bin, Spuren zu beseitigen. Sonst wäre ich nicht so lange im Geschäft.« Er erhob sich und rückte seine Krawatte zurecht, verfolgt von Vauns Augen, die glasiger wirkten. Kurz erstarb das Gezappel, ehe sich der Gefesselte nur umso heftiger wehrte. Marino legte sinnierend den Kopf schief. »Übrigens«, merkte er freundlich lächelnd an, »ich war erstaunt zu erfahren, dass Neal bei dir sämtliche Knöpfe gedrückt hat. Der Kleine ist recht niedlich, oder? Vito hat ihn vorgeschlagen, um dich zu ködern. Es war recht possierlich zu sehen, wie unwissend ihr beide wart. Aber ich nehme an, so ist das wohl mit Schachfiguren, mh? Sie wissen nicht, was los ist, ehe es zu spät ist. Ach, keine Sorge, übrigens, Neal darf weiterhin seine kümmerliche Existenz fristen. Ich brauche ihn vielleicht ein andermal erneut, wenn ich wieder einen Vollidioten aus der Reserve locken muss.«

Marino gab seinen wartenden Männern ein Zeichen und beobachtete, wie Vaun sich vergeblich wehrte, als er vom Stuhl losgebunden und auf die Füße gezerrt wurde. Er brachte sich dicht vor Vaun, der seiner Mutter so viel ähnlicher sah als seinem verkommenen Vater. »Ihr beide, du und Luca, habt mich lange genug an der Nase herumgeführt. Ich hätte euch beide schon damals aus dem Weg räumen sollen. Aber glücklicherweise habe ich nun die Gelegenheit, meine Fehler zu korrigieren, nicht wahr?« Er tätschelte die Wange des Gefesselten, dessen Augen flehend wirkten, ehe er zu seinen Männern sah. »Bringt ihn weg.«

Vaun wehrte sich nach Kräften und die gedämpften, heiser klingenden Laute wurden verzweifelter, mischten sich mit dem Geräusch seiner Schuhe, die über den Teppich schleiften und den Versuchen, sich gegen die beiden Kerle zu stemmen, die ihn unbarmherzig voran zogen.

Marino wartete, bis die Tür hinter den Männern zugefallen war, ehe er sich ein leises Seufzen gestattete. Sein Sohn Vito beobachtete ihn erwartungsvoll. »Was hast du mit ihm vor?«, wollte er wissen. Er lümmelte in einem der Sessel, strotzend vor jugendlichem Leichtsinn und noch so unwissend, wie die Welt funktionierte. Er war ein neugieriges Kind, geleitet zumeist nicht von Vernunft, sondern Leidenschaften, denen er rücksichtslos nachging und seine dunklen Seiten bereiteten Marino bisweilen Sorgen. Immerhin war so jemand nicht so einfach zu formen. Er wusste, dass Vito nicht normal war, nachdem die Sache mit dem Welpen passiert war. Vitos Tante hatte ihm den Welpen zu seinem fünften Geburtstag geschenkt. Babyspeckig, weich, mit großen, treuen Augen und einer feuchten, riesigen Nase. Alle waren entzückt von dem kleinen Kerlchen. Vito auch. Nur eben nicht auf die normale Art, wie man entzückt über einen Welpen war. Er erwischte seinen Sohn mit dem Welpen in der Badewanne und er wusste, dass es kein Unfall war in dem Moment, in dem er das glückliche Gesicht seines Kindes erblickte, der den schon längst toten Hund unter Wasser drückte, als sei er ein Spielzeug. Noch heute überkam ihn ein Schauer, wenn er daran dachte. Doch die Pflicht eines Vaters war doch, sein Kind zu lieben, nicht wahr? Egal was für ein Monster sich hinter dem engelsgleichen Lächeln verbarg.

Marino betrachtete seinen Sohn einen ausgiebigen Moment lang. »Erinnerst du dich an Weihnachten vor acht Jahren?«, wollte er wissen.

Vito blinzelte auf diese kryptische Frage hin, ehe er sich im Sessel aufrichtete. »War das da, wo du mir meine erste Knarrre geschenkt hast?«, riet er ahnungslos.

Marino schüttelte den grauen Kopf und starrte aus dem Fenster. Vito konnte so naiv sein. So unschuldig. Vielleicht hatte er es schon vergessen. Er schwieg gedankenverloren, lauschte auf die Stille, die sich in diesem Raum ausbreitete und die davon zeugte, dass sie durch Respekt erwirkt wurde. All die Jahre und Jahrzehnte, die er in diesem Land lebte, hatte er sich hart erkämpft und alleine aufgebaut. Es war nicht immer leicht gewesen und der Weg zu Macht und Einfluss, zu Wohlstand und einer angesehenen Reputation war gepflastert mit Hindernissen, Lügen, Intrigen und Feindschaften, die es zu überwinden gegolten hatte.

Alles für die Familie.

Vaun und Luca hatte er immer dazugezählt. Er kannte sie beide von Kindesbeinen an, hatte sie auf seinen alten Knien geschaukelt und sie mit seinen eigenen Kindern großgezogen. Man erwartete nicht, dass die eigenen Sprösslinge einem in den Rücken fielen. Doch genau das hatten sie getan. Und er war ein geduldiger Vater gewesen, hatte es ihnen durchgehen lassen, obwohl es ihn eine Menge gekostet hatte. Er hatte sie nicht bestraft. Hätte es nicht, auch wenn sie nicht weggelaufen wären. Das hieß, Luca war derjenige gewesen, der bei Nacht und Nebel davonlief. Und Vaun versteckte sich eine ganze Weile im Ausland, bis er Karriere zu machen begann. Nie hätte er sie dafür bestraft, was sie getan hatten.

Aber dann brachte diese kleine Stricherkröte zwei seiner besten Leute in den Knast. Der Zuhälter hatte keine gute Zeit hinter Gittern, das war klar. Vielleicht war es nur eine Frage der Zeit, bis auch er das Zeitliche segnen würde. Ein verschmerzbarer Verlust, auch wenn Marino diesen Geschäftszweig immer geschätzt hatte. Andere machten sich dreckig und er bekam einen schönen Batzen sauberer Kohle dafür. Im Gegenzug sorgte er dafür, dass die Bullen nicht ganz so kritisch in diese dunklen Gassen schauten. So simpel war das. Eine Hand wusch die andere und jeder bekam einen Happen ab.

Aber dass diese Missgeburt seinen persönlichen Anwalt ins offene Messer rennen ließ, das war mehr als ärgerlich. Gut, was der Mann in seiner Freizeit getan hatte, stieß Marino bitter auf, allerdings kümmerte er sich nicht besonders um die Hobbys seiner Geschäftspartner. Privat war privat, solange es das Geschäft nicht beeinträchtigte. Hätte Ben, dieser Esel, seinem Anwalt nicht den falschen Stricher geschickt, wäre das alles kein Problem gewesen. Aber er musste ja ausgerechnet diesen aussuchen. Diesen einen, auf den Alexander Londrake seine widerlichen, grünen Augen geworfen hatte, dieser Mistkerl.

Es kam, wie es kommen musste: Londrake spielte den Helden und befreite sein Herzblatt, dank der Mithilfe dieses kleinen Strichers, der Vito vor die Karre gerannt war. Die Polizei rückte an, kassierte den Anwalt ein, und nur dank einiger geschickter Schachzüge konnte sich Marino davor bewahren, als dessen Kunde und Freund aufzufliegen. Gut, dass der Fettsack nun zumindest für immer schwieg. Immerhin etwas. Jedoch verschafften all diese Widrigkeiten Marino und seinen Leuten einen Haufen Mehrarbeit und er hasste unnötige Überstunden.

Londrake war ein Ärgernis, aber nicht mehr als eine lästige Fliege, betrachtete man die Stadt als einzigen, großen Scheißhaufen. Es gab noch andere wie ihn. Nervige Insekten, die versuchten, sein Imperium zu untergraben, die jedoch niemals Erfolg damit haben würden. Londrake wusste ja nicht einmal von seiner Existenz, dieser blinde Idiot. Allerdings war Rick ihm in die Falle gelaufen, als ob das Schicksal persönlich ihn vor Vitos Karre hatte stolpern lassen. Dass er ausgerechnet in Luca verschossen zu sein schien, war geradezu lächerlich. Marino lächelte, während er aus dem Fenster starrte und dabei aus dem Augenwinkel die Reflexion seines Sohnes musterte, der neben ihn getreten war. Er spürte dessen fragenden Blick auf sich.

»Vaun und Luca werden beide eine Lektion lernen, die sie bis an ihr Lebensende nicht mehr vergessen werden. Es geht um das Begleichen von Schulden, mein Sohn. Sie haben ihre Schulden nie zurückgezahlt. Aber glücklicherweise bekommen sie jetzt die Gelegenheit dazu. Das nennt man Gerechtigkeit.«

Vito hörte schweigend zu, ehe er ein leises, zustimmendes Geräusch von sich gab. Jedoch klang es nicht gänzlich überzeugt. »Legst du sie um?«, wollte er wissen.

Marino hob eine Braue, als er sich zu seinem Sohn drehte, der ihn ungewohnt ernst betrachtete. »Ich? Nein. Das habe ich ihnen doch versprochen, mh?«, stellte er mit einem sachten Lächeln klar. Seine Hand tätschelte Vitos Wange, an der sich spärlicher Bartwuchs abzeichnete.

»Und dieser Rick?« Vito starrte ihn beharrlich an. Es war merkwürdig, wie leidenschaftslos er wirken konnte, wenn er sich Mühe gab. Doch Marino konnte das begehrliche Funkeln in seinen Augen sehen. Es verriet ihn, so wie es einen Wolf verriet, der ein hilfloses Lamm erspäht hatte.

»Ich schätze, wir werden sehen, wie es läuft, mh? Ich habe keine Verwendung für ihn. Allerdings«, fügte er nachdenklich an, »will ich diese Neigungen auch nicht unbedingt unterstützen, verstehst du?«, wollte er wissen. Er klang streng und registrierte zufrieden, wie Vito den Blick senkte.

»Verzeih mir, Vater. Ich wollte nur gründlich sein. Du sagst immer, es darf keine Zeugen geben.«

Marino konnte nicht umhin, die Gerissenheit zu bewundern, die Vito an den Tag legte, um zu bekommen, was er wollte. »Wir werden sehen, mh? Vielleicht schenke ich ihn dir als Belohnung, wenn diese ganze Geschichte vorbei ist.«

Vito lächelte still und folgte seinem Vater, als dieser sich in Bewegung setzte. Er warf einen letzten Blick auf den Monitor, doch konnte er nicht ausmachen, was sich dort abspielte, denn dafür war es zu flüchtig. Bald konnte er das alles ungetrübt genießen, wenn er Glück katte.

11

Alex trat fluchend auf die Bremse.

Er musste nicht weiterfahren, um zu wissen, dass es nutzlos war. Der Himmel über den Hängen leuchtete orange. Viel zu hell, beinahe surreal, und doch passierte es. Der Wald stand in Flammen. Eine Feuerhölle aus lichterloh brennenden Bäumen, die sich bis zu den schmalen Bergstraßen erstreckte. Unzählige Feuerwehrwagen waren an ihm schon vorbeigebrettert und von ihren schrillen Sirenen taten ihm die Ohren weh.

Fassungslos hielt er am Straßenrand, unweit des Ortes, an den er eigentlich gewollt hatte. Das Feuer breitete sich rasch aus, ein Durchkommen war unmöglich. Straßensperren wurden errichtet und so wie es aussah, würden die Löscharbeiten mindestens die ganze Nacht dauern. Es war zwar eisig, doch es hatte seit Wochen nicht mehr geregnet. Alex konnte für Minuten nichts tun, außer auf das Spektakel vor sich zu starren. Vauns Haus hatte in diesem Teil der Gegend gestanden. Und vermutlich war es ebenso in Flammen aufgegangen, wie das Ganze drumherum. Ohnmächtig sank er gegen die Rückenlehne und versuchte zu verstehen, warum das ausgerechnet jetzt passieren musste. Zufall? Er zog skeptisch die Brauen zusammen. Zumindest konnte er für den Augenblick nichts weiter ausrichten. Die einzige Spur, die er gehabt hatte, war sprichwörtlich in Flammen aufgegangen.

Er wollte gerade Dubras Nummer wählen, als sie bereits auf dem Display aufglomm. Ein weiterer Feuerwehrwagen raste an ihm vorbei, warf blaues und rotes Licht auf seine Züge, als er das Gespräch entgegennahm. In seiner Magengegend bereitete sich ein ungutes Gefühl aus, noch ehe er die bebende Stimme seiner Sekretärin vernahm.

»Er ist nicht da!«

Ihm wurde kalt und für einen Moment war er nicht fähig, zu reagieren. Das grell lodernde Feuer der brennenden Hänge schien sich in seine Retina zu brennen. »Was soll das bedeuten, Dubras?«, brachte er mühevoll hervor. Grauen überkam ihn. War das seine Schuld? Hätte er bei ihm bleiben sollen? Er musste daran denken, was Matt zugestoßen war. Die Alpträume, die Flashbacks, in denen er seinen zitternden Körper fest an sich gepresst hielt, wenn ihn die Vergangenheit einholte. Gott, das wollte er nicht noch einmal mit ihm durchmachen.

Dubras am anderen Ende der Leitung schluchzte. »Er ist nicht mehr da, Mister Londrake. Die Angestellten sagen, sie hätten ihn nicht weggehen sehen, aber er ist definitiv fort. Er trank ein Glas Wein, darin schwamm ein Zigarettenstummel. Aber niemand will gesehen haben, wann oder mit wem er das Restaurant verließ.« Sie klang völlig aufgewühlt und Londrake bemühte sich, sie nicht in hilflosem Zorn anzubrüllen. Sie konnte nichts dafür. Es war nicht ihr Fehler.

Es war seiner.

»Dubras. Beruhigen Sie sich«, wies er sie an, während er den Wagen vom Seitenstreifen steuerte und wieder in Richtung Stadt lenkte. Es war nicht so einfach, denn inzwischen rückten immer mehr Löschfahrzeuge an, gefolgt von Polizei und den elendigen Gaffern und den ersten Fahrzeugen der hiesigen Presse. Nicht lange, und die Leute würden in den Nachrichten vom Brand hören. »Ich möchte, dass Sie die Restaurantleitung bitten, noch einmal alle Mitarbeiter zu befragen. Überzeugen

Sie sie, sich die Videoaufnahmen zeigen zu lassen. Wenn sie sich weigern, informieren Sie-«, er wollte sagen die Polizei, jedoch würden die nichts tun. Ermittlungen zu vermissten Personen wurden erst mit bestimmten Kriterien eingeleitet und im Grunde wussten sie nichts Genaues. Er atmete einmal tief durch. »Informieren Sie die Polizei«, beschloss er dann doch. »Teilen Sie ihr mit, dass möglicherweise eine Entführung vorliegt. Matt würde nicht einfach gehen, ohne mir etwas zu sagen. Schon gar nicht mit Fremden.« Wenn es denn ein Fremder gewesen war? Oder hatte Rick ihn gefunden? Aber wieso meldete sich Matt dann nicht? »Haben Sie versucht, ihn anzurufen?«

»Natürlich, Sir!«, kam es prompt. »Er geht nicht ran, ich habe ihm auf das Band gesprochen.« Dubras klang verzweifelt.

»In Ordnung. Gehen Sie zur Polizei und dann nach hause«, wies er sie an. »Für den Fall, dass er dort auftaucht.« Alex bemühte sich, so ruhig wie möglich zu klingen, obwohl ihm das Herz bis zum Hals schlug. Matt war nicht verantwortungslos und schon gar nicht verschwand er grundlos. Im Gegenteil. Seit der Sache vor einem Jahr fühlte er sich in der Öffentlichkeit unwohl und ging nur ungern raus. Er zwang sich dazu, sich diese Angst abzutrainieren, und in den letzten Wochen hatte er gute Fortschritte gemacht, aber dennoch gab es immer wieder Rückschläge. Alex hatte gehofft, dass eines Tages wieder Normalität einkehren würde, dass die Schrecken verblassen würden, doch bislang sprachen die Fakten dagegen und Matts Weigerung, sich behandeln zu lassen, machte es nicht einfacher.

Dass sie sich zum Abendessen verabredet hatten, war das erste Mal seit Wochen und Matt hatte sich darauf gefreut und schien einigermaßen selbstsicher. Er hatte es sogar selbst vorgeschlagen, das war erst wenige Tage her. Alex verstand nicht, was vor sich ging, doch die Furcht, Matt könnte etwas zugestoßen sein, legte sich wie eine Kette aus Eis um sein Herz. Er durfte ihn nicht verlieren. Ihn nicht noch einmal im Stich lassen. Alex legte auf und beschleunigte den Wagen in Richtung Stadt. Er musste sich beeilen. Im Rückspiegel verfolgte ihn das orange und rote Glühen der Feuerhölle, die sich durch die Hügel fraß und deren Rauch in den Himmel stieg und die Luft vergiftete.

...

Rick zog Luca mit sich, vorbei am Badezimmer, dessen Tür er fälschlicherweise zuerst aufdrückte. Die schwarzen Marmorfliesen, durchzogen mit goldenen, schimmernden Musterungen interessierten ihn nicht, auch wenn er zu allen anderen Gelegenheiten sicher über den Prunk und die schlichte Eleganz gestaunt hätte.

Er strebte dem Schlafzimmer zu, mit wild pochendem Herzen und feuchten Händen, deren Zittern er sich mit dem Entzug erklärte. Er war dankbar dafür, dass Luca und er ihre Finger miteinander verwoben hatten, sodass es dem anderen nicht so stark auffallen mochte. Es war eine absurde Situation: eine fremde Wohnung, mit teuren, exquisiten Möbeln ausgestattet und den saubersten Teppichen, die er je gesehen hatte, geschmückt mit recht geschmackvoller Kunst und gut platzierten Objekten. Und sie mittendrin. Er, der ehemalige Stricher, und Luca, von dem er gar nicht wusste, was genau er eigentlich war – oder wer. Sie saßen in einem gläsernen Käfig, bewacht und vermutlich beobachtet von Leuten, die sie ohne zu zögern erschießen würden, wenn sie versuchen würden, zu flüchten. Sie konnten nirgendwohin und so blieb nur, abzuwarten und das beste zu hoffen. Und jetzt gerade waren sie auf dem Weg ins Schlafzimmer, um die vielleicht letzten Stunden ihres Lebens mit etwas angenehmerem zu füllen als den Gedanken an ihr vielleicht baldiges Ende.

Rick atmete durch und drückte die Finger fester, als er die Tür erreicht hatte. Sie wirkte so harmlos und schlicht, fügte sich in das Bild der Wohnung perfekt ein, doch noch ehe er die Klinke berühren konnte, zogen Lucas Finger ihn zurück. Er stieß überrascht die Luft aus und taumelte gegen Lucas breite Brust. Sein schmaler Körper wurde gegen die Wand neben der Tür gedrückt und raue Finger glitten unter den Stoff seiner Kleidung, streichelten über seine Brust und seine Seite, bis er nach Luft schnappte wie ein Fisch, der an Land geworfen wurde. Ihm blieb kaum Zeit dafür, das Prickeln zu genießen, das Lucas Fingerspitzen über seine Haut jagte, denn Luca neigte sich zu ihm, die Augen dunkel vor Begehren, als er seinen Blick suchte. »Lass uns so tun, als wäre es der Abend nach der Party und wir wären nicht unterbrochen worden«, bat er leise.« Sein Atem streifte warm über Ricks Lippen, ehe die eigenen nachfolgten und allein von diesem zarten Streifen begannen Ricks Knie weich zu werden. Er antwortete nicht, sondern schloss die Augen stumm und kam den Lippen entgegen, die sich hungernd auf seine legten.

Angetrieben von Verlangen und erwachender Gier teilte Luca die weichen, bebenden Lippen des Dunkelhaarigen mit seiner Zunge und erschauerte, als das seidige Gegenstück ihm entgegenkam, um sich an ihm zu reiben. Er schmiegte sich deutlicher an Rick an, dessen Finger der freien Hand unter das Shirt glitten und ihm über die nackte Haut des Bauches streichelten. Die Muskeln zuckten unter dem heißen Schauer, den es ihm durch den Körper trieb. Er revanchierte sich seinerseits damit, dass er den Daumen reibend über einen der Nippel gleiten ließ, angetan davon, wie rasch er hart wurde und wie heftig der Dunkelhaarige sich an ihm wandt. Anscheinend war dies ein besonders empfindsamer Punkt und Luca spürte den feinen Silberschmuck des Piercings, das ihn schmückte, deutlich.

Rick keuchte leise in den Kuss hinein, doch offenkundig nicht willens, ihn zu unterbrechen, als er die Hand höher schob, um Lucas Brust zu erkunden. Seine Finger fächerten sich auf, streichelten begehrlich jeden Zentimeter der nackten, warmen Haut, die sich so verboten gut anfühlte. Er konnte die harten Muskeln spüren, die unter der seidigen Oberfläche verborgen lagen und nur hier und da waren kleinere Erhebungen zu erspüren, die Rick erst nicht einordnen konnte. Der Kuss machte ihn atemlos und sandte kleine Schauer aus prickelndem Verlangen durch seinen Körper. Längst war er hart und die Enge und die pochende Hitze in seiner Hose machte ihn verrückt. Auch, weil sich Luca so eng an ihn drückte, dass er keinen klaren Gedanken fassen konnte. Er spürte ihn durch die Reibung umso deutlicher – und doch noch lange nicht genug von ihm. Er zerrte bettelnd an Lucas Shirt, gefangen in dem Kuss, der ihn schwindelig machte. Mittlerweile brandete auch Lucas Atem heiß über Ricks Wange und er unterbrach nur kurz, um sich den nutzlosen Stoff über den Kopf zu zerren. Es war ihm egal, wer alles über den Monitor zuschaute. In diesem Moment blendete er es völlig aus.

Der Stoff fiel mit einem dumpfen Geräusch zu Boden und Rick schluckte trocken, als er den nackten Oberkörper endlich betrachten konnte. Kleinere und größere Narben schmückten Lucas Rippen, das Schlüsselbein und die Brust, eine kleinere den Bauch und eine die Hüfte. Der linke Oberarm war von den Knöcheln bis zur Schulter mit verschlungenen Mustern bedeckt. Keltische Motive, zumeist, aber auch Totenschädel und anderes, was entfernt an verschiedene Mythologien erinnern mochte. Die Qualität des Tattoos war unbestreitbar, die Linien scharf gestochen und offensichtlich schien es gepflegt zu sein. Doch Rick hatte keinen Blick für die verschlungenen Details, denn Luca schob seine Finger unter den Saum seines schlabberigen Pullovers, um ihn davon zu befreien.

Im Gegensatz zu dem offensichtlich viel kräftigeren und größeren Luca fühlte er sich beinahe scheu, als er den Pullover los war, der raschelnd zu Boden fiel. Beinahe überkam ihn das Verlangen, sich wieder zu bedecken. Wie absurd das war, wusste er selbst. Immerhin hatte er vor gar nicht so langer Zeit überhaupt keine Scham darin gehabt, sich vor anderen auszuziehen. Er blinzelte verwirrt, als ihm der Gedanke durch den Kopf ging, dass er sich sogar vor Vaun hatte ausziehen wollen. Er zog irritiert die Brauen zusammen, doch ließ er den vorbeifliegenden Gedanken wieder fallen, als er Lucas Blick auf sich spürte. Noch viel mehr wünschte er sich nun eine Decke, um sich zu bedecken, obgleich er keine Ablehnung in dem funkelnden Sturmgrau finden konnte. Es kostete ihn mehr Überwindung als sonst, sich lasziv gegen die Wand zu lehnen, die Lippen leicht geöffnet, noch feucht von dem schwindelerregenden Kuss, und zu Luca aufzusehen, wobei er sich mit den Händen an der Wand abstützte. Das Herz schlug ihm unter dessen Blicken bis zum Hals. Es war erregend, so glutvoll betrachtet zu werden, und gleichsam fürchtete er unsinnigerweise, Luca könnte ihn ablehnen. Immerhin war er durch den Unfall nicht mehr makellos und schon damals, als er noch für Ben gearbeitet hatte, hatte dieser ihm eingebläut, dass nur makellose Ware auch begehrenswert war. Nicht, dass es den einen oder anderen Freier davon abgehalten hätte, unnötig hart zuzupacken ... Die Regel war sowieso dann außer Kraft gesetzt, wenn Ben die Männer für solch härtere Gangarten extra bezahlen ließ.

Ricks Körper war schlank, aber sehnig, mit leichten Muskelansätzen, die sich abzeichneten und die dem Eindruck eines ständig nur herumlungernden Kiffers widersprachen, der ausschließlich auf dem Sofa lümmelte. Die helle Haut war hier und da verfärbt, wo er sich durch den Unfall Prellungen zugezogen hatte. Es sah übel aus, doch Luca wusste aus eigener Erfahrung, dass solche Verletzungen meist nur schlimm wirkten. Dennoch versetzte es ihm einen Stich, als er die Blessuren sah. Mit den Fingerspitzen streichelte er hauchzart über die verfärbte Haut, ehe er den Blick in Ricks Gesicht zurückschickte. »Wie ist das passiert?«

Er erinnerte sich an Marinos Worte von vorher. Dass Rick Vito direkt vor das Auto gelaufen war und die Vermutung durch die Verstrickungen mit Vaun nahelegte, dass er zuvor bei ihm gewesen sein musste. Eifersucht kochte in Luca hoch, ohne dass er es verhindern konnte. Es hatte eine Zeit gegeben, in der er sich mit Vaun alles geteilt hatte. Doch die war nur kurz gewesen, flüchtig und lange her. Jetzt allerdings machte der Gedanke ihn krank, dass Vaun Rick etwas angetan haben konnte. Ihn auch nur berührt hatte. War er deswegen nachts durch den Wald gerannt? Rick wirkte nicht wie jemand, der schnell einzuschüchtern war. Aber irgendetwas musste passiert sein.

Rick senkte den Blick ab, als Lucas Finger seine Makel berührten und für einen Moment musste er gegen den Drang ankämpfen, seine streichelnden Hände wegzuschieben. Fand er ihn hässlich? Es war ein widersprüchliches Empfinden, einerseits zu wissen, dass er beschädigte Ware war, und andererseits Lucas Hände und seine Blicke auf sich zu wissen. Es war beinahe verzweifelt, wie sehr er ihn wollte und wie sehr er wollte, dass Luca seine Fehler egal waren. Ricks Herz pochte ihm schwer und kräftig gegen die Rippen und sein Atem ging rasch, brandete zwischen den leicht geöffneten Lippen hinweg, während er versuchte, sich zu erinnern. Er war gerannt, das wusste er. Und plötzlich waren die Scheinwerfer da, das ganze Licht. Und dann der Aufprall. Schmerz.

»Sssch, ssch...« Luca schmiegte sich sanft erneut an Rick an, der mit dem Rücken zur Wand stand und hektisch blinzelte. Er wirkte gequält und seine Brust hob und senkte sich unter flachen, hastigen Atemzügen. Flashbacks? Luca hob eine Hand, spürte das reflexartige Zurückzucken des Dunkelhaarigen, das leise, erschreckte Keuchen und nur die Wand in seinem Rücken verhinderte wohl, dass er floh. Er schmiegte die flache Hand an Ricks Wange, umfasste sie sanft und begann, sie zu streicheln. Ruhige, zärtliche Berührungen, während er einen Kuss auf die Halsseite drückte, unter der der Puls so sehr raste, dass es ihn besorgt die Stirn runzeln ließ. »Ich bin hier«, murmelte er rau an Ricks Ohr. Er zog ihn etwas mehr an sich, spürte, wie sich die verkrampften Hände wieder lockerten und sich zögernd an seine Brust schmiegten. Ein leises, zitterndes Einatmen folgte und ermutigte ihn, seine Lippen auf die Halsbeuge zu drücken, die Schulter, das Schlüsselbein ... Ein leises Seufzen entkam Ricks Lippen und die langen, schwarzen Strähnen kitzelten sein Handgelenk, als der Jüngere sich in seine Handfläche schmiegte wie eine schmusende Katze. Luca vermochte nicht zu sagen, was es war, dass ihn an Rick so anzog. Er wusste nur mit Sicherheit, dass es mehr war als bloße Lust auf einen heißen Fick. Er glitt an dem schlanken Körper herab, ließ sich Zeit dabei, obwohl Geduld nicht gerade seine Stärke war. In den letzten Jahren hatte er keine richtige Beziehung mehr geführt. Lockere, flüchtige Bekanntschaften waren alles, was er zu brauchen geglaubt hatte und wenn das alles hier vorbei war, würde er wieder seiner Wege gehen.

Er musste.

Schon alleine, um Rick nicht weiter zu gefährden. Lucas Zungenspitze kostete die kleine Senke unter Ricks Hals und seine Haut prickelte verheißungsvoll, als er die Finger in seinem Haar spürte und die Nägel, die über seine Kopfhaut fuhren. Er leckte und küsste sich über die Schlüsselbeine, knabberte zärtlich an den Erhebungen, ehe er die heißen Lippen über Ricks Brust streunen ließ. Er hörte sein leises, unterdrücktes Stöhnen und spürte das Beben, das durch Ricks Körper rann, als er einen der rosigen Nippel mit dem Mund umschloss und an ihm saugte. Er ließ sich Zeit, genoss, wie sich Rick enger an ihn drängte, wie sein Körper sich wand und die

Finger sinnlose Muster über seine Schultern malten. Unter dem geduldigen Reiben seiner Zunge schwoll die Knospe an, hart und empfindlich, doch er ließ erst von ihr ab, als er Ricks Wimmern hörte.

Dieser Mistkerl. Rick zog eine Hand von den Schultern weg, um die Zähne in die Haut am Handrücken zu graben und seine Laute zu unterdrücken. Er stöhnte schon jetzt, und dabei machte dieser Mistkerl kaum etwas. Lag das nur am Entzug? Rick keuchte und ein heftiges Ziehen ging durch seine Lenden, als Lucas Mund feuchte Spuren über seine Brust zog. Jeder kleine Kuss prickelte nach, schürte nur die Glut weiter an, die ihn zu verzehren schien. Es war Wahnsinn, was sie hier taten. Aber er konnte nicht aufhören. Und er wollte auch gar nicht.

Er wollte mehr. »Luca...«, wisperte er hilflos, als er den weichen Mund an seinen Hüften fühlte, der so hauchzart die Prellungen liebkoste. Das sanfte Knabbern an seinem Hüftknochen, das ihn erschauern ließ. Er hatte das Gefühl, unter Strom zu stehen, und jede Berührung war nur noch ein kleines bisschen mehr Spannung, bis er glaubte, sie kaum noch ertragen zu können. Lucas Finger streichelten seine Brust, seinen Bauch und die Versehrungen, ehe sie begannen, seine Hose zu öffnen. Er biss sich auf die Unterlippe, als der Druck des einengenden Stoffes nachließ und sein Schwanz befreit nach vorn federte. Er wagte kaum, hinzusehen. Doch das musste er auch nicht.

»Luca ...!« Er stöhnte kehlig auf, als sich die seidige Hitze des weichen Mundes ansatzlos um seine pochende Spitze schloss, sie mit der Zunge zu massieren- und zu saugen begann. Er grub beide Hände in Lucas Haare, die Hüften vorgeschoben, die Augen geschlossen, während dessen kräftige Hände um seinen nackten Hintern lagen und ihn enger zu sich zogen, dem Mund entgegen, der sich so verdammt gut anfühlte.

Schon jetzt zog es wie verrückt in seinen Lenden, pochte die Gier in seinem prallen Schaft, doch war er unfähig, sich diesem

Gefühl zu entziehen, das Luca in ihm auslöste. Er beobachtete ihn aus grauen Augen, das wusste Rick noch ehe er die eigenen öffnete, um zu ihm herabzublicken. Luca auf den Knien zu sehen, der ihn so besitzergreifend festhielt, den Blick zu ihm hochgerichtet, als wollte er ihn auch mit den Augen liebkosen – es war beinahe zuviel. Es könnte nur ein einfacher Blowjob sein, wenn er ihn nicht so dabei ansehen würde, dass Rick meinte, das Herz würde ihm jeden Moment aus der Brust springen.

Luca zwang sich, langsam zu machen, obwohl er selbst die eigene Hose öffnen musste, um sich von dem schmerzhaften Druck zu befreien, der ihn einengte. Himmel, wie hart Rick war. Er konnte seine Lust auf der Zunge schmecken und das leise Stöhnen und die kehligen, verhaltenen Laute törnten ihn nur noch mehr an. Er wirkte so viel schüchterner als noch im Taxi, oder auf der Party davor und doch zeigte ihm sein Körper nur allzu deutlich, was er brauchte. Er konnte den Blick kaum von seinem Gesicht abwenden, wie er sich wand, wie er versuchte, seine Stimme zu unterdrücken und es doch nicht schaffte. Als ihre Blicke sich trafen, rann ein heißer Schauer durch Lucas Körper. Gänsehaut überzog seinen Rücken, prickelte auf seinem Nacken nach, als er die Zunge flächig über die Unterseite des zuckenden Schwanzes gleiten ließ. Er hörte Ricks Keuchen, der mit geröteten Wangen seinem Blick begegnete, unfähig, wegzusehen, und er registrierte ebenfalls das Zittern, das durch die Muskeln des flachen Bauches lief. Himmel, wenn es nach ihm ging, würden sie es gar nicht bis ins Schlafzimmer schaffen. Aber das mussten sie, denn spätestens, wenn es vorbei war, da war Luca sich sicher, wäre er nicht mehr in der Lage, auch nur mit dem kleinen Finger zu zucken.

Es wäre vielleicht das erste und letzte Mal für sie.

»Schlafzimmer ...« Rick keuchte es, der sich in einer halben Drehung von Lucas teuflischem Mund wegbewegte und nach Atem rang. Er fühlte sich schon jetzt überreizt, wie im Fieber, auf schwachen, zitternden Beinen, die ihn kaum noch zu tragen schienen. Sein wild klopfendes Herz und das Flirren in seiner Magengegend überforderte ihn. Er hatte schon oft genug vor anderen gekniet und Fremden auf diese Weise Lust geschenkt, und schon oft war er es gewesen, der befriedigt wurde. Doch etwas war diesmal anders und Rick fühlte sich unsicher dabei. Es brachte ihn aus dem Konzept, warf ihn aus der Bahn. Er schlüpfte aus den Schuhen und aus der Hose, an der Wand angelehnt, wobei er einen Blick über die Schulter riskierte, als er den groben Jeansstoff über seinen Hintern streifte. Er wusste, wie das auf Luca wirken musste und er konnte nicht umhin, den Rücken dabei durchzudrücken, um den Anblick noch reizvoller zu machen. Der Gedanke daran, dass dies die letzte Nacht sein könnte, wog tonnenschwer und er konnte die unbeschreibliche Panik fühlen, die irgendwo in seinem Hinterkopf tobte und heulte wie ein eingesperrtes Tier, das an seinen Käfigstäben rüttelte. Es kostete Kraft, sie weg zu stemmen, auszusperren, doch es gelang ihm.

Wegen Luca, der ihn so ansah, dass er den Blick bis in sein Innerstes fühlen konnte. Er prickelte auf der schlanken Senke seines Rückens und ließ ihn die Unterlippe zwischen die Zähne ziehen. So hatte ihn noch nie jemand angesehen. So derart intensiv, dass es beinahe körperlich schien. Wie eine Berührung. Ein Kuss, ätherisch wie das Flüstern eines Geliebten auf nackter Haut. Rick war froh um die kühle Wand, an die er sich lehnen konnte und die die Hitze abdämpfte, die seine eigene Haut abstrahlte. Es tat gut, denn sie vermittelte Realität, wo sie ihm zu entgleiten drohte. Er löste den Blick von den markanten Zügen, die noch immer gezeichnet von den eingesteckten Schlägen waren, als er den Blick absenkte und aus der Hose schlüpfte. Er war sich seiner Nacktheit bewusster als sonst und er fragte sich, was Luca wohl denken mochte. Die Blessuren an seiner Hüfte und die anderen Prellungen, die er sich zugezogen hatte, vereitelten den Eindruck von Makellosigkeit, aber das konnte er nicht ändern. Er strebte dem

Schlafzimmer zu, mit klopfendem Herzen und ungewiss, was ihn erwarten mochte. Hinter sich hörte er das Rascheln von Stoff und gedämpfte Schritte, die ihm folgten. Noch ehe er die Klinke ganz heruntergedrückt hatte und die Tür aufschwang, um den Blick in das Innere des Raumes freizugeben, fühlte er Lucas warme Lippen auf seinem Nacken und den Atem, der über seine Haut strich.

Hör' auf zu heucheln! Du musst nicht so tun, als wäre ich dir noch wichtig. Du hast jetzt dein Happy End, also lass mich einfach in Ruhe!

Matt fröstelte. Ricks Stimme hallte in einem Kopf wider und warf endlose Echos. Die Schuld lag schwer auf seiner Brust und presste ihm das Herz zusammen. Sie hatten sich angeschrien und sich beschimpft, und dabei hatte er doch nur wissen wollen, ob es ihm gut ging.

Die eiskalte Luft schnitt ihm in die ungeschützten Wangen und biss in die Haut seiner Ohren, die dem Wetter ausgeliefert waren. Der Mann, der die Autotür schloss, warf ihm einen unlesbaren Blick zu. In diesem Teil der Stadt war er noch nie gewesen. Die sauberen Viertel mit den Einfamilienhäusern hatten sie längst hinter sich gelassen. Kleine Villen und hübsche, offensichtlich teure Häuser dominierten das Bild, geschmückt mit aufwendig gestalteten Vorgärten und gesichert von hochwertigen Alarmanlagen. Eine Gegend, in die selten eingebrochen wurde. Das Risiko war einfach sehr hoch und er wusste, dass eine Menge Leute, die hier lebten, private Sicherheitsdienste unterhielten. Nicht gerade eine Gegend, in die es ihn oft verschlug. Nicht einmal, seit er Londrake kannte.

Der Streit mit Rick schmerzte noch immer und die nagende Ungewissheit wo er war und wie es ihm ging, war schwer zu ertragen. Matt hatte das Gefühl, Teil eines Spiels zu sein, das er nicht verstand. Er ahnte nur, dass es von Leuten gespielt wurde, denen er lieber nicht querkommen wollte.

Der Schwarzhaarige in dem roten Ledermantel trat neben ihn und gab eine langwierige Zahlenkombination in das Tastenfeld ein, die das schwer aussehende Tor bedächtig aufschwingen ließ. Das Anwesen lag unscheinbar zwischen all den anderen, jedoch kaum einsehbar, geschützt von hohen Mauern. Ein Innenhof, ausgelegt mit sauberen Steinen aus behauenem Marmor kam in Sicht, die den Weg zur Tür bildeten. Dazwischen befanden sich Blumenbeete und beschnittene Ziergehölze, die wie kleine grüne Inseln um den Weg wucherten. Das Haus selbst erinnerte an die prächtigen kleinen Stadtvillen vergangener Jahrhunderte, die noch Geschmack und Eleganz besaßen. Ganz anders als moderne Bauten, die in Quaderform mit viel Glas eher an Kunstobjekte denn gemütliche Heime gemahnten. Eine steinerne Skulptur ragte in einem der Blumenbeete auf, umschlungen von Kletterpflanzen. Das Licht war zu schlecht, um viel zu erkennen, doch schien die Figur gen Himmel zu blicken, die Hände gefaltet wie zum Gebet.

»Was ist das hier?« Matt war nicht wohl bei der ganzen Sache. Auch wenn es bislang keinen echten Anlass gab, in Panik zu geraten, spürte er doch die lauernde Angst in seinem Nacken.

»Ein Anwesen. Eines von vielen, das mein Arbeitgeber sein Eigen nennt«, lautete die Auskunft. Die derben Stiefel, die der Mann trug, klangen laut auf den Platten des Weges, als er an Matt vorbei trat. Er erklomm die wenigen Stufen bis zur Vordertür und öffnete diese, ehe Matt ihm widerstrebend folgte.

»Das ist nicht, was ich meinte.« Er starrte den Narbigen an, versuchte, in den Augen zu lesen, die ihm irgendwie unheimlich waren, doch dieser lächelte nur schulterzuckend.

»Dann formuliere deine Fragen geschickter«, antwortete er schlicht, ehe er die Tür aufzog und sie für Matt aufhielt, damit er eintreten konnte.

Wärme schlug ihnen entgegen, der leichte Duft nach Zigaretten und irgendwo spielte leise Musik. Matt identifizierte das Stück als Jazz, sehr weich, sehr melodisch. Die Beleuchtung war nur mäßig, aber angenehm, als er in einen dunkel getäfelten Flur eintrat. Bilder hingen an den Wänden, die Schritte wurden von geschmückten Läufern abgedämpft.

Der Narbige führte ihn durch eine breite Flügeltür in eine Art kleinerer Halle, in der ein Lüster von der Decke hing. Eine breite Holztreppe wand sich nach oben und in gläsernen Vitrinen an der Wand waren verschiedene Sammlungen zu sehen. Sie gemahnten an Ausstellungsstücke, wie man sie in Museen fand. Afrikanische Masken, Steinskulpturen, Instrumente und Schmuck aus Gold oder Edelsteinen. Matt zog fragend die Brauen zusammen, doch der Narbige führte ihn zu einer anderen Tür, nicht die Treppe hinauf, sondern rechts von ihnen. Er warf Matt einen kurzen Blick zu, ehe er die Hand hob, um anzuklopfen. Innerlich schien er zu zählen, denn es kam keine hörbare Antwort, ehe er die Tür öffnete und Matt auffordernd ansah.

Unruhe machte sich in dessen Magengegend breit und der Impuls, einfach wieder nach draußen zu rennen und irgendwo in der Dunkelheit zu verschwinden, war überwältigend. Was immer hier vor sich ging – Matt wollte es plötzlich nicht mehr wissen. Doch andererseits war Rick es, der verschwunden war und Alex, der ihn suchte. Bestand eine Verbindung zu diesem kruden Typen mit den Tattoos und der Narbe im Gesicht? Steckte Rick in Schwierigkeiten?

Matt schluckte seinen Argwohn hinunter, während er prüfend in die Züge des Vernarbten starrte, der seinen Blick gleichmütig erwiderte. Leidenschaftslos, aber auch nicht unfreundlich. Der Hauch eines Lächelns zierte seine Lippen und Matt blinzelte, nicht sicher, wie er all dies finden sollte. Er trat in den Raum, versuchte, sich zu orientieren.

Ein Feuer prasselte in einem alt aussehenden Kamin und die Musik spielte hier hörbar lauter, wenn auch angenehm im Hintergrund. Schwere Vorhänge verbargen den Blick durch die hohen Fenster nach draußen, doch hätte er in der Dunkelheit ohnehin nichts gesehen. Eine bequeme Sitzgruppe, bestehend aus einer dunklen Ledergarnitur, befand sich zur Rechten. Ein Tablett mit schönen, gläsernen Flaschen stand darauf. Offenbar Alkohol. Der Hauch von Zigarettenrauch lag in der Luft und Matt, der einen Schritt vortrat, zuckte erschrocken zusammen, als er das Reißen eines Streichholzes vernahm. Er fuhr herum, nach links, wo er sich einem hochgewachsenen Mann gegenüber sah, der ihm ein mildes, fast amüsiertes Lächeln schenkte, nachdem er an der Zigarette gezogen hatte. Der Vernarbte platzierte sich neben der Tür, die er leise schloss. Matt verschränkte die Arme, um das Zittern seiner Hände zu verstecken, und musterte den Mann, der in einem schwarzen Anzug steckte. Er trug eine ebenso schwarze Krawatte und ein offenbar dunkelgraues Hemd. Sein Alter war schwer zu schätzen, aber er war sicherlich Mitte dreißig. Das Haar hatte er streng zurückgekämmt und im Schein der Lampen schimmerte es schwarz. Er war glattrasiert, machte einen kräftigen aber fitten Eindruck, ausgelöst durch breite Schultern und eine ebenso breite Brust bei einer schlanken Taille und einem flachen Bauch. Zumindest ließ der Anzug keinen Schluss auf etwas anderes zu. Er besaß eine gewisse Attraktivität, auch wenn Matt ihn nicht als überdurchschnittlich ansehnlich eingestuft hätte. Er erinnerte ihn fast ein wenig an ...

»Mister Walker. Wie schön, Sie kennenzulernen. Ich hoffe, der Weg hierher war angenehm?« Die Stimme klang dunkel und seidig, beinahe weich, als der Fremde auf ihn zutrat. Er reichte ihm ein Glas, in dem sich augenscheinlich eine bernsteinfarbene Flüssigkeit befand. Matt nahm es an sich, zu perplex, um abzulehnen.

»Und wer sind Sie?«, wollte er wissen. Misstrauisch schnupperte er am Inhalt des Glases, doch er wagte nicht, davon zu trinken. Hinter ihm bewegte sich der Vernarbte und lenkte damit kurzfristig Matts Blick auf sich. Das Herz in seiner Brust begann zu rasen und die Erinnerungen an das, was vor einem Jahr geschehen war, kamen unwillkommen wieder hoch. Die Erinnerungen an die Hilflosigkeit. An die Schmerzen. Die Erniedrigungen, als Galard und seine Männer ihn missbraucht hatten. Stundenlang, immer wieder. Er umklammerte das Glas mit beiden Händen, denn sie zitterten vor Adrenalin, das durch seine Adern pumpte und augenblicklich wünschte er sich, er hätte die gemeinsame Wohnung von sich und Londrake nicht verlassen. Er starrte den Vernarbten an wie ein Gespenst. Dabei hatte der lediglich die Hände vor sich verschränkt. Er zwinkerte frech und Matt zog es vor, wieder zu dem Mann im Anzug zu sehen, der direkt vor ihm stand. Er schwitzte und blinzelte heftig, als er das Gefühl bekam, an Ort und Stelle zusammenzuklappen.

»Sagen wir einfach, ich bin ein Freund.« Der Fremde musterte ihn, ehe er in einer betont langsamen Geste gen der Sitzgruppe deutete, vorbei an dem ordentlichen Schreibtisch, der goldene Füße besaß und dessen Oberfläche spiegelte. Matt zwang sich, ruhig zu atmen, und wartete, bis der Gastgeber vorbei ging, um sich zuerst einen Platz auszusuchen. Er beobachtete seinen Gang, der geschmeidig war, zielstrebig und doch elegant dabei, als er sich in einem der Sessel niederließ. Er lächelte Matt aufmunternd zu. »Du darfst Nicholas sagen«, erklärte er in einem großzügigen Tonfall. Die eine Hand bedeutete Matt, ebenfalls Platz zu nehmen.

»Warum bin ich hier?« Matt hatte weder Geduld noch die Gelassenheit, um dieses Spielchen mitzuspielen und auch, wenn ihm bislang keine Gefahr zu drohen schien, hatte er das Gefühl, langsam zu ersticken. Er wusste, dass es eine Panikattacke war, die sich langsam anbahnte. Er kannte das Gefühl der Ohnmacht, der Hilflosigkeit und er atmete viel zu schnell. Sein Herz raste und ihm schwindelte. Das Bedürfnis, sofort diesen Ort zu verlassen und wegzulaufen wuchs mit jedem Herzschlag.

»Es ist alles in Ordnung, Mister Walker. Setzen Sie sich,

versuchen Sie, sich zu entspannen. Mister Londrake geht es gut und auch Ihr Freund Rick ist wohlauf.« Nicholas nahm einen Zug von seiner Zigarette und beobachtete Matt aus Augen, dessen Farbe dieser nicht wirklich bestimmen konnte. Seine Knie zitterten und noch einmal blickte er zur Tür und dem Kerl im roten Mantel, ehe er sich in einen der Sessel sinken ließ. Das Glas stellte er auf dem niedrigen Tisch ab, unangetastet.

»Woher kennen Sie mich?« Er presste es zwischen verspannten Kiefern hervor, während er um Fassung rang. Ihm war nicht bewusst, dass er manisch vor und zurück schaukelte, aber er spürte den Blick des Mannes auf sich überdeutlich, der so unverschämt gelassen rauchte.

»Ich kenne Sie nicht«, stellte Nicholas klar, der ihm ein beruhigendes Lächeln schenkte. »Aber ich kenne Mister Londrake und die Geschichte, wie er Sie und Ihren Freund kennenlernte und schließlich rettete.« Kurz pausierte er, wobei er flüchtig zu dem Narbigen sah. »Red. Danke für deine Arbeit. Du kannst dir einen Drink holen und draußen warten.«

Matt starrte dem Kerl nach, der nur nickte und lautlos aus dem Raum trat, um die Tür hinter sich zu schließen. Der Blick kehrte wieder zu Nicholas zurück, der ihn beobachtet hatte.

»Ich weiß, dass seine Narbe ihn nicht gerade wie einen guten Kerl aussehen lässt, aber ich verspreche, er ist verlässlich und im Grunde einer von den Guten.«

Matt ließ die Worte auf sich wirken, ehe er sich die trockenen Lippen leckte. »Ausnahmen bestätigen die Regel?«, wollte er wissen, ahnend, dass der Gute sicher auch seine schlechten Tage hatte.

Nicholas zuckte amüsiert mit den Mundwinkeln und gab ein leises, zustimmendes Geräusch von sich. Er überschlug locker die Beine und lehnte sich etwas entspannter im Sessel zurück. »Also schön, Mister Walker. Sie verdienen Antworten auf Ihre Fragen und ich bin gewillt, sie Ihnen zu gewähren, soweit ich kann.« Er schnippte etwas Asche von der Zigarette in einen gläsernen Aschenbecher, den er zu sich heranzog. »Sie sind hier, weil ich Ihnen ein Geschenk machen will. Sicher hat Red sie darüber informiert, dass ein gemeinsamer Feind kürzlich das Zeitliche gesegnet hat.«

»Galard.« Matt wisperte den Namen nur. Mehr wagte er nicht, als ob er damit den Geist verärgern würde, zu dem er gehörte. Er starrte Nicholas an, nicht sicher, was er von diesem zu erwarten hatte.

Nicholas nickte knapp. »Richtig.« Matt starrte ihn an wie ein Mondkalb und beinahe fand er es niedlich, wie eingeschüchtert der Blonde war. Zumindest, wenn er nicht gewusst hätte, was vorgefallen war und wie dessen geistiger Zustand momentan war. Er winkte ab. »Ich bin Geschäftsmann, Mister Walker. Mister Londrakes beherztes Eingreifen hat mich sogleich von zwei unbequemen Parasiten befreit, die in meinen bescheidenen Augen das Bild dieser Stadt beschmutzt haben. Dafür gebührt ihm mein Dank. Allerdings weiß ich, dass er es mit Geschenken nicht so hat, und darum sitzen Sie in diesem Sessel und verschmähen meinen teuren Whiskey, statt ihm.« Nicholas lächelte ein wenig schief und beugte sich vor, um die Zigarette im Aschenbecher auszudrücken.

Matt brauchte einen Moment, ehe er begriff, was Nicholas damit sagen wollte. »Also bin ich gar nicht derjenige, dem Ihre... Einladung eigentlich gegolten hätte?«, wollte er wissen.

Nicholas lächelte lediglich und beantwortete damit die Frage, ohne dabei unhöflich zu werden.

Matt atmete leise aus und verschränkte die Finger miteinander. Er fühlte sich noch immer nicht gänzlich wohl in der Gegenwart dieses Geschäftsmannes, der für ihn undurchschaubar war, doch die Panik ließ langsam nach und er atmete wieder ruhiger.

»Die Spielkarte fungiert als eine Art Gutschein. Sie können damit einen Gefallen oder ein Geschenk einlösen, je nachdem. Selbstredend hält es sich in den Grenzen des Machbaren, aber...

ich kann versichern, dass meine Grenzen ein wenig dehnbarer und erweiterbarer sind als die von gewöhnlicheren Leuten.« Nicholas beobachtete Matt, während er sich zurücklehnte. Die leise Jazzmusik spielte dezent im Hintergrund und das wärmende Feuer im Kamin prasselte angenehm. Die Atmosphäre war ruhiger als erwartet, auch wenn er das Misstrauen spürte, das Matt ihm entgegenbrachte. Er konnte es ihm nicht verdenken, doch hatte er auch nicht vor, sich seine Gunst zu erschmeicheln. Dafür war er im Grunde zu unwichtig.

»Sie sagten, Sie wüssten etwas über Londrake. Und über Rick.« Matt rieb sich unwohl über die Unterarme und wich dem Blick aus, der ihn zu fokussieren schien. Es war unangenehm und auch, wenn dieser Nicholas nicht direkt starrte, fühlte er sich seltsam ausgeliefert. Dieser Red schien ein Geschäftspartner von ihm zu sein, oder so etwas wie ein Assistent. Er hatte ihm aufs Wort gehorcht und irgendwie behagte Matt dieser Umstand nicht. Legal schien das hier jedenfalls nicht zu sein. Wer lud schon irgendwelche Leute mitten in der Nacht zu sich ein und ließ sie sozusagen vom Fleck weg entführen?

»Korrekt.« Nicholas warf einen kurzen Blick auf seine Armbanduhr. Es schien auf den ersten Blick kein teures Stück zu sein, nichts Protziges, wie eine Rolex oder dergleichen. »Mister Londrake sollte sich nun auf dem Weg befinden.«

»Auf dem Weg? Wohin?« Matts Herz machte einen Satz. Kam er ihn etwa abholen? Er spürte, wie ihm Röte in die Wangen schoss, als er den belustigten Blick des Mannes auf sich spürte.

»An einen sicheren Ort. Sie brauchen sich keinerlei Sorgen zu machen, Mister Walker. Sie werden ihn schon bald unversehrt wiedersehen. Allerdings kann ich dies für Rick nicht unbedingt garantieren.«

So beflügelt, wie sich Matt eben noch fühlte, so sehr versetzte ihm diese Mitteilung einen Schlag. Er versteifte sich im weichen

Leder des Sessels und eine unangenehme Befürchtung grub sich in sein Innerstes. »Was soll das bedeuten?«, wisperte er beklommen.

»Rick befindet sich bedauerlicherweise derzeitig nicht in meiner direkten Obhut. Allerdings habe ich ein Auge auf die Aktivitäten um ihn herum. Es besteht noch... Hoffnung«, ließ Nicholas Matt wissen, auch wenn die Angaben mehr als dürftig waren. Er verschränkte die Hände vor dem Bauch und fokussierte den Blick auf die Gesichtszüge des Blonden. Es war interessant in ihm zu lesen. Ein offenes Buch an Empfindungen, so leicht zu beeinflussen. Sicher hatte Londrake eine wahre Freude an ihm.

Matt entkam ein leises Keuchen. »Was soll das bedeuten? Wo ist er?!«, begehrte er auf. Es hielt ihn nicht mehr an seinem Platz und beim Aufstehen kippte er fast das Glas mit dem Whiskey um, das klirrend über den Tisch rutschte.

Nicholas betrachtete ihn ungerührt, wobei er mit dem Daumen über sein glattrasiertes Kinn strich. »Die Spielkarte«, erwähnte er wie beiläufig, »könnte dazu dienen, ihn zu retten. Ich bitte Sie, das zu bedenken. Ich gewähre nur einen Gefallen, nicht mehr.«

Matt schluckte die Worte herunter, die er dem Kerl entgegen brüllen wollte. Rick war kein Spielzeug und er hatte angedeutet, dass er in Gefahr war. Verzweifelt fuhr er sich durch das Gesicht, aufgewühlt von den vagen Informationen, die dieser Nicholas ihm zugestand. Rick war irgendwo da draußen. Er musste ihm helfen!

Nicholas verbarg das Lächeln, das angesichts der Verzweiflung kaum zu unterdrücken war, die er von Matts Zügen ablesen konnte, hinter einer Maske der Neutralität. Er erhob sich, wobei er den teuren, matt schimmernden Stoff glattstrich. »Meine Zeit ist kostbar, Mister Walker. Entscheiden Sie sich, ob Sie Ihren Freund retten wollen oder ob es etwas anderes gibt, dass Sie sich wünschen. Sei es finanzieller oder materieller Natur. Ich pflege meine Schulden zu begleichen, und da ich vor habe, in nächster Zeit personell ein wenig umzudisponieren, sollte Ihre Entscheidung möglichst zügig fallen. Denn ansonsten sind die Folgen unumkehrbar.«

Matt lauschte den Worten, ehe er die Hände sinken ließ. In seinem Kopf wiederholte sich Nicholas in endlosen Echos und ihm wurde übel, als die Bedeutung seiner so bedacht gewählten Worte klar wurde. »Sie meinen... er wird sterben?«

Nicholas rückte sich die Krawatte zurecht und schenkte Matt ein höfliches Lächeln. »Sterben ist ein so romantisches Wort, Mister Walker. Aber ich denke, so könnte man es wohl umschreiben. Sie sehen also, die Zeit drängt und mein Spielraum für Handlungen wird kleiner und kleiner, je länger wir hier sitzen und uns hübsche Worte sagen.«

»Dann retten Sie ihn, gottverdammt nochmal! Worauf warten Sie?!« Er konnte nicht an sich halten, die Angst um Rick brachte ihn dazu, zu schreien. In was für eine verrückte Scheiße waren sie jetzt schon wieder geraten? Matt raufte sich die Haare, während Nicholas betont gelassen an ihm vorbei und zur Tür schritt. Er öffnete, blieb jedoch abwartend stehen, um zu Matt zu blicken.

»Denken Sie daran: nur ein Gefallen, nicht mehr. Ich werde dafür sorgen, dass Rick unbeschadet zu Ihnen zurückkommt. Und nun muss ich Sie bitten, mich zu verlassen.«

Der Mann sprach betont ruhig, während Matt noch damit zu kämpfen hatte, zu verstehen, was hier passierte. Der Kerl namens Red tauchte in der Tür auf und schenkte ihm ein unheimliches Lächeln, das vermutlich jedoch nur wegen der Narbe angsteinflößend wirkte.

»Red wird Sie jetzt an einen neutralen Ort bringen. Dort wird Sie jemand in Empfang nehmen, den Sie kennen. Ich muss vermutlich nicht extra erwähnen, dass Ihre Anwesenheit hier sowie das Treffen mit meinem Mitarbeiter streng vertraulich ist?«

Matt starrte Nicholas an, als er auf ihn zutrat. Seine Augen wirkten schwarz und seelenlos wie die eines Hais, der in den unerforschten Tiefen der Ozeane auf Beute lauerte. Er schluckte und versuchte gegen den Knoten anzuatmen, der sich in seinem Magen bildete. »Versprechen Sie mir, dass Sie ihn sicher zurückbringen? Lebend? Unversehrt?«, wollte er mit bebender Stimme wissen. Rick war sein bester Freund, egal, wie ihr Kontakt auch zuletzt gewesen sein mochte und er durfte ihn nicht im Stich lassen. Wenn er starb, dann war es nur seine Schuld, dessen war Matt sich bewusst. Denn wenn er nur hartnäckiger gewesen wäre, wenn er sich nur mehr angestrengt hätte...

Nicholas erwiderte den Blick in die tiefblauen Augen abschätzend, ehe er sich zu einem Lächeln zwang, das die Augen nicht erreichte. »Ich versichere, dass ich alles in meiner Macht Stehende tun werde, Mister Walker. Und nun wünsche ich Ihnen noch eine angenehme Rückreise.« Er löste den Blick von dem blassen Gesicht, das so angespannt aussah, und ließ Red mit einem Nicken wissen, dass es so weit war. »Stell sicher, dass Mister Walker eine angenehme Rückfahrt hat und bleib bei ihm, bis er in der Obhut seiner Vertrauten ist. Ich erwarte deinen Bericht. Du weißt ja, was zu tun ist.«

Red verneigte sich, eine Hand an der Brust, was den ledernen Mantel leise zum Rascheln brachte. Er legte eine Hand an Matts Schulter, als dieser vortrat. Noch ehe sich dieser umwenden konnte, schloss sich die Tür zum Wohnzimmer des Hauses mit einem leisen Geräusch und die Frage, die Matt auf der Zunge lag, blieb unbeantwortet.

»Dann wollen wir mal, Mister Walker«, raunte der narbige Mann dicht an Matts Ohr, als er ihn hinausführte. Es verursachte ihm eine Gänsehaut und er ging eilig, um der Hand zu entkommen, die seine Schulter berührte. Er ertrug die Berührung nicht. Von niemandem. Er fühlte sich zerbrochen und schwach und die Eindrücke prasselten erbarmungslos auf ihn ein wie Eisstücke.

War das alles hier seine Schuld? Passierte das, weil er Rick im Stich gelassen hatte? Denn wenn er ehrlich zu sich selbst war, dann hatte nicht Rick ihm den Rücken gekehrt, sondern er war es gewesen, der zuerst gegangen war. Er hatte sich in Alex' Arme gestürzt und hatte bereitwillig alles hinter sich gelassen, was ihn an seine Vergangenheit erinnerte. Einschließlich Rick. Er hatte ihn sicher in der neuen Wohnung geglaubt und war nur einmal da gewesen. Direkt nach dem Einzug. Und danach? Ricks letzter Selbstmordversuch war wegen ihm gewesen. Das mochte ein Jahr her sein, aber es war präsent. Jedenfalls für ihn. Wie war es nur soweit gekommen, dass sie sich so voneinander entfernt hatten?

Oder spielte das Schicksal ihnen nur einen geschmacklosen Streich?

Ich hasse dich, Matt. Du hast alles, was du nie wolltest. Und ich habe gar nichts mehr. Hör' endlich auf so zu tun, als hättest du auch nur einen Gedanken an mich verschwendet, seit du mit Alex zusammen bist.

Die Worte stachen wie eisige Klingen in Matts Herz, als er daran zurückdachte. An das Telefonat, das so furchtbar aus dem Ruder gelaufen war. Nicht nur wegen dem, was Rick ihm im Zorn an den Kopf geknallt hatte, sondern wegen dem, was er selbst zu ihm gesagt hatte.

DU warst doch immer derjenige, der vom großen Glück geredet hat, Tag und Nacht, der die Realität nicht ertragen konnte und sich lieber zugekifft hat, als der Wahrheit ins Gesicht zu sehen! ICH habe jetzt jemanden, der mich liebt! Und du bist zu egoistisch und eifersüchtig, um dich für mich zu freuen. Das ist armselig, Rick. Du bist armselig. Dein ganzes Leben dreht sich doch nur um dich selbst! Du machst nur da weiter, wo du aufgehört hast, während ich mich weiterentwickele und mehr vom Leben will! Wach endlich auf!

Er ließ sich in den Sitz des Autos sinken, als Red die Tür geöffnet hatte und unterdrückte die aufsteigenden Tränen. Die Schuld schnürte ihm die Kehle zu und er blinzelte heftig, um nicht vor diesem Bastard zu weinen, der den Wagen startete, obwohl er dessen prüfende Blicke spürte.

Er war unfair zu Rick gewesen. Sie hatten sich beide nicht viel genommen, aber er hatte es nicht verdient, dass Matt ihm diese Dinge vorwarf. Er kannte ihn besser als irgendjemand sonst. Verdammt, sie hatten manchmal das gleiche Bett geteilt. Und manchmal hatten sie miteinander geschlafen. Unverbindlich, nur um die Nähe zu teilen, aber dennoch. Er bedeutete ihm viel und er kannte die Aspekte seines Lebens, die aus Rick das gemacht hatten, was Rick eben war. Dass er sich nur in den Kreisen bewegte, die er kannte, konnte er ihm nicht vorwerfen.

Denn ja, es stimmte: Er hatte ihn alleingelassen. Er hatte nur noch Augen für Alex gehabt, war in seiner Nähe versackt wie in Treibsand. Nichts anderes war mehr wichtig, sobald er in Alex Armen lag und natürlich fühlte sich Rick dabei außen vor. Er hatte angenommen, dass Rick darüber hinwegkommen würde. Hatt er Recht gehabt? War Rick ihm wirklich so lästig gewesen, dass er lieber die Augen verschloss und tat, als sehe er ihn nicht?

Matt atmete leise aus, umklammerte seine Handgelenke und drückte die Nägel in die weiche Haut, um den Schmerz zu spüren, den es verursachte. Besser der als jener, der in seiner Brust brannte. Rick hatte niemanden außer ihm und er hatte ihn für Alex im Stich gelassen, kaum dass er seine Chance auf Glück gesehen hatte. Und zwar nicht langsam, Schritt für Schritt, sondern in einem Sprint, Hals über Kopf. Er liebte Alex von ganzem Herzen und er würde ihn auf jeden Fall heiraten. Nichts wünschte er sich mehr. Jedoch brauchte er auch Rick in seinem Leben. Das war ihm jetzt klar und er schämte sich dafür, dass er so egoistisch gewesen war, dass er nicht gesehen hatte, wie einsam Rick ohne ihn war.

»Brauchst du ein Taschentuch?«

Die Frage riss ihn aus seinen Gedanken und erst jetzt bemerkte er die feuchten Spuren, die sich glitzernd über seine Wangen bahnten und auf den Stoff seiner Kleidung tropften. Er rang sich ein Lächeln ab und wischte sich hastig über das Gesicht. »Nein. Nein, danke«, erwiderte er kopfschüttelnd. Scham gesellte sich zu der Schuld und er mied den Blick in das vernarbte Gesicht des Dunkelhaarigen.

Der Wagen hielt und er hörte das leise Rascheln der Kleidung, als der Mann sich zu ihm drehte. »Ein Tipp von jemandem, der sich bestens mit Schuld auskennt«, raunte die Stimme zu nah an Matts Ohr, sodass er wie erstarrt dasaß und sich nicht zu rühren wagte. »Je mehr Gewicht du ihr beimisst, desto schwerer wird sie wiegen.« Red lächelte schräg, als er sich zurückzog und Matts Blick zu ihm glitt. Der Jüngere sah verwirrt aus und Red förderte eine Kippe aus seiner Tasche zutage, die er sich in den Mundwinkel klemmte. »Aus dem Wagen raus, die erste Gasse links bis zum Ende durchgehen. Auf dem Weg aufpassen, dass du nicht auf der Kotze ausrutschst, die da mittig auf dem Weg liegt. Und schon bist du da.«

Matt wusste nicht, wo da genau sein sollte, aber er blinzelte, als Red sich die Kippe anzündete und die Glut sich in den Augen des Narbigen spiegelte. Die Totenköpfe auf seinen Knöcheln grinsten ihn an, als er die Kippe zwischen den Lippen hervor nahm. Er hatte noch so viele Fragen, doch so, wie dieser

Red ihn ansah, wollte er keine davon riskieren.

Kalte Luft schlug ihm entgegen, klar und rein wie Gletschereis, als er die Wagentür aufdrückte. Er hatte sie kaum geschlossen, als der Motor wieder angeworfen wurde und der Wagen zurücksetzte, um geschmeidig wieder auf die Straße einzubiegen. Er fror augenblicklich, doch zog er es vor, sofort den Anweisungen zu folgen. Die Gasse war unbeleuchtet und dunkel und obgleich Red ihn gewarnt hatte, rutschte er auf der ekelhaften Pfütze beinahe aus. Er fluchte und hielt sich an einem der übelriechenden Müllcontainer fest. Sein eigener Magen zog sich zusammen, doch da war Licht auf dem Gehweg zu sehen und er machte, dass er genau dorthin kam.

Ihm stockte der Atem, als er direkt neben dem Restaurant rauskam, das er vor wenigen Stunden erst betreten hatte. Gegenüber, im Schatten einer Seitenstraße, machte er die vertraute Silhouette von Red aus, der sich mit einem amüsierten Grinsen an die Stirn tippte, als salutiere er. Doch Matt hatte keine Zeit, irgendetwas zu erwidern, als vertraute Stimmen seine Aufmerksamkeit auf sich zogen.

»Matt!« Alex hatte sich von einem der Polizisten gelöst, der vor dem Restaurant stand und auch Marianna Dubras unterbrach das Gespräch. Die alte Schachtel sah aus, als hätte sie geweint und für einen Moment wurde Matt schwach vor Erleichterung. Er konnte nichts dagegen machen, als ihm erneut Tränen über die Wangen rannen. Alex Umarmung war fest und sicher und der vertraute Duft seines Verlobten ließ ihn leise schluchzen, als er sich in dessen Mantel krallte.

»Gott, Matt! Wo warst du denn nur? Scheiße, du hast mir einen verdammten Schrecken eingejagt...« Alex drückte ihn fest an sich, verwirrt aber erleichtert, ihn wieder bei sich zu haben. »Ich lass dich nie wieder alleine«, raunte er zärtlich in das blonde Haar.

»Ist das die vermisste Person?«, wollte der Beamte wissen, der hinzugetreten war. Dubras nickte heftig, unfähig etwas zu sagen, und Matt fühlte sich verpflichtet, sie zu umarmen, auch wenn er wusste, dass sie das hasste.

»Tja, dann. Ich schätze, ich kann den Fall dann als gelöst betrachten. Benötigen Sie noch etwas? Einen Krankenwagen oder etwas anderes?« Der Beamte musterte Matt und anschließend Londrake und Dubras fragend.

»Nein, vielen Dank. Mister, äh... ?« Matt blinzelte und betrachtete das junge Gesicht des Polizisten. Er hatte stark gelocktes, braunes Haar, im Licht der Straßenbeleuchtung wirkte es beinahe rötlich, und das Gesicht mit den streng dreinblickenden, hellen Augen wies unzählige Sommersprossen auf, die sich scheinbar auch über den Hals zogen. Trotz der Kälte trug er lediglich ein langärmeliges Hemd.

»Detective McGrath«, stellte dieser sich vor. Er lächelte matt und tippte sich an die Dienstmütze. »Wenn ich nicht weiter gebraucht werde, mache ich mich wieder auf den Weg. Bitte achten Sie zukünftig darauf, Ihren Bekannten unnötige Sorgen zu ersparen.«

Matt schluckte schwer und leckte sich die trockenen Lippen, während Alex ihn in seinen Mantel hüllte. Die Wärme tat gut, auch wenn ihm der ganze Aufstand unangenehm war. »Vielen Dank, Detective. Ich werde daran denken«, versprach er mit einem angedeuteten Nicken. Vermutlich wäre es besser, Alex nichts zu sagen. Und der Polizei schon gar nicht.

Matt spähte an Londrake vorbei zu der Seitenstraße, auf der Suche nach der Silhouette von Red.

Doch der Mann war verschwunden.

•••

Ricks leises Stöhnen brachte Lucas Sinne zum Flirren. Die tastenden Hände des Dunkelhaarigen streichelten seine Hüften, während sich Luca eng an seinen Rücken schmiegte und Nacken und Hals küsste. Er nahm den Raum kaum wahr, in dem sie sich befanden. Weder die dunkle Bettwäsche aus schwarzer Seide, noch die Schale mit den Kondomen und dem Gleitmittel, die irgendjemand zwischen die Kopfkissen gestellt hatte. Auch die Kameras in diesem Raum entgingen seiner Aufmerksamkeit, als er Rick an sich zog, die Finger liebkosend an seiner Kehle und seinem Hals, während die freie Hand seine Brust streichelte und seinen Bauch.

Und tiefer ...

»Luca ...!« Rick keuchte auf, als sich die rauen Finger erneut um seinen Schaft schmiegten und ihn zu reiben begannen, langsam und sinnlich, während er sich zitternd an den nackten Hüften festkrallte, um nicht einfach zusammenzusacken. Seine Beine fühlten sich unsicher an und Lucas nackten Körper so dicht hinter sich zu spüren, verstärkte das Gefühl nur noch. Was er bislang nur erahnen durfte, war nun real. Luca, dessen Körper nur aus Muskeln zu bestehen schien, überzogen von seidenweicher Haut, die lediglich an der Brust von kurzen, weichen Haaren bedeckt war, dessen Schwanz sich prall und heiß gegen seinen nackten Hintern drängte. Er hatte ihn schlichtweg in der Hand. Nicht nur im Wortsinn, sondern tatsächlich, während seine Lippen weiche, sehnende Küsse auf seinen Nacken drückten, seinen Hals, die Schultern. Rick biss sich auf die Lippen, drängte sich enger an Lucas Brust und seinen Bauch, während er die Zuwendung genoss, die ihm zuteil wurde. Es war absurd, dass es sich so gut anfühlte, wenn doch so ungewiss war, wie das alles hier ausgehen würde.

Die Bettwäsche fühlte sich kühl an, als er sich nach vorn

sinken ließ, einen Blick dabei über die Schulter zurückwerfend. Er wollte sich umdrehen, so war der Plan – doch Luca folgte ihm sofort und vereitelte sein Vorhaben, als er sich dicht über ihn brachte, die Hände neben seinem Körper aufgestützt. Ricks Herz klopfte wie verrückt, als Lucas Gewicht ihn tiefer in die Seidenbettwäsche drängte. Es war nicht direkt grob, aber die Hand, die seinen Nacken streichelte und die Finger, die seine Kehle liebkosten, machten deutlich, dass er das Sagen hatte. Er spürte jeden Zoll der nackten, heißen Haut an seiner eigenen, als sich die weichen Lippen vom Nacken bis zu den Schulterblättern herunter küssten. Die Zungenspitze erkundete die anmutige Senke des Rückgrates und entlockte Rick Gänsehaut, die sich schauernd über seinen ganzen Körper ausbreitete. Er öffnete die Schenkel etwas weiter und ließ sich ganz auf das Bett sinken, dessen weiche Seide in starkem Kontrast zu dem Körper stand, den er hinter sich und auf sich spürte. Kühle Seide gegen erhitzte Haut, weich und hart. Er drückte den Rücken durch, als er die zarten, kleinen Bisse spürte, die Luca auf seinem Rücken verteilte, wann immer er an seiner Haut saugte. Erwartete er wirklich, dass er das aushielt? Sein eigener Schwanz rieb sehnsuchtsvoll über die Seide unter sich, denn das Becken stillzuhalten war unmöglich. Nicht, wenn er diesen Prachtschwanz an seinem Hintern spürte. Rick gab ein leises, fast erschrockenes Keuchen von sich, als Lucas raue Hände ihn an den schmalen Hüften packten und sich die Knie des Größeren in seine Kniekehlen schoben, um seine Beine anzuwinkeln. Es war nicht so, dass er es nicht schon in dieser Stellung gemacht hätte. Und dennoch rann ein heißer Schauer durch seinen Körper, der sich prickelnd in seinen Hoden zusammenzog, als Luca ihn dazu zwang, ihm den Hintern entgegenzustrecken. Schlagartig war Ricks Mund trocken.

»Gleitgel... «, verlangte Lucas heiser klingende Stimme hinter ihm, als dessen Hände seinen Hintern streichelten. Der Daumen glitt anfachend über den empfindsamen Damm und

Rick drängte sich dem Gefühl entgegen, das so vielversprechend in diesem Teil seines Körpers pochte. Unmöglich, sich davon freiwillig lösen zu wollen. Allein das einfache, schlicht geraunte Wort ließ ihn erschauern. Wie in Zeitlupe streckte er sich nach vorn, um eines der kleinen Tütchen zu angeln, ehe er zögerte und schließlich zwei davon nahm.

»Ohne Kondom?« Es war dicht an Ricks Ohr geraunt, ehe er die Lippen spürte, die an seinem Läppchen saugten, ehe Luca zärtlich daran knabberte. Seine Hände schienen überall zu sein, liebkosten seine Nippel, die er zwischen den rauen Fingerkuppen rieb, seine Hüften, seinen Bauch ... alles, nur seinen Schwanz nicht, der bereits auf die teure Seide tropfte.

»Wenn wir den morgigen Tag nicht mehr erleben, ist die Sorge um Tripper recht nutzlos, findest du nicht auch?« Rick schnaubte leise, als er die kleinen, verpackten Hilfsmittelchen an Luca weiterreichte. »Außerdem bin ich sauber. Ich mach' es nie ohne.« Das war immerhin wahr, auch wenn es früher Gelegenheiten gegeben hatte, an denen er dazu gezwungen gewesen war, auf Schutz zu verzichten. Ungeschützter Verkehr brachte auf der Straße auch einen höheren Preis, und es gab Freier, die bereit waren, eine ganze Menge mehr zu bezahlen, wenn sie es pur machen durften. Seitdem er aus dem Geschäft raus war, hatte er jedoch darauf geachtet, dass seine temporären Partner immer ein Gummi drüber hatten und sowieso hatte Matt ihn zu etlichen Gesundheitschecks geschleift, um sicherzugehen, dass ihr ehemaliger Job keine unangenehmen Folgen nach sich zog.

Rick zwang sich, nicht an ihn zu denken. Nicht gerade jetzt, wo er hören konnte, wie Luca die Verpackung des ersten Tütchens aufriss.

Das Gleitmittel fühlte sich kühl an seiner Haut an, als Luca die benetzten Finger zwischen seine Hinterbacken sinken ließ. Ein enervierend langsames, genussversprechendes Streicheln, das Rick beinahe um den Verstand brachte. Es streifte über die bewusste Stelle, umkreiste sie, während er Lucas schweren Atem hören konnte, der sich immer wieder nach vorn beugte, um kleine Küsse und zärtliche Bisse auf seine Haut zu setzen. Rick schloss die Augen, biss sich auf die Unterlippe, als er das Drängen der Finger spürte, die ihn liebkosten und vorbereiteten. Er wimmerte leise, nicht bereit, noch länger zu warten, als er sich ihnen entgegenstemmte, um endlich mehr von Luca zu spüren.

»Rick ...!« Luca ächzte leise, schmiegte sich enger an ihn an, als Rick überdeutlich signalisierte, was er brauchte. Himmel, er war so verdammt eng. Er brauchte doch sicher mehr, als nur das bisschen an Vorbereitung? Ungeachtet dessen, dass sein eigener Schwanz pochte wie verrückt und er es kaum noch aushielt, bemühte er sich darum, langsam zu machen. Er spreizte die Finger leicht, um den festen Muskel etwas zu dehnen und bereit zu machen, nicht gewahr, dass er Rick damit fast an den Rand der Klippe trieb, auf die er schon seit dem Abend im Taxi zusteuerte.

Glutvolle Hitze pulsierte durch Ricks Unterleib, als er spüren konnte, wie Luca, dieser Mistkerl, die Finger in ihm öffnete. Es genügte beinahe, dieses quälende, sanfte Stoßen der Finger, die mühelos seinen süßesten Punkt fanden, um diese ganze Sache vorzeitig zu beenden. Und doch war es nicht vollkommen ausreichend. Nicht genug. Feuchtigkeit lag auf Ricks Haut, ließ sie glänzen und betonte die sehnigen Muskeln, die sich unter ihr anspannten, als er sich keuchend den Fingern entgegendrängte. Die Finger hatte er in das Bettzeug gekrallt, Luca hilflos ausgeliefert, der sich anscheinend alle Zeit der Welt lassen wollte. Er leckte sich die trockenen Lippen, um etwas zu sagen, doch er kam gar nicht mehr dazu, einen frechen Spruch zu bringen.

Die Finger zogen sich zurück, ließen Rick erschauern und dessen Stirn drückte sich nach vorn auf die Laken, als er mit aller Macht das Stöhnen zurückhielt, das ihm über die Lippen wollte. Es wurde zu einem heiser klingenden, langgezogenen Laut, als Lucas Spitze gegen ihn drängte und anstandslos in ihn glitt, gefolgt vom Rest des Prachtschwanzes, der sich so viel größer anfühlte, als Rick ihn durch den Stoff der Hose in Erinnerung hatte.

Luca drängte sich in einer langsamen, doch unaufhaltsamen Bewegung nach vorn, in diese wahnsinnige Enge, die glitschig war von dem benutzten Gleitgel und die sich zuckend und pulsend um seinen Schwanz schloss. Er hielt Rick an den Hüften gepackt, während er sich in ihn senkte, wobei er mal um mal erschauerte. Der Dunkelhaarige stöhnte kehlig, bog den anmutigen Rücken durch und hob ihm gleichzeitig den Hintern entgegen, die Finger in das Bettzeug gekrallt. Es war ein schöner Anblick, der Lucas Blut nur noch mehr erhitzte, das ihm schon jetzt wild durch die Adern rauschte. Er hatte es sich oft ausgemalt, wie es wohl wäre, das hier zu tun. Doch die Fantasie hatte nicht an die Realität herangereicht und er musste sich beherrschen, um es nicht in einem Desaster enden zu lassen. Der fiebernde Blick, den der Dunkelhaarige ihm durch die wirren Haarsträhnen zuwarf, brachte seinen Herzschlag dazu, sich noch etwas mehr zu beschleunigen. Ob er wusste, wie schön er war? Die vor Lust geröteten Wangen. Die weichen, feuchten Lippen, die er sich leckte und auf die er sich biss, während er ihn ansah. Das kehlige Stöhnen und die leisen, sinnlosen Worte, die er flüsterte und die Luca kaum über das feuchte Klatschen von Haut an Haut verstand, während er sich immer wieder vorstieß, in ihn zwängte und ihn ausfüllte.

All das fügte sich so perfekt ineinander, dass es surreal erschien. Luca sank nach vorn, umfasste Ricks Brust mit einer Hand, um besseren Halt zu haben, während er mit der anderen seine Kehle umfing.

Er musste ihn gar nicht dazu bringen, ihn zu küssen – er kam ihm entgegen, die Lippen heiß und fiebernd in einem Kuss, der durch seine Sinne prickelte wie eine süße Droge.

Luca zog sich zurück, als er das heftige Ziehen spürte und es kostete ihn immense Willenskraft, nicht einfach zu kommen. Aber er wollte Ricks Gesicht dabei sehen. Er wollte ihn dabei ansehen und er wollte, dass Rick ihn ebenfalls ansah. Es gab keinen schlüssigen Grund, wieso er dieses Bedürfnis verspürte, aber er gab der Intuition nach, die ihn dazu brachte.

Rick wand sich stöhnend unter Lucas harten Stößen, die ihm alles abverlangten, schwelgte in dem Gefühl, so vollständig ausgefüllt zu sein, dass es beinahe schmerzte, und mit jeder Bewegung kam er dem Moment der Erlösung näher. Zumindest, bis Luca sich zurückzog und Rick sich keuchend zu ihm umdrehte. Der heiße Körper schmiegte sich an ihn und Rick bebte unter den Empfindungen, die Luca in ihm auslöste, als er ihn küsste. Seine Zunge drängte zwischen Ricks Lippen, die er so willig für ihn öffnete und rieb sich an ihrem Gegenstück, umspielte es, neckte und lockte. Seine zitternden Schenkel umschlossen die schmalen Hüften, als wäre es vollkommen natürlich und für einen Moment gönnte er sich die winzige Pause, die sein Liebhaber ihm gewährte, obwohl er für gewöhnlich den direkten Weg bevorzugte. Sex hatte nie etwas mit langsamen Genuss zu tun, es war eigentlich immer nur Mittel zum Zweck der schnellen Befriedigung von körperlichen Bedürfnissen.

Rick löste die Lippen in einem hellen Keuchen von Lucas Mund, als dessen Schwanz gegen seinen eigenen rieb. Es zog heftig in der Spitze, die silbrig schimmernde Lust auf Ricks Bauch tropfen ließ. Er stemmte sich gegen den Größeren, jede Faser seines Körpers wie elektrisiert, als er Luca auf den Rücken brachte und dieser sich in die Seide zurücksinken ließ. Lucas Züge waren angespannt vor Begierde, und in den grauen Augen loderte ein Feuer, das allein Rick galt.

Er liebkoste ihn nicht nur mit den Händen, sondern auch mit den Blicken, die noch etwas mehr Röte auf dessen Wange trieben, als sich Rick über den schmalen Hüften aufkniete. Die breite Brust endlich nackt zu sehen, die hier und da kleine Vernarbungen aufwies, ebenso wie den flachen, muskulösen Bauch, war ein Anblick, der allein es schon wert war. Die hübsche Linie der V-förmigen Muskeln, die an den Lenden zusammenlief, ließ Rick sich auf die Lippen beißen und er genoss den Moment, kostete ihn aus, als er den schönen Prachtschwanz betrachtete, der so hart und nass glänzend von Lucas Bauch abstand. Er stützte sich mit einer Hand auf Lucas Brust ab, als er sich wieder auf ihn sinken ließ, den Rücken durchgedrückt, den Blick in seine Augen gerichtet. Die lodernde Glut in dem Grau, die alleinig ihm galt, ließ ihn erschauern. Er ließ sich Zeit damit, die Hüften abzusenken, um Zentimeter für Zentimeter des pochenden Schaftes aufzunehmen, genoss das Prickeln, das es ihm verursachte und die Gänsehaut, die es ihm bescherte und die sich über seinen Steiß den Rücken hinauf ausbreitete. Lucas Hände blieben nicht untätig. Sie streichelten ihm über Brust und Bauch, die Schenkel, die ihn selbst so fest umfangen hielten, und umfassten seinen Hintern, als Rick begann, ihn zu reiten. Es war unmöglich, langsam zu machen, so wie Luca ihn ansah, so wie er ihn berührte. Eigentlich hatte Rick vorgehabt, ihn in dieser Stellung um den Verstand zu vögeln, aber es schien, der Plan ging nicht auf. Kaum lagen diese rauen Hände an seinem Hintern und spreizten seine Hinterbacken etwas mehr, war er verloren. Luca stieß ihn von unten, rammte sich immer wieder tief in die saugende, zuckende Enge, um Ricks eigenen Bewegungen entgegenzukommen, bis dieser die Kontrolle verlor. Es war ein harter Ritt. Schnell und kompromisslos und er endete in einem heftigen Höhepunkt, dem Rick nichts entgegenzusetzen hatte, als er heftig zitternd über Luca davon durchgeschüttelt wurde. Sein ganzer Körper bebte und das süße Ziehen in seinen Lenden, fand endlich Erfüllung, als er seine Lust in kräftigen Schüben über Lucas Bauch ergoss. Er musste geschrien haben, denn seine Kehle fühlte sich wund an, als er schweißnass über Luca zusammensank, dessen Schwanz er heftig in sich pulsieren fühlte. Heiße Nässe rann ihm zwischen den Hinterbacken herab, besudelte die kostbare Seide, als sie in klebrigen Fäden darauf tropfte. Er fühlte Lucas donnernden Herzschlag an seiner eigenen Brust, als dieser ihn an sich zog, und der heiße Atem streifte seine Wange und sein Ohr, als die kräftigen Finger ihm zärtlich das feuchte Haar aus dem Gesicht strichen. Rick ließ zu, dass Luca sich mit ihm umdrehte. Ohnehin fühlte er sich völlig erschöpft und sein ganzer Körper schien vor Schwäche zu zittern. Er konnte sich gar nicht daran erinnern, je so heftig gekommen zu sein.

Andererseits konnte er sich auch nicht daran erinnern, je wirklich nüchtern dabei gewesen zu sein. Er trieb es mit gesichtslosen Niemanden, deren Namen er nicht kannte und die ihn nur ab der Hüfte abwärts interessierten, wenn er durch die Clubs taumelte. Auf der Suche nach seligem Vergessen.

Für endlose Minuten schwiegen sie beide, um Atem ringend, ohne dass Luca vorzuhaben schien, sich von ihm zu lösen. Stattdessen tupfte er sanfte Küsse auf die feuchte Halsseite und das rot glühende Ohr. Ricks Atem ging noch immer schwer und schnell und nur langsam beruhigte sich der Puls an seinem Hals. Es fühlte sich einfach gut an. Die Hände in seinem Haar, die mit den kurzen Strähnen spielten, während er Ricks Mimik beobachtete, der die Augen geschlossen hatte. Luca streifte die feuchten Lippen mit den eigenen und verschloss sie mit einem langen, zärtlichen Kuss, als sie sich zitternd für ihn öffneten. Er konnte das winzige Geräusch hören, das sich dabei Ricks Kehle entrang und für einen Moment wünschte er sich, die Zeit könnte stillstehen. Einfach nur, damit er diesen Moment bis in alle Ewigkeit auskosten konnte. Herzschlag an Herzschlag, umfangen von Ricks Armen, die ihn näher an sich zogen, und seinem Duft.

Mit Luca war es so anders.

Schon die Art, wie er ihn küsste, brachte Ricks Welt ins Wanken. Es war sinnlich und intensiv, purer Genuss, der in jede Faser seines Körpers zu strömen schien, bis er das Gefühl hatte, ganz davon erfüllt zu sein. Die rauen Hände streichelten ihn ohne Unterlass, als bekäme Luca gar nicht genug von ihm zu spüren. Zärtlich und langsam, als wollte er sich jede kleine Erhebung, jede samtige Stelle der Haut einprägen. Rick barg das Gesicht an Lucas Halsbeuge und biss sich auf die Unterlippe, als er seinen Duft einatmete. Er roch nur sehr schwach nach dem Parfüm, das er irgendwann benutzt haben musste, aber vorrangig einfach nach seinem eigenen, speziellen Aroma. Leicht herb, aber nicht unangenehm. Er hätte ewig so liegen bleiben können, geborgen von den starken Armen, Herz an Herz, Bauch an Bauch, doch die Realität sah kein Happy End für sie vor. Er spürte es. Egal was Luca ihm auch vorlügen mochte, er war immerhin nicht blöd und dass Lorenzo Marino kein netter Heiliger war, konnte er sich denken.

»Erzähl mir von dir.« Rick schlang die Finger um Lucas Nacken und drückte das Gesicht an seinen Hals, die Augen dabei geschlossen. Das Leben war so ungerecht und die Welt ein grausamer Ort, an denen Leute wie er ihre kleinen, jämmerlichen Leben leben mussten, ohne je die Chance zu bekommen, glücklich zu sein. Matt hatte es geschafft und anstatt so neidisch und missgünstig zu sein, hätte er sich einfach für ihn freuen sollen. Immerhin waren sie Freunde und sowas taten Freunde doch, oder? Egal wie schrecklich sie sich selbst fühlten, sie waren immer für den anderen da.

Aber Matt war jetzt eben nicht mehr nur sein bester und einziger Freund. Er war eben auch Alex Verlobter und im Grunde zählte das mehr als Freundschaft. Der Gedanke, ganz alleine sein zu müssen, allein zu leben und alleine klarzukommen, war für Rick furchteinflößend und fremd. Bislang war immer irgendjemand da gewesen. Zuerst seine Mum, an die er sich kaum noch erinnerte, dann Ben. Und schließlich Matt. Und jetzt niemand mehr. Das Alleinsein war furchtbar, darum mied er es, so gut er konnte. Selbst wenn er mit irgendwelchen fremden Typen schlief, konnte er dem Gefühl nicht entrinnen, völlig allein auf der Welt zu sein. Eine Topfpflanze, die ins Meer gefallen war und nun endlos auf dem offenen, dunklen Meer trieb, ohne Sonne, ohne Aussicht auf eine rettende Insel. Nur Ungewissheit ringsum und eine drückende Leere im Inneren.

Die leise Bitte kam unerwartet und für einen Moment hielten Lucas Finger inne damit, Ricks Oberschenkel zu streicheln. Er wollte den Kopf drehen, um ihn ansehen zu können, aber Rick klebte regelrecht an ihm, das Gesicht an seinen Hals gedrückt, sodass sein warmer Atem über seine Haut strich. Er seufzte leise und ging in Gedanken die Erinnerungen durch, die er teilen konnte, ehe ihm klar wurde, dass es im Grunde egal war. Rick hatte recht. Wenn sie den morgigen Tag nicht mehr erlebten, was machten da dann schon ein paar peinliche Geschichten, die sie übereinander wussten?

»Na schön. Aber nur, wenn du mir auch etwas von dir erzählst, einverstanden?« Er schmunzelte, als er Ricks Nicken spürte und stützte den Kopf in eine Hand, während er Ricks Schulter streichelte. Seine Haut war völlig glatt und so weich, dass er gar nicht aufhören konnte, ihn zu berühren. Die Finger strichen über seinen Oberarm, den unteren Teil entlang bis zum Ellbogen und weiter bis zum Handgelenk. Ohne einen Hintergedanken drehte Luca den Kopf und küsste zärtlich die vernarbten Stellen, als Rick die Hand von seinem Nacken zurückzog. Er verwob die Finger mit seinen und spürte, wie der Dunkelhaarige unter ihm sich verspannte, sogar den Atem anhielt. Das Armband, das er sonst immer trug, war offenbar nicht mehr an seinem Platz und zum ersten Mal konnte Luca die Narben betrachten, die sonst davon verdeckt waren.

Er wird sehen, dass ich nur ein Blender bin. Wertlos. Beschädigte Ware.

Rick verspannte sich unter Luca und sein Herzschlag beschleunigte sich. Die ganze Zeit hatte er nicht an das Armband gedacht. Und jetzt wusste Luca, wie irre er in Wahrheit war. Ein durchgeknallter Psycho mit hässlichen Narben, der mit dem Leben nicht klarkam und versucht hatte, sich umzubringen. Sein Herzschlag setzte für einen Moment fühlbar aus, ehe er erneut schmerzhaft gegen seine Rippen pochte. »Hör' auf...« Rick stemmte sich gegen den festen Griff und versuchte, die Hand wegzuziehen, aber Luca gab nicht nach. Stattdessen drückten sich die weichen Lippen erneut auf die blassen Vernarbungen. Wieder und wieder. Zärtlich, ohne Abscheu. Der Griff war fest aber nicht grob und Rick, der nicht entkommen konnte, biss sich fest auf die Lippen und wandte das Gesicht ab. Er konnte nichts gegen die aufsteigenden Tränen tun und nichts dagegen, dass er sich hilflos und schäbig fühlte.

»Als ich klein war«, raunte Luca leise gegen das vernarbte Handgelenk, ehe er es erneut mit einem zarten Kuss bedachte, »hat meine Mutter mich oft mit einem hölzernen Kochlöffel vermöbelt. Sie schlug mich auf den Kopf und den Rücken und wenn ich nicht schnell genug rannte, warf sie mich über ihre Knie und versohlte mir den Arsch. Manchmal konnte ich tagelang nicht richtig sitzen. Einmal schlug sie mich so fest auf den Hinterkopf, dass die Haut aufplatzte und genäht werden musste.«

Rick versuchte, ruhiger zu atmen, und gab den Widerstand gegen die zärtlichen Küsse auf, die seine Narben liebkosten. Es war bittersüß, verdreht und falsch, obwohl es sich gut anfühlte. Vielleicht war es eben genau das, was diesen Widerstreit an Gefühlen in seinem Herzen auslöste? Er drehte den Kopf zurück zu Luca, während heiße Tränen über seine Wangen rannen und spürte dessen Stirn an seiner. Er rannte nicht davon. Er sagte ihm auch nicht, wie hässlich er ihn fand.

Alles, was er tat, war seine Tränen fort zu küssen und sich

etwas mehr an ihn zu schmiegen. »Warum hat sie das getan?«
Seine Stimme klang erstickt, als er die Frage zu stellen wagte
und seine Finger glitten hinter die Ohren des anderen,
streichelten durch die kurzen Haare, bis er sich wieder
entspannt hatte und sich traute, in das Grau zu blicken, das so
warm auf ihm lag. Lucas Lächeln war ansteckend und so
erwiderte er es scheu.

»Ich war ein ziemlicher Bastard, als ich klein war. Aber sie
war auch schwer zufriedenzustellen. Es gibt einfach Menschen,
denen kann man es nicht recht machen, egal was man tut. Sie
war so jemand. Es war schwer für sie, als Alleinerziehende von
einem so widerborstigen, rebellischen Kind wie mir. Ich
prügelte mich mit allem und jedem und manchmal stahl ich.
Die Polizei hat mich das erste Mal aufgegabelt, als ich neun
war, weil ich einem Mitschüler die Nase gebrochen hatte und
den kleinen Finger. Ich war aus dem Unterricht ausgebüxt und
völlig außer Kontrolle. Von da an kamen sie in schöner
Regelmäßigkeit. Einer der Officers hat mich gleich
eingesammelt, sobald er mich nur sah. Immerhin kamen viele
davon im Geschäft meiner Mutter vorbei. Ich war bekannt. So
ähnlich wie ein bissiger Hund, vor dem man andere warnt.«

Rick lauschte schweigend und betrachtete Lucas Gesicht,
während dieser sprach. Mit den Fingerspitzen fuhr er sanft
über die kleinen, hellen Zeugnisse in seinem Gesicht, wo sich
einige der alten Verletzungen verewigt hatten. Kleine, feine
Narben, die kaum auffielen, abgesehen von der markanteren in
der rechten Braue. »Was ist da passiert?«, wollte er wissen, als
er mit dem Daumen sanft darüber strich.

»Eine zerbrochene Flasche bei einer Schlägerei. Ich kann von
Glück sagen, dass ich kein Auge verloren hab, an dem Tag.«

»Und diese?« Rick lächelte schief und stupste mit dem
Zeigefinger über die unförmig verwachsenen Knubbel auf dem
Nasenrücken. Sie schien so oft gebrochen zu sein, dass es sicher
schwer zu sagen war, wodurch oder wann.

»Das erste Mal wurde sie mir in der dritten Klasse gebrochen. Ich hatte einen Schüler aus der Oberstufe dazu gekriegt, indem ich über seine Schwestern herzog.« Luca räusperte sich und fast wirkte er ein wenig verlegen dabei. Er drückte die Nasenspitze gegen Ricks eigene, um sich an ihr zu reiben.

»Klingt, als warst du ein ziemlich wilder Kerl.« Rick schlang die Arme um Lucas Nacken und neigte den Kopf bittend, wobei er mit den Lippen zart über den weichen Mund streifte. Es war eine weiche Geste und er schloss die Augen, als Luca seine wortlose Bitte erhörte. Der Kuss war sanft und langsam, als hätten sie alle Zeit der Welt.

»Ich war schlimm«, gestand Luca leise zwischen zwei Küssen, die seine Gedanken in gänzlich andere Bahnen lenkten. »Ich hatte immer schon einen schlechten Einfluss auf andere und war empfänglich für halblegale bis illegale Veranstaltungen...«

Rick saugte zärtlich an der weichen Unterlippe, knabberte an ihr, ehe er zu Luca aufsah, dessen Augen dunkler wirkten, als ihre Blicke sich trafen. »Dann kennst du diesen Marino also von früher?«

Luca wollte nicht unbedingt an den Alten denken, als er Ricks Schenkel enger um seine Hüften spürte und dessen kurze Nägel über seinen Rücken strichen. Vielversprechend. Himmel, so wie er ihn ansah, diese Mischung aus verruchter Unschuld mit seinen betörend schönen Augen ... er hätte ihm alles erzählt, was er hören wollte. »Ja. Er war wie ein zweiter Vater für mich. Oder eher«, präzisierte er schulterzuckend, »wie jemand, der einem Vater nahekommen würde. Er passte auf, dass ich nicht allzu viel Scheiße baute. Er zog mich und Vaun mit seinen eigenen Kindern groß. Er kannte meine Mutter, noch ehe ich auf der Welt war und bezahlte ihre Krankenhausrechnungen und so ziemlich alles, was für den Laden anfiel, als das Restaurant schwere Zeiten durchmachte.« Er stockte, als er spürte, wie sich Rick unter ihm bewegte. Es

278

waren nur wenige Berührungen, nur ein paar Blicke nötig, um die Glut erneut zu entfachen. Bei ihnen beiden. »Du hast eine Libido wie ein Teenager«, tadelte er den Dunkelhaarigen mit einem Lächeln, ehe er den Kopf neigte, um seine Kehle zu küssen.

»Glücklicherweise kann ich das gleiche von dir behaupten«, konterte Rick frech. Er streckte sich etwas in den seidenen Laken, um mehr Platz für die Liebkosung zu schaffen, die ein angenehmes Kribbeln durch seinen Körper schickte. »Und was genau hat Marino jetzt für ein Problem mit dir?« Es erschloss sich ihm nicht, denn im Grunde klang das doch alles ganz gut. Recht normal, wenn man außen vor ließ, dass man hier von einem Mann sprach, der anscheinend so etwas wie ein Mafioso war.

»Lorenzo Marino ist nicht die Wohlfahrt. Wenn er dir aus der Patsche hilft, will er dafür sein Geld irgendwann wieder zurück. Plus Zinsen. So läuft das eben, selbst wenn man sozusagen zur Familie gehört.« Lucas Zungenspitze glitt kostend über die weiche Haut der Kehle, nachdem er zärtlich an ihr gesaugt hatte und er Ricks leises Stöhnen als Vibration an diesem köstlichen Punkt spüren konnte.

Rick öffnete die Augen, die er geschlossen hatte, als Luca an ihm herabglitt, um seine Brust zu küssen. »Dann geht es also um Schulden«, stellte er fest, als er schluckte. Er leckte sich die Lippen, als Lucas Mund einen Kuss auf seinen Nippel drückte. »Und was ist mit Vaun?«, wollte er wissen. Er sog die Luft ein, als Luca ihm einen eindringlichen Blick zuwarf, ehe er den Mund um die erregte Spitze schloss und genüsslich an ihr saugte. Das heiße Prickeln schoss durch Ricks Brust und zog direkt bis in die Lenden, brachte ihn dazu, den Rücken durchzudrücken, um Luca entgegenzukommen. Die rauen Hände glitten streichelnd über seine Hüften, ehe sie sich um die Hinterbacken schlossen. Es war eine so zärtliche Geste, und gleichsam ließ Luca ihn deutlich spüren, dass er ihn wollte.

»Vaun«, raunte Luca, wobei sich die Brauen leicht und sichtlich missfallend zusammenzogen, »hat noch öfter Mist gebaut als ich. Trotzdem stand er immer besser da.« Der Blick, mit dem Luca ihn ansah, ließ Rick erschauern und beinahe wünschte er sich, er hätte nicht gefragt. Er schickte die Hände nach vorn, streichelte seine Schultern und seine Brust, als wollte er so stumm um Vergebung bitten.

»Ich bin vor Jahren aus dem ganzen Zeug ausgestiegen und habe versucht, mir ein eigenes Leben aufzubauen. Das war direkt nach dem Tod meiner Mutter. Vaun hatte es nicht für nötig befunden, dabei zu sein. Ich habe ihn erst auf der Beerdigung unseres gemeinsamen Erzeugers wiedergesehen und bin nur für ihn zurückgekommen. War eine... ziemlich beschissene Idee«, ließ Luca Rick mit einem schrägen Lächeln wissen, als er sich wieder ein Stück an ihm hochschob. »Andererseits muss ich ihm vielleicht sogar noch danken«, murmelte er leise, während Rick zu ihm aufblickte. Seine Augen schimmerten warm in der Farbe von flüssigem Karamell und für einen Moment hielt Luca inne, um ihn einfach nur anzusehen. Das scheue Lächeln, das sich auf den Zügen des Dunkelhaarigen bildete, die Art, wie er den Blick senkte und wie verlegen er schien – er hätte ihn stundenlang ansehen mögen, ohne dass es langweilig geworden wäre.

»Ohne Vauns Einladung zu dieser komischen Party hätten wir uns vielleicht nicht wiedergesehen«, gab Rick zu bedenken. Er lächelte, während seine Fingerspitzen über Lucas Wange strichen. Der kurze Bart fühlte sich gut an seinen Fingern an und das Lächeln vertiefte sich, als Luca das Gesicht in seine Berührungen schmiegte wie ein schmusender Kater.

Eines der grauen Augen öffnete sich träge, um Rick anzusehen. »Das Beste an der ganzen Party warst du.«

Rick räusperte sich verlegen und biss sich auf die Unterlippe. »Ja? Ich erinnere mich nämlich nicht mehr an übermäßig viel davon«, gestand er leise. Er schluckte. Die Erinnerungen waren bruchstückhaft. Als hätte man zwar einen Film gesehen, aber an manchen Stellen einfach weitergespult oder weggezappt. Er fühlte Lucas Blick auf sich ruhen, und die Stille, die sich auszubreiten drohte, war unangenehm. Sie kam ihm zu laut vor. »Aber ich weiß, dass du meine Jacke für mich geholt hast und wir getanzt haben. Und dass wir zusammen im Taxi waren und alles danach.«

»Und du eine ganze Flasche Rum fast alleine ausgetrunken hast?«

Rick druckste verlegen herum und zupfte an den kurzen Barthaaren an Lucas Kinn. »Sie blieb ja nicht lange mein Eigentum«, murmelte er, ehe er einen verstohlenen Blick in Lucas Gesicht warf. Der Mistkerl grinste ihn breit an und ein wenig Schamesröte breitete sich auf Ricks Wangen aus. Er boxte ihn ohne nennenswerte Kraft gegen die Schulter, was Luca ein gespieltes Ächzen entlockte.

Er rollte sich mit ihm zur Seite, sodass Rick wieder über seinen Hüften zu sitzen kam. Die grauen Augen blickten amüsiert zu ihm auf und eine Braue wanderte empor, als Luca sich einen Arm hinter den Kopf schob. »Allerdings, ja. Ich bin überrascht, dass du es überhaupt noch ins Bad geschafft hast.« Es wirkte so lasziv und so verführerisch, dass Rick für einen Moment nur starren konnte. Er betrachtete die festen Muskeln, die Luca spielerisch anspannte, fuhr mit den Fingern die Erhebungen nach und fächerte die Hände über seiner Brust auf, als er sich vorbeugte, um ihn zu streicheln. Die Erinnerung daran wie es sich angefühlt hatte, von ihm ausgefüllt zu werden, war auf diese Weise überaus präsent. Lucas Hand umfasste seinen Oberschenkel, streichelte ihn sanft empor, bis die Fingerkuppen über seine Hüfte strichen, um die sensiblen Partien dort zu verwöhnen. Die breite Brust, bedeckt von weichen, recht kurzen Härchen, wies hier und dort hellere Narben auf. Vor allem an den Schwüngen der Rippen konnte Rick hier und dort eine kleine Macke ausmachen. Er atmete leise aus und sog die Unterlippe zwischen die Zähne, nicht ganz sicher, wie er es anfangen sollte. Immerhin hatte er es Luca versprochen.

»Du musst nicht-«

»Ich hab' versucht mich umzubringen«, unterbrach Rick Luca hastig. Er starrte auf seine Schlüsselbeine und die Drosselgrube, ohne den Blick zu seinem Gesicht anzuheben. »Nicht nur einmal. Viele Male. Immer, wenn ich nüchtern genug war, um zu raffen, was für ein«, er tastete nach Worten, unfähig eine Bezeichnung zu finden, für das, was er war, »Versager ich bin. Ich meine...«, erklärte er, wobei er den Kopf etwas absenkte und auf Lucas Bauch starrte, »wer möchte schon gern Stricher werden, wenn er mal groß ist? Niemand. Ich weiß schon seit ich klein bin, dass mit mir etwas nicht stimmt. Meine Mutter war eine Hure und ich bin nichts anderes als das.« Er schluckte und biss sich auf die Lippen. »Sie gab mich weg. Andere Kinder kamen in meinem Alter in die Schule. Ich kam zu Ben. Er hat mich aufgezogen und das aus mir gemacht.« Er wagte nicht, aufzusehen. Mit einer Hand strich er sich einige der verworrenen Haarsträhnen zurück, die ihm in die Sicht fielen. »Manchmal, wenn ich alleine in meinem Zimmer war, habe ich mir vorgestellt, wie es wäre, normal zu sein. Mit einer Mutter und einem Vater und Geschwistern. Aber der Gedanke war so absurd, dass es mir nie so wirklich gelungen ist. Ich kenne die Realität nur aus dem Fernsehen. Manchmal habe ich einfach nur dagelegen, wenn Ben mit mir fertig war oder die anderen, und habe mich gefragt, wieso ich überhaupt auf der Welt bin. Es hat alles so weh getan. Alles. So viel Schmerz. Ich habe nicht verstanden, warum ich so anders war. Und ich hatte niemanden, der es mir sagen konnte.«

Er flüsterte die letzten Worte nur noch, als Luca die Hand hob. Sehr langsam, sehr sacht. Er umfasste sanft Ricke Wange und streichelte über die Haut, schweigend. Mitgefühl stand in den grauen Augen, als Rick es wagte, ihn anzusehen. Er sah ihn nicht an, als wäre er ein Stück Müll. Auch nicht, als wäre er aussätzig oder gefährlich. Etwas in Rick schien zu zerbrechen bei der bedingungslosen Wärme, die in dem Grau dieser Augen lag. Die heißen Tränen perlten über seine Wangen, tropften auf Lucas Hände und rannen über seine Haut, noch während dieser sich aufrichtete, um sich einen nach Salz und Kummer schmeckenden Kuss zu stehlen. Er ließ ihn andauern, während jeder kleine Laut der Pein aus Ricks Kehle, jeder kleine Schluchzer einen neuen Stachel in sein Herz trieb. Es war nicht so, dass er nicht früher schon Lebensgeschichten gehört hätte, die schlimm waren. Seine eigene zählte auch nicht eben zu denen, die man auf Cocktailpartys zum Besten gab – aber das hier war eben nicht irgendjemand. Es war Rick. Und wo ihm die Worte fehlten, um ihn zu trösten, versuchte er es mit Gesten. Luca zog ihn enger an sich, nicht sicher, was er fühlen sollte. Normalerweise hatte er nichts übrig für diesen ganzen emotionalen Kram, empfand ihn nur als Belastung. Die letzte Beziehung, die tiefer ging als ein mehr oder weniger betrunkener One-Night-Stand, war schon Jahre her. Er war nicht gut darin. Er war nicht gern gezwungen, sein Herz auf den Tisch zu packen oder von anderen etwas darüber zu hören. Und über seine Gefühle zu reden, war für ihn schlimmer, als jede Darmspiegelung sein könnte. Aber in exakt diesem Moment gab er sich alle Mühe, kein Arschloch zu sein. Ricks Graskonsum hatte er anfangs für eine niedliche Macke gehalten. Doch das war es nicht. Es war eine Flucht aus einem Leben, das so unerträglich war, dass er sich die Ausmaße nicht einmal vorstellen konnte.

»Wenn du nicht aufhörst zu weinen, muss ich dich leider behalten und mitnehmen.« Luca umfasste Ricks Wangen mit beiden Händen und versuchte sich an einem Lächeln, das unsagbar schief auf seinen Lippen hing.

Ricks Augen schwammen in Tränen und seine gerötete Nase schien verstopft. Er schluchzte leise und brachte ein wackeliges

Lächeln zustande. »Und das wäre schlimm?«

»Für dich vermutlich schon«, raunte Luca sinnend, während er einen sanften Kuss auf die gerötete Nasenspitze tupfte. »Ich kann nicht kochen, nicht wirklich Ordnung halten und bin ziemlich faul. Außerdem liegt meine ganze Bude voll mit Holzwerkstücken und Sägespänen, weil ich damit arbeite. Ich wasche nur alle paar Tage ab, wenn ich kein sauberes Geschirr mehr habe, und sämtliche Pflanzen, die man mir schenkt, gehen regelmäßig ein. Sogar die Kakteen, die ich mir gekauft habe. Sogar die Katze, die ein paar Tage im Herbst bei mir gewohnt hat, hat sich wieder verpisst.«

Rick lachte leise, befreit und in einem hellen, angenehmen Tonfall, den Luca noch nie bei ihm gehört hatte. Er lehnte die Stirn sanft gegen Lucas, die Hände vertrauensvoll an seiner Brust geborgen, als er sich anschmiegsam gegen ihn sinken ließ.

Es war dieser Moment, in dem Luca es wusste.

Er war absolut verloren.

12

Er wusste nicht, wie lange sie geschlafen hatten. Es kam ihm vor, als wären es nur wenige Minuten gewesen, doch es hätten auch Stunden sein mögen.

Er wachte auf, weil er spürte, dass etwas nicht stimmte. So, wie man oft im Dunkeln das Gefühl hat, beobachtet zu werden. Die berühmte kalte Hand im Nacken, der Schatten, der vorbeihuscht. Das Flüstern im Wind.

Rick und er hatten eine ganze Weile einfach nur dagelegen und sich Dinge erzählt, die sonst niemand wusste. Dinge, die man keinem einfach so erzählte, während ihre Finger miteinander verwoben waren und sie aneinandergeschmiegt dalagen, eingehüllt in die teure Seide und die Wärme des anderen.

Er wusste nicht mehr, wie es dazu kam, doch es geschah ganz natürlich, als sie sich erneut liebten. Es gab kein anderes Wort für das, was es gewesen war. Es war nah und innig, erfüllt von Hingabe und Genuss, bedacht darauf, dem jeweils anderen das größtmögliche Vergnügen zu verschaffen.

Er lag mit rasendem Herzen in der Dunkelheit, als er das Geräusch hörte. Dann nochmal. Und nochmal.

Das typische Öffnen und Zuschnappen eines Sturmfeuerzeugs.

Die Schlafzimmertür war nur angelehnt. Er konnte sich nicht mehr erinnern, ob sie die Tür geschlossen hatten. Lichtschein drang aus dem Flur herein, fiel beinahe bis zum Bett. Sein Blick flog zu Rick. Er hatte angenommen, er würde noch schlafen, doch offenbar war dem nicht so. Er blickte direkt in seine Augen. Sie waren vor Furcht geweitet und der Jüngere umklammerte seinen Oberkörper fester. Die Wange hatte er an seine Brust geschmiegt, als sie eingeschlafen waren und so lag Luca auf dem Rücken. Er schluckte, wollte noch etwas sagen, doch dann verdunkelten die Schatten das spärliche Licht, das in den Raum flutete.

Er zählte sechs von ihnen, gekleidet in Schwarz, so wie Marino es gern sah. Sein Puls schoss hoch, als er Vito erkannte. Der Sohn vom Boss schenkte ihm ein Lächeln, als er das Licht anknipste und Luca geblendet die Augen zusammenpresste. Er drückte Rick enger an sich, der das Gesicht an seiner Brust barg. Bebend vor Angst.

»Ihr hattet genug Spaß für einen Abend.«

Vito klang unbekümmert darin, während Luca seine Untergebenen musterte. Er kannte viele von ihnen, sah auf manchem Gesicht die Abscheu darüber, ihn im Bett mit einem anderen Kerl vorzufinden. Die meisten der Männer waren viel älter als er, hatten Familien. Mit einigen der Söhne und Töchter hatte er mal gemeinsam gespielt, gemeinsam Mist gebaut. Er schluckte hart, wollte etwas sagen, doch er brachte keinen Ton raus.

»Holt die kleine Hure aus dem Bett und steckt sie in seine Klamotten zurück. Mein Vater will, dass Luca sich so langsam fertig macht. Es ist nur noch eine Stunde bis zum Kampfbeginn.« Vito ließ sein Feuerzeug zuschnappen und beobachtete mit Genuss, wie einer der älteren Männer vortrat. Er hatte extra Giulio für diese Aufgabe ausgesucht. Er war streng gläubig und homophob. Der stämmige Kerl hatte schon mit den Zähnen geknirscht, als Vito ihm nur ansatzweise von seinem Plan erzählt hatte.

»Nein!« Rick presste sich furchtsam an Luca, warf einen verzweifelten Blick zu ihm, während dieser sich in den Laken aufrichtete, doch es war zu spät. Grobe Hände griffen ihn an den Armen, zerrten ihn brutal aus dem Bett, ohne dass er sich überhaupt nennenswert wehren konnte. Er schrie und wand sich, während Luca nach vorn schnellte, um ihn festzuhalten, Verzweiflung in den grauen Augen, doch die Geste verhungerte auf halber Strecke, als sich mehrere Handfeuerwaffen auf ihn richteten.

»Na, na. Hübsch langsam, Luca. Wir wollen doch nicht, dass deine kleine Hure sieht, wie du in diesem Bett erschossen wirst, ehe du die Chance bekommst, sie zu retten.« Vito lachte leise und musterte interessiert Ricks nackte Gestalt. Er war viel sehniger als gedacht. Mehr Muskeln als erwartet, auch wenn das kein Ausschlusskriterium war.

»Ich bring' dich um.« Luca stieß es hervor, während Tom, einer von Marinos ältesten Leuten dichter ans Bett trat, direkt neben ihn, um ihm die Mündung der Waffe direkt an die Stirn zu halten. Rick gab ein ersticktes Geräusch von sich, während Giulio ihn grober als nötig gepackt hielt. Er hatte ihn an den Haaren erwischt und zerrte daran, während seine Nacktheit für alle Augen bloßlag. Ein bitterer Geschmack breitete sich auf Lucas Zunge aus, als er die Genugtuung und die Freude in Vitos Gesicht sah.

»Halt dein Maul, Luca.« Tom zischte es und drückte das kalte Metall deutlicher gegen seine Schläfe. »Du bist nur noch Abschaum für alle. Deine Mutter würde sich im Grabe umdrehen, wenn sie dich heute sehen könnte.« Er spuckte aus, traf Lucas Wange dabei.

Der warme Speichel rann zäh über die Haut, entlockte Vito ein belustigtes Geräusch, obwohl Luca auf die Demütigung nicht reagierte. »Lass ihn in Ruhe, Tom. Er kriegt seine Chance im Ring. Das heißt«, meinte er gleichgültig, »wenn er es denn lebend dort hinein- und wieder herausschafft, mh? Ich werde mich solange fürsorglichst um sein Liebchen hier«, erklärte er, wobei er Ricks Kinn griff und ihn grob zwang, ihn anzusehen, »kümmern.« Vito lächelte kühl, als Rick sein Kinn aus dem Griff befreite und dabei den brüllenden Schmerz ignorierte, den Giulio ihm verursachte, als er ruckartig an seinem Haar riss. Er biss die Kiefer fest zusammen, um ihnen nicht die Genugtuung zu verschaffen.

Luca konnte nur hilflos zusehen. Ohnmächtig, während unbeschreiblicher Zorn in ihm hochkochte. Er spannte sich an, als Giulio Rick aus dem Raum zerrte und ihn mehrfach dabei in die Kniekehlen trat, damit er stürzte. Seine gequälten Schreie zerrissen ihm das Herz und die Schuld legte sich wie Blei auf seine Seele. Aus dem Flur hörte man Giulio fluchen, der Rick in mehreren Sprachen mit Beleidigungen überschüttete und offenbar auf ihn einschlug.

»Die Abmachung mit Marino war, dass Rick nichts passiert!«, begehrte Luca auf. Er brüllte, während sich die Mündung der Waffe in seinen Schädel zu bohren schien. Er war zu wütend, um dem Druck zu entgehen.

Vito lächelte beinahe ein wenig mitleidig. »Ja, richtig. Das war die Abmachung mit ihm und ich weiß ja, wie nahe ihr euch mal standet. Aber weißt du«, meint Vito mit einem lässigen Schulterzucken und einem süßlichen Lächeln, »ich werde mal der Boss sein. Vielleicht schon bald. Und dann wird es egal sein, ob deine dumme kleine Hure überlebt hat oder nicht. Der ist sowieso egal. Nur ein kleines Spielzeug, nichts anderes. Vielleicht dressiere ich ihn ein bisschen, und wenn du den Kampf gewinnst, will er dich gar nicht mehr.« Vito musterte Lucas Züge eingehend, während er diese Möglichkeit aussprach, so lässig und locker, als plauderten sie nur. Die Zornesader an Lucas Schläfe pochte heftig und an den Armen konnte er die hervorgetretenen Adern sehen, die davon zeugten, unter wie viel Spannung der Mann stand. Es war ein verdammter Jammer, dass er so oder so heute sterben würde. Aber das war eben der Lauf der Welt. »Allerdings muss ich ihn vorher baden. Damit der ganze Dreck weggespült wird, den du in ihn reingepumpt hast.« Er deutete auf die Schale mit den verschiedenfarbigen Tütchen. »Da kauft man schon extra Kondome und ihr perversen Schweine treibt es einfach ohne. Ich wette, die Bettwäsche kann man jetzt verbrennen. Aber«, meinte er großzügig, »wenigstens hatten ein paar von den Jungs Spaß dabei, euch zuzusehen. Der Kleine ist ja immerhin recht talentiert.« Vito lächelte, als Luca mit den Kiefern mahlte. »Sag mir doch später mal, wie es so war, der tausendste Kunde zu sein, mh? Oder hatte er schon mehr?«

»Und wenn er eine Million gehabt hätte, Vito. Er wäre immer noch ein Engel im Vergleich zu dir.« Lucas Stimme klang belegt, als er antwortete, rau vor unterdrücktem Hass, den er ungefiltert an Marinos Sprössling ausleben wollte, hätte er nur gekonnt. Doch er kannte die Männer, die bei ihm waren und sie zögerten nicht, ihn an Ort und Stelle hinzurichten, wenn er es übertrieb. Und Rick ebenso. Noch bestand wenigstens ein Funken Hoffnung, dass Marino Wind von dieser unautorisierten Initiative seines Sohnes bekam, und sie unterband. Das hieß, wenn er sich an sein Wort hielt. Das war nicht sicher, aber er kannte den Alten. Er wusste, dass Vitos Anwandlungen zum Sadismus ihm nicht gefielen und das hier war sicher kaum in seinem Sinne.

Vitos Lächeln erstarb. Das Feuerzeug schnappte noch einmal zu, ehe er den Männern ein Zeichen gab. »Bringt ihn ins Bad. Seht zu, dass er sich wäscht und geht sicher, dass er pünktlich unten ist. Eigentlich würde ich ja sagen, schlagt ihn noch ein bisschen zusammen, aber wie ich sehe, haben das ja schon andere erledigt.« Vitos Lächeln war kalt, als er sich abwandte. »Und wenn er euch dumm kommen sollte, schießt ihm einfach in den Bauch und lasst ihn verbluten«, rief er winkend über die Schulter, als er den Raum verließ.

Irgendwo hörte er Ricks Wimmern und dann Giulios leiser werdende, harsche Stimme. Eine Tür fiel zu und dann war es still.

Rick war weg. Fraglich, ob er ihn je lebend wiedersehen würde oder dies das Ende war.

»Du hast den Sohn vom Boss gehört. Geh dich waschen und mach keine Scheiße.« Tom knurrte es, als er die Waffe langsam zurückzog. »Du stinkst.«

Luca biss sich auf die Unterlippe, bis er den vertrauten, metallischen Geschmack von Blut kostete. Er bewegte sich langsam, als er aus dem Bett aufstand, die Hände erhoben. Doch er hatte das Gefühl, dass ein Teil von ihm fehlte, als er auf nackten Sohlen ins Bad eskortiert wurde. Drei geladene Waffen auf seinen Hinterkopf gerichtet. Noch eine knappe Stunde, bis der Kampf begann. Aufgeben war jetzt keine Option mehr, auch wenn sein Leben ein einziger Trümmerhaufen war.

Er betete, dass Vito Rick in dieser Zeit nichts antun konnte und dass Marino sich an die Abmachung hielt.

• • •

»Der Boss hat gesagt, der Stricher soll nicht angefasst werden. Jedenfalls nicht, bis Luca nicht die Gelegenheit bekommen hat, sein Versagen zu begreifen.« Tom gab ein unzufriedenes Geräusch von sich, während er sich die Zigarette in den Mundwinkel steckte und nach dem Feuerzeug tastete, das er irgendwo in seiner Hosentasche hatte. Neben den Kaugummis für extra frischen Atem, einer altmodischen Taschenuhr und seinen Schlüsseln.

Giulio grunzte abwertend und paffte an seiner eigenen Kippe. Er mochte Tom nicht. Für ihn gehörte der alte Sack schon auf den Friedhof, schön in eine Urne gepresst und fest verschlossen. Dunkel und trocken zu lagern. Er lächelte selbstgefällig. »Und du möchtest dich gern zwischen den alten Boss und den Junior stellen, ja?«, wollte er wissen. Er lachte dreckig und zog die Nase hoch, ehe er den Schleim einfach über die Brüstung spuckte. Es war eisig hier oben und der Wind heulte um die Mauern. Der Balkon war bei ruhigem, sonnigem Wetter sicher ganz schön, auch wenn ihn die Tiefe störte. Nachts ging es mit der Höhenangst. Dunkel war eben dunkel, verbarg die ganzen Details, doch am Tag hätte er nicht so locker neben Tom gestanden.

Tom murrte etwas, das Giulio nicht verstand, ehe er sich räusperte. »Nein, wer will das schon. Ich sag ja nur, am Ende sind wir wieder die Dummen, Giu. Du hast den Jungen geschlagen. Das war genau, was der Boss nicht wollte und solange Lorenzo Marino für unsere Bezahlung aufkommt, sich um unsere Familien kümmert und die Dinge regelt, sollte sich einfach jeder ein bisschen zusammenreißen. Denn Vito-«

»Vito«, fuhr Giulio dazwischen, als er die Kippe wegschnippte und die Augen schmälerte, »ist wenigstens kein

Weichei. Er geht die Dinge an, statt alles mit Diplomatie zu regeln. Seit der Boss alt geworden ist, tanzen uns die anderen Konkurrenten auf der Nase herum. Es hat früher keine Übergriffe auf uns gegeben, keine Spielchen, keine Beleidigungen. Aber der Alte ist wie ein Wolf ohne Biss. Vielleicht wird's Zeit für einen neuen König.«

Tom ächzte leise. »Hast du eigentlich ein Rad ab? Die Diplomatie, die du so verachtest, hat uns allen ein sicheres Leben ermöglicht. Und wir beide wissen verdammt genau, dass unsere Leute alle keine guten Könige waren, nicht echte. Und ausgerechnet hier solltest du nicht von Königen reden, Giu. Marino ist der Klügste und Fairste, den wir kriegen könnten. Nicht wie sein perverser Sohn, der jetzt schon nicht ganz dicht ist!«

Giulio hatte genug davon. Er packte Tom grob am Kragen und zerrte ihn zu sich. Obwohl es dunkel auf dem Balkon war, konnte er die weit aufgerissenen Augen ausmachen. Die Brüstung war plötzlich überaus verlockend und in seiner Fantasie warf er den ignoranten alten Penner einfach darüber. Dann war er eben ausgerutscht und hatte den Halt verloren. Soll ja vorkommen, im Alter. Aus dem Inneren der Wohnung drang dumpfes Geschrei. Kurz und heftig, gefolgt von kaum hörbaren anderen Geräuschen, die beide Männer erstarren ließen. Es waren die Geräusche von schweren Körpern, die zu Boden fielen.

Giulios Augen spiegelten die von Tom und für einen langen Moment waren sie wie erstarrt, hielten einander umklammert wie ein Liebespaar. Ihre Blicke flogen zur Balkontür. Zuerst wurde nur die rote Glut einer Zigarette sichtbar, dann die Silhouette eines Mannes. Vito befand sich mit dem Gefangenen in einem Nebenraum, wo er ausdrücklich nicht gestört werden wollte. Sie waren hier oben zu sechst, immerhin war Vito nur der Junior vom Boss und der Alte selbst gerade noch in geschäftlichen Dingen eingebunden.

Tom begriff als erster, wen sie vor sich hatten, noch ehe Giulio seine Knarre gezogen hatte. Er kam gar nicht dazu, zu blinzeln, als das Geräusch des Schusses die Nacht zerriss. Der Schalldämpfer machte es beinahe absurd leise, auch wenn es nicht lautlos war. Giulio sackte zusammen, ein neues, vergrößertes Loch in Stirn und Hinterkopf. Sein Hirn sowie ein Teil der spärlichen Haare flog getragen vom eiskalten Wind davon, während der Körper zusammensackte und nach vorn kippte. Zigarettenrauch umwehte Tom, der sich zitternd an der Brüstung festhielt.

»Mister Red, nicht wahr?«, wagte er zu flüstern. Er kannte die Geschichten des Mannes und hatte ihnen immer mehr Glauben geschenkt, als die anderen es taten. Lieber einer Geschichte zuviel Bedeutung beimessen, als zu wenig. Zu wenig war immer tödlich.

»Ich bin beeindruckt. Ich wusste gar nicht, dass ich so eine Berühmtheit bin.« Es klang dunkel und amüsiert und der Tonfall schien unpassend für die Situation, in der sie sich befanden. Beinahe, als plauderten sie. Beinahe wie ein kleiner Flirt um Mitternacht.

Toms Herz setzte aus, schien in seiner Brust zu stolpern, als wollte es fliehen wie ein erschrecktes Pferd. »Warum sind Sie hier, Mister Red?«

Die rote Glut glomm hell auf, als der schemenhafte Mann an der Kippe zog. Nur im Flur war das Licht eingeschaltet und beleuchtete die Silhouette in der Balkontür. Tom machte nicht einmal den Versuch, nach seiner Waffe zu greifen.

»Mister Marino hat meinem Boss etwas gestohlen, das er wiederhaben will, um eine Schuld zu begleichen. Und so wie ich hörte, beansprucht der Welpe es für sich. Das ist inakzeptabel.« Red sprach ruhig, mit der kühlen Gewissheit eines Mannes, der genau wusste, was er tat, und warum.

Tom ächzte leise und vielleicht hätte er unter anderen Umständen gelacht, doch kein einziger Laut kam über seine

Lippen. Er sagte das, was jeder andere in seiner Situation sagen würde, der noch bei klarem Verstand war: »Ich habe Frau und drei Töchter. Ein Enkelkind ist auf dem Weg.«

Schweigen. Viel zu lange. So lange, dass Toms Beine die Gelegenheit bekamen, sich in schlotternde, unsichere Stelzen zu verwandeln.

»Ich verstehe. Normalerweise müsste ich jetzt sagen, wie löblich es ist, dass du deinen Teil zur Erhaltung der menschlichen Rasse beigetragen hast, aber das schenken wir uns. Stattdessen biete ich dir einen Handel an.« Red warf die Kippe an Tom vorbei, wo sie über die Brüstung segelte und funkensprühend in die Tiefe flog. Der alte Mann fuhr zusammen und Red verspürte beinahe so etwas wie Mitleid. Aber wegen seinem Herzen aus Gold war er nicht hier und diesen Beruf machte man nicht, wenn man Ambitionen dazu verspürte, Mutter Theresa nachzueifern. »Du gehst zu Vito rein und holst ihn für mich raus. Ich will ihn alleine erwischen, ohne dass er Dummheiten machen kann. Denkst du, du schaffst das?« Er pausierte kurz, ehe er anfügte: »Denn deine liebe Frau und die Kinderlein möchten sicher ihren Daddy wiederhaben, denkst du nicht auch? Und wir wissen beide, dass es in dieser Stadt nur einen König geben wird. Und das ist nicht Vito.«

Tom schluckte. Er war nicht dumm. Natürlich wollte er leben. Im besten Falle mit seiner Familie. »Wenn ich das tue, wird Mister King dann dafür sorgen, dass meiner Familie nichts geschieht?«

Red lächelte, wohl gewahr, dass die Dunkelheit es verbarg, so wie sie auch das Blut verbarg, das aus den toten Körpern in Flur und Wohnzimmer sowie dem Badezimmer floss und zähe, schwer zu reinigende Lachen bildete. Schien, als brauchte Mister King eine neue Inneneinrichtung. Himmel, das würde er hassen, aber noch mehr hasste er Intrigen und ungehorsame Untergebene. »Ich werde persönlich bei ihm ein gutes Wort für Sie einlegen. Das ist alles, was ich versprechen kann. Aber Sie kennen ihn. Er ist gerecht.«

Tom zögerte nicht lange. Er war vielleicht alt, aber dumm war er nicht und kein Job der Welt war es wert, das Leben seiner Familie zu riskieren.

Red trat einen kleinen Schritt zurück, als der Mann sich zitternd wie Espenlaub über den Leichnam von Giulio begab und tief durchatmete, nachdem er fast über dessen schlaffen Arm gestolpert war.

Aus dem Zimmer, in dem Vito mit diesem Rick verschwunden war, drang leise Musik. Vielleicht war der Bursche wieder zugedröhnt, so wie er es oft tat, wenn er etwas zu feiern hatte. Tom schluckte schwer, ehe er seine Kleidung zurechtrückte und sich straffte. »Vito hat ihn geholt. Marino hatte andere Anweisungen gegeben«, ließ er Red wissen, der lediglich nickte, als wüsste er das schon.

»Es geht los. Ich habe nicht ewig Zeit und je eher Sie mir den Gefallen tun, desto eher kann ich Ihre Familie schützen lassen, sofern Mister King den Gefallen gewährt.«

Tom schluckte hart, ehe er nickte und das Licht einschaltete. Die Leichen seiner Freunde stapelten sich erfreulicherweise im Eingangsbereich, als hätten sie alle gleichzeitig zur Tür gewollt. Der schmale Flur war Red anscheinend zu pass gekommen und sie hatten sich überrumpeln lassen wie Anfänger. Es war offensichtlich schnell gegangen. Die Geschichten stimmten also.

Drei Leichen im Flur, eine im Badezimmer, eine auf dem Balkon, wo Giulio sein Leben gelassen hatte.

Er wollte keinesfalls zur Nummer sechs auf der Liste werden.

»Vito!« Er klopfte an die Schlafzimmertür, ungewahr, was dahinter passierte. Er wollte es auch eigentlich nicht zu genau wissen. So, wie Vito den Jungen angesehen hatte, konnte es nichts Gutes sein. Der Gedanke, was Red tun würde, wenn der kleine Stricher nicht mehr lebte, ließ ihm den Atem stocken. Er klopfte eindringlicher und schaltete das Licht ein, während Red seitlich in Position ging. Der Mann wirkte weder so jung, wie alle behaupteten, noch so alt, wie manche meinten. Er war vielleicht um die Dreißig, bekleidet mit einem schlichten, dunkelroten Anzug. Die Narbe in seinem Gesicht war wahrlich kein schöner Anblick und verlieh den Zügen beinahe etwas diabolisches. Ein dunkelrotes Hemd und eine Krawatte in Schwarz komplettierten das Bild. Red rührte sich nicht, als die Tür aufschwang und ein zugedröhnt aussehender Vito heraustrat. Er zog gerade an einer Kippe, der Oberkörper nackt und schweißnass, seine Knarre in einer Hand. Er wirkte verdammt angepisst und Tom konnte den Wahnsinn in seinen Augen sehen.

»Ich hab' euch gesagt, ich will nicht gestört werden, ihr Penner! Was ist so verdammt wichtig?!«, blaffte er, während Tom zurückwich, erschrocken von der Intensität, mit der Vito ihn anging. Der Sohn des Bosses mahlte mit den Kiefern, als er den Schlitten der Waffe zurückzog und auf Toms Stirn zielte. »Ich knall' dich ab, alter Mann. Einfach so. Peng, Pe-«

»Oder du bist der Erste, der abgeknallt wird.« Red lächelte kühl, zwinkerte Tom zu und machte eine kurze Handgeste, sodass dieser sich zur Seite warf. Vito wirbelte herum, das Gesicht fassungslos und mit viel zu langsamen Reflexen. Red fackelte nicht lange und drückte ab. Blut und Hirnmasse spritzte auf Wand und Teppich, besudelte Tom, der fassungslos zu Red aufstarrte und sich mit fahriger Geste die ekelhaft warmen Bruchstücke aus dem Gesicht wischte. Er spürte, wie ihm die Galle hochkam und drehte sich beiseite, um sich zu übergeben. Er hatte Vito seit seiner Geburt gekannt. Er war bei seiner Taufe dabei gewesen und bei jedem Kindergeburtstag. Der tote Körper sackte zusammen und fiel mit einem dumpfen Geräusch nach vorn.

Tom kotzte das ganze, nackte Grauen aus, das er empfand, während er würgend auf dem Teppich kauerte und heftig die Tränen weg blinzelte, die ihm in die Augen schossen. Er nahm die gedämpften Schritte wahr, und Reds leise Stimme, die etwas flüsterte, das er nicht verstand, als dieser ins Schlafzimmer ging. Dieser Mann war der Teufel. Etwas derart Kaltblütiges hatte er selten gesehen, in all den Jahren, in denen er schon dabei war.

Rick kauerte in einer Ecke des Raumes wie ein verängstigtes Tier und drückte sich noch enger an die Wand, als Red eintrat. Dieser ließ den Blick über die zerstörte Einrichtung schweifen. Ein Schrank und eine teure Kommode waren zu Bruch gegangen, ebenso wie ein Spiegel, den er zerschmettert hatte. Mit einem Messer, das er an seinem Gürtel mit sich führte, hatte er die Bettwäsche zerschnitten sowie die Matratze, um das Innere aus ihr herauszuzerren. Die typischen Utensilien zum Schniefen von Koks lagen auf dem Glastisch, auf dem das blutige Messer lag. Red schrägte den Kopf, als er sich betont langsam zu dem zitternden Bündel vorarbeitete, wobei er auf Scherben trat und über zerstörte Möbelstücke klettern musste. Das Bett hatte der tote Vollidiot, der draußen ausblutete, von der Wand abgerückt und Rick presste sich mit riesigen Augen dort zwischen dem umgekippten Nachtschrank und der Wand in die Ecke.

»Es ist alles in Ordnung. Mein Name ist Red und ich wurde geschickt, um dich aus der miserablen Gesellschaft von Vito zu befreien. Du hast Glück, Kleiner.« Er sprach sanft und ruhig, während er die Hand so ausstreckte, dass Rick sie nehmen konnte. Hinter sich hörte er Tom kotzen und wimmern. Keine Gefahr. Seine Sinne waren geschärft und er lauschte auf jedes noch so kleine Geräusch.

Rick starrte ihn eine ganze Weile nur an. Er blutete aus einer Wunde an der Hüfte und einem bösen Schnitt am Arm. Seine Kleidung war an diesen Stellen kaputt und in dem übergroßen Pulli wirkte er zerbrechlich wie eine hübsche Puppe. Blut rieselte aus der aufgeplatzten Unterlippe, wo er anscheinend einen Schlag abbekommen hatte. Sehr zögerlich streckte er die Hand aus.

»Schickt Luca dich?«, wollte er wissen. Er sprach undeutlich und zuerst vermutete Red, dass der vielleicht einen Zahn eingebüßt hatte, doch dann registrierte er, dass es vermutlich eher eine Verletzung der Zunge war. Rick musste sich drauf gebissen haben.

Red zog ihn zu sich hoch und musste ihn dabei stützen, damit er nicht gleich wieder stürzte. Rick humpelte und gab ein Wimmern von sich, als er das linke Bein belastete. Offenbar war er doch in einem schlechteren Zustand als gehofft. »Nein. Nicht Luca. Matt. Du kannst von Glück reden, dass Mister King saubere Geschäfte schätzt.«

Rick grub die Finger in den Anzug, als er sich an Red festhielt. Seine Gedanken schwirrten und der Zusammenhang erschloss sich ihm nicht. Wer war Mister King? Und wie passte Matt in das Bild? »Wo ist Luca? Gehen wir zu ihm? Wir müssen ihn retten!« Er starrte in das Gesicht auf, das von einer hässlichen Narbe durchfurcht wurde und für einen Moment blieben ihm die Worte im Hals stecken.

Red lächelte süffisant. »Bin ich nicht ein Sahnestück?«, wollte er scherzhaft wissen. Jedoch schüttelte er den Kopf. »Mein Auftrag lautet, dich zu Mister King und in seine Obhut zu übergeben. Von einem Luca war nicht die Rede. Und jetzt komm. Wir vergeuden kostbare Zeit.« Er wartete die Antwort nicht ab, sondern warf sich das Bündel namens Rick einfach über eine Schulter, was diesem ein erschrockenes Ächzen entlockte. Auf eigenen Beinen war er zu langsam und so konnte er wenigstens schneller vorankommen.

»Heh, lass mich wieder runter!« Ricks Protest kam nur schwach und die Schläge auf den Rücken des Narbigen blieben ohne Wirkung, als dieser ihn einfach davontrug. Rick wurde stocksteif, als sie an Vitos Leiche vorbeikamen und an dem kreidebleichen Mann, der auf dem Boden daneben kauerte. Der Gestank von Blut und Erbrochenem hing schwer in der Luft. Es war eine Sache, Gewalt angedroht zu bekommen oder aus den

Nachrichten davon zu hören. Es war etwas völlig anderes, verdreht daliegende, tote Körper zu sehen. Die weit aufgerissenen Augen, die langsam den Glanz verloren und die Unmengen an Blut, die aus ihren Wunden in den Teppich sickerten. Rick würgte trocken und fühlte den Ruck, als Red ihn von seiner Schulter rutschen ließ. Er fing ihn auf, als der Dunkelhaarige sich zitternd an ihn lehnte, um nicht umzukippen.

»Okay, Kleiner. Ich kann ja verstehen, dass du dir nicht gern tote Leute anguckst, aber wir müssen so schnell wie möglich hier weg.« Red griff Ricks Kinn, während er ihm die Lage erklärte, und zwang ihn, zu ihm aufzusehen, damit er auch wirklich zuhörte. Kurz blickte Red zu Tom zurück, der sich den Mund wischte und auf die Beine kam. »Das gilt übrigens auch für Sie. Sehen Sie zu, dass Sie unbemerkt aus dem Gebäude kommen. Und vermeiden Sie, Marinos Leuten dabei zu begegnen. Es gibt einen Notausgang im Treppenhaus, vier Stockwerke unter diesem. Benutzen Sie die Treppen und beeilen Sie sich. Sie werden in etwa einer Stunde einen Anruf erhalten. Gehen Sie sicher, dass Ihr Telefon eingeschaltet bleibt.« Red wartete, bis er Tom nicken sah, dann wandte er den Blick zurück zu Rick.

Dessen Gesicht war bleicher als der Mond und seine Augen riesig. »Ich gehe nicht ohne Luca.« Er umklammerte mit den Fingern den Stoff des Anzugs in Taillenhöhe und Red presste die Kiefer zusammen. Unter anderen Umständen hätte er ihm dafür eine saftige Ohrfeige verpasst, aber es ging selten nach ihm.

»Ich habe keine Anweisung dafür«, erklärte er sachlich, als er den Dunkelhaarigen erneut packte und ihn sich mitleidlos über die Schulter warf wie einen unbequemen Sack. Er spürte Ricks Aufbäumen und hörte dessen dumpfe Protestlaute, aber sie hatten keine Zeit für diesen Unsinn. Das Licht erlosch und verbarg die Leichen, als Red auf den Knopf drückte und die

Tür zuzog, nachdem Tom eilig hinausgetreten war. Die Schritte des Mannes erzeugten keine Geräusche auf dem mit Teppich ausgelegten Flur und er tat offenbar, was Red ihm angeraten hatte.

Falls nicht ... Nun, das würde sein Boss dann zu entscheiden haben. Er knurrte auf Ricks Gezappel hin, als dieser versuchte, freizukommen, und versetzte ihm einen harschen, satten Klaps auf den Hintern, sodass er das dumpfe Ächzen hörte.

»Zwing mich nicht dazu, dich zu knebeln und zu fesseln«, drohte er dunkel, als er den Flur in anderer Richtung durchschritt. »Heute Abend könnte noch eine hässliche Nacht werden und ich habe weder Zeit noch Lust, mich um deine Befindlichkeiten zu kümmern. Wenn du brav bleibst, sehe ich vielleicht, was ich für diesen Luca tun kann.«

Sofort sackte Rick über seiner Schulter etwas mehr zusammen und das Gezappel erstarb. Er hörte ihn lediglich leise Schluchzen.

Mister Kings Prinzipien waren ihm heilig und manchmal wogen sie schwer. Wortwörtlich. Und auch, wenn es unbequem war, so setzte Red die Gesetze und Befehle gern um, die man ihm erteilte. Es gab nur einen König in der Stadt. Und er freute sich schon auf Marinos dummes Gesicht, wenn der alte Sizilianer entdeckte, dass seine eigene Thronfolge nicht länger gesichert war. Aber so war das, mit tollwütigen Welpen eben.

Wenn man sie nicht heilen konnte, musste man sie erlösen. Und eine Welt ohne Vito Marino war sicherlich eine etwas bessere Welt.

Red trat auf den Aufzug zu und bemerkte die Verspannung, die von Rick ausging, als die Türen sich öffneten. »Keine bange, Kleiner. Es dauert nur ein paar kurze Augenblicke. Mach einfach die Augen zu und denk' an was Schönes.«

Rick krallte sich in den Stoff des Anzugs, als Red ihn in den beengten Raum trug. Die muffige Luft darin kam ihm zu dick und zu schwer vor, doch er tat wie ihm geheißen und schloss die Augen. Wenn er Luca helfen wollte, musste er wohl oder übel mitspielen. Er dachte an Matt und Alex und daran, wie am Boden zerstört sein bester Freund sein würde, wenn er hier krepierte. Die kurze Zeit mit diesem Vito hatte ausgereicht, um ihn glauben zu machen, dass es kein Entkommen gab. Keine Hoffnung. Er drängte die Tränen zurück, die ihm zwischen den dichten Wimpern hervorquellen wollten, doch schließlich verlor er den Kampf. Was dieser Vito ihm alles hatte antun wollen, war unbeschreiblich und es grenzte an ein Wunder, dass dieser komische Typ, dieser Red, rechtzeitig gekommen war.

»Er wollte mich häuten«, stammelte Rick, während der Aufzug nach unten fuhr. Es fühlte sich an, als würde sein Magen absacken und sein Körper folgte später erst nach, als gäbe es da eine Verzögerung, so wie manchmal im Fernsehen, wenn der Ton nicht zum Bild passte.

»Häuten? Wie altmodisch. Und so langwierig.« Red klang nicht einmal überrascht, als Rick dies verkündete. Allerdings wäre der ganze Auftrag gehörig aus dem Ruder gelaufen, wenn Vito es tatsächlich versucht hätte. Und das hätte er sicherlich irgendwann und irgendwo. »Du bist jetzt jedenfalls sicher. Hier häutet keiner irgendwen, außer ich kriege die Erlaubnis.« Red grinste dreckig und erlaubte sich für einen Moment den Spaß, lauschte auf das Stocken in Ricks flachen Atem, ehe er die Schultern zuckte. »Wie auch immer. Wir sind fast da, also sei still. Ich will, dass du einfach so tust, als wärst du nur ein echt unbequemes Möbelstück. Nicht reden. Nicht bewegen. Nicht atmen, wenn du das für eine Flurlänge hinbekommst. Oder... vier.«

Rick zog es vor, nichts darauf zu sagen, als sich die Fahrstuhltüren öffneten. Er wusste nicht, wie lange er so über der Schulter des Mannes hing, doch irgendwann setzte Red ihn ab und die letzten Minuten humpelte Rick, von diesem gestützt, durch vollkommen dunkle Gänge. Er fragte nicht, woher Red wusste, wohin sie gehen mussten. Irgendwo, sehr dumpf, nahm er hinter den Wänden die Geräusche von Fahrstühlen wahr, und manchmal hörte er vereinzelt Stimmen. Sein Herz schlug ihm in der Finsternis bis zum Hals und er musste sich völlig auf den Mann neben sich verlassen, der genau zu wissen schien, wie viele Schritte es bis zur nächsten Tür waren, wie viele Stufen auf welchen Treppen, und ob man hinauf oder hinunter musste. Es war wie in einem Labyrinth gefangen zu sein, und nur Red kannte die richtigen Wege. Schmerz schoss durch Ricks Knie, wann immer er es versehentlich belastete, doch er presste die Lippen fest zusammen, um ja keinen Mucks zu machen.

Als Red die Tür öffnete und ihnen warmer Lichtschein entgegenschlug, kniff er blinzelnd die Augen zusammen.

»Mister King. Wie befohlen, hier ist er.« Red führte Rick zu einem der Sessel, die in diesem Raum standen. Es war ein recht kleiner Raum, die Wände mit dunklem Holz getäfelt, schmucklos, bis auf zwei Sessel und eine großzügige Ledercouch. Eine durchsichtige Fensterfront bildete das Herzstück des Zimmers, in dem der schwache Duft von Zigarettenrauch und teurem Parfüm hing. Rick machte eine gläserne Vitrine an der Seite aus, bestückt mit dutzenden Flaschen hochwertigem Alkohol. Ein paar Gläser standen auf einem Tresen davor, zusammen mit einer Auslage von Zigarren.

Auf Reds Worte hin, wandte sich ein gut gekleideter Mann um, der vor der Glasscheibe gestanden und hinausgesehen hatte. Er lächelte nicht, musterte Rick nur mit einem mäßig interessierten Blick. »Gut gemacht. Wie lautet der Bericht?«, wollte er wissen, wobei Rick beim Klang der Stimme eine Gänsehaut überlief. Es war ein dunkler Klang, und sicher hätte er angenehm sein können, wäre er nicht so kalt und gleichgültig gewesen.

»Die Ziele, einschließlich des Prinzen, wurden liquidiert.

Tom war so klug, keinen Widerstand zu leisten. Er bittet um Schutz für sich und seine Familie. Er war kooperationsbereit.«

Mister King gab ein leises Geräusch von sich, von dem Rick nicht hätte sagen mögen, ob es zufrieden oder unzufrieden war. Er blieb stehen, unschlüssig, ob er sich setzen durfte oder nicht, während Red einfach abzuwarten schien.

»Ich schätze Verräter nicht.« Mister King zog die dunklen Brauen zusammen, nachdem er Rick ins Auge gefasst hatte und dessen Zustand missfiel ihm offenkundig. »Der Gefallen bezüglich seiner Familie wird erwiesen. Sorg dafür, dass sie keine Vergeltungsaktionen von Marinos Leuten zu befürchten haben. Und dann finde ihn.« Er pausierte kurz, begutachtete die blutende Lippe des offensichtlich verletzten Burschen, und deutete vage auf den Sessel. »Ich hoffe, die Verletzungen hatte er schon vorher?« Der Blick glitt zu Red, der eine Braue hob.

»Vito. Er war zugedröhnt und hatte angedroht, ihn häuten zu wollen.«

Mister King zog die Brauen noch etwas mehr zusammen und blickte zu Rick. »Hat er dich vergewaltigt?«

Die Kühle, die in der Stimme des Mannes lag, der offenbar das Sagen hier hatte, ließ Rick in den Sessel sinken und den Kopf einziehen. Er strahlte Autorität aus und wenn er ihn richtig verstanden hatte, dann würde Red diesen Tom noch nachträglich umlegen. Er blinzelte heftig und versuchte, nicht durchzudrehen, während er den Kopf schüttelte. Dazu war es nicht gekommen. Vielleicht nie, aber die Frage stellte sich nun auch nicht mehr. Ihm wurde übel und er warf unsichere Blicke zwischen Red und dem anderen Mann einher.

»Gut. Derartiges Verhalten ist nicht tolerierbar. Ich entschuldige mich für das Benehmen von Vito Marino und versichere, dass ich dafür seinen Vater belangen werde.« Mister King neigte nur leicht den Kopf, als er Rick einen durchdringenden Blick zuwarf. »Du wirst in Kürze von hier fortgebracht. Du wirst bereits erwartet und ich-«

»Ich gehe nicht ohne Luca!« Es platzte einfach aus ihm heraus, ohne dass er es verhindern konnte und tatsächlich klappte der Mann in dem sichtlich teuren Anzug den fein geschwungenen Mund zu. Er hatte recht attraktive Züge, auch wenn Rick nicht lange aufblicken konnte, ohne das Gefühl zu haben, innerlich zu erstarren. Seine Augen wirkten wie Kohlestücke und beinahe erwartete er, dass sie feuerfangen würden.

Red gab ein undefinierbares aber sichtlich tadelndes Geräusch von sich. »Verzeihung, Sir. Diese kleine Kröte redet schon die ganze Zeit von nichts an-«

Eine rasche Geste schnitt Red das Wort ab und die Stille, die sich in dem Raum ausbreitete, schien greifbar. Rick zog den Kopf etwas mehr ein, als Mister King mit betont langsamen Schritten zu ihm trat. Der Blick aus den schwarzen Augen schien ihn zu sezieren und Rick kam nicht umhin, sich zu fühlen wie ein hilfloses Lamm vor einem hungrigen Wolf. Er schluckte und starrte auf die glänzenden Knöpfe des Jacketts, die sich deutlich vom seidenmatten Stoff abhoben.

»Ich bin kein großer Freund von schlechtem Benehmen.«

Die Stimme klang streng genug, dass Rick den Kopf gesenkt behielt, jedoch verriet das leise Rascheln von Kleidung, dass der Mann vor ihm sich bewegte. Zwei Finger, denen ein schwacher Duft nach Seife anhaftete, schoben sich unter sein Kinn und hoben es an. Die schwarzen Augen schienen direkt in Ricks Seele zu starren und er wagte nicht einmal zu blinzeln, so prüfend ruhte der Blick auf ihm. »Verzeihung, Sir«, murmelte er angespannt.

»Allerdings würde ich gern erfahren, wer dieser Luca ist und in welcher Verbindung du zu ihm stehst.« Mister King ließ Ricks Kinn los, sicher, dass er nun seine Aufmerksamkeit hatte.

Hinter der Fensterfront aus bruchsicherem Glas gingen die Lichter an.

• • •

Luca stemmte sich vom Boden hoch und lehnte sich gegen die kühle Wand aus grauem Beton. Hier unten war die Luft nicht so stickig, wie er erwartet hatte und der Raum war schlicht, aber sauber. Es gab ein kleines Bad, keine Fenster, keinen Spiegel. Saubere Handtücher. Shorts in seiner Größe und natürlich ein paar Bandagen, wenn man denn welche tragen wollte.

Er hatte noch immer die Prellungen von der Schlägerei neulich und angesichts dessen, dass er nicht zum Spaß hier war, musste er mehr auf seine Deckung achten, als er es für gewöhnlich tat. Seine Muskeln spannten sich, als er sich von der Wand abstieß, zogen sich unter der Haut zusammen und entspannten sich wieder, als er sich umdrehte. Die Einrichtung war spartanisch. Nichts, was man ohne weiteres zertrümmern und als Waffe benutzen konnte. Zudem nahm die Kamera in einer Ecke des Raumes alles auf, was er tat. Die Uhr an der Wand zeigte nur noch zehn Minuten bis zum Beginn an.

Selten hatte er in einem Leben die Zeit als so bedrohlich empfunden. Sie fraß sich mit jedem Vorrücken der Zeiger mehr durch sein Leben, stahl ihm Sekunden, Minuten, Stunden. Unaufhaltsam. Für einen Moment dachte er an seine Mutter und die letzten Minuten, die er in ihrem Leben an dem Krankenhausbett gesessen hatte, während sie um jeden Atemzug kämpfte. Röchelnd und feucht hatten diese Versuche geklungen und sie hatte seine Hand ein letztes Mal umklammert, als setzte sie darauf, dass er sie retten würde.

Doch er hatte nichts getan. Hatte nichts ausrichten können, um den Tod aufzuhalten, der seit Monaten an ihr fraß. Sie war elendig und unter Schmerzen gestorben, verraten von ihrem eigenen Körper, gefesselt an das Bett, das nach Leiden roch und nur noch ein Schatten ihrer selbst. Sie war so abgemagert und eingefallen gewesen, das Haar dünn und brüchig, ganz wirr vom vielen Liegen.

Luca schluckte den Schmerz herunter, den die Erinnerungen verursachten. Er wanderte unruhig im Raum auf und ab, streifte die Uhr mit Blicken. An seinen Gegner dachte er keine Sekunde, denn je weniger er von ihm wusste, desto besser. Eine gesichtslose Person ohne Identität zu töten war einfacher als einen Familienvater mit Frau und kleinen Kindern, der sonntags seinen Rasen mähte und die Rechnungen pünktlich bezahlte, egal wie knapp das Geld auch war.

Luca lehnte sich erneut gegen die Wand, versuchte, ruhig zu atmen. Der Gedanke an Rick beschäftigte ihn. Zu wissen, dass er in Vitos Gewalt und diesem ausgeliefert war, war unvorstellbar. Er kannte Vito, wusste, zu welchen Grausamkeiten der Junge fähig war und allein der Umstand, dass Rick mit ihm zusammengewesen war, machte diesen schon zu dem perfekten Opfer für Vito.

Vielleicht wäre nichts von alledem jemals passiert, wenn er dem Jungen damals die Fresse für den Mist eingeschlagen hätte, den er gebaut hatte. Oder wenn er ihn einfach erschossen hätte. Oder wenn er ihn einfach in sein Verderben hätte rennen lassen. Wenn er nur einmal das Problem von Vito nicht zu seinem gemacht hätte. Aber er und Vaun – sie beide waren wie die persönlichen Leibwächter für ihn gewesen. Große Brüder, auf die eben Verlass war, aufgezogen von Marino wie seine eigenen Kinder. Er hatte im Grunde gar keine Wahl gehabt, als zu tun, was er eben getan hatte.

Die Kühle der Wand tat gut an seiner erhitzten Stirn und obwohl er sich nur warmgemacht hatte, rann ihm Schweiß über die Haut. Er durfte nicht versagen. Nicht heute. Nicht, wenn es um so viel ging.

Luca starrte auf den grauen Beton vor sich, ehe er sich umdrehte und daran anlehnte. Alles wäre anders gelaufen, wäre Rick nicht Vito vor die Karre gerannt. Wäre Rick nicht von

Marino hergebracht worden, mit dem Grund, ihn zu quälen und ihm seine Fehler aufzuzeigen.

Und dennoch konnte er keine Reue empfinden, dass es so geschehen war. Die wenigen Stunden, die sie zusammen verbringen konnten, hatten etwas verändert. Sie hatten ihn verändert.

Die Zeiger der Uhr krochen gleichzeitig zu langsam und zu schnell vorwärts.

Wenn er heute Nacht kämpfte, würde er nicht für sich kämpfen. Dessen war er sich bewusst. Und wenn es Rick nicht geben würde, wenn sie sich nicht kennengelernt hätten und er ihn damals in diesem Café einfach sitzengelassen hätte, ohne ihn je wiederzusehen, ohne zu wissen, wie er küsste, wie er ihn anlächelte, dann wüsste er schon, wie dieser Kampf ausgehen würde.

Doch nichts war mehr, wie es gewesen war und diese ganze Geschichte durfte einfach noch nicht vorbei sein. Rick hatte etwas Besseres verdient, als für jemanden wie ihn zu sterben und wie ein Stück Müll von Marino beseitigt zu werden. Luca schluckte hart. Er verdiente ein richtiges Leben, nach allem, was passiert war und nach allem, was er hatte durchmachen müssen. Er verdiente nur das Beste. Ob er ihm das geben konnte, wusste er nicht, aber er wollte es wenigstens versuchen, wenn Rick es auf einen Versuch ankommen ließ. Es war absurd, wie sehr er plötzlich wollte, dass es funktionieren würde. Ein Alltag, den er nicht mehr alleine bestreiten musste und der Sinn machte. Außerdem hatten sie bislang noch kein einziges richtiges Date gehabt.

Er musste gewinnen. Und er konnte nur hoffen und beten, dass Marino ihn und Rick begnadigte und sie aus dieser Stadt verschwinden konnten. Zusammen, wenn Rick das wollte. Luca atmete durch und versuchte, nicht durchzudrehen. Der Gedanke, dass er noch eine einzige, letzte Chance vom Universum – oder wem auch immer – bekam, um sein Leben geradezurücken und etwas Sinnvolles damit anzufangen, vielleicht sogar eine funktionierende Beziehung zu führen, überforderte ihn und gleichermaßen beflügelte ihn die Vorstellung. Und selbst, wenn Rick hiernach nichts mehr mit ihm zu tun haben wollte, konnte er wenigstens seine Schuld bei ihm begleichen. In dem Wissen, dass er wenigstens nicht sein Blut an den Händen hatte.

Es klopfte heftig gegen die Tür und das Geräusch riss Luca aus seinen Gedanken. Die Zeiger der Uhr standen auf der vollen Stunde, als sein Blick den Zeitmesser streifte und dann zu dem Mann glitt, der ihn abschätzig musterte.

»Graham. Dein Auftritt.«

Es war surreal. Er hatte den Ring bereits zuvor gesehen, doch hineingeführt zu werden, wie ein Löwe in ein altertümliches Kolosseum war etwas ganz anderes. Die Scheinwerfer blendeten ihn und die Anzahl der Zuschauer konnte er nur schätzen, die ihn anstarrten. Es waren vielleicht fünfzig, vielleicht auch weniger. Er machte nur wenige Gesichter aus, doch schienen alle Zuschauer gut gekleidet zu sein. Die Damen in aufwendigen Abendkleidern, teilweise mit Masken vor den Augen, die Herren in Smokings. Manche pfiffen, andere klatschten frenetisch. Begierig darauf, einen Kampf auf Leben und Tod zu sehen, auf Blut und unzensierte menschliche Abgründe. Er wusste nicht, ob er mehr Abscheu für die empfand, die nur zusahen und allein dafür vermutlich Zehntausende hingeblättert hatten, oder für sich – der ihre perversen Gelüste befriedigen würde. Egal, ob als Sieger, oder als Toter. So oder so würde die Meute bekommen, für was sie gekommen waren. Es war ein Haifischbecken, besetzt mit gut betuchten, gut situierten zahlungskräftigen Kunden und er war nur der Köder, den man in ihre Mitte warf.

Er konnte Rick nicht sehen, dafür war das Licht zu

unvorteilhaft und vermutlich befand er sich in einem der beiden VIP-Räume, die Marino ihm gezeigt hatte. Wie schwarze Kapseln thronten diese gegenüberliegend über der Arena, die Glasfronten abgedunkelt, sodass man nicht hineinblicken konnte.

Der nackte Boden unter seinen Sohlen fühlte sich kühl und rau an und für einen flüchtigen Moment fragte er sich, wie sie all das Blut wieder davon runterkriegen wollten, bis sein Blick auf alte, ausgeblichene Flecken fiel. Den schieren Ausmaßen nach zu urteilen hielten sich die Mühen in Grenzen. Und den Verschmutzungen nach war dies auch nicht der erste Kampf, der hier stattfand. Er schluckte trocken, noch während man ihm die Handschellen abnahm. Man hatte sie ihm vermutlich allein für eine gute Show angelegt, während irgendein Sprecher undeutliche Ansagen machte, die er nicht verstand. Sein Blick war auf den gegenüberliegenden Gang fokussiert. Die Tür öffnete sich und ein Mann wurde herausgeführt, jünger als er, schmächtiger, mit schmalen, wachen Augen. Er kannte ihn nicht, aber den Tattoos, die seinen Körper schmückten nach zu urteilen, hatte er mehr als einmal im Knast gesessen. Sie waren schlecht gestochen und wirkten schwammig. Er erkannte nur wenige der Symboliken davon, doch genug, um zu schließen, dass er zu Konkurrenten von Marino gehörte. Irgendeine feindlich gesonnene Bande, die ihm Ärger machte. Vielleicht ein Überläufer, der ihm lästig geworden war?

Luca wischte die Gedanken beiseite. Es war unklug, sich zu viele Sorgen um einen Toten zu machen. Er beobachtete die Züge seines Gegners, dem die Handschellen abgenommen wurden, so wie ihm zuvor. Unruhe machte sich im Publikum breit und das Tor, das die Arena vom Rest des Raumes abteilte, schloss sich ratternd. Lucs Puls schoss hoch, als sie sich gegenüberstanden. Der Kerl vor ihm war fast so groß wie er, nicht ganz so breit gebaut, aber man konnte deutlich sehen, dass er keine Zimperliese war.

Luca beugte die Knie leicht, während Adrenalin in seine Adern schoss. Er hatte keine Augen mehr für die Scheinwerfer oder die Menschen, die ihn beobachteten. Er fixierte sich auf das Gesicht, das ihn anstarrte und die Augen, die schmaler wurden. Schon früher hatte er diese besondere Anspannung gemocht. Sie sprach etwas in ihm an, wenn er jemandem gegenüberstand, mit dem er einen Kampf austragen würde.

Marino hatte ihn eine ganze Zeit lang als Schuldeneintreiber eingesetzt, um sein Gewaltpotenzial in nützliche Bahnen zu lenken. Er prügelte sich nicht mehr nur, um Dampf abzulassen, sondern um gezielt Schaden anzurichten, einzuschüchtern, zu erniedrigen.

Stolz war er auf diese Vergangenheit nicht unbedingt, aber vielleicht kam sie ihm nun zu gute.

Der Typ schoss nach vorn, täuschte einen Schlag auf die linke, versehrte Seite an, wo Luca die sichtbaren Verletzungen hatte. Er rechnete damit, dass Luca genau diese Seite schützen würde – und die Finte ging auf. Luca tappte direkt in die Falle und konnte so den harten Tritt nicht abwehren, der seine Rippen auf der anderen Seite erwischte.

Er brüllte, taumelte, fing sich wieder. Heißer Schmerz pochte in seinen Rippen und sein Herzschlag beschleunigte sich, als der andere nachsetzte, um ihm die Faust ins Gesicht zu dreschen. Luca wich zurück, entging dem Schlag und führte seinerseits einen Hieb gen Bauch aus, auf dem ein Tattoo in Form eines geöffneten Auges prangte. Der Typ ächzte dumpf und sein Ellbogen verfehlte in einem ungezielten Hieb Lucas Schläfe nur knapp.

Die dumpfen Geräusche von Fäusten, die auf Haut trafen, gingen beinahe in dem Stimmengewirr unter, das vom Publikum erzeugt wurde. Wetten wurden abgeschlossen, während eine Uhr über der Arena die Kampfdauer anzeigte. Es gab keine Runden, keine Pausen. Akzeptiert wurde nur ein Sieger.

Hinter der Glasscheibe, die nicht nur den Blick in das Innere des Raumes verschleierte, sondern auch die Geräusche von draußen dämpfte, starrte Rick fassungslos auf das Geschehen. Er hämmerte wie manisch gegen das Glas, brüllte Lucas Namen, wissend, dass dieser ihn nicht hören konnte, und doch verzweifelt darum bemüht, irgendetwas zu tun. Zu sehen, wie Luca Treffer um Treffer kassierte, ohne dass er irgendetwas dagegen tun konnte, war unerträglich. Die Tränen verschleierten seine Sicht und sein Atem ließ das Glas beschlagen, als er schluchzend an der Scheibe herabsank.

»Sie müssen ihn da herausholen!«, bettelte er ohne Unterlass, den Blick zu dem Mann aufgerichtet, der als einziger noch in der Lage schien, ihn zu retten.

»Das ist unmöglich. Mister Marino hat den Kämpfer gestellt. Den Kampf abzubrechen, würde nicht nur meinen Ruf schädigen, es würde mich auch eine beträchtliche Summe kosten.« Der Blick aus schwarzen Augen löste sich von Ricks verweintem Gesicht, der einfach nur fassungslos auf dem Boden hockte und wieder in die Arena herunter starrte. Luca warf sich soeben gegen den anderen Kämpfer, drosch ihm die Faust in das Gesicht, ehe er ihn zurückstieß. Er sah den anderen taumeln. Blut schoss ihm aus Nase und Mund, doch er spuckte es nur aus, ehe er erneut auf Luca zustürmte. Er riss ihn zu Boden und Rick entkam ein dumpfes, ohnmächtiges Geräusch, als er sah, wie der Herausforderer Lucas ohnehin in Mitleidenschaft gezogene Seite mit Schlägen bombardierte.

»Wie können Sie das nur zulassen?!« Rick brüllte, voller ohnmächtiger Wut darüber, dass sie an diesem Ort gelandet waren, wo herzlose Menschen mit zuviel Geld darauf gierten, jemanden leiden und sterben zu sehen. Es war zu absurd, zu unbegreiflich, wie jemand wie Mister King das auch noch veranstalten konnte.

Dieser nippte an seinem Whiskey und warf Rick einen beinahe mitleidigen Blick zu, während Red zähneknirschend daneben stand. »Ich verstehe, dass es deine Weltanschauung ins Wanken bringt. Aber lass dir gesagt sein, dass es für die Kämpfer beinahe eine Art Erlösung ist. Sie sind Todeskandidaten. Ihre Verbrechen gegen gewisse Gesetze haben sie in diesen Ring gebracht. Einer von ihnen wird gewinnen und darf weiterleben. Das ist mehr als fair, wenn du mich fragst.«

»Das ist nicht Ihr ernst.« Rick starrte zu Mister King auf. »Ich werde-«

»Du wirst überhaupt nichts, Kleiner. Wenn du auch nur daran denkst, über das hier irgendwo ein Wort zu verlieren, wirst du gar keine Zeit haben, diesen dummen Fehler zu bereuen. Du bist hier, weil du offenbar die falschen Leute kennst und die falschen Entscheidungen getroffen hast. Aus keinem anderen Grund.« Mister King setzte das Glas ab und stellte es auf den Tisch. »Am Ende des Tages bist du nur ein winziges, unbedeutendes Rädchen im Getriebe der Welt. Ersetzbar«, erklärte er, wobei er zur Verdeutlichung mit den Fingern schnippte, »und ich alleine könnte deinen Freund noch retten. Die einzige Frage, die du mir also beantworten solltest ist: Wieso?«

Rick versuchte, ruhiger zu atmen, während er um Konzentration rang. Ihm fielen auf Anhieb ein dutzend guter Gründe ein, doch die alle hatten nichts mit Mister King zu tun, der vermutlich nicht der Typ mit einem Herzen aus Gold war. Unter der maßgeschneiderten Schale eines perfekt sitzenden Anzugs saß kein weicher Kern, an den er appellieren konnte. Gerede über das, was er für Luca zu empfinden begann, hätten ihm nur ein Stirnrunzeln entlockt.

Sein Mund wurde auf einen Schlag trocken, als er in das Gesicht von Red sah. Dieser hätte gewiss längst die Geduld mit ihm verloren, so wie er ihn anstarrte. Nur Mister King hielt ihn davon ab, ihn aus dem Raum zu zerren.

Rick blinzelte. »Sie sagten, dass Marino Luca als Kämpfer

gestellt hat. Vielleicht kann ich Ihnen etwas über Marino erzählen, das Sie interessieren wird.«

Die schwarzen Augen richteten sich interessiert auf Rick. »Ich hoffe für dich, dass es etwas von Relevanz ist. Meine Zeit ist kostbar, aber es wird Luca sein, der im Zweifelsfalle den Preis bezahlen wird, wenn du sie vergeudest.«

Rick leckte sich die Lippen. Dann begann er zu erzählen. Hastig und teilweise durcheinander, aber Mister King hörte zu.

Am Ende warf dieser Red einen vielsagenden Blick zu und Rick schloss die Augen und barg das Gesicht in den Händen.

Entweder hatte er ihn gerade gerettet oder alles nur noch viel schlimmer gemacht.

• • •

Luca taumelte. Seine Finger griffen in den Maschendraht, an dem er sich schwer atmend festklammerte. Blut rann ihm über das Gesicht und tropfte auf seine nackte Brust. Der Schweiß machte seine Haut glitschig, doch das galt auch für seinen Gegner. Er war viel zäher, als er angenommen hatte. Er hatte ihn unterschätzt. Sowohl seine Schnelligkeit als auch seine Tricks. Wie lange er schon im Ring stand, war unmöglich zu sagen. Sein Zeitgefühl war völlig durch den Wind und seine Gedanken fokussiert auf den Gegner. Sie sahen inzwischen beide schlimm aus. Sie bluteten aus gebrochenen Nasen und Platzwunden und sowohl Lucas als auch die Knöchel des anderen waren aufgerissen.

Der Lärm in der Halle war verhaltener, nun, da sie sich nur belauerten, Atem schöpften, den nächsten Schritt planten. Einzelne Rufe danach, es zu Ende zu bringen, wurden laut. Manche mokierten sich auch darüber, dass sie zuviel für die exklusiven Tickets bezahlt hätten, wenn nicht bald etwas geschähe.

Luca riss sich zusammen. Seine Seite brannte wie Feuer und er spürte deutlich die gebrochenen Rippen links, die den Tritten nicht lange standgehalten hatten.

Der andere Kämpfer hatte offenbar eine bessere Kondition als er selbst, denn er stürmte wieder vorwärts um Anlauf zu nehmen. Die Fäuste schwang er dabei in Richtung von Lucas Kopf, wollte offenbar versuchen, ihm einen kritischen Treffer zu versetzen, der ihn benommen machen sollte.

Doch Luca hatte nicht vor, das einfach so hinzunehmen. Er warf sich im letzten Moment zur Seite, trat kräftig nach dem Angreifer aus, wobei er dessen Unterschenkel anvisierte. Das dumpfe, dunkle Knacken und das schmerzerfüllte Brüllen machten deutlich, dass er ihn erwischt hatte. Er taumelte keuchend zurück, als der Mann umkippte wie ein gefällter Baum. Der weiße Knochen des Schienbeines hatte die Haut durchstoßen und drang hässlich und beinahe obszön durch das rohe Fleisch.

»Du beschissener Wichser!« Das Wimmern klang hoch und der Mann umklammerte das Bein mit zitternden Fingern, starrte keuchend auf den offenen Bruch, fassungslos, wie es schien. Blut schoss aus der Wunde, benetzte den grauen Beton und färbte ihn dunkel. Die Menge in der Halle jubelte verhalten. Manche der Gäste wandten angewidert den Blick fort, andere stierten wie gebannt auf die Übertragung, die nicht nur direkt in der Arena zu sehen war, sondern auch auf einem großen Monitor wiedergegeben wurde. So blieben alle blutigen Einzelheiten erhalten.

Luca hasste sich, für das, was er angerichtet hatte, doch es war noch nicht vorbei. Er begegnete dem Blick des Kontrahenten, der glasig wirkte, als er sich spannte. Er wollte ihn nicht töten. Alles in ihm sträubte sich dagegen und die nutzlose Hoffnung, irgendjemand würde kommen, um einzugreifen, saß noch immer irgendwo in einem kleinen Teil seines Hirns. Doch sein Verstand arbeitete wesentlich kühler. Er wusste, dass es keine Rettung gab. Es ging um Leben und Tod. Kompromisse gab es nicht.

»Mach ihn endlich alle!« Der Ruf kam irgendwo von den Rängen und andere gesellten sich dazu, forderten ihn auf, das Leben des Mannes zu beenden. Sein eigener Atem ging nur stoßweise und durch den Adrenalinrausch hatte er keinen großartigen Blick mehr für die Umgebung. Er sah den Mann nicht, der auf ihn zielte. Er hörte nicht einmal den Schuss. Er registrierte den Einschlag nur am Rande, als er taumelte und zu Boden ging.

13

Marino sprang aus seinem Sessel auf, als er Luca stürzen sah. Dieser Hurensohn hatte noch nicht zu Ende gebracht, was er angefangen hatte. Und offenbar waren seine Befehle missachtet worden. Es war viel zu früh. Eine Reihe hässlicher Flüche traf den Kämpfer, der soeben zusammengebrochen war, übertönte sogar das verwirrte Gemurmel unter den Zuschauern. Der Kerl mit dem gebrochenen Bein kroch langsam zu ihm rüber, hinterließ eine Blutspur aus der offenen Fraktur auf dem Betonboden. Ohnmächtig starrte Marino auf das Schauspiel, als sich die Hände des Mannes um Lucas Hals legten.

»Dieser Hurensohn. Holt sofort Vito her und diese kleine Hure auch! Ich erschieße die kleine Ratte an Ort und Stelle!« Marino brüllte vor Zorn und schleuderte das Glas mit dem teuren Rotwein von sich. Es zerbarst splitternd an der Glasfront. Der Alkohol rann daran herab und troff auf den hellen Teppich. Die ersten beiden seiner Wachleute, die die Tür öffneten, um den Befehl auszuführen, brachen mit sauberen Kopfschüssen zusammen.

»Scheiße, was zum Teufel...?!« Marino brachte sich hinter der Holztheke der Bar in Sicherheit, während seine eigenen Leute das Feuer eröffneten.

Die Schüsse klangen unglaublich laut in dem kleinen Raum.

Kugeln rasten durch die Luft, schlugen in die bruchsichere Scheibe ein, in der sie steckenblieben, trafen mit dumpfen Geräuschen auf Fleisch.

Schreie mischten sich in den Lärm, teils vor Schmerz, teils wilde Flüche. Durch die beengte Situation befand sich der Angreifer im Vorteil, und er war offensichtlich nicht allein. Marino erkannte das an der Schussfolge. Wann immer ein Magazin ausgetauscht werden musste, überbrückte ein weiterer Schütze die Zeit, gab Rückendeckung.

Verdammte Scheiße...

»Vito!« Er brüllte den Namen seines Sohnes, im Glauben, der undankbare kleine Dreckfresser selbst wäre es, der da draußen lauerte um seine Leute abzuknallen. Er hatte die Truppe aufgeteilt, die sie hier beschützen sollte. Vermutlich war das ein Fehler gewesen, aber er war schon immer schlecht darin, seinem Sohn einen Wunsch abzuschlagen. Diese kleine Hure, dieser Rick, war nichts als ein unbedeutender kleiner Störfaktor und er hatte ohnehin nicht geplant, Luca oder ihn am Leben zu lassen. Was machte es da schon, wenn Vito zuvor ein wenig mit ihm spielte? Er hatte ihn gelassen. Warum auch nicht? Immerhin fühlte er sich mehr als sicher an diesem Ort. Er verdiente heute Abend viel Geld und Mister King hatte seinen Anteil daran. Sie teilten den Gewinn fair, so wie schon die Male davor. Es war lukrativ, nur ein ausgewählter Kundenstamm, und zugleich beseitigte man Problemfälle, die zu Risiken geworden waren. So wie Luca und den Kerl, der ihm gerade den Hals umdrehte.

»Vito ist gerade leider verhindert.«

Die Stimme klang beinahe amüsiert darin, und Marino kam sie vage bekannt vor. Sein altes Herz jedoch zog sich zusammen. »Du Scheißkerl! Was soll das heißen?!«

Ein weiterer seiner Männer ging zu Boden, brüllend, als eine Kugel seinen Bauch durchschlug. Er wand sich blutend, während die anderen in Panik gerieten und völlig ungezielt feuerten. Marino ächzte leise und zog seine eigene Waffe. Er wusste längst, was das bedeutete, doch ein Teil von ihm weigerte sich, die Information zu verarbeiten. Sein Sohn konnte nicht tot sein. Das war unmöglich. Er war immerhin jung und stark. Gesund.

Etwas klickte. Metallisch, alarmierend. Zuerst begriff er nicht, was dieses Geräusch bedeuten sollte, doch dann kullerte der Gegenstand in den Raum.

»Rauchgrana-« Tito, sein persönlicher Leibwächter seit zwei Jahrzehnten ging zu Boden, als ein Schuss seinen Hals durchschlug. Der Qualm der Granate verbreitete sich rasch, nahm Marino die Sicht, der sich fluchend und hustend gegen den Holztresen presste.

»Wir hatten einen Deal, King! Du verletzt die Regeln!« Er brüllte es, heiser vom Rauch, während die Stimmen seiner Leute um ihn herum langsam leiser wurden, während sie starben. Das Ächzen und Stöhnen wich Todesröcheln. Die Schüsse hörten eine ganze Weile nicht auf, bis plötzliche Stille einkehrte. Keiner seiner eigenen Schützen war mehr am Leben und Marino presste die Lider fest zusammen, als die Erkenntnis wie Grabeskälte in sein Bewusstsein sickerte. Auch Vitos Leute mussten tot sein.

Ausgelöscht. Einfach so. Marino blinzelte durch den dichten Rauch, ehe er sich mühevoll aufrappelte. Er machte die Silhouette aus, die vor ihm aufragte, und zögerte nicht.

»Bastard!« Die Kugel schlug ein. Dumpf und todbringend. Die Gestalt röchelte, taumelte und stolperte schließlich über eine der Leichen, die schon dort lagen.

»Hm. Das war eine recht kuriose Art, Tom für seine langen Dienstjahre zu danken«, befand Mister King seelenruhig, während er die eigene Waffe nachlud. Ein sachtes Lächeln spielte um seine Mundwinkel, als er den Alten fluchen hörte.

»Du bist ein dreckiger Bastard!«, verkündete Marino, der sich hinter der Theke hervor kämpfte. Er hatte einige seiner besten

Männer verloren, und er wusste nicht einmal, wieso. »Warum tust du das? Wir haben seit Jahren eine gut gehende Geschäftsbeziehung!« Er stolperte über die verdrehten Beine, die vom Qualm verdeckt in seinem Weg lagen. Sein Atem ging heftig und schnaufend, geschuldet den viel zu vielen Zigaretten und dem guten Essen seiner geliebten Frau. »Du wirst doch meiner Familie nichts antun, oder?« Er schluckte trocken.

»Deiner Frau und deinen Töchtern? Ich bin kein Unmensch, Marino. Sie sind sicher. Zumindest vor mir.« King lauschte auf die Schritte, zählte sie stumm. Er positionierte sich. »Wo du schon unsere Geschäftsbeziehung ansprichst«, rief er halblaut, »betrachte sie als beendet. Ich verkehre nicht mit Verrätern, Marino.«

Der alte Mann schnaufte. Seine Knie zitterten und der Rauch erschwerte ihm das Atmen beträchtlich. Draußen jubelte die Menge. Es schien vorbei zu sein. So oder so. Sein Lächeln war bitter. »Ich war immer loyal.«

King schüttelte sacht den Kopf, was Marino, der sich langsam vortastete, nicht sehen konnte. »Erinnerst du dich an Weihnachten vor acht Jahren? Als dieser unglückliche Selbstmörder vom Dach meines Hotels gesprungen ist und ich danach die Sicherheitsvorkehrungen verschärfen musste, um die Dachterrasse sicherer zu machen?«

Marino erstarrte innerlich. Er blinzelte heftig gegen den Rauch an, während ihm kalt wurde.

»Oh, ich sehe, du weißt genau, wovon ich spreche, mh?« King lächelte kühl. Rick hatte also recht gehabt. »Was ist da passiert, Marino?«

Marino fuhr sich mit einer zitternden Hand durchs Gesicht. Hatte Vito geplaudert? War er deshalb gestorben? Oh, dieser dumme, dumme Junge...

»Oder soll ich das für dich tun? Vaun und Luca, deine beiden Lieblingsschläger, waren da noch recht jung, nicht? Bodyguards für Vito, der damals schon eine kleine Pestratte war. Schlechte

Manieren, schrecklicher Modegeschmack. Sie haben im »77« gefeiert. Danach sind sie weitergezogen, ins King's Garden, wo dein verkommener Sohn einen meiner Leute bedroht hat. Luca und Vaun wollten schlichten, aber Vito wollte nicht hören. Er war betrunken und auf Streit aus. Auf meinem eigenen Grund und Boden. Es kam zu einer Schlägerei, bei der Luca und Vaun versucht haben, Vito zu bremsen. Sie zerrten ihn zurück, wollten mit ihm nach Hause gehen, damit die Sache nicht eskalierte. Und gerade, als sie sich umdrehen, um genau das zu tun...«

Stürmte Vito auf den Mann zu und stieß ihn vom Dach. Lachte, als der schreiende Kerl die vielen, vielen Stockwerke hinabstürzte und direkt auf dem Gehsteig vor dem Hotel zerplatzte wie eine reife Wassermelone. Marino atmete schwer. Er sackte zusammen, auf den Boden, direkt zwischen seine toten Männer.

»Luca und Vaun haben ihn nach Hause gezerrt. Die ganze Sache wurde als tragischer Unfall abgetan, denn die Dachterrasse war an dem Abend gesperrt. Es hätte eigentlich niemand dort sein sollen. Aber Vito wollte offensichtlich nicht hören. Er hat ihn mit voller Absicht in den Tod gestürzt, ob betrunken oder nicht. Er prahlte sogar damit. Ich wusste nicht, dass er dafür verantwortlich war.« King schwieg einen Moment. »Bis heute.«

»Er war mein Sohn, King. Was hätte ich tun sollen?« Marino klang müde. Er würde nicht lebend aus dem Hotel kommen. Das war ihm klar, noch ehe King als Silhouette im vernebelten Raum auftauchte, lautlos wie ein Hai, der aus den dunkelsten Tiefen des Ozeans lautlos an die Oberfläche glitt.

»Ich habe nur wenige Regeln, wenn es um bereichernde Geschäftsbeziehungen geht: Keine Morde unter Freunden. Keine Verletzungen von Verträgen. Niemand fasst mein Eigentum an.« Er musterte schweigend den Mann, der zwischen den Körpern hockte. Tom lag direkt neben ihm, die

Augen ungläubig aufgerissen. Red hatte ihn eingeholt und zurückgebracht. Es war schade um den Mann, aber er war ein Risiko. Verrätern war nicht zu trauen, egal auf welcher Seite sie standen. »Rick gehörte mir. Noch ehe Vito auch nur seine Finger nach ihm ausgestreckt hatte. Du wusstest von der Sache mit Galard und den entlaufenen Strichern. Von Londrake. Ich traue dir durchaus zu, dass du wusstest, wer Rick war, als du ihn aufgegabelt hast. Immerhin, mein Freund, hast du Vauns Villa nicht umsonst angezündet. Du hast deine Spuren früher besser verwischt.«

Es klang beinahe ein wenig enttäuscht. Marino hob den Blick an, obwohl der Rauch noch immer in der Luft waberte. Er erkannte genug von den Zügen des Mannes vor sich, um dessen emotionslose Miene zu sehen.

»Und nun war dein Plan, Vaun und Luca gleichzeitig aus dem Weg zu räumen.« King richtete die Mündung auf Marinos Kopf. »Das war im Grunde clever. Ich wäre ohne Ricks Hilfe gar nicht darauf gekommen. Natürlich hatte es mich gewundert, dass du Luca eingesetzt hast, aber ich hatte angenommen, er wäre abtrünnig geworden. Das hast du ihn glauben lassen, oder?«

Marino schnaubte abfällig. »Luca und Vaun sind beide Abschaum, so wie ihr Vater es war. Missratene Kinder, die sich vom rechten Pfad abgewandt haben. Ich habe sie unter meine Fittiche genommen, gefüttert, erzogen, und sie behandelt, wie meine eigenen Kinder. Aber sie waren undankbar. Sie haben ihren Job nicht erledigt. Es war nicht Vitos Schuld, sondern ihre. Er war nur ein übermütiges Kind und sie hätten aufpassen müssen, aber das haben sie nicht. Die Gelegenheit war günstig, als sie wieder in der Stadt waren. Gegen Vaun hatte ich nichts, bis er anfing, diesem Stricher hinterher zu geiern. Mir ging es um Luca. Er hat Schulden bei mir, King. Schulden müssen beglichen werden.«

»Das ist wahr. Schulden müssen beglichen werden, Lorenzo.

Ich erlaube dir, deine zu begleichen. Deine Frau und die Kinder werden sicher sein, das verspreche ich.«

Der alte Mann knurrte und riss den Arm hoch. Verdammt sollte er sein, wenn er dem Bastard nicht wenigstens noch eine Kugel verpasste.

●●●

Die Menge tobte.

Lucas Fäuste donnerten erbarmungslos in die gebrochenen Rippen seines Gegenübers, der ihn zu erwürgen versuchte. Er trat nach ihm, in der Hoffnung, sein gebrochenes Bein zu erwischen, während er sich anspannte und gegen den sich verengenden Blick ankämpfte, der sein Sichtfeld einschränkte. Er wurde schwächer, doch als er es erneut knacken hörte, ließen die Hände nach, die seinen Hals umklammerten. Sein Kontrahent heulte auf, die Augen glasig, als er ihn anstarrte. Speichel troff von seinen Lippen und ein ungenauer Fausthieb streifte Lucas Kinn, als er den Mann von sich stieß, sodass er sich auf die Knie bringen konnte. Mit einem Kampf hatte das alles schon lange nichts mehr zu tun. Es war mehr ein erschöpftes Ringen. Luca blinzelte den Schweiß weg, der ihm in die Augen rann. Dass er aus einer Schusswunde an der Seite blutete, nahm er gar nicht wahr. Sein Kontrahent wollte wegkriechen, völlig verausgabt und regelrecht high von Adrenalin und den Schmerzen, die die Schwellung der Fraktur verursachte. Luca rutschte an der glitschigen Haut seines Gegenübers ab, als er nach ihm greifen wollte, doch mit dem gebrochenen Bein kam sein Kontrahent nicht weit. Weit schwerer und breiter gebaut als dieser, warf Luca sich über ihn, benommen vom Kampf und der Anstrengung. Seine Gedanken waren völlig ausgeblendet. Es ging nur noch um das eine Ziel: überleben. Und dafür musste der unbekannte Mann sterben.

Er packte ihn von hinten, um ihn in den Schwitzkasten zu nehmen, den Arm fest um Hals und Nacken geschlungen, als er zudrückte.

Red würdigte den Kampf nur mit einem kurzen Blick, sichergehend, dass Luca gerade die Oberhand hatte. Offenbar war der Menge die Sabotage entgangen, aber ihm nicht. Der Schütze musste einer von Marinos Leuten sein, der noch nicht wusste, dass sein Boss gerade des Amtes enthoben wurde. Er brauchte nicht lange, bis er ihn fand. Eine Garotte konnte überaus nützlich sein, wenn es darum ging, Ziele lautlos zu eliminieren und in diesem Falle war sie das Mittel der Wahl. Vermutlich hatte der Auftrag des Schützen gelautet, sicherzustellen, dass Luca geschwächt genug sein würde, um seine Niederlage zu garantieren. Perfide. Unfair. Und obendrein verboten, denn so grausam der Käfigkampf auch anmuten mochte, so war Red doch ein Verfechter von fairen Bedingungen.

Die Garotte erledigte den Dienst zuverlässig, als Red den Mann zwischen dem Sicherheitspersonal des Hauses ausmachte, in der Nähe des Rings, aber geschützt vor den Augen des Publikums, das völlig ausrastete. Die feine Drahtschlinge legte sich um den Hals, noch ehe das Opfer es verhindern konnte oder überhaupt verstand, was passierte. Mister Kings Männer waren informiert und so konnte der Schütze den Witz nicht mehr zu Ende erzählen, den er gerade zum Besten geben wollte.

»Verzeihung, die Herren.« Red lächelte in die Runde. »Der Kampf ist offenbar vorbei. Ich entsorge nur eben den Müll.« Er ließ den zuckenden Körper zu Boden gleiten, ehe er ihn ein Stück nach hinten schleifte und sicherging, dass er tot war. Der Blick streifte die Männer, die ungerührt zusahen. »Sobald der Sieger ausgerufen wird, wünscht Mister King, die Zuschauer wieder aus dem Gebäude bringen zu lassen. Die Aftershowparty entfällt heute. Außerdem haben wir hier unten ein paar kleinere Unannehmlichkeiten, die beseitigt werden müssen. Ich brauche ein Clean-Team im obersten Stock, eines auf der Dachterrasse in einer Stunde, und für den VIP-Bereich. Und zwar gründlich. Außerdem wird auf der Dachterrasse ein Handwerker benötigt. Mister King wünscht eine kleine, temporäre Korrektur auf dem Dach.«

Allgemeines Nicken folgte auf die Anweisung hin. Der Plan war bekannt, und so überraschte es die Männer nicht, die bereits für die Ankunft der Gäste gesorgt hatten. Die Namen der Gastgeber waren ebenso geheim wie der tatsächliche Ort, an dem alles stattfand. Auf den Blaupausen des Gebäudes waren die unterirdischen Räumlichkeiten nicht zu finden, und die Gäste selbst waren handverlesen. Sie wurden von anonymen Fahrern an gezielt gewählten Treffpunkten abgeholt und in speziellen Fahrzeugen mit Sichtschutz hergebracht. Bis sie nicht in dem speziellen Abteil der Tiefgarage ausstiegen, sahen sie nichts von der Umgebung. Die meisten der Gäste waren Stammgäste, die diese Art der Unterhaltung zu schätzen wussten, daher waren die Plätze streng limitiert. Einladungen wurden anonym verschickt, die Zahlungen liefen über spezielle Systeme. Schwer nachverfolgbar und sicher.

Was die Verlierer des Ganzen anbelangte ... Red riskierte einen Blick in den Käfig, in dem Luca, von oben bis unten mit Blut bespritzt, dem anderen gerade den Rest gab. Seine Faust troff vor Blut und Red zog missbilligend einen Mundwinkel zurück. Wenn er noch etwas mehr auf ihn einschlug, konnten sie ihn einfach vom Boden auffegen, wenn er getrocknet war. Der Mann schlug ihn regelrecht zu Brei. Beeindruckend, aber unnötig. Er kannte dieses Verhalten allerdings selbst. Es war weniger ein Blutrausch denn ein unlogischer Vorgang im Gehirn, der einen zu dieser Form der Gewalt trieb. Überlebensinstinkte konnten ziemlich über die Stränge schlagen. Er betrachtete das Ganze noch einen Moment, während ringsum langsam Bewegung in die Ränge kam, als der Sieger verkündet wurde. Hier und da mokierten sich manche, die ihre Wette schlecht platziert hatten, andere wirkten offenkundig zufrieden.

Im Grunde war dies ein recht erfolgreicher Abend gewesen. Red hob eine Braue, als Luca von dem Toten fortkroch und sich taumelnd erhob. Ein verdienter Sieger, fürwahr. Dennoch war ihm wohler, wenn er diesen Verrückten und seinen Anhang endlich los war. Er mochte weder diesen Luca noch Rick sonderlich, auch wenn der Dunkelhaarige bisweilen recht possierlich wirkte. Aber sie gehörten eben nicht zu den zahlenden Gästen und sie waren auch kein Teil des engeren Kreises um Mister King und alles, was von außerhalb kam, verdiente sein Misstrauen.

Sein Telefon gab ein leises Geräusch von sich. Red zog es aus der Tasche, den Blick auf Luca gerichtet, der ihn anzustarren schien, ohne ihn zu sehen. Er taumelte und hielt sich mit Mühe am Maschendraht des Käfigs fest, schwer atmend, noch gar nicht wieder im Hier und jetzt, zitternd vor Adrenalin. Die Alpträume würden vielleicht später kommen, wenn ihm wirklich klar wurde, was er getan hatte.

»Sir?«

Die Stimme seines Bosses klang dumpf und noch während er zuhörte, machte er sich auf den Weg in die oberen Stockwerke. Eine Geste bedeutete einem der Sicherheitsleute, den Mann aus seinem Käfig zu holen. »Das Dach. Natürlich, Sir. Ich bringe ihn hoch.« Was genau sein Boss vorhatte, erschloss sich ihm nicht gänzlich, doch er hinterfragt nicht. Er gehorchte. Dafür war er da und das war sein Job.

»Schafft ihn auf das Dach, aber steckt ihn vorher in seine Klamotten zurück und macht ihn wenigstens ein bisschen sauber, damit er nicht alles vollblutet. Nehmt den Nebeneingang über die Dachterrasse, damit das laufende Geschäft nicht gestört wird.« Red vergewisserte sich, dass man den Befehl vernommen hatte, ehe er sicherstellte, dass der Weg frei war. Immerhin hatten sie auch Gäste, die beim Anblick von Blut nicht gerade in Entzücken ausbrachen. Außerdem hatte er noch jemanden auf dem Weg abzuholen.

»Ich gehe voraus. Seht zu, dass der Boss nicht lange warten muss.« Red lächelte ein schräges, narbiges Lächeln, als er das

Nicken der Leute sah, mit denen er arbeitete und die soeben Luca aus dem Käfig ließen. Sie waren verlässlich, arbeiteten sorgfältig, und wussten die Großzügigkeit ihres Arbeitgebers zu schätzen. Alles lief wie am Schnürchen.

Ja, es war ein guter Abend gewesen. Und vielleicht wurde er noch besser.

Endlose Gänge. Beengte Aufzüge. Rick hasste diesen Ort noch mehr als jeden Friedhof, den er je gesehen hatte. Er fühlte sich schwach und ausgeliefert und die Gegenwart des Narbigen machte es diesmal nicht besser, denn sie fuhren ganz offensichtlich nach oben. Er hielt sich nur mit Mühe aufrecht, gestützt von diesem seltsamen Mann, der aus irgendeinem Grund lächelte. Rick erschauerte, wann immer er ihm ins Gesicht sah. Seine Augen hatten einen merkwürdigen Farbton, irgendwo zwischen blau und grün, dabei recht hell. Rick versuchte, ihn nicht anzustarren. Aber es war schwer, denn vor allem in den beengten Aufzügen hatte er sonst nichts, was ihn ablenkte. Er hatte den Kampf bis zum Ende gesehen, eingesperrt in dem Raum, in dem Mister King und Red ihn einfach zurückgelassen hatten. Luca war von ein paar Männern aus dem Käfig geholt worden, als es vorbei war und das Publikum sich zerstreute. Er begriff noch immer nicht, warum sich Menschen das Ganze freiwillig ansahen. Es drehte ihm den Magen um und zu sehen, wie jemand ein weißes Tuch über den Toten breitete, zu sehen, wie es sich vor allem im Kopfbereich rasch rot färbte, war beinahe zuviel gewesen.

Es war schwer zu ertragen, dass Luca zu so etwas fähig war. Andererseits hatte er keine Wahl gehabt. Sich selbst zu opfern war einfach nicht infrage gekommen und wenn sie nicht gekämpft hätten … er mochte sich nicht ausmalen, was bei einer Verweigerung geschehen wäre.

Rick machte sich keine Illusionen, dass auch der andere, der

Tote, erpresst worden war. Er war sicher in einer ebenso schlimmen Zwangslage gewesen. Und jetzt war er tot. Und was wurde nun aus Luca? War er frei? Oder töteten sie ihn trotzdem? Rick wusste es nicht, und die Ungewissheit machte ihn schier verrückt. Dass Red gekommen war, um ihn abzuholen, beruhigte ihn da überhaupt nicht.

Zu seiner eigenen Sicherheit. Am Arsch. Er hatte gesehen, wie Luca diesen Typen zu Brei geschlagen hatte. Das Blut war durch den ganzen Ring gespritzt, jedenfalls hatte es von oben so ausgesehen. Er zitterte und seine feuchten Hände gehorchten ihm nicht recht. »Geht es ihm gut?« Er fragte es sicher zum fünfzigsten Mal, doch auch diesmal gab Red keine Antwort und das war noch beunruhigender als sein Lächeln. Sie kamen immer höher und höher, als wollte die Fahrt kein Ende nehmen. Ricks Beine schienen nur noch aus Wackelpudding zu bestehen.

Oh Gott, sie werden uns doch vom Dach werfen und es wie einen Unfall aussehen lassen.

Er erinnerte sich nicht, wie er die letzten Meter zurückgelegt hatte, nur daran, dass Red viel geflucht hatte, der ihn auch jetzt mehr schob und zerrte, als dass Rick selbstständig gegangen wäre. Die eiskalte Luft schlug ihm entgegen, als Red die Seitentür zur Dachterrasse öffnete. Mister King stand dort, nahe der Brüstung, die so gut gesichert war. Zumindest behauptete er das. Doch Rick konnte deutlich sehen, dass ein paar der Elemente des bewussten Glases fehlten, die verhinderten, dass man über die Brüstung zu Tode stürzen konnte. Er klammerte sich an Red, erfasst von namenlosem Entsetzen. Er hatte Höhenangst und das hier war eindeutig mehr, als er ertragen konnte. Was war aus der guten alten Kugel-in-den-Kopf geworden? Er sah sich selbst schon um diese Todesart betteln. Alles, nur nicht vom Dach geworfen werden. Der Weg nach unten war einfach so verfickt lang. Man hatte so verdammt viel Zeit, um alles mitzukriegen.

»Nein, nein, nein! Bitte nicht, bitte, bitte...!« Er bekam eine solche Panik, dass er an Ort und Stelle zusammensank. Hätte Red ihn nicht wieder auf die Füße gezerrt, er wäre auf allen vieren zurück in das warme, sichere Innere des Gebäudes gekrochen, schlotternd und zitternd. Ihm war vor Angst so schlecht, dass er die bittere Galle auf der Zunge schmecken konnte.

»Himmel, sei kein solches Weichei!« Red bellte es und versetzte Rick eine schallende Ohrfeige. »Du bist ein Mann. Also benimm' dich auch so.«

Der Schmerz riss Rick aus seiner Schockstarre, doch obgleich es für einen kurzen Moment seinen Verstand erreichte, wehrte er sich nach Leibeskräften. Aber Red war stärker und so zog er Rick unerbittlich mit sich fort und in Richtung seines Bosses, der geduldig aber mit wenig freundlichen Zügen wartete.

»Wie schön, dass Ihr es geschafft habt.« Der süffisante Blick strafte Red ab, ehe er auf Rick fiel, der sich völlig außer sich im Griff des Älteren wand wie eine Schlange, die Augen riesig in seinem bleichen, krank wirkenden Gesicht.

Rick bemerkte die anderen gar nicht, die dort standen, bis Red ihn um die Ecke zog und von sich stieß, in Richtung einiger ungedeckter Tische. Die Dachterrasse war abgesperrt, die Vorhänge der Fenster zugezogen und die Türen des Haupteingangs verriegelt. Der Wind heulte um das Dach und rüttelte an den wenigen Zierbäumchen und den Grünpflanzen, die die Terrasse schmückten.

»Luca!« Er stieß es überrascht aus, unendlich froh, Luca wiederzusehen, der in mehrere Decken gehüllt und angezogen dort stand. Er blutete noch immer, aber er war am Leben und ohne abzuwarten, stürmte Rick auf ihn zu. Der Geruch nach Schweiß und Blut war überpräsent, und dennoch konnte Rick nicht anders, als ihn zu umklammern. »Gosh, ich bin so froh, dich zu sehen.« Er schluchzte und seine Knie schienen nachgeben zu wollen, als er sich an den Größeren presste, als könnte ihn das vor dem bevorstehenden Schicksal bewahren.

Der Übereifer ließ Luca fast in die Knie gehen, denn unabsichtlich quetschte Rick seine Rippen und brachte ihn vor Schmerz zum Zischen – doch ihn wiedersehen zu können war mehr, als er gehofft hatte. Er zog ihn eng an sich, völlig erledigt nach diesem Abend und in der Ungewissheit, was nun passieren würde. Das dumpfe Gefühl, dass alles umsonst war, legte sich wie eine eiserne Kette um sein Herz. »Ich bin auch froh, dich zu sehen, Rick. Ich dachte, ich schaff's nicht.«

»Aber das hast du.« Ricks Augen schwammen in Tränen, als er zu dem Größeren aufblickte. Er sah schlimm aus, und er hielt sich krumm. Offenbar hatte er große Schmerzen und Rick war es ein Rätsel, dass er überhaupt gehen konnte. Er versuchte, ihn zu stützen, so gut es ging, ehe er den Blick nach vorn richtete.

»Ja, aber ich habe das dumme Gefühl, dass es völlig umsonst war. Es tut mir leid.« Luca zog Rick an sich, das Herz tonnenschwer, fröstelnd in der eisigen Luft, in der Schneeflocken trieben.

Eine dumpfe Ahnung hing in der Luft, so eisig und unbarmherzig wie der Frost, den man auf der Zunge schmecken konnte. Die weißen Flocken knisterten, als sie sich in den Haaren festsetzten, auf der Kleidung, auf bloßer Haut.

»Da wir nun vollzählig sind, können wir anfangen.« Mister Kings Stimme klang seltsam unbeteiligt, als er eine Geste gen Red machte. Dieser verschwand mit einem ergebenen Nicken und führte nach einem kurzen Moment eine humpelnde Gestalt auf die Dachterrasse zurück.

Luca wurde kalt, als er die Person erkannte. Er hatte mit allem gerechnet, nur damit nicht.

Marino ächzte vor Schmerz und warf dumpfe Blicke zu Rick und Luca. Er war grau im Gesicht und Rick wurde übel, als er begriff. Er klappte den Mund auf, um etwas zu sagen, doch es kam nur ein ohnmächtiges Stöhnen heraus. Er spürte Lucas Griff um seine Schultern fester werden und das beruhigende

Murmeln an seinem Haar. Die Worte drangen jedoch nicht bis zu seinem entsetzten Verstand vor. Er war wie gelähmt.

»Ich begleiche Schulden immer. Timothy Young war ein guter und loyaler Mann, der an diesem Ort sein Leben ließ. Durch die Schuld von Vito Marino. Vito war noch ein Kind, als er die Tat beging, daher kreide ich sie seinem Vater an. Es liegt in der Pflicht der Eltern, ihre Kinder auf diese Welt vorzubereiten, ihnen die Regeln und die Pflichten beizubringen. Sie Verantwortung und Respekt zu lehren. Vito stahl mir heute etwas Wichtiges, und wurde dafür bestraft. So wird die Schuld an Timothys Tod durch den von dir gesühnt, Lorenzo.« Mister King schwieg einen Moment, und der alte Mann zitterte vor dem Jüngeren, der dort stand, als machte ihm die Kälte nichts aus. Rick blinzelte gegen die eisige Luft an, starr vor Schock.

»Er w-wird ihn von der T-Terr-Terrasse...«, stammelte er ins Leere, erfüllt von Entsetzen. Er spürte Lucas Arm, wie er ihm die Decke um die Schultern legte und an sich zog. Es war surreal. Um sich spürte er Lucas Wärme, seine Nähe, die sanften Berührungen und den Trost, den er ihm spendete, während weiter vorn etwas Unaussprechliches geschah.

Marino spie aus, direkt vor die Füße des Mannes, auf dessen Gebäude er stand. Er sagte nichts, reckte nur das Kinn. Die sonst so ordentlichen Haare hingen wirr in seine Stirn und über die Schulter warf er Luca einen langen Blick zu. Die Feindseligkeit darin ließ Rick bis ins Mark frösteln.

Luca schluckte bei diesem Blick und stand einfach nur da. Verachtung las er darin, aber auch Bedauern und eine gute Portion Hass. Marino hatte viele Jahrzehnte damit verbracht, sich einen Ruf aufzubauen, ein Imperium in den Schatten. Luca war ein Teil davon gewesen, aber eben nicht nur. Er hatte auch viele Jahre mit Marinos Familie gelebt, hatte von ihnen gelernt, mit ihnen gestritten, seinen Teil zu alledem beigetragen.

Und heute endete dieses Kapitel für immer.

»Vito ist also tot?« Luca wisperte es an Rick Haaren, in denen sich Schneekristalle fingen. Er begriff noch nicht, wie das alles hier zusammenhing, doch er zweifelte nicht an den Worten Kings.

»Red hat ihn erschossen. Er hat mich gerettet. Vito... er wollte ziemlich krasse Dinge mit mir machen.« Rick antwortete genau so leise, blickte flüchtig zu Luca auf. Er sah elend aus und Luca drückte ihn sanft enger an sich.

»Geht es dir gut?« Sorge lag in Lucas grauen Augen, der selbst so beschissen aussah, dass es Rick flüchtig einen Mundwinkel emportrieb.

»Ich lebe und du lebst. Mir geht es den Umständen entsprechend ziemlich verdammt viel besser als Vito.« Ihre Blicke trafen sich für einen Moment, doch dann sahen sie wieder nach vorn, als King die Stimme erhob. Was dieser sagte klang schlicht, aber endgültig und Rick trieb es eine Gänsehaut auf den Körper, gegen die auch die wärmende Decke nichts ausrichten konnte. Er hielt den Atem an, fassungslos, dass es wirklich geschehen sollte.

Mister King trat beiseite, gab den Blick auf die Lücke in den gläsernen Wänden frei. »Ich habe dich geschätzt, Lorenzo. Leb wohl.«

Der alte Mann trat vor, direkt an die Brüstung, über die er einen furchtsamen Blick warf. Es ging so tief herunter, dass man den Boden nicht sah und die Finger, die die Brüstung umklammerten, zitterten. Die Blicke der Männer trafen sich und für einen langen Moment war es beinahe unnatürlich still. Dann gab Mister King das Zeichen.

Die Kugel, abgefeuert von Reds Waffe, durchschlug die Schläfe des Mannes, der von der Wucht getroffen zur Seite kippte und lautlos über die Brüstung stürzte.

Rick in Lucas Armen zuckte heftig zusammen bei dem Knall, der im Heulen des Windes beinahe unterging. Er schrie vor Entsetzen und umklammerte Lucas Hände, die ihn festhielten.

Es war so unvorstellbar, so unmenschlich, so entsetzlich, dass er sich dagegen sperrte, es zu glauben oder zu akzeptieren. Er konnte den Anblick nicht ertragen und den Gedanken nicht, dass sie die nächsten sein könnten. Der Mann war bestimmt kein netter Kerl gewesen, aber er hatte ein Leben gehabt. Familie. Und jetzt ...

Rick wusste nicht, was schlimmer war: Das Wissen, dass er einfach so ermordet worden war oder das Geräusch nicht hören zu können, mit dem der Körper unten aufkam. Die Stille war nervenzerreißend.

Die Schritte auf dem nackten Stein, die sie näherten, ließen ihn die Augen fest zusammenpressen, starr vor Angst drückte er sich gegen Luca, der stocksteif dastand.

»Meine Herren. Ich hoffe, dies war eine Lektion, die ihr nie vergessen werdet. Ich mache keine Spielchen und ich treibe keine Scherze. Wer mich hintergeht, wird es bereuen.« Mister King strich sein Jackett glatt und warf einen kurzen Blick auf seine Armbanduhr. »Und meine Zeit ist kostbar. Ich informiere Sie beide daher, dass Sie lebenslanges Hausverbot im King's Garden haben. Ein Fahrer wird Sie in wenigen Minuten vor dem Hintereingang abholen.«

Irgendwo zwischen den Häuserschluchten drang das schrille Geräusch von Sirenen durch die Nacht und zerriss die Stille. Rick öffnete vorsichtig die Augen und versuchte noch, zu begreifen. Sie würden ... leben?

»Red. Geleite die Herrschaften nach unten und dann kümmere dich um den Rest. Ich erwarte deinen umgehenden Bericht. Ich ziehe mich nun zurück.« Mister King warf Rick ein schmales Lächeln zu, als dieser ihn verdattert anstarrte, ehe der Blick zu Luca wechselte. Beinahe schien es anerkennend, ehe er sich abwandte und die Dachterrasse verließ. Einfach so. Ein Mann wie ein Schatten, eiskalt, berechnend, undurchschaubar. Zumindest für Rick, der einen Moment brauchte, ehe er sich zu rühren wagte.

Red lächelte noch etwas schräger als zuvor, als er den Blick von beiden auffing.

»Dann gehen wir mal runter. Ehe er es sich anders überlegt, mh?«

Luca tauschte einen kurzen Blick mit Rick und brachte ein wackeliges Lächeln zustande. »Ich fürchte, ich bin gerade aus meinem Hotel geflogen. Hast du einen Platz auf der Couch für mich frei?«

Rick war nicht nach Scherzen zumute, aber er nickte stumm. »Du schuldest mir ein richtiges Date«, erwiderte er mit einem vorsichtigen Lächeln, als sie Red folgten.

»Du hast recht. Ich schlage vor, wir verbringen es irgendwo im Freien. Ohne Dachterrassen.«

Red verdrehte die Augen bei dem Geplänkel.

»Wo ist eigentlich Vaun?« Luca schluckte die Übelkeit herunter, die jeder Schritt verursachte, als er dem Mann in den Aufzug folgte, Rick an seiner Seite, der sich an ihn klammerte wie an einen Rettungsanker.

»Ach. Vaun.« Red zuckte die Schultern, gleichgültig. »Marino hatte vor, ihn im Käfig kämpfen zu lassen, aber wir haben ihn aus dem Raum geholt, in dem er gefesselt und geknebelt war. Er sieht ziemlich übel aus, aber er lebt. Mister King hat ihn sozusagen aus der Stadt geworfen. Oder«, führte er mit einem zynischen Lächeln aus, »sagen wir eher, er hat ihm die Wahl gelassen. Das, oder ein Sonderflug von der Dachterrasse. Vaun ist ein kluges Kerlchen. Er ist vermutlich auf dem Weg nach Timbuktu.«

Das bezweifelte Luca nicht. Im Grunde hatten sie unsagbares Glück gehabt, und Vaun, dieser Fuchs, hatte einmal mehr seinen Kopf aus der Schlinge gezogen. Er fragte sich allerdings, wieso er überhaupt hineingeraten war. Ein prüfender Blick traf Rick, der ihn nur erschöpft und wie betäubt anstarrte.

Lucas wenigen Klamotten, die noch in seinem Zimmer gelegen hatten, warteten vor dem Hotel auf ihn, zusammen mit dem Wagen, wie versprochen. Dieser Mister King machte offensichtlich keine halben Sachen.

Ricks Blick sprach Bände. »Du hast nur eine einzige Tasche?«, wollte er wissen.

Luca zuckte die Schultern. »Ich habe immerhin nur geplant, zu einer Beerdigung zu gehen.«

Rick musterte den Smoking, der obenauf lag, noch gehüllt in die saubere Verpackung, damit er knitterfrei blieb. Er leckte sich die Lippen und linste zu Luca, als dieser in den Wagen stieg. Als er ihm die Sachen reichte, und auf der anderen Seite einstieg, wagte er ein scheues Lächeln. »Beerdigungen sind scheiße. Aber vielleicht würdest du mich ja gern zu einer Hochzeit begleiten? Ich habe da so eine Einladung und noch niemanden, der mich begleitet.«

Luca warf ihm einen schrägen Blick zu, als der Wagen anfuhr, der sie zuerst ins Krankenhaus und dann zu Rick nach Hause bringen würde. Zumindest hatte Red das versprochen. Sie hatten nicht die Anweisung, die Stadt zu verlassen, aber Luca hielt es dennoch nicht hier, wenn er nicht musste. Er lächelte Rick zu und streckte den Arm aus, um ihn an sich zu ziehen. »Vaun hat den Anzug bezahlt. Das ist der, den er in deinem Laden gekauft hat. Erinnerst du dich?«

»Ja. Ich weiß. Aber das ist keine Antwort auf meine Frage.«

Luca schenkte Rick ein mattes Lächeln, geschuldet den Schmerzen und der Erschöpfung. »Ich gehe gern auf jede Hochzeit mit dir«, meinte er leise, als er die Stirn an Ricks eigene anlehnte.

Rick ließ sich gegen Luca sinken. Er hatte viel zu erzählen und noch mehr zu erklären, wenn er Matt wiedersah. Und er würde ihm eine verdammt lange Dankeskarte schreiben müssen. Aber noch weit davor musste er sich für seine Sturheit entschuldigen. Immerhin war er sein bester Freund. Und er würde bald heiraten. Rick schmiegte sich sanft an Luca, dessen Finger er in seinem Haar spürte. Als er den Kopf hob, um etwas zu sagen, trafen sich ihre Blicke und das, was er eigentlich sagen wollte, wurde unwichtig. Das Grau dieser Augen besaß eine merkwürdige Wirkung und Rick saß einen Moment einfach nur da und staunte, ehe Luca seine Starrerei mit einem sanften Kuss beendete.

»Du gehst nicht gleich wieder weg, oder?« Die Frage wog tonnenschwer auf Ricks Herz, das so viel schneller schlug, als ihre Lippen sich trennten.

»Wenn du nicht willst, gehe ich gar nicht weg.« Luca erwiderte das Lächeln und lehnte sich vorsichtig im Sitz zurück. »Und außerdem schulde ich dir mindestens ein ganzes Dutzend Dates.«

»Damit fangen wir sofort an, wenn es dir besser geht.« Rick nickte bekräftigend, wobei er Lucas Finger mit seinen verwob.

Mannomann, er hatte wirklich eine ganze Menge zu erzählen, wenn er Matt wiedersah.

Er lächelte, als er sich über Lucas Schoß beugte, was diesem ein Stirnrunzeln entlockte, gefolgt von einem fast ungläubigen Blick.

»Was tust du...?«

»Na, ich schulde dir noch etwas ganz anderes, oder?«

• • •

Das war eine verdammte Scheiße. Glenn Mcgrath fuhr sich durch die Haare und kniff die Augen zusammen, als er gegen die Schneeflocken anblinzelte, die vom Himmel herabfielen, als wollten sie den Tatort zudecken. Unter einer hübschen, makellos weißen Schicht. Doch leider war an dem, was vor dem King's Garden lag gar nichts schön. Der aufgeplatzte Körper hatte eine riesige Blutlache gebildet und von Kopf und Körper war nicht mehr viel übrig. Es war der zweite Selbstmord innerhalb von wenigen Jahren und es war genau dieselbe Stelle.

Er glaubte an vieles, aber Zufall gehörte nicht dazu.

»Das ist Lorenzo Marino. Seine Tochter behauptet, sie hätte ihn gestern zuletzt gesehen. Da war er gesund und munter. Sie ist seit einigen Stunden im Flieger. Flitterwochen mit ihrem Mann. Sie haben kürzlich geheiratet. Auf Marinos Namen ist die ganze obere Etage reserviert, aber die Leute, die dort einquartiert waren, wurden vor wenigen Stunden offenbar des Hauses verwiesen. Angeblich wegen Ruhestörung und exzessivem Alkoholkonsums.«

Glenn dankte dem Officer, der zuerst am Tatort gewesen war, während er missmutige Blicke zwischen der Leiche, die gerade abgedeckt wurde, und dem Hotel einherwarf. Er lächelte grimmig, als er sich an die Arbeit zu machen begann.

Ein toter Mafiaboss war eine Sache.

Ein toter Mafiaboss vor dem Hotel, das Mister King gehörte eine gänzlich andere und was immer hiergeschehen war, es war sicherlich einen intensiveren Blick darauf wert.

Sogar ein Laie erkannte, dass es sich nicht um Selbstmord handelte. Und ohnehin war für Glenn Mcgrath der berüchtigte Mister King schon lange ein lohnenswertes Ziel, auch wenn andere in seiner Abteilung das nicht so sahen. Die alten, verkalkten Kollegen waren wie fette, faule Hunde, die zu träge geworden waren, einer lohnenden Beute nachzujagen. Aber er war anders und er hatte nicht vor, sich mit Ausflüchten abspeisen zu lassen. Er würde den Kerl persönlich aufsuchen und ihm auf den Zahn fühlen.

Doch Glenn Mcgrath war nicht der Einzige, der im beginnenden Schneetreiben Vorsätze fasste und Pläne schmiedete.

Er wusste nicht, dass Mister King ihn bereits beobachtete.

Ende

337

Danksagung

Dank gebührt an dieser Stelle meinen wunderbaren Lesern. Jeder einzelne Buchkauf unterstützt meine Arbeit, jede Rezension und jede Empfehlung verbessern und bereichern mein Schaffen. Ich freue mich über den regen Austausch und hoffe, dass wir uns auch in zukünftigen Büchern wiederlesen werden.

Besonderer Dank gilt an dieser Stelle meiner bezaubernden Coverdesignerin, die auch diesmal wieder hervorragende Arbeit geleistet hat! Bianca, du bist einfach umwerfend. Deine Kreativität und die angenehme Zusammenarbeit mit dir spornen mich immer wieder an, noch bessere Bücher schreiben zu wollen. Ich hoffe, wir können zusammen noch vielen Werken ein Gesicht geben.

Ein sehr großer Dank gilt wie immer meiner wunderbaren Familie für Rat, Tat, Unterstützung und Hilfe in guten wie in schwierigen Stunden.

Romantische Komödien mit Herz und Humor von Elisa M.
Baker

Wer sagt, das Finden der Liebe wäre einfach?
Ella macht sich auf eine spannende und teilweise kuriose Suche
nach ihrem Traummann. Dabei warten nicht nur seltsame
Blinddates auf sie, sondern auch einige Überraschungen ...

Ella ist zweiundzwanzig, ein Bücherwurm und das, was man
als mollig bezeichnen würde. Sie rechnet sich schlechte
Chancen aus, jemals einen Mann zu finden, der sie mit ihren
Pfunden liebt. Doch stehen wirklich alle Männer nur auf
schlanke Frauen? Und wie lernt man einen geeigneten
Kandidaten kennen, wenn man so schüchtern ist wie Ella?
Und dann sind da auch noch Eva und Ellas Mutter, die ganz
eigene Pläne für sie haben...
Eine romantische Komödie über Beziehungen, die erste Liebe
und den chaotischen Weg zum Glück.

Taschenbuch: 296 Seiten
ISBN-13: 978-3739238784   Auch als E-Book.

Jessys Leben gerät gehörig aus den Fugen, als das Karma zuschlägt. Dabei hat sie die Liebe schon abgehakt. Aber das Schicksal kann hartnäckig sein … Findet sie doch das Glück?

Jessy hat die Nase voll von Männern.
Nach einer schmerzhaften Trennung will sie von Liebe nichts mehr wissen – doch dann ereilt ihre Familie ein Schicksalsschlag und plötzlich findet sie sich auf der Stachelbeerplantage ihres Onkels wieder, auf der sie drei Wochen aushelfen soll.
Ganz alleine, denkt sie.
Aber da hat sie die Rechnung ohne das Karma gemacht …

Eine Geschichte über unerwartete Wendungen, Schicksal und Stachelbeerlikör. Und natürlich die Suche nach Liebe, die bei sich selbst beginnt.

Taschenbuch: 272 Seiten
ISBN-13: 978-3743142374

Auch als E-Book erhältlich!

Boys Love und Gay Romance

„Die Liebe ist wie ein Dieb; sie schlägt unerwartet und schnell zu und stiehlt dir nicht nur dein Herz, sondern auch noch den Verstand."

Genau so ergeht es dem siebzehnjährigen Leon, als ein neuer Schüler im letzten Schuljahr in seine Klasse versetzt wird. Der gleichaltrige Raphael ist das vollkommene Gegenteil vom schüchternen und zurückhaltenden Leon, doch beide können bald nicht mehr verleugnen, dass mehr als nur Sympathie zwischen ihnen ist.

In dem aufkommenden Gefühlschaos stellt sich bald heraus, dass längst nicht alle diese aufkeimende Liebe befürworten und plötzlich spitzt sich die Lage bedrohlich zu …

Taschenbuch, 304 Seiten. ISBN: 9783743161764 auch als E-Book erhältlich!

Dante Lavall ist ein erfolgreicher Geschäftsmann, Besitzer eines angesagten Clubs und ein berüchtigter Schürzenjäger. Geld spielt für ihn keine Rolle, denn er hat mehr als genug davon. Er kann alles haben, was er will. Und er ist gewohnt, es auch zu bekommen.

Als der junge Liam in sein Leben stolpert, ist er zunächst wenig begeistert von dem widerspenstigen Burschen mit dem silberblonden Haar und den grünen Augen, der kaum emotionale Regungen zu haben scheint.
Doch schon bald muss Dante feststellen, dass seine Faszination für den mysteriösen jungen Mann immer größer wird.
Dabei ahnt er nicht, dass Liam ein dunkles Geheimnis birgt
Und Dantes zunehmendes Interesse bringt beide in höchste Gefahr ...

ELISA M. BAKER

DAS
LEUCHTEN
DER HOFFNUNG

BOYS LOVE

Taschenbuch, 336 Seiten. ISBN: 9783743187924 auch als E-Book erhältlich!

Erotisch, sinnlich, fesselnd!

Die Nächte sind eintönig und trist für Matt. Ein ewiger Kreislauf aus Zwang, Gewalt und Furcht in den Straßen, in denen eigene Gesetze herrschen. Er will ausbrechen aus diesem Leben, das nicht ihm gehört. Weg vom Strich, von seinem brutalen Zuhälter Ben, von den Freiern.

Als er sich um einen Job bei Alexander Londrake, einem erfolgreichen Geschäftsmann mit mehreren Firmen und gutem Namen bewirbt, lässt dieser ihn eiskalt abblitzen. Das heftige Knistern zwischen ihnen und die intensiv grünen Augen des arroganten Anzugträgers gehen Matt nicht mehr aus dem Kopf, doch er scheint seine Karten verspielt zu haben. Die einzige Hoffnung scheint der »King's Garden« zu sein, doch dann bekommt er ein Angebot, das alles verändern könnte. Ein eigenes Leben scheint zum Greifen nah, während er zusehends dem Charisma seines neuesten Jobs verfällt ...

Aber alles hat seinen Preis und plötzlich scheint die ganze Situation außer Kontrolle zu geraten.

Taschenbuch, 336 Seiten. ISBN: 978-3752852622
auch als E-Book erhältlich.